安妮・普魯文集

Annie Proulx

Annie Proulx

安妮·普鲁文集 09

[美]安妮·普鲁 著
黄宜思 译

明信片
POSTCARDS

人民文学出版社

著作权合同登记号　图字 01-2022-2047

POSTCARDS
By Annie Proulx
Copyright © 1992 by E. Annie Proulx
Published by arrangement with Dead Line, Ltd. c/o
Darhansoff & Verrill Literary Agents
through Bardon-Chinese Media Agency
Simplified Chinese translation copyright © 2024
by People's Literature Publishing House Co., Ltd.
ALL RIGHTS RESERVED

图书在版编目（CIP）数据

明信片 ／（美）安妮·普鲁著；黄宜思译 . -- 北京：人民文学出版社，2024
（安妮·普鲁文集）
ISBN 978-7-02-018557-3

Ⅰ.①明… Ⅱ.①安… ②黄… Ⅲ.①长篇小说－美国－现代 Ⅳ.① I712.45

中国国家版本馆 CIP 数据核字（2024）第 050703 号

责任编辑	翟　灿
装帧设计	李思安
责任印制	王重艺

出版发行	人民文学出版社
社　　址	北京市朝内大街166号
邮政编码	100705
印　　刷	三河市中晟雅豪印务有限公司
经　　销	全国新华书店等
字　　数	250千字
开　　本	850毫米×1168毫米　1/32
印　　张	16.375　插页1
印　　数	1—6000
版　　次	2024年5月北京第1版
印　　次	2024年5月第1次印刷
书　　号	978-7-02-018557-3
定　　价	88.00元

如有印装质量问题，请与本社图书销售中心调换。电话：010-65233595

献给罗伯塔

"但我始终对此津津乐道。他及时调整自己，以适应飞来的横梁，然后不再有横梁飞来，他就调整自己适应不再有飞来横梁。"[I]

——达希尔·哈米特，《马耳他之鹰》

[I] 《马耳他之鹰》中，山姆·斯佩德讲述了一个故事，提到一个名叫弗里克拉夫特的人经过一座高楼时，几根横梁从高处掉落，险些砸中他。惊骇之余，"他觉得好像有人揭开了生活的盖子"，于是他放弃了原来舒适的生活，如人间蒸发一般，开始四处漂泊。此处的"我"指的是山姆，"他"指的是弗里克拉夫特。评论界一般认为，这种"一念之差"现象并不鲜见。从常人的外部观点来看，弗里克拉夫特的仓促决定似乎具有重大意义，然而对于他本人来说，这不过是一个小小的转变：生命既然可以被几根落下的横梁随意地结束，他也可以通过简单、随意的离去，改变自己的生活。

鸣 谢

在我撰写本书期间，曾得到佛蒙特州艺术委员会和怀俄明州尤克罗斯基金会的资金支持，对此我表示由衷的感谢。

对于新罕布什尔州汉诺威达特茅斯学院图书馆，以及怀俄明州谢里丹县富尔默公共图书馆的图书管理员给予我的帮助，我同样表示感谢。

还有许多人，通过付出时间、建议、金钱、午餐、收拾院子、鼓励、沉默、烧烤和音乐，让我得以轻松完成这个故事。我感谢罗伯塔·罗伯茨、汤姆·沃特金、伊丽莎白·古欣、洛朗·高丁、洛伊斯·吉尔、阿比盖尔·托马斯、鲍勃·琼斯、戈登·法尔、约翰·格鲁斯曼、厄尼·赫伯特。特别感谢我的编辑芭芭拉·格罗斯曼，以及我的儿子乔纳森、吉利斯和摩根·朗。

译 者 序

> 去邮局花了一便士给我姨妈发了张明信片。接着就走上了阴沉沉的公路。
> ——杰克·凯鲁亚克《在路上》第15章

短篇小说《断背山》里也有一张明信片,而且很重要。作为一种嵌入小说的书信策略,它们为所涉及的两个地点建立起直观的时空上的联系,与正式的书信不同,明信片更加任意和随机,寥寥数语强调着旅行和分离两种状态。

安妮·普鲁(Annie Proulx)是当代美国文坛一位令人瞩目的女作家。曾获普利策奖、美国国家图书奖、福克纳奖和薇拉文学奖等文学奖项,并于2017年获美国国家图书奖"终身成就奖"。她的主要作品还包括长篇小说《船讯》(1993)、《手风琴罪案》(1996)、《老谋深算》(2002)、《树民》(2016),以及短篇小说集《心灵之歌》(1988)、《断背山》(1999)、《恶土》(2004)、《随遇而安》(2008)等。文学界对普鲁给予了普遍的认可,使她获得了美国几乎所有重要的文学奖项。

安妮·普鲁1935年出生于美国康涅狄格州,父亲从出身贫寒的纺织厂小工,一路打拼成为纺织品公司的副总裁;母亲则擅长口述故事,是一位业余自然学家和画家。普鲁是家中五个孩子的老大,她有四个妹妹,其中两个是双胞胎。她毕业于缅因州波特兰的迪林高中,然后进入科尔比学院"短暂学习"。1955年嫁给第一任丈夫,并生下一个女儿。1969年,她第三次结婚,婚后又生了一个儿子。二十年后,她和丈夫在友好气氛中分手,并开始潜心写作。她说:"我无法组建一个传统的家庭,这东西不适合我。"20世纪70年代初,她突然发现自己不属于城市,很大程度上是个乡村人。于是,她搬到佛蒙特州,住在乡村地区,靠为教人钓鱼和捕猎的杂志写稿子,赚钱养活三个儿子。五十多岁时,安妮·普鲁才正式开始写作生涯,但这并不妨碍她在1993年成为获得福克纳文学奖的第一位美国女性,而且获奖作品正是长篇小说处女作《明信片》。她在佛蒙特州生活了三十多年。1994年她搬到怀俄明州的萨拉托加,有将近一年的时间在加拿大纽芬兰北部的一个小海湾里度过,并在那里构思她的另一长篇小说《船讯》。

安妮·普鲁的创作以地域特色闻名,擅于全方位、多视角考察北美乡土的"地缘"特性。她执着于寻找地域隐秘而真实的魅力所在,并勾勒出一幅幅后工业时代下北美地域的真实图景。在极简、老到的文字里,透露出她对土地和自然生态的热爱,对生存危机下迁徙的个体、群体生存状态的同情,以及人类在寻找家园过程中的困惑。

《明信片》出版于1992年，是安妮·普鲁创作的第一部长篇小说，也无疑是她投诸大量心血并精心构思的一部小说。这一点，只要我们一翻开这本书就能感受得到。正如小说的名字所示，大量明信片的实物图片构成了这个"支离破碎"的故事的第一要素。小说中出现了经过精心设计的约五十张明信片。诚然，那个年代的旅行似乎离不开明信片，"没有明信片就没有旅行"，但如此大量，如此区分人物个性，兼有手写和打印两种不同设计的明信片，当属安妮·普鲁首创。故事中的这些明信片出自不同的人物之手，有着各不相同的笔体和书写习惯。要把这么多的明信片安排得既有逻辑性又有故事性，甚至带有几分"报告文学"的色彩，这就很有难度了。

《明信片》本身就是一部很难读懂的小说。一本仅二十余万汉字的小说就有五部五十八章（其中一些章节仅寥寥数语），覆盖的时间跨度很大。有三章的标题几乎相同，那就是第15、24和37章，都是讲"印第安人的本子"；有十章的标题完全相同，即第4、9、13、18、35、42、46、49、54和58章，都是"我的所见"。这些章节与小说的故事主线若即若离，这种"用简短的人为制品替代自然"的策略更增添了这部十分零散的小说的神秘、虚幻色彩。

安妮·普鲁的"字句，短、散、跳跃惊人、灵气四射"，是文学界对她的公认评价。她的"散"不仅体现在具体的细节描写上，而且体现在叙事的构架上。这一特点在《明信片》中尤为明显。读者了解了这些，在读这部小说的时候才不至于对作者异样的笔触感到不适应。

小说以主人公罗亚尔过失杀死女友碧丽为开头，之后他便离开了祖传的农场，也开始了他从美国东端的佛蒙特州一路向西的美国"奥德赛"之旅。颠沛流离。此时正值"二战"后美国社会的大变局。他本打算边打工边逃离，最后到达美国最西端的阿拉斯加，"做鱼罐头生意"，但是最终滞留在了怀俄明州一带，孤独终老。

在风中，罗亚尔想不起他曾经听到过的任何音乐。风从一开始就成了所有的音乐。它排除了音乐记忆。他试着去想《牧场上的家》的曲调，然而风把一切都吹走了。它同时以三种不同的声音哀鸣着，像是从牙缝中发出的尖叫声回荡在小木屋的角落里，在柴堆周围，然后消失在黑夜里，接着又翻转回来，形成一个巨大的哀叹圈。（第30章）

还有他所用明信片的来历的线索：

1923年6月11日
亲爱的韦科格先生：

我相信我们得到了一些很珍贵的照片，一定能派上用场。大松树林、鹿、一串鲑鱼、麦柯迪旅馆、野猪、溪流峡谷的大桥，从树林深处走出来一只熊来吃旅馆扔出来的垃圾，当然照片上没有垃圾。我下周二回桑顿，带着照片。

你的满怀敬意的

摄影师　奥斯卡·昂特甘斯（第3章）

看似一件十分偶然的逸事，一位摄影师偶然拍到了一只受关注的熊的照片，照片被制成了明信片，然后几十张这样的明信片又更加偶然地落到了罗亚尔手里，他就一直用这些上面都是"同样的一只胖乎乎的熊，红鼻子，从黑黝黝的树林里溜出来"的明信片给家人写信。两个"偶然"框定了一个"必然"，那就是收信人"必然"无法通过明信片上的图案获取罗亚尔行踪的任何线索，这也就让后面的情节——罗亚尔每年都给家里发不留地址的明信片，而家人始终无法获知他的行踪——更合情理。作者的这种安排显然会使读者对没有直言说出的内容感到困惑、产生各种想象，而不是简单地接受明信片上稀疏的单词。例如罗亚尔发给家人的几乎每一张明信片末尾都有关心牧场经营或祝愿之类的几个词语，任凭读者想象他对故土"何等眷恋"。主人公罗亚尔通过一张张明信片而"引人注目"。

一沓图片相同的明信片象征着他的逃亡状态："你除了从一个地方去另一个地方，哪儿也到不了。"（第30章，此句原文为"you don't get anywhere except to a different place"）草草看过恐怕难解其中深意。小说的近五十张明信片中，十一张有罗亚尔的签名，还有一张未签名的匿名明信片是他的笔迹。

此外小说还用大量的笔墨描写罗亚尔捕猎（第7章和第40

章），第7章描写的是罗亚尔捕猎各种中小型食肉动物，这种本领也是安妮·普鲁本人的"拿手好戏"。而第40章则专门描写罗亚尔猎捕郊狼，借以凸显罗亚尔和郊狼一样"来去无痕"。

《明信片》的故事主要围绕着佛蒙特和怀俄明这两个州及其周围地区，而这两个州正是安妮·普鲁长期居住和生活的地方（她的短篇小说集《断背山》，副标题是"怀俄明故事集"）。和她的另一部小说《船讯》一样，她的故事多以生活的真实体验为基础。小说还涉及印第安纳州，即"印第安人的土地"。安妮·普鲁曾在自述中说，"父亲曾有寥寥数语提到我们有一部分印第安血统"。这似乎是她在《明信片》中对印第安人和他们的历史大量着墨的一个原因。

下面就来看看"印第安人的本子"都说了些什么。作者在第15章第一次提到"印第安人的本子"的时候，之前并没有什么铺垫，仅在第8章提到有一个叫"蓝天"的印第安人搭乘他的车，在车上不时翻看一个笔记本。后来二人同时遭遇了龙卷风，印第安人不知去向，仅此而已。在第15章中，罗亚尔在"带着那印第安人的本子到处走了好几年"之后开始研究它和它里面写的内容，并开始尝试在这个本子里写自己想说的话。第15、24、37章的内容虽没有很明显的联系，但可以看出普鲁是在娓娓告诉读者，所谓"印第安人的本子"逐渐成为罗亚尔"自己的本子"，借以排遣孤独，寄托哀思，怀旧，记录自己的生活。

至于那些标题完全相同的十章"我的所见"，可以大致归纳为写景，是一种"绘画"式的描写，显然沿袭了这种艺术形式。

虽然看似游离于故事情节之外，它们仍然是小说的重要组成部分，与上述"明信片"和"印第安人的本子"不尽相同的是，这似乎是作家的一种"画外补充"。一方面表现她对乡村田园以及"那个曾承载幻想的美国地域"的向往，另一方面，给人一种跳到故事之外向读者呈现的感觉。从"明信片"到"印第安人的本子"，再到"我的所见"，每一片段不过是一个足迹，而非一条路径。承认"由读者写大部分故事"的省略写作策略是文学界对《明信片》的一种认可。

寥寥几笔便勾画出一个人物、一种生活，这是以短篇见长的安妮·普鲁的拿手好戏。我们甚至可以将她的长篇小说分成若干短篇小说来看待。而《明信片》中最值得推荐的当数第40章"黑熊的胆囊"（第44章续完），巧妙地讽刺了美国的法律制度，读来甚至有几分"离奇"的感觉。此外如第7章"独臂闯荡"、第14章"玛丽马格深处"、第30章"天体的困惑"和第34章"风滚草"都颇具代表性。

正如暨南大学申东宁所评，普鲁"通过细致的环境描写，对人生的细微体会，勾勒出人类环境在历史中的变迁，将反思深深地熔铸在小说与现实的思考中。坚持挖掘地域历史的细碎史料、乡野逸闻，通过理性的分析和情感的融入，探索人类与自然之间的危机形成的根源所在"。为帮助读者更好地了解这部小说，我们再来分析其中一些具体的例子。

　　一切都改变了。小树长大了。当修路人员砍掉枫树悬在路面上的树枝时,她(朱厄尔)很抵触。当他们为了拓宽公路而砍伐树木时,她流下了眼泪。村庄莫名其妙地发展起来,人们锯倒发黄的榆树,用巨大的原木机把树桩撕开。马路像打开闸门的河水一样倾泻到建筑物的边缘。金属屋顶闪闪发光。(第21章)

在他(罗亚尔)前面是往北开的带拖车的卡车,拖车上拉着施工用全地形机动车,上面溅满泥浆。……大地满目疮痍,推土机撕裂着伤口。(第54章)

寥寥数语写出了处于社会大变革时期的人们对新鲜事物的感受,从中可窥见小说不乏感伤的风景化主题和"肮脏的现实主义"的写作技巧。

《明信片》中的第一次要人物无疑是罗亚尔的母亲朱厄尔。罗亚尔的出走让他的家庭同样经历了巨大的变故,伴随"二战"后美国社会的变迁,她看到不仅景观在变,人也在变:

那些有一技之长的当地人现在都被消耗殆尽了。罗比·戈迪在新的网球工厂工作,他曾用枫木制作了一把造型简单但令人满意、像铁一样结实的椅子。然而,那个从罗得岛搬来的名叫哈伯德金德的年轻人,开始粗制滥造松木椅子,天价叫卖,大发横财。他还把一块设计精巧的椅子形状的招牌挂在门前,并在报纸上刊登广告。你必须了解罗比·戈迪才能知道他在做什么。

这是第21章朱厄尔的眼中所见,不仅语言简洁,还颇具幽默感。其中"天价叫卖,大发横财"(这里的原文为"Charged an arm and a leg for them and got it")可谓妙笔。"寥寥数语"勾勒出朱厄尔的愤懑和不解。

作为女性作家,安妮·普鲁对朱厄尔这一人物还倾注了大量的同情和情感。她对女性主义的理解也独具一格。

男人无法想象女人的生活,他们似乎相信,就像宗教信仰一样,女性渴望填饱婴儿湿漉漉的小嘴的本能使她们麻木,她们总是选择关注生活中的细枝末节,从最初到最后,一切始终围绕身体上的那些孔洞。她(朱厄尔)自己也曾相信这一点。她怀疑在这深蓝色的夜晚里,她真正感觉到快乐的并不是开车的乐趣,而是摆脱了明克的狂暴。他把她挤到了生活的一个角落里。(第21章)

所谓"贤惠的女性",即妻子,必须与丈夫、家庭和细枝末节和谐相处,让女性的天性通过"社会"的概念继续为她们在家庭领域所固定。这一观念也在小说中被颠覆。"……她会想起那间旧厨房,从水槽到桌子要走七步,整天来回走动。"(第31章)"家庭"这一职责只会让她们进一步女性化。而小说中新的角色定位让朱厄尔"不再受女性气质的约束",并享受着"无缝地参

9

与社会"的快乐。这也是安妮·普鲁本人的写照。在她开始发表作品的时候,她已基本步入单身生活,并曾刻意掩饰自己的性别,以期达到"无缝地参与文学主流"的目的。

在故事围绕的两个主要区域(新英格兰地区和围绕怀俄明州的美国中西部地区)之外,《明信片》故事的另一发生地点是围绕迈阿密市的美国佛罗里达州。那是罗亚尔的弟弟达布及其古巴女友帕拉后来生活的圈子。

> 所有这一切,包括塞进阴洞里的臭烘烘的钞票,街头音乐和街头小吃,都渐渐消逝,逐渐变为乳白色的女人,深色头发、手从镶着猫眼石的袖口伸出;逐渐变为穿着昂贵手工皮鞋的男人,喜悦或愤怒扭曲着他们放光的脸;他一直睁大眼睛看着,直到变为斗鸡眼,很难看清楚眼前的一切。(第35章)

达布和女友共同"经手许多房产"的"伊甸园有限公司"(第41章)就开办在这里。虽然小说通过一张明信片依稀透露他们因为"税务问题"导致财富下降,但这里仍不失为他们的"乐园",反衬着罗亚尔的悲剧"宿命"——失乐园。

小说的"离奇"还在于安妮为书中诸多人物安排的"宿命"。罗亚尔(Loyal),这个词在英语里有"忠诚"的意思。这个"忠诚"于生活的人在逃亡中却处处碰壁:一年辛苦挣得的工钱被偷;唯一欣赏自己考古发现的学生意外死亡;在矿井下遭遇塌方九死一生；被天文学家的妻子驱赶；遭遇火灾烧毁住所和一年的收成；为雇主采摘时摔断一根肋骨；再次拼凑起来的赖以生存的拖车被盗；等等。

> 生活以不同的方式捉弄我们，但它不会放过任何一个人。我是这么看的。它一次又一次地逮到你，总有一天它会占上风。（第30章）

但与之形成鲜明对照的却是，虽然"他（罗亚尔）的生命就像一条脆弱的链条，链环一个接一个地断了"，但是他却"从来没有这样想过（自杀）"。（第36章）戏谑"造物弄人"也是评论者对这部"黑暗小说"的一个评价。书中不厌其烦地描述了诸多死亡事件，包括罗亚尔的有自杀倾向的母亲朱厄尔和患癌症的妹夫雷·麦克威。

书中还多次提到中国或与中国有关的事物：抗日战争时期著名的驼峰航线、中国风格的布鞋、中文、中国的方便面、西藏的转经筒等等。在第2章中还提到一个名为Kong Chow的饭店（本书中译为"孔家"），令人联想到"孔子"和中国"炒饭"（Chow Fun）。在她的另一部小说《船讯》里，还有"中国人所遗忘的航海知识，比世界上其他人所知道的还要多"这样的话。安妮·普鲁虽然没有来过中国，但她曾表示对中国"充满想象"。

除了在小说的开头部分由于罗亚尔执意离开引起父亲的"雷霆之怒"以外，整部小说中几乎再无人物冲突。安妮·普鲁用看似轻松的笔触刻画深刻的主题,包括美国的"性文化"和"枪文化"等等。

国外有批评者指出:"明信片组织起一条黑色的讽刺线索,将支离破碎的小说片段缝合在一起",用"有时难以理解的反讽"将"肮脏现实主义故事风格化",是带有几分血腥的"肮脏现实主义的奇怪和宿命故事"。而明信片在《明信片》中究竟有多么"反讽",还要当事人"道破":

> "他(罗亚尔)不知道畜棚的事,也不知道爸爸发生了什么事,他不知道妈妈搬进了房车,也不知道你我结婚快十年了,不知道达布在迈阿密已经很富有。不知道妈妈迷路了。给我们寄笨熊的明信片,难道我们要看这几只熊吗?他凭什么认为我想听他的?我才不在乎他那该死的明信片。现在该做什么?在全国各大报纸上登个通告:'致相关人士,朱厄尔·布拉德在新罕布什尔州里德尔山的雪中走失,她二十年没有音信的大儿子会打电话回家吗?'"(第39章)

虽然"明信片几乎是本能地被想象为旅行的副产品",但是将其作为文学创作的如此重要的一部分,为不同教育背景、不同文化程度和不同社会地位的人设计不同的语体、字体,包括语法错误、拼写错误、省略语、俚语等等,无疑是安妮·普鲁的创新尝试,首开先河。设想,这样的语言即使用印刷体写出来都是很不好懂的(设计它们的难度当然更不必说),更何况是用或专注或潦草、或兴奋或仓促,有些还是生硬的歪歪扭扭的字体手写出来!然而这正是这部小说的一大鲜明特色和精彩之处。虽然有英文读者也曾因为这些明信片读起来过于吃力而颇有微词,但在文学界依然得到肯定和好评。

黄宜思

目　录

第一部

第 一 章　布拉德 …………………………… *3*
第 二 章　明克的报复 ……………………… *21*
第 三 章　在路上 …………………………… *35*
第 四 章　我的所见 ………………………… *47*
第 五 章　不折不扣的惊吓 ………………… *51*
第 六 章　阴沟里的紫色鞋子 ……………… *55*
第 七 章　独臂闯荡 ………………………… *65*
第 八 章　湿草地上的蝙蝠 ………………… *81*
第 九 章　我的所见 ………………………… *97*
第 十 章　失踪的男婴 ……………………… *101*
第十一章　金鸡菊 …………………………… *113*
第十二章　碧丽 ……………………………… *117*
第十三章　我的所见 ………………………… *125*

第二部

第 十 四 章　玛丽马格深处 ················· *129*
第 十 五 章　印第安人的本子 ··············· *149*
第 十 六 章　烧得越大才越高 ··············· *155*
第 十 七 章　垂水农场保险理赔办公室 ······· *167*
第 十 八 章　我的所见 ····················· *173*
第 十 九 章　孤独囚禁的心 ················· *177*
第 二 十 章　酒瓶形状的墓碑 ··············· *193*
第二十一章　车道 ························· *203*
第二十二章　树林里的皮肤科医生 ··········· *209*
第二十三章　奥特的地盘 ··················· *217*
第二十四章　再说印第安人的本子 ··········· *219*

第三部

第二十五章　伊甸园 ······················· *223*
第二十六章　布莱特·伍尔夫 ··············· *235*
第二十七章　疯狂的眼睛 ··················· *257*
第二十八章　生命的核心 ··················· *265*
第二十九章　迷惑和不解 ··················· *271*
第 三 十 章　天体的困惑 ··················· *275*
第三十一章　图特·尼泊尔 ················· *285*

第三十二章	帕拉	299
第三十三章	奥布雷贡的手臂	303
第三十四章	风滚草	309
第三十五章	我的所见	331
第三十六章	猎枪	335
第三十七章	印第安人的本子	343
第三十八章	要下雨了	347
第三十九章	伐木路	355

第四部

第四十章	黑熊的胆囊	367
第四十一章	热带花园	395
第四十二章	我的所见	399
第四十三章	撩起裙子的骷髅	403
第四十四章	矮个子骑手诅咒法官	411
第四十五章	孑然一身	417
第四十六章	我的所见	427
第四十七章	红毛的郊狼	431

第五部

| 第四十八章 | 帽子老汉 | 435 |

第四十九章	我的所见	*445*
第 五 十 章	唯一的男人	*449*
第五十一章	红色衬衫的郊狼	*453*
第五十二章	La Violencia	*463*
第五十三章	骨头形状的雷击石	*467*
第五十四章	我的所见	*473*
第五十五章	白色的蜘蛛	*479*
第五十六章	泥淖中的脸	*483*
第五十七章	挡风玻璃上喷气式飞机的尾气	*487*
第五十八章	我的所见	*493*

译后记 ·· *495*

第 一 部

第一章
布 拉 德

October 1944
Dear Mr. Blood;
Our national agriculture program is the biggest job we've ever tackled—and there is no ''maybe'' about it—the job *must* be done. It's our obligation to put up the best electric stock fence money can buy. When you call on us YOU KNOW YOU CAN DEPEND ON ELECTROLINE. In response to your request a representative will call on you.

Mr Loyal Blood
RFD
Cream Hill, Vermont

1944 年 10 月
亲爱的布拉德先生：
　　此项全国农村计划是我们迄今为止实施的最宏大的工程项目——没有"或许"——它必定成功。我们要确保客户买到最好的牧场电网围栏。你联系我们的时候，你已经很清楚可以靠输电获利。作为对你请求的回应，我们将派代表和你联系。

罗亚尔·布拉德　先生
乡村免费邮递
牛油山　佛蒙特州

他还没起身,就知道已经无路可退了。甚至在不受控的性高潮中,他也很清楚这一点。他知道她死了,知道他已走上了一条不归路。即使双腿颤抖地站在那里,努力把铜纽扣塞进僵硬的纽扣孔里,他也知道,他生命中做过的和想过的每件事都得重新开始。即使他可以逃脱。

他无法呼吸,两条无力的腿勉强支撑着身体,拼命喘着粗气。他好像重重地摔了一跤,天旋地转,只感到血流在喉咙里剧烈地搏动。但除了这些之外什么也没有,只有自己粗重的喘息和一幅诡异而清晰的图景。密不透风的杜松①灌木丛像倾泻而出的水一样奔流过田野;盘根错节的山毛枫拥挤在石墙旁边,石墙在树丛间摇曳着。

他曾设想过那堵墙沿着碧丽身后的山坡向上蜿蜒,那是一种寻常的设想。他还曾想找时间把它修一修,把因为雨雪冰霜侵蚀和植物扎根而拱出来的石块归回原处。而现在他看到的是用有力的墨线描绘出的图景:沿着巨石不规则的裂隙镶嵌着一串串石英,一片霉菌上隆起的一簇簇苔藓仿佛人的肩膀,腐烂的

---

① 杜松(juniper),常绿灌木,在北半球广泛生长,有紫红色浆果供药用及杜松子酒调味之用。

树皮掩盖着黑色树疮,就像朽木上覆盖了一层铝箔。

一块大小和形状都像汽车后座的石头从墙上伸出来,它下面是一个隆起的小土堆,俨然是一个废弃的狐狸窝入口。哦,天啊,这本不是他的过错,但他们说是。他抓着碧丽的两个脚踝,把她拖到墙边,然后把她卷成一团塞到那石头下面,不敢看她的脸。她的身体已经瘫软。她那蜷曲的躯干,她那坚硬闪光的指甲,都是刚刚被烈火或洪水吞噬的生灵临死前应有的特征。岩石下面的空间很小。她的手臂向外低垂着,手无力而松弛,手指握拢,好像正攥着一柄手镜或一面美国独立日的旗帜。

他本能地把这种令人崩溃的惊骇转化为劳动,对自己不想理解的东西、持久的牙痛、恶劣的天气以及孤独感,这是他一贯的回应。为了在她的尸体上重建一堵墙,他一边堆砌石头,一边模仿着不经意码放的样子。一种神秘的本能左右着他。把尸体封进墙里之后,他又在周围撒了些枯树叶和树杈,并用树枝当扫帚把地上的拖痕和其他痕迹清理干净。

他从后院沿着围栏走出去,时而也会跟跟跄跄地走到空旷地带。他的腿没有知觉。太阳下山了,10月的午后天空渐渐昏暗了下来。田边的篱笆柱子像磨光的大头针一样闪闪发光,厚重的霞光给他的脸蒙上了一副铜面具。

蒿草在他膝旁摇曳,紫色的豆荚绽开,里面的种子雪花般飘落。他看到远处的房子在橘黄色的灯光下涂上了一层亮漆,映衬着白杨林,就像蚀刻在金属板上的景象。低垂的屋檐掩映着若干黑影,宛如盛开的花朵,使那些树木更加葱郁。

在果园里,他跪在地上,一遍又一遍用粗糙的野草擦拭双手。这里的树是半野生的,到处是速生枝条和枯木。一股腐烂水果的难闻气味扑鼻而来。"如果我全身而退。"他说,同时努力让锁紧的喉咙吸入空气,并四下快速张望,倒不是看那堵墙有什么问题,而是感受他爷爷用波尔多混合液①喷洒树木,那长长的喷杆在树叶之间发出的咝咝声,中了毒的果蛾②纷纷爆裂坠落。女人和孩子,还有他自己,站在梯子上摘苹果,背包的带子深深陷进他的肩头。树下摆着橡树木条编制的空筐子,装满了的筐子则被人抬上马车或送到包装冷藏间。还有老罗斯博伊那颀长、裸露的脖子和他那脏得不像样的高帽子,高得像个锥筒,那其实不过是一个经过改造的老旧糖浆过滤器,他总是不时敲打着桶边,认真地一遍又一遍重复说:"小心,一个烂苹果就毁掉一整桶。"

黄昏的薄雾从山坡上的树林边升起,天空变得模糊起来,像被污染的丝绸裙子。这一切他都看得清清楚楚,听得清清楚楚。但是发生在那堵墙里的事情却莫名其妙。野鸭滩边上一群郊狼在凄厉地呼唤着同伴。他的湿手沙沙地划过枯干的豆秸秆,穿过凋零的花园。惊扰起来的飞蛾像一团白雾在他身后拍打着。

他在房子的拐角处停了下来,对着朱厄尔的吊钟花③枯黑的梗子撒尿。花梗上干枯的籽荚嘎吱作响,在他哆嗦的双腿之

---

① 波尔多混合液(bordeaux mixture),一种硫酸铜和石灰的水溶液,用于杀虫。
② 果蛾(codling moth),一种侵害苹果、梨树等果实的害虫。
③ 吊钟花(canterbury bell),又名风铃草,一种人工种植的观赏植物。

间的阴影里升腾起一团稀薄的蒸汽。他的衣服并不暖和,灰色的工装裤,双膝部位沾满泥土,还点缀着一些杂草屑和荆棘芒,上衣上也满是树皮碎屑。他的脖子因为被她拼命抓挠还在刺痛。她那闪着寒光的指甲映入他的脑海,他把它赶了出去。树上的连雀①把干硬的树叶弄得沙沙作响,就像展开纸巾的声音。他听见厨房里传来明克的说话声,那声音像刚犁过的泥土一样沉重,还有妈妈朱厄尔用她那低沉平淡的声音回应他。一切似乎都没有改变。碧丽却不知怎么到了那堵墙下面,但似乎什么都没有改变,除了他那清晰得不可思议的幻觉和他胸骨下面某处的一阵阵挛缩。

门廊的两根柱子之间拴着一根麻绳,吊着一些豆科植物,他可以看清那麻绳的每一根纤维、阴影中每一片枯叶上的皱褶,以及鼓鼓囊囊的种子。一个破裂的南瓜,它的底部被泥土包裹着,像在一个已知的裂缝里张开的大嘴。他在拉开纱门的同时踩碎了一片枯叶。

门廊的角落里摞着金属丝编的蛋篮。从一个还盛有半篮白鸡蛋的篮子里流出的液体已经干涸,却在明克的畜棚靴下面沉积了一摊。散发着臭气的畜棚服装、达布的夹克,还有他自己的衣兜像伤口一样裂开的牛仔外套,都挂在钉子上。他在一块麻袋片上蹭了蹭鞋,走了进去。

"已经到吃饭时间了。你,罗亚尔,还有达布,要是再不出

---

① 连雀(cedar waxwing),一种生活在美洲的鸟类,尾部边缘和腹部为黄色。

现的话我们就不等了。从你四岁起我就是这么跟你说的。"朱厄尔把那碗洋葱推到他面前。她淡褐色的双眼被反光的眼镜片遮挡住了。控制她下嘴唇运动的那块肌肉像木头一样僵硬。

几个白色的盘子在餐桌上摆成一圈，其形状和明克嘴边的一圈奶油类似。他的脸上满是胡子茬，整洁的唇形因牙齿脱落而走了样。失去光泽的银餐具躺在蛋黄色的油桌布上。明克正手握切肉刀锯着火腿。火腿闻起来像血的味道。寒冷的空气在地板上飘荡，鼬鼠在墙上窜来窜去。在几英里外的山上，一个阁楼的窗户捕捉到最后一缕阳光，在那里闪耀了几分钟，然后就暗淡了。

"把盘子递给我。"明克的声音自从几年前的那次拖拉机事故后就变得嘶哑了，似乎是被某种解剖学上的声带捕捉器卡住了。他梗起脖子切着火腿，脖子后面出现夹着几条白道的褶皱。他的围裙口袋上写着"蛮牛①"。鲜红的肉片从刀上掉落到盘子里，盘子的釉料因温度骤然升高发出嗞嗞的响声。这把刀的刃部很薄，那是因为磨的次数太多了。明克在切带骨火腿时感到它的脆弱。这种磨损的刀刃很容易崩裂。他那苍白的目光就像冬天的牛奶一样发蓝，在桌子上扫来扫去。

"达布哪儿去了？ 没用的浑小子。"

"不知道。"朱厄尔说，一边从椅子上直起身来，一边从玻璃调料瓶里抖出胡椒粉，她的双手像两串胡萝卜，手臂上的肉

---

① 此处原文为"TUF NUT"，有"硬汉""莽夫"之意。作者在下文还用到这个词。

又丰满又结实,"但有一样我知道。晚饭迟到的人都可以不吃。我做晚饭是要趁热吃的。只要做好了,谁也不会耐烦再把它搁起来。我不管是谁,只要这时候他还不到,就可以忽略不计了。我才不在乎他是不是圣彼得,也不在乎达布又野到哪儿去了,或许他觉得他可以随意来去。他对任何人的工作都不满意。我才不在乎是不是温斯顿·丘吉尔抽着油腻的大雪茄想坐下来吃饭。我们不等任何人。如果还有什么吃剩的,他倒是可以拿去,但别指望给他留什么吃的"。

"我不这么认为。"梅尔妮尔眯着眼睛说。她的辫子在头上盘成两圈,用橡皮筋箍住,一到晚上松开就疼得要命,她的牙齿对于脸来说显得太大了。她的手和其他家人一样,手指弯曲,指甲扁平。她也和明克一样总带着自卑和无精打采的样子。

"没人问你话,小姐。你以为你靠卖马利筋豆角①赚了几个钱,就能对每件事都发表意见啦?钱真是神通啊。幸亏我没有被什么东西冲昏了头脑。"

"我有比马利筋豆角还重要的东西哩,"梅尔妮尔轻蔑地说,"这周我有三件大事呢。除了卖马利筋豆角赚了六块钱,我还收到了一封来自新几内亚的弗雷德里克·黑尔·波顿中士的信,因为他读了我在主日学校的香烟里留的纸条。还有我们班要去巴顿看一个关于强盗的表演,周五。"

"那六块钱是用多少马利筋豆角换的?"明克扯下他的畜棚

---

① 马利筋豆角(milkweed pod),一种生长于美洲的乳草科多年生草本植物的子房,其伞状花能分泌类似乳汁的白色液体。

帽,并把它挂在椅子的扶手上。一绺头发垂下来,他不停地把头往左边甩,想把它从脸上甩开。

"好几百,好几千。有三十袋呢。爸爸,你猜怎么着,有些孩子把还是绿色没熟透的豆角卖给他们,那样的一袋子他们只给十美分。而我是先把我所有的豆角放在干草垛上晾干。只有一个人比我摘得多,一个老头,来自托普底。他摘了七十二袋,但他不用上学,可以整天悠闲地摘马利筋豆角。"

"我还闹不清那些马利筋豆角摊在地板上到底是做什么的。一开始我还以为是罗亚尔在打廉价牛饲料的主意,后来我又认为是为了某种装饰。"

"爸爸,他们才不会用马利筋豆角做装饰呢。"

"不会才怪。马利筋豆角、松果、幽灵果、爆米花、苹果等等,涂上点颜料,就算行了。我曾见过几个女人和女孩子们用皱纸和毒葛①把一个草耙子搞成了装饰品。"

门被推开了几英寸,达布把他那红润的大脸蛋儿伸进了厨房。在他浓密卷曲的头发中间有一块光秃秃的地方,看起来就像树林里的一块空地。他假装内疚地环顾四周,当他的目光落到朱厄尔身上的时候,又装出害怕的样子,噘着嘴侧身溜进厨房,还把一只胳膊搭在脸上,好像要挡住别人打他的手。他的大腿很粗,走路姿势像那种剪刀腿的矮个子。他知道他是家里的废物。

---

① 毒葛(poison ivy),一种生长于北美的植物,叶片油亮有光泽,接触到皮肤会产生刺痛瘙痒的感觉。

"别打我,妈妈,我再也不迟到了。这次是实在不得已。嘿,我和一个人聊了聊,他说他叔叔飞过驼峰航线①,就是轰炸机坠落的地方,去寻找飞机上的幸存者。"

"发发慈悲吧。"朱厄尔说。

达布把椅子转过来,叉开双腿翘起椅子腿,他那只完好的右胳膊搭在椅背上,而左胳膊的位置只有空空的袖筒,袖筒通常是塞在他的上衣口袋里的,现在垂了下来。他的右耳朵上夹着一支骆驼牌香烟。有一瞬间,朱厄尔想起了他匀称的双臂,肌肉发达,上面的血管紧绷绷的,像细树枝。明克把切好的火腿片刮到达布的盘子里。

厨房在罗亚尔的眼里像透视图,正在向外退去,其中呈现的火腿结晶、壁纸上常春藤的两种不同深浅的绿色、挂在炉子上的用弯曲的铁丝穿起来的制作爆米花的玉米穗、烤箱门上写着的"惬意"一词、钉在墙上用于放账单和信件的朱厄尔的旧钱包、用线绳挂在一个钉子上的香料罐里面的铅笔头、贴在储藏室门上的梅尔妮尔画的旗子、玻璃的门把手、黄铜钩子和钩环、用于遮挡洗碗池下面的空洞的挂在松松的绳子上的污渍印花布、油布上的湿脚印等等所有的一切都变得平面而精致,却都从他的眼前退去,就像淹没在激流中的落叶。他以前似乎从来没有注意过母亲的印花布围裙、她身体前倾的坚定的样子,以及她

---

① 驼峰航线(Camel's Hump),"二战"时期中国和盟军的一条主要的空中通道,"驼峰"位于喜马拉雅山脉南麓的一个形似骆驼脊背凹处的山口,它的海拔高度高于当时美国主要装备机型的飞行高度,飞越十分危险。

的鹰钩鼻子和圆圆的耳朵。他们确实是那样的耳朵,他想,每个人都是,这些把他的注意力从那堵墙下面转移开了,还有明克那爱尔兰人的黑头发,细得无法看清一根根发丝。

达布把土豆泥堆到自己的盘子里,又在上面倒了些黄色的肉汁,用叉子叉着吃,还把嘴里的一块口香糖粘在盘子边上。

"飞机飞遍了整座山。一只翅膀擦到了狮子,就坠落下来散架了,翅膀也断了,尾翼落在一边,驾驶舱竟然飞出去半英里。告诉你吧,他们不知道那家伙是怎么活过来的,那家伙来自佛罗里达。他躺在雪上面,周围散落着九个人的血肉模糊的内脏和肢体,可他身上只有几处破口和擦伤,哪儿也没摔坏。这家伙以前还从来没见过雪。"

"那里有狮子吗?"梅尔妮尔问,以为那是藏在雪山岩石后面的野兽。

"哦,就是山顶,看起来像一头准备跳跃的狮子,也有人认为它像骆驼的后背。狮子党想把它叫作'蹲伏的狮子',但还是骆驼爱好者们占了上风,如愿以偿。所谓的驼峰上都是石头,一级花岗岩。看上去就是一堆石头。唉,哪里像什么骆驼、狮子或豪猪。他们在学校都学什么了!"

"看样子去年和前年是可怕的年份,发生了一些可怕的事情。这场战争。那个做杂烩的女人往眼睛里扎针,太可怕了。还有酒店浴缸里那个可怜的女人。"朱厄尔发出一阵阵叹息,把注意力转移到最近发生的可悲事件上,并怀着歉疚的心情享受着这一切。她的眼睛半闭着,厚实的手腕搁在桌边上,叉子横放在盘子上。

"就说那些傻瓜吧,"明克说,话语和嘴里的土豆泥和火腿搅在一起,咀嚼的动作使他胡子拉碴的脸颊不断扭动,"那个把火药罐带进厨房,用火柴点着看会不会烧起来的傻瓜。他真是个憨子,半个镇子都因此遭了火灾,他和他哥哥不是死了就是被人撕碎了。"

"这是什么鬼东西?"达布说着从他盘子里的土豆泥里挑出一个东西来,"这是什么鬼东西?"他手里捏着一个血淋淋的创可贴。

"噢,我的上帝,"朱厄尔说,"扔掉它。换点新土豆泥。我削土豆的时候割伤了手指,然后我摆桌子的时候就发现创可贴掉了。一定是在我捣土豆的时候掉在土豆泥里了。给我吧。"她说着站起来,把那盘土豆泥倒进喂猪的泔水桶里。她快步走着,系着鞋带的浅口高跟鞋显露出她不大的双脚。

"有那么一会儿我还以为,"达布说,"土豆泥上有块抹布。"

"达布。"朱厄尔说。

"我不明白,"梅尔妮尔说,"我不明白轰炸机在驼峰上做什么。难道驼峰上有德国人吗?"

达布以他那愚蠢的方式大叫大喊。梅尔妮尔都看见他喉咙里的小舌头了,还有他牙齿上的黑色瘢痕,以及左边被火车工人打掉牙齿后留下的空牙龈。

"别担心德国人。就算他们漂洋过海到了骆驼峰上,他们又能做什么呢?'喂,海茵茨,我琢磨着,在一个布拉德农场,

13

梅尔妮尔冒着危险在采集马利筋豆角。'"达布挂在脸上的笑容就像一个打湿了的绳子头。

明克把食物端给罗亚尔的时候,火腿悬在盘子边上,土豆泥在中间呈圆锥形隆起,就像在一片冰冻的大海上的一座冰山。

罗亚尔站起身来,黄色的煤油灯光只照到他的胸部,照不到他的脸。他那被野草染绿的手指蜷在一起,撑在桌子上。"我有话要说。碧丽和我受够了这地方。我们今晚就离开。这会儿她正在等我。我们马上就出发,去西部,到那里找个地方,买个农场,迎接新的太阳。她的想法是对的。她说过:'我甚至都不打算去看望我的父母和家人。如果我再也不用见他们中的任何一个,那就太好了。'她只想离开。我想说的是,我只是来跟你们交代一声,我来不是为了吃什么晚饭,也不是来听什么德国人和土豆泥的扯淡的。我是来取我的钱和车。希望你们告诉她父母一声,她走了。她不想见他们。"他一边这样说,一边心里也明白他们只能这么做。现在看来一切都很简单,他真不明白自己为什么要反对这个想法。

一阵沉默。一种不和谐的气氛在餐桌上蔓延开来,就好像他盲目地敲击了一个钢琴键,它发出了一个雾笛般的长音。

明克弓着身站着,头发垂下来遮住了眼睛。"你到底在说什么!这是你开的玩笑吗?十年来,我只听你说你觉得这个地方该怎样经营才更好,可现在你又说要另谋高就,就像换衬衫一样说换就换?十年来我一直听到的都是你对这个地方的规划,你说你想把奶牛的品种从泽西牛换成荷斯坦牛,'停战后只要一有电,我们就买一台挤奶机,专做牛奶生意'。在牧场和草田里多种紫花苜蓿①,建一个畜棚,还要多种些玉米,集中精力把奶牛场商业化。至于提高利润,我们把主要精力投在奶牛场上,不要为没有大庄园、没有猪场或火鸡场而担心,需要这些时可以买来吃,这样更省事,效率更高。我现在都还能听见你说的那些话。这些话把我的耳朵都磨出茧子了。可现在呢,你想让我把这些都像吞蛋糕一样吞下去吗?

"还有,先生,我再提醒你还说了些什么。你还抱怨过田地都被杜松侵占了,还滔滔不绝地谈论果园、害虫、枯树什么的。你还说过,那棵云杉把那片松树林的春天都剥夺了,西边牧场的草三年都没割了,到处都是烂樱桃。你还说希望白天能有四十个小时的阳光,这样你就能做点什么了。"

罗亚尔完全没听进去他在说什么,只是看到他鼻翼两侧如同折叠的橡胶般的法令纹直达他的嘴角,看到明克脖子上的青筋,联想到那紧贴着皮肤流淌的泛红的血流,想到动脉因各路血流的冲击而膨胀得像手指般粗细,想到他踢一只狐狸的上身时它的肋骨发出的咯吱声。

"你不能只留下我们俩来管理农场,"明克用他那低沉的声音说,他的自怜进而转化为愤怒,"上帝,你弟弟只有一只胳膊,我自己的身体也自从那次被该死的拖拉机撞到胸口以后就每况愈下。要不是身体的缘故,我一定把你打得屁滚尿流。你连个

---

① 紫花苜蓿(alfalfa),一种主要用于牲口饲草的牧场草本植物,嫩芽亦可用于调制沙拉。

屁都不如。你他妈的倒是说说，我和达布如何给那十九头奶牛手工挤奶？还有，你那两头该死的荷斯坦奶牛，其中一头回奶了不说，还总踢来踢去。天啊，我恨那双牛眼。你这个狗东西，我们做不到。"

"岂有此理！荷斯坦奶牛脾气好得很，比你买的那些小泽西牛强多了，产奶量几乎是泽西牛的两倍。"他无意中打开了过去争论的话题。

"是啊，看看它们的食量有多大。还有，乳脂不敌泽西牛的一半。泽西牛是这里的定型品种，适合在贫瘠的草场生存，还能帮助经营农场，很皮实。我还告诉你。你只要一离开农场，它们就会跟着你的制服屁股后面撵你，让你喘不过气来。别忘了，战争还没结束。农活才是最要紧的工作。忘记西部吧。你不看报纸吗？没听广播吗？西部的农场都旱死了，被沙尘暴吹走了。你老实待着吧。"

达布用拇指的指甲划着一根火柴，点燃了香烟。

"我得走了，"罗亚尔说，"我必须走。去俄勒冈或蒙大拿——什么地方都行。"

"再放一次唱片，查理，"达布说，"所有人都喜欢跟着那首曲子跳舞。"烟从他的鼻孔里喷了出来。

朱厄尔把双手放在脸颊上，往下拉，把脸拉长，露出眼镜后面红红的内眼睑。"我不知道，"她说，"那军人聚餐怎么办？我们星期六晚上要举行军人聚餐，自助式炖牛肉大餐，军餐式的。我还指望你星期六早上带我去教堂呢。你等到那时候再说吧。碧丽是要戴着厨师帽给大家分餐的人。她必须留下来。"

"就是为了碧丽,我们今晚就得走。这其中当然有原因,但现在没有必要说。我这就走。"他粗鲁地把身体靠向他们,卷曲的黑色胸毛在他衬衫的开口处显露出来,衬托着白得发蓝的皮肤。

"哦,上帝,我明白了。你把她肚子搞大了。她想离开,这样就没人知道了。有个词可以形容像你这样的人,把自己逼到一个无法回头的绝境,"一个声音从旁边飘过来,"但我不要在你妈妈和妹妹面前说这个词。"

"嘿,你走好了,罗亚尔,"达布说,"你要把这个农场给毁了。"

"好吧,我知道这就像在滚烫的粪坑里洗澡,但我也没想到会糟糕到这步田地。难道你们还不明白吗? 我得走了。"

他跑上楼,来到他和达布一起住的那个天花板倾斜的房间,丢下盘子里的火腿,丢下背对着桌子的椅子,丢下冲着梅尔妮尔的脸、满是苍蝇斑点的镜子。他从床底下拖出他那只旧提箱,打开,并把它抱到床上。他把几件衬衫一把攥在手里,木然站立了很长一段时间,手提箱的盖子张得大大的,仿佛在嚎叫。在楼下,明克正在发火,咆哮着,还传来砸东西的声音 —— 通往储藏室的门撞击的声音。罗亚尔把衬衫扔到箱子里,然后他觉得一切都在那一瞬间改变了,他的生活偏离了主线。这瞬间并非出现在他那被盲目的情欲控制的身躯压在碧丽上面的时候,而是出现在那几件衬衫柔软服帖地落到箱子里的时候。

17

他在壁橱的一只靴子里找到了达布的酒瓶子,他拧紧瓶盖,把瓶子扔进箱子。他一边大步走下楼梯,一边将硬邦邦的束箱带子穿过手提箱的扣环。他听见明克在用力摔摔打打,看见那个老东西正在用钉子把厨房的门钉死,让他无法出去。

他只用了几秒钟就穿过房间。然后他踢开了窗户,跨过通向门廊的倾斜的玻璃天窗,把所有的一切留在身后:索具,欢快的小泽西奶牛,那一对有着厚重肉色乳房的荷斯坦奶牛。达布的油渍布的气味,畜棚后面旧铁器的气味,还有树林边的那堵墙。那里发生的事情已经结束了,在匆忙中结束了。

在镇里的公路上,他思忖着事情发展到现在这个地步不过是一个不堪的笑话。一直喋喋不休地嚷着要搬走,要出去,要开始新生活的碧丽,现在永远留在了农场;而本来从来没有想过农场以外的任何事情,除了农场什么也不想要的他,却行驶在了离开的路上。他握紧了方向盘。

有什么东西在硌他的屁股,他摸出来一看是梅尔妮尔的小鹅笛①,这个胶木玩具上的各种新奇花纹就是在家里地板上踢来踢去时留下的,边上还有驮着垛的驴子图案,垛里面装着仙人掌。他摇下车窗,想把它扔出去,但因为车窗开的缝隙太小,它被弹了回来,他就顺手把它扔到了后座上。

天色已近黄昏。在一个草甸把树木分开的低洼处,他停下

---

① 小鹅笛(ocarina),一种类似埙的乐器,通常呈椭圆形,上面有八个音孔。

车来最后再看一眼这个地方。但是发生过的事情不停在脑海闪现。它已经发生，并且已然了结。

眼前的景致仿佛凝固在明信片上的图画，房子和畜棚像田野的海洋中黑色的船，天空的薄膜上残留着最后的阳光，厨房的窗户还依稀可见，在那建筑物后面的更远处，那二十英亩富饶的原野就像朝南翻开的一本《圣经》，一股涓涓流淌的水脉的凹痕几乎正好横亘在它的中央，形成十英亩的两页。他在手提箱里翻了翻，找出达布的酒瓶，喝下了里面冰冷的威士忌。美丽的牧场，他辛勤劳作了四五年的成果，并没有明克的功劳。是他自己设法把沼泽地带的水排干，用石灰土中和土壤，以便播种三叶草，并且连续种植了三年，以改良土质，去除酸性。然后种植紫花苜蓿，精心服侍它，照看它。那是甜蜜的好东西，有些硬，但充满营养。所以那些牛才会产乳脂。可是除了他以外，明克什么都没做。一听到罗亚尔的名字，人人都知道那是全郡最棒的牧场。这就是为什么他设想过爬到杜松后边的山坡上面去，尽管碧丽并不关心田地，也分不清好田坏田，他不是要去做她认为他想做的事，而是想俯瞰他的牧场。

"现在我全清楚了，"她说，"在我看来，这就是一块倒霉的老田。"她摇了摇头，"我真不知道我能从你身上得到点什么，罗亚尔。"

在昏暗的光线下，田野看起来像深绿色的毛皮。

"这是你最后一次瞭望了。"他一边自语，一边把达布的酒瓶丢进仪表盘旁的小隔箱里，然后把车挂上一挡。他眼角的余光稍稍注意到田野上的一个白点。这对狐狸来说太大了，对鹿来说形状又不对。而且那块田里也没有树桩。

然而就在这会儿他已经离家十四英里远了，此时正路过一座桥，他小心翼翼地踩着刹车，以免撞上一个浑身毛刺的动物，一开始他以为那不过是只迷路的畜生，后来才发现那是他的狗。他曾吩咐这狗来这里坐下等他，它竟然一直在等。天啊。

第二章
明克的报复

> Don't come out my FARM no more with your DAMN insemnation racket. We got rid the Holstins. Guess we stick with god Local Jersey stock do it the old fashion way with a BULL.
> <u>Minrton M. Blood</u>

> F. Fuller
> County Agent
> Office
> Cream Hill

不要再把那该死的配种把戏带到我的农场来。我们已经把荷斯坦奶牛都处理了。留下的都是很棒的泽西牛，交配还是老方法，用公牛。
明克顿·M. 布拉德

F. 富勒
郡守办公室
牛油山

由于满腔怒火难平，明克依然暴跳如雷，他在屋里一瘸一拐地走着，把有关罗亚尔的东西全都扔到地上：钉在前厅墙上的一架飞机模型，夹在一个镶金边的票夹里的罗亚尔上学时的照片——他是班里唯一拥有满头卷发的帅气男孩——立在前厅的许多相框前，旁边的馅饼皮颜色的樱桃木桌子上还放着一个纽扣盒。还有粘贴在一张硬纸板上的4-H①绑腿丝带，有红、白、蓝等颜色，高中毕业文凭上粗黑的字体，证明罗亚尔完成了农业和农学以及手工艺方面的课程，他在农业学校的那一年读的《乳业管理》，是一本深蓝色封面的厚重大书，以及他的牧草改良成果证书，旁边还有一份剪报，上面是郡守富勒先生把证书交给罗亚尔的照片。所有这些东西统统被他扔在了地上。

他把罗亚尔的畜棚外套塞进厨房的炉子里，接着把罗亚尔盘子里没动过的食物都刮了进去。浓烟从炉子的无数裂缝里冒了出来，在天花板下盘旋，然后旋转着变成一股热气从破碎的窗户洞涌了出去。达布在储藏室的门后摸索着，找一些硬纸板

---

① 4-H，参加美国农业部在农村地区设立的一个扶助计划的标志。该计划旨在通过传授农业、畜牧业、木工等方面有用的技能，提倡社区服务和个人发展，帮助年轻人成为有能力的公民。

来把窗户堵上。朱厄尔满脸通红，眼睛眯成一条缝，摆弄着炉子的风门。炉子的烟囱里发出一阵轰响，那是因为弯头处的烟油突然被高温点燃，把发臭的烟筒都烧红了。

"天啊，妈妈，你这是在拿烟囱玩火吗？把风门关小。"达布喊道。

明克走过来，现在稍微冷静了一些，但依旧目露凶光，他刚刚拿着罗亚尔的点30-30步枪从楼梯上下来，一瘸一拐地穿过厨房，并让门敞开着。达布心想这老家伙是要把它扔进泥塘里。这样他过两天就可以用土豆耙子在泥塘里来回耙，兴许能把它打捞出来，然后可能需要一天的时间清理它，给它上油，让它恢复原状。这是一把好步枪，值得下点功夫。只要匍匐在草垛仓库的窗台上，就可以像其他人一样用它射杀猎物了，可以打鹿。他拆拼着满是污点和折痕的纸板箱，然后蒙在窗框上，用左膝把纸板抵住，再钉上钉子。

"我得去裁几块玻璃，明天再安上去，如果有人能帮我把它们就位的话。"但他已经脸色苍白了。

朱厄尔清扫着弯弯曲曲的碎纸片、油灰块和渣土。她挺直身子，把印花裙子撩起，露出了脚上的罗纹棉袜，那是从蒙哥马利·沃德[①]公司买的肉粉色长筒袜。

"食物里有碎玻璃，妈妈，桌子上到处都是玻璃，"梅尔妮尔说，"门廊上还有几大块。"

[①] 蒙哥马利·沃德（Montgomery Ward），美国知名的多种经营连锁商店，于1872年由企业家沃德创立，经历百余年后于2000年停业。

"那你先把盘子刮干净吧,千万不要刮到猪泔水桶里。我得把它们拿到外面扔了。我不知道母鸡会不会误食碎玻璃,但我觉得有可能。必须把它们扔到园子后面去。"

畜棚里传来砰的一声枪响,接着又是一声,过了一段时间,又是第三声。母牛像短吻鳄一样嚎叫着,长啸着,不停地跺着地,把柱子弄得嘎嘎作响。在一片嘈杂声中可以听到亚伯拉罕神父的吼声。

"见鬼!这太可怕了,"达布说,"干这种事真的太可怕了。"朱厄尔打了个寒战,用手指捂住嘴,看着达布走到门口,从钉子上摘下他的外套,穿过厨房走到柴房门口。

"小心。"她说,希望他知道该小心什么。梅尔妮尔开始抽泣起来,不是因为奶牛,而是因为明克的愤怒就像从拧成一团的软管里喷出的水一样喷涌而出。他可能会用斧头把他们全砍了。

"克制一点,上床去吧。"朱厄尔说着把桌上的盘子收拾了起来,"去吧,我的麻烦已经够多了,你用不着在这儿哭哭啼啼。"

明克进来的时候,她正坐在桌子旁。从早晨起她就看到他的脸颊上长出了一撮灰白色的毛发。他连擦都没擦就把步枪扔到柜子上,然后坐在她对面。他的手很稳。一缕斑驳的头发从他戴的帽子下面冒出来,像凶狠的犄角悬在他的眼睛上方。

"感谢上帝,我们再也用不着给那两头奶牛挤奶了。"他的工作服前面有几滴细小的血迹。

雾霭像舞台上的幕布一样从小溪中升起。上午10时左右，树木依然低垂着湿漉漉的枝干，静悄悄的。每个地方的表面都被一层浓密的小水珠覆盖着，使得树皮、木头、油漆甚至土壤都显得苍白。草地上达布和明克经常走来走去的地方出现了一条条黑乎乎的小路，就像一根根顶端插着珍珠的硬毛发。畜棚顶上的冰融化了，猪粪堆让猪的腿深陷其中不能自拔，一片黑色的泥沼表面冒着气泡。

明克天不亮就出来了。朱厄尔在听到拖拉机的声音后挣扎着从睡梦中醒来，拖拉机拉着那两头荷斯坦奶牛进了沼泽地。在那里，狗、狐狸和乌鸦会找到它们。发动机的声音在雾中回荡着，时断时续。

"我们至少可以把肉留下来啊。"她想。在她看来，明克的愤怒是如此奢侈，以至于他只有在地狱里燃烧他的愤怒，直到他的皮肉变得像透过香烟盒上的红色玻璃纸看到的景色一样深红。这并不是什么新鲜想法。

他劣迹无数。她不可能全都忘记。他的一记耳光就把人打倒在地，他无情地痛打两个孩子，就像他自己曾遭受的一样。罗亚尔大概三岁的时候，穿着红色的小靴子，步履蹒跚地走过泥泞的畜棚院子，像一头迷路的小牛一样尖叫着，但手里仍然紧紧抓着他的空牛奶桶。那其实是一夸脱的奶油罐。当他踩到新鲜牛粪时，牛奶全洒了。明克在他走到畜棚院子中间时打了他一巴掌。"我叫你小心脚下！别把牛奶弄洒了！"等罗亚尔走到门廊台阶上时,他那被打肿的鼻子已经变得像鸡蛋那么大了。在后来的两周时间里那奶油罐就一直挂在那儿,孩子执着地偷偷躲闪着明克,那模样就像一只长着两个黑眼圈的浣熊。当她怒气冲冲地跑到畜棚时,倒把明克吓了一跳。"听我说,我们得从小培养他,这是必需的,是为他好。我也是从这样的经历过来的。我保证他以后再也不会把牛奶洒出来了。"他倒是真不会了。

还有达布,也如此。他在五六岁的时候曾被迫趴在桌子底下和狗一起吃饭,然后明克抓住他的头发把他拎到半空中吼道:"你到底会不会从盘子里吃饭! 会不会?"

但她无法用这些事实提醒他,因为他的怒火总是一点就着。布拉德家的暴脾气。罗亚尔也同样暴躁,但发完火之后又会变得像牛奶一样温和。

明克和达布从畜棚回来晚了。厨房的钟显示9点时,达布拿起放在炉子后面的斑驳的咖啡壶,品尝着热菊苣①的味道。他还往一个有缺口的杯子里倒了一些咖啡给明克。注意力的焦点和砝码在他们之间来回移动,就像算盘上的算盘珠。敌意和怒气消融了。对达布游手好闲的习惯,以及他爱好黑人音乐的糟糕品位,还有他不知从哪个犄角旮旯弄来的原始男孩哈利的那些诡异的唱片,明克都竭力抑制自己的蔑视。让他不满的还有,

---

① 菊苣(chicory),一种略带苦味的蔬菜,通常用于生拌沙拉。

达布常去拉特兰的孔家餐馆，在那里一口气吃下三美元的蔬菜和鼠棕酱。周六他还会去彗星路边酒店，喝得醉醺醺的，用脏兮兮的手摸女人。

而达布则隐忍了明克单调的说教和狭隘的卖苦力理论，以及他那让人哭笑不得的信念——拍卖牲畜就是最高级的娱乐。他甚至把老家伙射杀那对荷斯坦奶牛的事也忍下了。

在昏暗的灯光下，当达布伸手提起已经装满牛奶的桶把手，并给明克换一个新桶的时候，他们那布满老茧的手感觉就像木头块。达布继续埋头工作，把下一头奶牛的乳头和乳房侧翼擦拭干净，还一边舒缓那昂着头的默娜罗伊的紧张情绪。就这样，他们开始适应辛勤的劳作。没有了罗亚尔，工作的重担压得他们喘不过气来。达布勉为其难；明克一刻不停地忙碌，挤完了十四头，再坚持，终于十七头都挤完了，他的前臂隐隐作痛，后背也像裂开了似的。而达布觉得这太了不起了，并平生第一次在明克说起他失去的胳膊时感到难过。

现在罗亚尔离开了，对父爱的渴望又在达布身上萌发了，以前他不知道自己还有这种渴望，这种渴望在他游戏人生和行无定止的处世态度中变得淡漠，但在这个时候却变得无比强烈，难以满足，尽管这并没有消除他的旧恨。他喃喃念叨着，就像一种对抗命运的符咒："总不至于像他这样。"

他们默默地干着活儿，听着有关农业的新闻报道、鸡蛋价格、战争消息，这些都是从牛奶房门边架子上放着的收音机带着杂音播出来的，收音机上沾满尘土和杂草。曾几何时，在挤奶、运奶的忙碌中，这位父亲和他的小儿子变成了两个同等地位的人，一同执着于无休止的劳作。"我们会好的。"明克说。因为挤奶，他胳膊上的肌肉鼓起来，又消下去。

"光挤奶就要三个半小时。我挤完奶了，可达布搬运牛奶拖拖拉拉，真该死。总共加起来一天要七小时围着奶牛转，还要粉碎草料、喂草料、清理畜棚，还要赶在下雪前把肥料撒出去，明天还要在七点前把奶送到路上。加上其他零活儿，比如土豆该挖了，木材也还没有拉。还有，这周必须做的屠宰的活计，我们真得整夜不睡觉了。要是我把现在要做的事情列一个清单，那把家里所有的纸张用完都不够。我也不知道我还能不能拿铅笔，不知道我的手除了摸奶牛的乳头还能不能摸其他东西。你和梅尔妮尔得好好照看鸡，尽量摘苹果，多挖土豆。梅尔妮尔得请假一周左右，直到我们把事情处理好。除非我们不睡觉，否则办不到。"他说的倒是真的。但是他那强词夺理的样子让朱厄尔受不了。

"要是我们得出去干活，你也只能将就着吃晚饭了。我不能又杀鸡、喂鸡、挖土豆、摘苹果，同时又做一顿丰盛的晚餐。你不能叫你兄弟的儿子欧内斯特或诺曼来帮忙吗？"其实她知道他不能。

"要是我因为拉木头就能在挤奶上偷懒就好了。该死，我需要一顿丰盛的晚餐，指望你能给我做好。"他提高嗓门，"不，我不能让奥特的孩子们来帮忙。首先，诺曼只有十一岁，力气和干草差不多。欧内斯特已经在帮奥特干活了，奥特说他对此事的抵触就跟抵触服毒差不多。"

他知道,她倒真想看他服毒。

大路上传来一辆汽车碾过的声音。朱厄尔走到窗前。

"我就知道她会来,是尼泊尔太太和罗尼。"

"我到外面的畜棚里去。"明克说着,拉了拉他的工装裤。这场争论使他的脸色有了变化,朱厄尔想起了他年轻时的样子,衬衫下白皙的皮肤,闪着蓝光的眼睛和纤细的头发,他那充满活力、昂首阔步的走路姿势,以及他下意识地拉工装裤的动作,为的是解放受到粗布摩擦的私处。

他和达布走了出去,到柴棚里,两人的移动就像一对组合。门廊上的电铃响起。尼泊尔太太粗壮的手指正扶着门框。

"别干站在那儿,尼泊尔太太,快进来吧,还有你,罗尼。"朱厄尔一边喊,一边沏茶。这位老太太在婴儿时期曾被热咖啡烫伤了嘴,从此她就再也没有碰过咖啡。她喝茶也总是一直放置到温度合适了才喝。"料想我们很快就能见到你。"尼泊尔太太有一种发现麻烦事儿的本能,就像大雁在白昼渐短的日子里会高飞迁徙一样。她对千里之外极其轻微的不和谐声音都能察觉。

"在经历了这些之后,"朱厄尔之前曾低声告诉梅尔妮尔,"古巴那儿有什么事不对劲她可能都知道。"

"那她经历了什么啊?"梅尔妮尔问道。

"在你长大成人之前,我什么都不会告诉你。你不会明白的。"

"我会的,"梅尔妮尔哀求说,"告诉我吧。"

"还是不说为好。"朱厄尔说。

"罗尼去畜棚找罗亚尔他们说话。"尼泊尔太太侧身走进门来,然后看了看破碎的窗户,又看了看水槽里的土豆皮,接着看了看木棚半开着的门,又看了看朱厄尔脸上扭曲的笑容。她已经嗅到了愤怒,嗅到了烟火味,嗅到有人离开了。坐在明克的扶手椅上,即使透过她那厚厚的棕色裙子,她也能感觉到椅子上残留的温度。不需要有人告诉她发生了什么事情。她知道明克是看到她来了才起身去了畜棚。

这位老妇人撩开头发,看了一眼那只下了无数蛋的母鸡,她那卷曲的白发是在科琳·克劳奇家的美容院烫的。她有一双湿润明亮的眼睛,丰满的乳房、突出的臀部,甚至没有适合她穿的胸衣,她弯曲的双腿在她的骨盆上是那样偏斜,以至于她走起路来就像一把摇椅,摇来晃去。有一次,达布偷偷地对罗亚尔说,她的两条大腿之间的距离肯定能塞进三个拳头,假如她骑在一匹克莱兹代尔马[①]的马背上,那简直就是晾衣绳上的一个衣夹。

她叹了口气,手碰到了油布上一小块尖尖的碎玻璃。"果然到处都有麻烦,"她挑起话头,为的是给朱厄尔一个开口的机会,"就在上个月,罗尼收到了牛奶运输站的一封信,信中说他们正在整合那条线路,再也不能到农场来收奶了。如果我们还想

[①] 克莱兹代尔马(Clydesdale),一种重型驮马,起源于苏格兰的克莱兹代尔,腿上有丝状长毛。

把奶卖给他们，就得自己运到大路边上。他也真就一直在这么做了，但这工作很繁重，而且费时间。我怕他会因此损失惨重。不知道他们指望我们怎么应付。我侄女艾达的嫂子，你还记得艾达吧？图特还活着的时候她就和我们住在一起，有一年夏天她帮我在花园里摘浆果、摘苹果，不知道有多忙；还帮图特和罗尼运干草。就是那个被黄蜂蜇了的女孩，那黄蜂在南瓜下面有个窝。现在她住在肖勒姆那边，我听她说她嫂子查尔斯·伦弗鲁太太在巴顿开了一家自助餐厅，她丈夫参加了空军，可她被逮捕了。我从没在那个餐馆吃过饭，我相信我以后也不会去那里吃。她开枪打死了那个在她那儿修电灯的叫吉姆的家伙，是用他自带的猎枪。因为他鬼鬼祟祟地好像在偷东西，还往窗户里看她在做什么，而且看了很久。她请了一个厨师来帮她经营餐厅，那是个来自南美的有色人种，她没说他叫什么名字，但是电气公司的那个人看见查尔斯·伦弗鲁太太亲吻那个厨师，他拿着猎枪走了进来。他自己也喜欢她。人们都说她是个漂亮的女人。她把猎枪从他身边拿开，然后朝他开了一枪，把他打死了。他们抓到她的时候，她就承认了一切，但又说一切都是意外。她有六个孩子，最小的才四岁。可怜的孩子们。报纸上全是她的消息。真可怕，不是吗？"她等朱厄尔开口搭腔。没有什么比查尔斯·伦弗鲁太太在光天化日犯下的重罪更糟糕的了，她把这个故事讲出来是想给朱厄尔一个安慰，以减轻她的心理压力。她的身体微微前倾。

朱厄尔把那杯茶递给她，茶叶包的吊线悬在杯边。"昨晚我们家遇到一个小插曲。罗亚尔来吃晚饭，吃着吃着就站起来说碧丽和他要去西部。他们昨晚就离开了。这有点出乎我们的意料，但现在的孩子就是这样。"

"是吗？"尼泊尔太太说，"真让人无法理解。罗尼会不高兴的。他和罗亚尔那么要好。"她估计一定有什么不对劲的地方，事情就这样直截了当地说了出来，没有细说都有谁说了些什么。她知道肯定有更深层次的东西。明克一定气疯了。朱厄尔现在讲故事的方式似乎不像是那种随着时间的推移而积累起来的故事，相反，它会浓缩、回缩，最后变成一件没有人谈论的事情，不消一年的时间，它就会被人遗忘。有很多这样的事例。她自己就知道一两个，都是严肃的事情。她一直不明白罗尼为什么喜欢罗亚尔。他并不出众，即使是在专干错事的布拉德们中间也是如此，除了他的力气和他的工作狂精神。但是，靠一个人的力量是不可能让农场恢复生机的，因为有太多不利因素。从他祖父的时代开始每况愈下，当时为了方便马群和美利诺羊①跑动，牧场被严实地围了起来。当时只有三头奶牛供家里喝奶和制作黄油奶酪。她很喜欢朱厄尔，但这个女人是个邋遢的管家，男人还穿着畜棚里的衣服她就让他们进屋来，让灰尘和蜘蛛到处安家，她还有点看不起牛奶房的工作，不愿意干。

"我知道，碧丽很想离开这里，也难怪她。但是我很惊讶罗亚尔会跟她走。他从一开始就是个地道的乡下男孩。她很快就

---

① 美利诺羊（merinos），一种产于西班牙的白色细毛绵羊，毛密、质量高，适宜做羊绒服装或织物。

会明白,你可以把这男孩带离这块土地,但是你永远无法把这块土地带离这个男孩。单凭明克和达布两个人可伺候不了这么多奶牛。达布还在家吗,还是又出去了?"此刻她的声音是那么柔顺,连喉咙痛都能治好。

"自从那次事故之后,他就一直在家。但你知道他是什么样的人。他们两个干不了这么多活儿。只靠他们俩无法经营农场。我想我们得雇人来帮工。"

"你谁也雇不到。去年冬天,还有今年春天和夏天,罗尼都试过了,我猜方圆二十英里内能拿干草叉的人他都认识。我直说吧,他能找到的最好的劳动力也不过是小学生和带着木腿或拄着拐杖的百岁老爷爷。有些地方还招收女孩呢。梅尔妮尔怎么样? 也许她可以挤奶。她多大了,十二三岁? 她来过那倒霉事儿了吗? 我八岁的时候就挤奶了。或者你可以让她接管家务,你去挤奶。有人说,来过倒霉事儿的女人给奶牛挤奶会让奶牛烦躁不安。可我自己从来没注意过。"老太太说着呷了一口茶。

"当然没有,太太。但我和我女儿都不去畜棚工作。畜棚是男人工作的地方。如果他们干不了,可以雇人。我把两个男孩送进畜棚,这就够了。明克已经安排我和梅尔妮尔去做他一半的其他工作了。"

"我发现,帮手很难找,男孩子们又都去打仗了,所以有不少农场都在待售呢。还有奶油价格的波动。当然现在还好,战事还算顺利,但是有可能会出现变数。我听说达特农场就被卖掉了。三个男孩在服兵役,另外几个在造船厂工作,还有一个女孩参加了护士培训。克莱德说：'我真不明白我们为什么要在这儿浪费时间，我们本可以赚大钱，却在这里自相残杀。'听说这个男孩去了缅因州的巴斯，那里有人教他学焊接，现在他已经有了一份高薪的工作。我还听说那女孩也找到了不错的工作。他们不但有工资收入，还把农场高价卖给了一个刚从宾夕法尼亚来度假的教师，从这些收益看来，他们的日子过得很不错。罗亚尔和碧丽这么突然就走了，真不可思议。而且他什么也没跟罗尼说。这周罗尼和他本来说好去猎鹅的。这次我们来主要就是为这件事，让罗尼和罗亚尔商定时间。我倒觉得他们应该猎杀抓鸡的老鹰，它们叼走了我不少母鸡，现在又有一只火鸡不见了。我不知道雌鹰能不能抓起火鸡，但我猜它们能把火鸡弄到隐蔽的地方吃掉。但也有可能火鸡是被狐狸叼走了。我不知道罗尼没有了罗亚尔会怎么样，他们是那么要好的朋友。没有罗亚尔，你会发现很麻烦。他是个能干的工人。"

"我想我们会有办法的。但我还不知道是什么办法。不过有一点，我绝不会去畜棚干活，梅尔妮尔也不会。"

第三章

在 路 上

```
June 11, 1923
Dear Mr. Wicogg,
I believe we got some good pictures that
will prove useful. A number of the porky-
pine, Deer, string of trout, McCurdy
Lodge, Guides, Bridge across Ausable
Cahsm and a BEAR coming down
for the lodge's garbage of course
the garbage don't show. I will be in
Trenton next Tues. with prints.
        Respectfully yours,
        Oscar Untergans, Photog.

                    Mr. James Wicogg
                    Wicogg Postal Card
                    and Map Co.
                    Trenton,
                        N. J.
```

1923年6月11日
亲爱的韦科格先生：

我相信我们得到了一些很珍贵的照片，一定能派上用场。大松树林、鹿、一串鲑鱼、麦柯迪旅馆、野猪、溪流峡谷的大桥，从树林深处走出来一只熊来吃旅馆扔出来的垃圾，当然照片上没有垃圾。我下周二回桑顿，带着照片。

你的满怀敬意的
摄影师　奥斯卡·昂特甘斯

詹姆斯·韦科格　先生
韦科格明信片及地图公司
桑顿　新泽西州

时间刚刚好。他一直向北开车到了湖的尽头。他有一小卷钱，都是乡下人用的美元纸票，油乎乎的，还很破旧，因为不停地从机械师、农场工人、伐木工的手里转来转去。他的汽油配给券足够他到一些地方了。好像没有人在追杀他。他觉得不会有人追杀他。那堵墙建得很好，他想。如果狐狸没有在下面挖洞，如果没人上去，就没有问题。谁会去那里呢？没有人会去那里。

秋日的寒冷使道路变得坚硬，车辆也不多。天气正适合打猎。有几辆汽车，还有一辆满载原木的卡车从黑暗的树林里开出来，这辆卡车驶上硬路面后，在地上留下两条防滑轮胎的泥印。它一定是在哪儿陷入软泥里了。他有四十七块钱，这足够让他走好远了，只要汽车能撑得住就没问题。这是一辆1936年款的雪佛兰轿车，外形相当不错，只是座椅靠背坏了，必须用一根木棍从后面撑住。暖风器出口只吹出一丁点热风，还不如一只蝙蝠呼出的热气，但除霜器还很好。电瓶很旧了，在寒冷的早晨启动这轿车就很困难，就好比从奶牛的左后奶头里挤出葡萄酒一样。轮胎的胎面上还有花纹。他会小心伺候它们。如果车抛锚了，他就去找工作，步行去任何一个农场找份工作。但让他担心的还是汽油配给券，只够换二十加仑汽油的。这点油只够开出纽约州。他得想尽办法弄到汽油。

他并没想过要去哪里，只是往外走。对他来说，似乎并不需要一个具体的方向，这只是一次从农场出发的随机旅行。并不是说他可以去任何地方，而是说他得去某个地方，至于去哪里都一样。他从来没有兴趣研究蜘蛛或岩石，或研究钟表齿轮的啮合，研究黑色的印刷机喷出的纸张如何颤动，研究如何绘制高纬度地区的地图或男高音的歌声。农场对任何问题都有答案，但从来没有问题出现过。

向西，就是这个方向，就是碧丽想去的方向。但并不是去另一个农场。她想去一个热闹的地方，一个为战争做点事情的地方，要是工资不错，去工厂也可以，只要能找到一个不会碰坏她指甲的工作，攒一些钱作启动资金，星期六晚上出去，头发烫成卷曲的，从中间分开，用两个红色的嵌有水钻的发卡拢住。她想唱歌，她一有机会就唱，而且唱得很好。可以去52号俱乐部，那里的男人都来自基地。像安妮塔·奥黛一样，她冷静、机智，站在麦克风前，一只手拿着麦克风，一条红色雪纺围巾从她的手中垂下来，她的声音像水流过岩石一样在大厅里回荡。清亮，但带点讽刺。

他本该找份工作。薪水不错，她说，一小时一块钱，还可能更多。飞机制造厂的工人每周赚五六十块钱呢。他想往西开，但也不要太远。那些她能叫出名字的城市，南本德、底特律、加里、芝加哥。就去这些地方。这是碧丽想去的，但在这些名字出现的时候他的大脑总是开小差。汽油是个问题。

这条路和湖边的铁路平行。嗯，这是另一种办法；他可以乘火车。他从未坐过火车，但很多人都坐过。就连没用的达布在头脑发热时也曾钻进货运车厢四处游荡。回来的时候真是一团糟，臭气熏天，拖着一个装满垃圾的旧饲料袋，头发脏得都硬了。

"礼物，妈妈，我给你带了礼物。"他说着就从那个袋子里掏出那些垃圾。有一次是大约三十只烤馅饼用的平底锅，锅边上还残留着烤过的苹果酱和樱桃糖浆。还有一次是五包大约六英寸见方的棉花，标签上写着"来自世界棉花之都新奥尔良的礼物"。还有一次，是他最得意的，只不过是半个"缅甸剃须刀"商标，上面只剩下"缅甸"两个字。他极力向大家说明这是真正的缅甸货。还有一次他从南方的某个地方带回大约五十磅红土，他甚至不知道那个地方是哪里。

"就是这样的土，往下都是红土。像血一样红。路是红色的，风是红色的，房子是红色的，花园是红色的，农场是红色的。但是土豆和萝卜的颜色却和我们的一样。我真不明白这是为什么。因为世界上有红土豆啊，但在这片红土地上的却不是这样。"他把红土倒在朱厄尔的一个花坛里，这样他就能时不时看到它，然后回想他取土的那个地方。

一道亮光在他身后的黑暗中闪现，并且在后视镜中逐渐变大。罗亚尔听到过桥的汽笛声，他认为就在他身后的某个地方。但当他转动方向盘驶过上桥之前的那段长弯道时，火车已经到了，它的灯光沿着铁轨扫过，就在离他不过几英尺远的地方，那巨大的铁家伙颤抖着呼啸而过。

最糟糕的是，一次达布回来的时候，瘦得皮包骨头，脸上的伤疤像不规则的黑色岛屿，左臂被截去了，只剩下海豹鳍状的一小段。明克和朱厄尔都穿上最好的衣服，全身僵硬地开车去接他，这是明克第一次离开这个州。达布试图开玩笑，称他的残肢为"我的鳍"，但听起来很疯狂，也很恶心。"本来可能会更糟的。"他说着，向罗亚尔眨了眨眼。从那以后，他只离开过家一次，没有远过罗得岛州的普罗维登斯，而且是在公路上搭顺风车，而不是在铁路上玩儿命。他说，罗得岛有一所学校，教身体残疾的人生存技巧。他们可以给你安装用滑轮和铝合金做的假肢。还有一种新型的塑料手指，效果非常好，你可以靠它组建单人乐队。但当他回来的时候，还是原来的样子，再也不想谈论这个话题了。在一个退伍军人区，农民们必须尽可能地与他们和睦相处。说到底，不论你是如何残疾的，要看你在残疾之前经历了什么。很多人都没能平安度过孩提时代。就说明克吧，他五岁的时候大腿被干草叉扎穿了，还遇上两次车祸，拖拉机翻车。还有一次母猪把他拱倒，把他的耳朵扯掉了一半。但他到现在还挺硬朗，跛着脚走来走去，壮得像根木头，还能干活。"蛮牛"。那个老东西。

进入纽约州几英里后，他把车停在一排野樱桃树后面的一片田地上。他心想这个靠背坏了的座椅可以派上用场了，就拿掉支撑的木棍，让靠背倒下，变成一张窄床。但是，当他扭动身体快要入睡的时候，他的胸口又一阵挛缩，有一根钝木桩猛地扎进他喉头的某个地方，随之而来的又是窒息和呼吸困难。

他只得坐了起来。就这样，一会儿打个盹，一会儿醒过来，整个晚上都如此。

收音机里的电台没有一个能听清楚的，就连法国人的闲聊和手风琴演奏也如此。轿车沿着阿迪朗达克山①针叶树森林、云杉和几英里长的宛如灰色静态林的落叶松林的边缘行驶。前方道路上有时会出现一堆杂乱的鹿腿和闪着磷光的眼睛。不等靠得太近他就赶紧轻踩刹车，按下喇叭，看着它们离开，一边还担心着刹车片和磨损的轮胎。他经过一溜比工具房大不了多少的房子，一缕缕炊烟从鹅卵石砌成的烟囱里飘出来。在经过了一溜墙上写着"鸦巢""我们的闲散营地""度假胜地""斯基特峡谷""敦·罗明"等字样的用木板封住门窗的小木屋后，眼前呈现出小桥流水的景致。坑坑洼洼的石子路让他的车颠簸不已。穿行在密不透风的树林里，整条道路就像不规则的锯齿，从北面三十英里外的圣劳伦斯河弯弯绕绕地蜿蜒而来。这个国家给他带来的生疏感、辽阔感，使他的呼吸平稳下来。这里与他无关，没有堵心的事件、责任或家庭的压力。忧郁的土地，湿润得像雨中的水桶。燃油表的指针向下倾斜了，他留意着加油站。走得越远，他的心情越好，似乎可以自由自在地呼吸了。

快到中午时，他把车停在了一个名叫"大松树"的游人区旁，这个所在就躺在一条长长的弯道后面的小树林里等着他光顾。他快饿死了。旁边停着四五辆老旧的轿车和卡车，因为停得太

---

① 阿迪朗达克山（Adirondack），位于美国纽约东北部的一组山脉。

久，轮胎都瘪了。一排长长的棚屋上挂满了牌子："印第安小鹿皮鞋""花生新娘""香茅毛""皮具""食品杂货""纪念品""立等换轮胎""午餐室""五分钱不限量咖啡""休息室""礼品和小玩意儿""汽车修理""蚯蚓和钓饵""游人会所"。这个地方看上去处于半停业状态，但是加油泵上面的指示灯是亮着的，灯光下用红漆写的"飞行Ａ汽油"还依稀可见。这个停车场脏乱得够呛，到处是泥坑和车辙印。还有一间车库，它有一扇铰链弹簧门，前面的碎石地上还留着被门刮出来的半圆形痕迹。主建筑旁边有人倒下了一车木柴。

他走了进去。一个木制的午餐柜台，旁边有几张用红色油布装饰的凳子，三个摊位都漆成橘皮的颜色。他能闻到香烟的味道，还能听到收音机播放出的歌声："我们分手那天，你在我心上狠狠戳了一刀！"柜台旁边的过道上有几个小站台，上面摆着出售的软皮鞋。针线包、掸柄雕刻成云杉树形状的彩色鸡毛掸子、给汽车挡泥板抛光的帆布水袋、绒布三角旗、带着热辣的讥讽和警句的木制牌匾、印着"这辆车已到过阿迪朗达克山脉"的绿色车贴、墙上挂着一个把头和身体接到一起的鲈鱼和梭子鱼标本、八磅重的方尾鳟鱼、熊、驼鹿和麋鹿，还有一只箭猪，比任何在桦木半截圆木上匍匐的山猫都大，一条眼镜王蛇栖息在门楣上，到处都是穿着及膝高猎靴的男子举着猎物尸体的照片。

"要什么？"一个不耐烦的女人声音问道。她坐在其中一个隔间里，这是一个为三个人设计的舒适空间。她是个肥胖女孩，有侧分的金色头发，用黑色罗缎蝴蝶结系在脑后。她穿着一件男式灰色毛衣，外面套着一件印有海马图案的便服。她面前摆着一块方形的鸡肉沙拉三明治，中间夹着培根条，培根条从三明治的边缘垂下来，旁边放着一壶咖啡，它的旁边是一个作为纪念品的大杯子，还有一本打开并卷回来压住的杂志。他能看见上面的文字："就在我背叛乔的时候，电报来了。"

"我想要咖啡、三明治，你们这里有的类似吃的。"他说着跷起拇指。

"我想我们可以办到。"她站起身来，他看到了她裙子下面皱巴巴的工装裤和油腻的工作靴。

"你是'大松树'吗？"

"差不多吧，身材也差不多，我是大松树太太。派尼① 在太平洋呢，我来这儿尽我所能不让熊进到餐厅里来，还修理汽车，但是没有配件也没有轮胎。要烤吗？"

"要吧。"

她从一个大冷藏柜里拿出一碗没有盖子的鸡肉沙拉，柜门的把手周围已被车库的油弄得褪了色，她把三片培根放在烤架上，又放了三片白面包，烤着。她用抹刀把肉压一压，把油挤出来。她再次打开冷藏柜，像抓保龄球一样抓出一棵生菜，扯下大约一英寸长的一条丢在菜板上。然后她把培根翻过来，把面包片也翻过来，用抹刀把它们压平。她从隔间拿出一把咖啡壶，把咖啡倒进一个写着"阿迪朗达克山大松树纪念"的白色杯

---

① 派尼（Piney），人名，有"松树"的意思。

子里。她把抹刀伸到一片面包下面，它已经烤透了，边缘形成了焦黑的硬壳，她把它滑到盘子里，在上面涂满银牌蛋黄酱，把一半生菜放在上面，并把一勺鸡肉沙拉重重地甩在那靶子的中心，然后她拿起第二片烤面包，像泥瓦匠砌砖头一样摔进盘子，再把蛋黄酱射到上面，最后是剩下的生菜和热培根。随着最后一片烤面包片就位，她抬起头，手里拿着刀看着罗亚尔。

"斜对角还是直角？"

"直角。"

她点了点头，把刀放在正中央，与面包的边缘平行，略微抬起刀后部，一刀下去切得利利索索。她从冷藏柜里拿出一个两英寸口径的奶油瓶，当着他的面把它重重地砸在柜台上。

"做好了。我信不过喜欢对角切的男人。城里风格。五十五美分。"他付了钱，然后坐下来吃，尽量不要显得狼吞虎咽。她回过头继续看杂志。接着他听到她划火柴的声音，听到了她圆润的呼气声，闻到了烟味。她块头很大，但并不坏。

"这个三明治太好吃了。"他说，"能再来杯咖啡吗？"

"你随意。"她说着，把隔间桌子上的咖啡壶弄得叮当作响。他把杯子端过来，她给他倒咖啡，并用一只手稳住杯子。这时她的指尖碰到了他的手指。

上帝！自从……之后，他还没有洗漱过。他打了个激灵，但马上想到了燃油。他喝了一口咖啡，试图把亢奋的情绪压下去。他在她对面的长凳上坐了下来，稍稍抬起头。

"离开好搭档还真有点儿舍不得，"他说，"但我得上路了。"

"去哪儿?"

"西部。我离开了农场,想到一个武器工厂去,挣点钱。"

"真希望我也能那样。那儿的工资很不错。女人也一样,在生产线上她们能挣到和男人一样多的工资。女人做铆工。可是派尼不回来我哪儿也去不了,在这儿我一天也看不到五辆车。真希望我能偷偷坐在你的后座上。"

"那我能猜到大松树会做什么。我猜我的头就会挂在那墙上的臭鼬标本旁边。"他从她身上嗅到一股冰冷的酸甜味道,就像石头下的野草。

她笑着看了他一眼,但他眨了眨眼睛,垂下了目光。

"嘿,可爱的松树太太。"他压低了声音,"你能不能多卖一点汽油给我?我的配给券很紧张。"

"好吧,你算找对地方了,但你得付双倍的钱。"她的声音变得冷酷起来,好像金属的声音。他和她一起出去,在她给车加油的时候,他靠在车上。灯光下,他看到她并不怎么出色,不过是一个被羁绊住又不知道如何找出路的胖女人,浑身油腻,满身烟火,却随时准备把自己奉送给任何一个路过的人。她的指关节擦破了皮,指甲缝里都是黑的。她现在也有点儿泄气了,知道他既然有了油,就打算走了。

"会把你带跑的。"她用脚把围着她的脚转的一只黄猫踢开,它被踢得离开了地面几英寸,"快走开,小猫。"当然,她指的是他。

她大概不知道自己过得有多好,他想。她在这里可以过得很舒适，经营这个地方，大吃三明治，她还能搞到那么多汽油，用黑市价格作弊赚钱，还谎称什么大松树在太平洋，碰碰他的手，她都不知道自己碰的是什么人，上帝，可怜的碧丽，她在什么地方？这个女人不知道自己走得离她有多近。

"给卖汽油给你的人发点儿奖金怎么样？"她噘着嘴说。

"那我们一起回屋去讨论奖金的事呗。"他像牙缝里咬着钉子一样微笑着说，那是油性的铁钉子的味道，它进到了他的喉咙里，他迫不及待地关上门，落锁。

他用双臂抱住明信片架以使身体平衡，并挣扎着保持通畅的呼吸。他不知道发生了什么事，但突然感觉自己就像在炎热的太阳下挖坑，强行把空气吸进他的有空洞的肺里。他的裤子褪到了靴子上，可以看到脏内裤，他想把裤子拉起来，但喘不过气来。

"这看起来很可爱，"她在房间另一头说，看着他急促地呼吸。她向他走去，"我说那东西看起来很可爱，你这上气不接下气的肮脏混蛋。"她朝他扔了一个三明治盘子。它打在明信片架上，掉到他的裤子里。他可以看到它落在他的脚踝之间，看到它上面已经变硬的油脂和一块红色的厚培根，那是个白色的脏盘子。他是怎么落到这个地步的？究竟为什么到这个地步的？他并不想要她，除了汽油之外他什么都不想要。

他迟疑地深吸了一口气，把盘子踢到地板上，提起裤子，又喘了一口气。一定是出了什么问题。心脏病发作之类的。他跟跟跄跄倚到门上。他的手里抓着一沓明信片。外面有风，空气很冷,假如他真的要死了,他也想死在外面,而不是在这里。

"走吧,滚出去,"她说,"你很幸运。你应该庆幸我没有拿出派尼的枪。如果你够聪明的话,一分钟内离开这里,否则我就用派尼的枪毙了你。"她说着向他走来。他拧开门锁,把门打开。

马路对面的黑色云杉紧紧压迫着停车场,压得它像一张叠在一起的纸片,越叠越小。他的车停在树下,显得格外苍白。他抓住司机侧车门上的镀铬杆状把手,抓住了它,就把他自己和远方的各种可能联系在一起。他呼哧带喘地钻进车里。车启动了,像糖浆一样平稳,他倒车经过砾石车道,开上一条孤零零的大路,经过旁侧长满高低起伏的云杉和冷杉的弯弯曲曲的车道,它通向黑暗的、被密密麻麻的蚊子叮咬的森林营地。

就在他开车上路的当口,有什么东西在柴堆附近移动。他以为那是一块掉下来的木头,原来却是那只黄色的猫,它和新鲜的木柴颜色一样。他家也曾经养过一只谷仓猫,毛色是和它一样的奶油糖果色。他想起那只猫是多么喜欢他母亲,总是坐在门廊上,抬头望着她。她叫它斯波蒂,喂它奶油吃。可惜在明克发脾气的时候,它犯了个错误,跑跳着蹭到了他的腿,他正在把水沟里的粪铲出来,结果他一铲下去就把它的脊背给弄断了。

再过一个小时,他就可以轻松地呼吸了。身旁座位上堆满了明信片,有七八十张,图案都是同样的一只胖乎乎的熊,红鼻子,从黑黝黝的树林里溜出来。"大概值八块钱吧。"他大声说,从这微不足道的收获中汲取一点带着寒意的愉悦。

第四章
我的所见

当他从树林驶出来，进入绵延数英里的葡萄园时，地面变得平坦，弯曲的树枝树干被铁丝绑着排成篱笆。轿车颠簸着行驶在一条满是沥青碎块的道路上，沥青块散落在道路两侧，破碎的沥青与碎石、杂草、一排排用木馏油涂抹过的柱子混杂在一起，柱子上有闪烁的反光器和倾斜的雨搭。但这片土地就像草坪一样单调。他继续前行，经过游客小屋，门前有小小的门廊和金属椅子，又经过加油泵和鸭子造型的转椅，还有个金属标牌，上面写着"尼西①"。

天空在延伸。这条黄土路把天地分开南北。枯萎的草坪上有几只泥鸭子。吹向联排公寓的风中的彩旗呼啦啦地飘扬。一只狗跟着汽车跑了一百多英尺。

在奥林匹亚咖啡馆的闷热环境中，他和店里的老者一起吃着厚厚的煎饼。咖啡很稠，因为里面加了菊苣粉。他把胳膊肘靠在柜台上注视着厨师。一个小男孩停好他的印度摩托车，走了进来。他把风镜拉到额头上，露出下面皮肤上的两个白圈。

"那群狗，"他对厨师说，"快把我吃了。我把那只上来咬我

---

① 尼西（Nehi），亦称尼西可乐，一种风味软饮料，有橙味、葡萄味、桃子味、草莓味和蓝莓味等。

腿的狗娘养的打跑了。"

"这就对了。"厨师正在用他的锅铲压土豆,"但愿不是我的爱尔兰猎犬,拉什蒂,它刚刚从路上跑到我这里。"

"可能就是它,"孩子说,"不,不,我只是在跟你开玩笑。五英里外的一只黑狗。狗娘养的。跟一头牛差不多大。它可不是爱尔兰猎犬。"

在宾夕法尼亚州,各个葡萄园之间的间距更大一些。随着葡萄藤枯萎,玉米显露出来。这里平坦的地势本来易于平稳驾驶,却使他感到不安。这是用沥青勾缝的石板路,凸起的一道道沥青不停地撞击着旧轮胎,引起震动,并一直传导到他的手和肩膀上。就这样走了好一阵。其他车辆纷纷驶离大路,拐入他前面的岔道,扬起的尘土遮天蔽日。收音机里只有杂音和支离破碎的声音:"吉米·罗杰斯……向上帝祈祷……生日快乐……在欧洲剧院……再见了……皮尔斯伯里①……管风琴……杜斯……故事是……哦……大家好……耶稣说……我们的听众来信……"

他经过几辆在光秃秃的便道上蹒跚前行的破旧卡车。由于担心轮胎,他拐上了一条碎石路,石渣飞溅起来,扬起的灰尘使他窒息。沙砾进到了他的嘴里。当他用拇指肚摩擦其他手指时,感觉到了坚硬的沙砾。他只好又回到混凝土路上。

数英里长的防雪墙②。一只游隼栖息在一个被遗忘的干草捆

---

① 皮尔斯伯里(Pillsbury),谷物产品商标名。
② 防雪墙(snow fence),通常安置在多风地带的一种板条栅栏,作用是减小风的流动并使雪沉积在栅栏的背风一侧,以保护建筑物、道路或铁路等免受积雪的影响。

上。平坦的地势变了，地表的颜色变了，越来越深。落满灰尘的收音机里的祈祷声和长时间的沉默。在秋雨中，房屋成了树林的尾巴。几棵橡树迎面而来，闪着亮光，接着浓密起来，一片树林。"H&C 咖啡厅""小吃""阿莫科①""前方三英里有加油站"。起雾了，是小夜雾。印第安纳州的草皮是深褐色的。牛群隐现在暮色之中。南迁的大雁从泥沼和池塘里腾空而起，如同成百上千双剪刀飞过他的头顶。吹皱的水面上残留着它们棱角分明的脖子上的条纹，它们的头和喙。

在餐馆里，他弓身喝着咖啡，想知道自己要走多远。

---

① 阿莫科（Amoco），指阿莫科石油公司，由约翰·洛克菲勒于1889年创立，前身是印第安纳州标准石油公司。

第五章
不折不扣的惊吓

```
june 13, 1926
mister sims, we have got the
same problem again with
pole 18 on the ne-20 line,
roce and me found another
bear dead at the bottom
of the pole, something is
drawing them to this pole,
can you put the engeners
on it it, d. frye.

mr. albert sims
wind kink elec cooprative
wind kink n.y.
```

1926年6月13日
  西姆斯先生，我们再次遇到了同样的情况。在第二十行的第十八柱，诺斯和我发现又有一只熊死在这根柱子下。似乎有什么东西把它们驱赶到这里。请派工程人员前来。
  D. 弗莱

阿尔伯特·西姆斯　先生
温德金克电力公司
温德金克　纽约州

这只熊，和许多熊一样，过着短暂而生动的生活。1918年冬末，它出生在一个树洞里，是两只小熊中年长的一只。在性格上，它喜欢争吵，对新事物的微妙含义不敏感。它吃了一只中毒的老鹰的残骸，差点死掉。在它生命中的第二个秋天，它看到它的母亲和妹妹被一群消瘦的猎狗逼到一个悬崖的高处，背对着岩石的一角。它们在尖叫中掉了下去，随后传来单调的枪声。同一年，它自己也被猎捕，但一直幸免于死亡和受伤，直到1922年，从一个棺材制造商的车间里飞出来的半截螺丝钉打碎了它的左上犬齿，这使它精神错乱，还患上慢性脓肿。

第二年夏天，麦柯迪旅馆在它那片田野的东侧开业了。这是一座用云杉原木和雕花雪松木柱经过榫卯连接而成的巨大建筑。熊在饥饿时嗅觉变得敏锐。它来到小屋旁的垃圾堆，里面的异国桃皮、黄油面包皮和牛肉脂肪在它滚烫的喉咙里融化。它开始焦急地躲在傍晚时分的树林里，等待着帮厨帮它送餐，手推车里装着橘子皮、发霉的土豆、芹菜根和鸡骨头，还有一滴滴美味的沙丁鱼油。

这个帮厨是一个伐木场的厨师，正在这里学习烹饪手艺。他在暮色中看到了这只熊，便大叫着跑回旅馆拿枪。旅馆老板麦柯迪正在厨房里和厨师谈论"腓里牛排",他听到叫喊后就亲自出来看那只熊。他从它那粗壮的肩膀和狗一样的大鼻子上看到了什么,便吩咐旅馆的木匠在垃圾堆旁边的斜坡上搭了几条长凳,还用剥了皮的树干做成栏杆将该区域隔开,标记出不得靠近的界限。大胆的客人们叽叽喳喳地争相进入桦树林去看那只熊。他们摩肩接踵,蹦跳着,还不忘用双手护着喉咙,把笑声都卡住了。可那熊从来连头都不抬。

整个夏天,客人们都围观这只熊,看它用爪子剥开柔软的、五光十色的垃圾。男人们穿着步行套装或法兰绒背心或菱形花纹套头衫,女人们则穿着皱皱巴巴的亚麻无袖水手衫。他们举起照相机,瞬间凝固了它皮毛的光泽和光亮的爪子。一名叫奥斯卡·昂特甘斯的木材勘测员,曾出售过数百张用于印刷明信片的自然风景照片,他也拍下了这只熊在夏日垃圾场的照片。昂特甘斯一次又一次地光顾这里,沿着那厨师身后的小路走来走去,捡拾着从颠簸的手推车上掉下来的所有发臭的果皮或肮脏的蛋壳。有时那熊就在旁边等着。厨师用尖铲撮垃圾,把腐烂的西红柿、吃剩一半的像一顶黄帽子般的葡萄柚直接撩到熊身上。

在昂特甘斯拍下这只熊的照片两三年后的那个夏天,这个旅馆通了电网。一天晚上,熊没有出现在垃圾场,在接下来的几个星期和几年里,也再没有人见到它。旅馆在1934年的新年前夜被大火烧毁。1938年5月的一个雨夜,奥斯卡·昂特甘斯摔倒在与他分居的妻子的浴室里,死于硬膜下血肿。明信片流传了下来。

第六章
阴沟里的紫色鞋子

> GNAW BONE Indiana Jan '45
> Dear Ma + family. Writing to you from Indiana. The farms is big, good soil, flat as a pancake, + easy to plow. They don't know what stones is. Lot of popple. A man here sawed one down + it fell on him. No near sawmills, they bucked off a section of the trunk to his measure, split it + hollowed it out, it was his coffin. You know popple. Sent up a shoot. Yesterday I see the tree that grew out of it. We don't like it here so we're moving along. Did Da order lime for the field.
> yrs,
> Loyal

> Mr. + Mrs. Mink Blood
> RFD
> Cream Hill
> Vermont

格瑙彭,印第安纳州,1945年1月

  亲爱的妈妈和家人,我在印第安纳州给你们写信。农场很大,土壤很好,平坦得像煎饼,而且很容易耕种。他们不知道石头是什么。人很多。这里有一个人砍倒了一棵树,正好砸在他身上。因为没有锯木厂,他们就锯了一段和他差不多长的树干,劈开两半后把里面掏空,就是他的棺材。你们知道的,人们朝天开枪。昨天我看见从那里长出了一棵树。我们不喜欢这里,所以我们又上路了。爸爸预订中和土壤的石灰了吧?

你的
罗亚尔

明克·布拉德先生和太太
乡村免费邮递
牛油山　佛蒙特州

梅尔妮尔沿着陡峭的道路艰难地走去,厚厚的雪灌进了她的靴子。那只狗突然跳跃着追上她,它像坐过山车一样忽上忽下。她说:"你这样要白白累死自己的,又没有人给你寄信或明信片。你这样的笨狗没有笔友。可我能猜到你会写什么。比如'亲爱的菲多,送我一只猫。汪汪,狗'。"

不一会儿明克就把压雪滚筒拿出来了,那是他们到镇上去买钩在拖拉机上的除雪机时,他们廉价卖给他的。它的滚轴是一根细长的杆,像擀面杖一样把雪压成平展的饼状。就这样上上下下地碾了一圈后,卡车还是不能行走,套上防滑链也不行。在11月的大雪到来之前,明克只好把卡车停在道路的尽头。他每天早晨用拖拉机把四十夸脱的鲜奶运送到那儿。

"把卡车就停在那里。因为我们有被困在这里过冬的危险。这样的话,如果这里失火或者有人受伤了,我们至少还有机会出去。到路那边找人载我们一程。"这是朱厄尔的话,通过明克的嘴里说出来的。朱厄尔最害怕发生意外和火灾,她亲眼看见父亲的畜棚被烧毁,里面还有牛和马。看到她的哥哥被人从井里拖出来后不治身亡。那木头井盖早已腐烂,但常年被杂草覆盖着。她以一种特有的方式讲述这个故事。先是清了清嗓子,沉默了一会儿才开始。她双手的手指交叉在一起，搭在她的乳房上，当她开始讲述的时候，那双手轻微地摇晃着。

"他摔得惨不忍睹，几乎每根骨头都断了。那口井有四十英尺深，他往下掉的时候还碰掉了一块石头，也落在他身上，他本来是想扒住它，可石头和他一起掉了下去。他们不得不搬走他身上的十八块石头，其中一些重达五十多磅，才能把他救上来。那些石头被一块一块搬上来，还得小心放稳当了，这样才不会再松动。你可以听到马文在下面不停地'哎哟，哎哟'。那个下去救他出来的人叫史蒂夫·巴温。太危险了。别的井也随时都可能坍塌。史蒂夫和马文很要好。那年夏天，马文还帮他干了些活儿，帮他收干草，史蒂夫说他是把好手。是啊，他就是一个好帮手，才十二岁，但已经很强壮了。他们拉上来的石头可能会从吊索上松下来，砸向史蒂夫。"当她说"砸向"的时候，达布总会忍不住笑。

"马文也是你后来沿用的名字，"她对达布说，"马文·塞文斯，所以不要笑。"

"然后他们把一张桌子的腿劈掉，捆上吊绳，把桌子放下去。可是刚放到一半桌子就卡住了，他们只好把它拉上来，锯掉了一溜，这才放了下去。史蒂夫在下面，随时会有石头落下来。他抱起马文，把他放在那桌子上。当史蒂夫抱着他往桌上放的时候，他尖叫起来，那声音太吓人了，然后他开始呻吟。史蒂夫说，唯一让他看起来还像个人样儿的就是他的皮肤，总算还把他全包在一起。抱着他就像抱着一团火。当马文从井里出来时，他躺在小桌子上，浑身青一块紫一块的，满是血污和泥土，他的腿扭曲得像玉米秆一样，我母亲昏了过去，倒在了地上。一只母鸡在她身边啄来啄去。后来我一直讨厌母鸡，其实它只是踩了一下她的头发，看着她的脸，好像想要啄她的眼睛。那时我大概才五岁，但我知道那是只坏母鸡，我拿了一根小棍子去追它。接着他们把马文抬进我父母的房间，那个雇来的小伙子，他是梅森家那边的一个年轻人，开始给他洗掉身上的血迹。他擦拭的动作很轻柔。但当他给马文擦额头的时候，他听到里面像碎纸一样的噼啪声，他知道已经没用了，于是他把血淋淋的毛巾轻轻放在脸盆里，就走了出去。马文就这样躺了一晚上才断气，一直没再睁开眼睛。他已经没有意识了。我妈妈一次也没进那个房间。只是待在客厅里，一会儿晕过去，一会儿哭醒过来。多年来我一直拿这个跟她说事。"悲痛让母亲表现出那么残忍的自私，就像广告牌一样每个人都能看到，并为之颤抖。这就是外婆，西维因。

身穿羊毛防雪服的梅尔妮尔到达山脚下时，已经出汗了。镇上的道路被铲雪机清理过，空无一人，雪地上满是轮胎花纹和防滑链条的痕迹。邮车的车辙印是很独特的图案。那是一辆老款的福特篷车，后备厢门被锯掉了，取而代之的是一张木板床，用板条和带子固定着。老远你就能听出它开过来了，松动的搭扣咔嗒咔嗒地响着。凭声音梅尔妮尔能分辨出邮车是不是空的，空邮车发出令人失望的铰链撞击的声音，而且轮胎印在路中间，不会拐进来。

通常她都是一路走过来，并期待着什么，也许是一个神秘的浅黄色信封，寄给她父亲的，当他用他那把斑驳的旧折刀挑开信封时，一张一百万美元的绿色支票就会滑落到桌子上。

这次有邮件。罗亚尔订的《农场杂志》还源源不断地寄来，尽管他已离开了。还有一份拍卖牛的传单，一张寄给她母亲的明信片，上面写着沃特金斯家的人会在2月的第一个星期来访。在底部还潦草地写着"是否允许"。还有一张，也是寄给朱厄尔的明信片，背面的图案是熊，上面是罗亚尔的笔迹，字太小了，读起来很费劲。收到明信片了，这是她平生第三次收到邮件。她如数家珍：斯帕克斯小姐的生日卡片（当时罗亚尔正在和她约会），弗雷德里克·黑尔·波顿中士的来信，还有这个。

她没有告诉母亲弗雷德里克·黑尔·波顿中士写信是让她给他寄一张照片，一张快照，他写道："你穿可爱的两件套泳衣。如果你没有两件套泳衣，一件套的也行。我从你可爱的名字就知道你很可爱。给我写信。"她给他寄了一张她表姐西尔玛的泳装照，那是她从储藏室的铁盒子里翻出来的，盒子里面有一些打卷儿的信件和照片。那张快照是西尔玛十四岁时照的，她的胳膊和腿像耙子一样，眯着眼睛，看上去像个蒙古人。平静的大西洋，她穿的是一件棕褐色的泳衣，是罗斯阿姨自己在家缝制的。它一打湿就像老皮一样往下垂。在照片中泳衣是湿的，还沾着好多沙子。

这张明信片的图案是一幢白色柱状建筑，旁边有几棵被愤怒的绿色苔藓覆盖着的树。"古老的南方大厦。"

> Dear Mernelle, I saw your name and address on the penpal page and decided to write to you. I am a girl, 13, have red hair, blue eyes, 5ft. 3in. tall weigh 105 lbs. My hobbies are collecting postcards of interesting places and writing poems. If we send each other postcards we will have a good collection. I will try to pick nice ones none with hotels or ha ha ballheaded men spanking fat ladies.
> Your penpal (to be).
> Juniata Calliota, Homa, Alabama
>
> Mernelle Blood
> RFD
> Cream Hill, Vermont

亲爱的梅尔妮尔,我在笔友① 页上看到你的地址,就决定写信给你。我是女孩,十三岁,红头发,蓝眼睛,身高五英尺三英寸,体重一百零五磅。我的爱好是收集好玩地方的明信片和写诗。如果我们相互写信,我们就能收集很多明信片。我会挑选其中好的,不要带旅馆的还有秃顶的男人打胖女人的。

你的笔友(未来的)
琼娜塔·卡丽奥塔
霍马 亚拉巴马州

梅尔妮尔·布拉德
乡村免费邮递
牛油山 佛蒙特州

---

① 笔友(penpal),指那些经常互相写信的人,尤指写给外国人。通常用来练习外语写作和阅读,并更多地了解其他国家和生活方式。有些笔友只在短时间内保持联系,还有一些会保持书信往来和交换礼物。少数会最终安排在现实生活中见面。

那只狗在清理过的路上跑来跑去，把脚爪缩起来，跑向弯道，然后转个圈，一边旋转身体一边踢出一阵雪雾，然后又跑回梅尔妮尔身边。它的高兴程度和她收到明信片差不多。它的皮毛衬着白雪呈黄色。除雪机把河岸刮得很低，并整理成了两级台阶的形状，为2月和3月的暴风雪做准备。那机器的刮刀刮起无数干树枝和像蝙蝠翅膀一样的落叶。狗又跑开了，这次跑过了弯道。

"你给我回来。我要回家了。运牛奶的卡车会轧死你的。"

但她自己却跟着向弯道走去，走了大约一英里半，享受着脚下坚实道路的乐趣，她唱起了"琼娜塔·卡丽奥塔，霍马，亚拉巴马州"。狗在树叶中打滚，新奇的体验，用它旋转的尾巴扫着树叶。它看着她。

"走吧，"她拍着大腿说，"我们走吧。"于是它故意从她身边朝村子的方向跑去，她转过身来，不再理它，上衣口袋里还装着信。当它再次追上她时，她已经快到涵洞了，洞里的溪水都冻住了。这次它给她带来了一样东西，表现出很舍不得的样子，就像一个孩子带生日礼物去参加派对一样。她把那东西从它湿漉漉的嘴里夺了下来。那是一只女人的鞋，带着一根带子，淡紫色，很脏，里面满是树叶，狗咬住的地方的丝绸被口水打湿了。

"狗狗，看！"梅尔妮尔假装要把拖鞋扔出去。狗的眼睛里闪着蓄势待发的光芒，又僵住了，目不转睛地盯着她的手。她把拖鞋扔了出去，它立刻就锁定拖鞋掉落的地方，然后冲进雪地里去拿回战利品。就这样她们一路上一边扔一边捡，回到了家,她最后一次把它扔到了牛奶房的屋顶上,唱着歌走进屋去。

"他怎么不在上面写回信地址呢?"朱厄尔问,一边把明信片翻过来,一边皱着眉头看着那只熊,"他指望我们怎么回复他?我们要怎么告诉他发生了什么?"朱厄尔问明克。这个问题不能问。

"别跟我提那个狗娘养的名字。我不想再听到他的消息。"明克往脚上又套了一层袜子。他的肩膀斜着,穿着一件硬挺的工作服,袖子上还有熨烫的痕迹。他那汗毛浓密的手从袖口里伸出来抓了几下。

"你可以把信寄到邮戳显示的地方的邮件存局候领处。"达布说。

"芝加哥吗?连我都知道那地方太大了,没法存局候领。"

"你是要一整天讲屁话吗?还是继续挤奶?"明克说。他的胳膊已经伸进畜棚工作服的袖子。他把纽扣塞进已经破损变大了的扣眼里,"我要仔细检查一下这些奶牛,决定卖掉哪几头,达到适合我们照看的数目。如果我们能照看得过来的话。现在卖该死的牛奶赚的钱也就刚够买鞋子和给拖拉机加油的。"门口的喂食器油腻的喷口被撞歪了。

达布傻笑了一下,立刻穿上长筒靴,搭扣都没扣,就像条狗似的紧紧地跟在明克后面出去了。

畜棚里满是奶牛的香甜气息,四处飞溅的牛粪,还有从阁楼上飘下来的草屑。

"这些牛还得上税,买火险。你妈妈不知道,我们在抵押贷款上已经欠账很多了。"

"这有什么新鲜的吗?"达布说,他把自己埋在黑暗的角落里,用力摇水泵的把手,直到水喷了出来。他开始往桶里放水。"'哦,农民的生活是幸福的生活。'"他唱着田庄里流行的老歌,带着一如既往的尖刻讽刺腔调。可又有谁不是这样唱呢?

第七章
独臂闯荡

```
February 7, 1945
Cosmi-Pro artificial upper limbs are the acme
of quality. Specializing in cineplastic
amputations.
• custom fit
• choice of natural-colored high impact
  plastic or lignum vitae wood
• available with articulated fingers or
  stainless hook
• comfortable figure-8 harness
Write for free color brochure today.
```

```
Miss Myrtle Higg
c/o Dr. J. Williams, M.D.
4 Bridge St.
Diamond, Vermont
```

1945年2月7日
　　科思米-普罗人造上肢是顶级质量的义肢，适合做过截肢手术的人。
　　·安装方便。
　　·不同材质可供选择，自然色高压成型塑料，或愈疮木① 材料。
　　·可以加装带关节的手指或不锈钢钩子。
　　·佩戴舒适，8字紧固。
　　立刻联系我们，可获得彩色宣传册。

梅尔特·希格　小姐
抄送 J. 威廉姆斯·M.D. 医生
桥梁街 4 号
戴蒙德　佛蒙特州

---

① 愈疮木（lignum vitae），原产于热带美洲，木材坚硬，适合制作假肢。

达布收集的剪报一直放在一个写字台抽屉里，三年来几乎从不打开。

　　佛蒙特州的马文·E.布拉德从一辆行驶的货运火车跳下后受伤。那辆火车正驶向康涅狄格州的奥克维尔市。他跳下后不慎滑倒在一辆货车下面。他被送往圣玛丽医院，在那里他的左臂肘部以下被截肢。奥克维尔市警察局长珀西·斯莱奇说："如果扒蹭火车，肯定会受伤的。这个年轻人的精力本应用在战场上，但他已经成为家庭和社区的负担。"

明克和朱厄尔不得不开车去康涅狄格州的医院接他。明克盯着他那别人捐赠的灯芯绒夹克的空袖筒说："看看你，才二十四岁。天啊，你看起来就像一百英里的烂路。如果你在家里好好干活，就不会落得这个下场。"

达布咧嘴一笑。他在葬礼上也会咧嘴笑，明克想。达布说："我要找人把它缝在我的睡衣上。"但这不是开玩笑。当达布看到哈特福德大街上的批发烟酒店时，他让明克靠边停车。

用一只手打开酒瓶，这很困难。盖子似乎死死抱住了瓶口。

他把瓶子夹在两膝之间,往手指上吐唾沫,扭来扭去,直到手指抽筋。"妈?"他说。

"我这辈子从来没有给任何人打开过那毒药的瓶子,以后也不会。"

"现在,妈妈,我需要你这么做。如果你不帮我打开,我就只能把这该死的瓶子的瓶口咬碎。"

朱厄尔凝视着地平线,双手紧紧地交叉在一起。他们又走了一英里。达布悻悻的呼吸声在车内回荡。

"上帝的分上!"明克喊道,一边把车转向长满绿草的路边,"看在上帝的分上,把那该死的东西给我。"他拧着瓶盖,直到它噗的一声松开,气体冒了出来。他把瓶子还给达布。威士忌的味道散发出来,就像被一场丛林大火烤过的草皮。朱厄尔把车窗摇到半开的位置。往北行驶两百英里的一路上,达布一直没有说吹进来的风让他感到寒冷,直到他开始浑身发抖,不得不喝更多的威士忌热身。

从他还是个婴儿的时候,他们就知道他是个废物,但现在他们有了第一手的证据,证明他不但是个废物,还是个酒鬼。

这样日子就好过些了,达布想,他们已经宰了四头牛,但是挤奶还是要到晚上六点半或更晚才结束。即使过了晚饭时间,他还是得收拾干净,把身上的畜棚臭气去掉。但是,不管他做什么,无论是淋浴,还是在已变成泥色的洗澡水里滑来滑去,或是用菲尔斯·纳普塔肥皂擦洗胳膊和脖子,直到皮肤擦伤,当他和梅尔特跳舞时,那股大粪的味道、掺杂着牛奶的味道和动物的体味的混合气体还是热浪一般从他身上散发出来。星期六晚上,挤完牛奶后,他收拾干净,急不可耐地赶往彗星路边酒店。谁都别想阻止他。

天气寒冷。除非把热水壶放在蓄电池上半小时,否则卡车不肯动弹。等到午夜,彗星旅馆关门的时候,他很可能发动不了车子了。但现在他不在乎,一种不耐烦的喜悦让他在碎石弯道上漂移,跑过了十字路口的停车标志。他没看到有任何灯光过来。他冲向彗星旅馆温暖的地方。

他到达的时候停车场已经满了。在酒店的屋顶上,红色彗星样的霓虹灯和炽热的字母在寒冷的夜空闪闪发光。罗尼·尼泊尔的卡车停在一排轿车和卡车的最远处,车厢里还装着一堆木柴,可以给休息过后的车提供一些活力。随着达布操纵方向盘,积雪吱吱作响,他把车停在了它旁边。需要的话,他可以让罗尼拉他一把。或者特里默,如果他在的话。他向四外看了看,想找特里默的运木头的卡车,但是没找到。他呼出的热气在挡风玻璃上形成了一层白霜,而暖风并没有把它清除掉。他推上卡车的车门,但磨损的锁扣没能钩住,门又弹开了。去他的,没时间瞎折腾了。他朝旅馆门口跑去,门上镶着磨砂玻璃,上面的铃铛叮当作响,他迫不及待地冲进屋内的一片嘈杂声中。

旅馆里热气腾腾的氛围把他吸了进去。桌子被占满了,吧台前是一排后背和肩膀。点唱机闪烁着彩色的泡泡,萨克斯风的滴答声从泡泡里传了出来。他像飞蛾扑火一样扑向闪烁的啤酒瓶，扑向饮尽烈酒后露出的咧到耳根的微笑。他站在栏杆旁，寻找梅尔特和特里默。

"你们怎么把这儿弄得这么热？"他对在他身后跑来跑去的霍华德喊道。酒保把他那黄色的长脸转向达布。他脸上那被烟熏得褪了色的松弛的皮肤似乎被一双金属色的黑眉毛牢牢地固定住了。他做了个鬼脸，表示认出了他，咧开大嘴笑着眨了眨眼。

"体温！"

吧台旁的一个男人笑了。是杰克·迪迪安。他的手臂搂着旁边一个年龄稍长的女人，她穿着一件宽大的连衣裙，上面印着海军蓝色的回纹状花纹。她在迪迪安家帮工，挤牛奶，整个星期都穿着男人的工作服。迪迪安在那女人耳边说了几句话，她仰起头咆哮起来。"体温！是你说的！"她那断了的指甲的边缘黑黑的。

五颜六色的瓶子搭成金字塔形状。霍华德的妻子死后，他就把她梳妆台上的刻有蓝色知更鸟和苹果花的圆镜子拿到了酒吧，把它挂在那堆瓶子后面的墙上，这样，瓶子的数量和装饰性就都增加了一倍，在后面跑来跑去的霍华德也增加了一倍。他的后脑勺在瓶子之间闪现着。

酒吧尽头的小舞台上虽然一片漆黑，但麦克风已经摆好，还有架子鼓。谱架上放着一块纸板，上面用闪光的字体写着"甜蜜的陶醉"。达布在跳舞的人群中间转来转去，看见梅尔特坐在靠墙的一张桌子旁，并迎着跳动的灯光探出身子，这样就能看到房门。他走到她身后，把冰冷的手放在她的脖子后面。

"上帝！你可以用这种方法杀人！你怎么这么晚才来？我大概也知道。"她的棕色头发盘成发髻，其中有一缕滑落下来，低垂在她的脖子上。她的嘴用口红涂成一个小小的深红色的吻状。她穿着她的带褶边衬衫的秘书套装，那双小眼睛是清澈的蓝绿色，眼睫毛是沙色的。她的平面的脸和平坦的胸部让她看起来很脆弱无力，但达布很享受这种错觉。他知道她像一棵修剪后挺拔的小橡树一样坚韧。

"就是往常那些需要花时间的事。挤奶，洗漱，发动车，开车过来。我们很晚了才挤完牛奶。这些事通常我是不在乎的，但今晚我都快急疯了。可他只是在那儿慢悠悠地挤。真他妈的，一团糟。"

"你告诉他了吗？"

"没有，我还没有告诉他。他会撞墙的。在我告诉他之前，要确保枪都锁好了。罗亚尔离开的时候，我看他气得够呛，但我要是告诉他我们要结婚，还要搬出去，他会气炸的。"

"你拖得越久，事情就越难解决。"

"在告诉他之前，还有很多事情要做。在我找到办法把他从农场的重活儿中解放出来之前，我不能离开。卖掉它，我认为他应该这么做。然后我得拿出一部分钱来。可观的一部分钱。这样我们才可以谈搬家的事，我去学调琴师什么的，但是必须有钱我们才能搬家，我现在一个子儿也没有。"

"你总是钱钱钱的。这就是我们一直讨论的。永远没完没了。"

"钱就是一个大问题。他没细说,但我很清楚他还欠着房贷和税金。他应该卖的,但他太固执了,不肯卖。我也曾试着提起这事,他说:'我生在这农场,我死在这农场,经营农场是我唯一拿手的。'可是如果我都能学钢琴调音,他也应该能学点别的。开个钻床什么的。想要一杯啤酒吗?碳酸饮料?马提尼酒?"他的声音嘶哑,浑厚,滑稽。

"哦,我还不如来杯杜松子酒加姜汁汽水。"她把发髻往上一推,又把另一个发夹扎进那团湿漉漉的头发里。

"梅尔妮尔也让我感到难过。那天她跑回她的房间哭起来,因为她没有一件像样的衣服。她已经长大了。有一天她穿着妈妈的裙子去上学,回家后号啕大哭。我很难过,但我也无能为力。我知道被别的孩子欺负时她的感受。那些小混蛋。"

"可怜的孩子。听着,我有些裙子、毛衣什么的,可以给她。一件漂亮的绿色羊绒毛衣和一条棕色灯芯绒裙子。"

"亲爱的,问题是,她比你高六英寸,比你瘦大约二十磅。最近几个月她一下蹿起来,像根竹竿。真希望她能赶紧刹住。"

"我们会有办法的。她不能穿朱厄尔的裙子上学,可怜的孩子。顺便说一下,我给你准备了一个惊喜。"

"但愿是好事。"

"我认为是。"她嘴唇上口红的颜色印在玻璃杯的边缘,"威利医生今天收到了一张铁路快运的明信片。排上了。"

"排上什么了?"

"你知道的。你知道我指什么,还给你测量过的。"她的脸红了。她说不出口，尽管她做了两年医生的秘书和预约经理。尽管她和达布在这七个月里，在农用卡车里经历了那么多：被钻进车里的蚊子叮咬，被引擎的烟熏，被路上的雨水淋，被冻得腿都僵硬，他们边亲吻边谈论无数种逃跑的计划和对未来的憧憬，但每一种都不关农场什么事。

"哦，对了，你一定是指那只漂亮的胳膊。假肢。这就是你的意思？"

"是的。"她把彩色玻璃杯推开。她受不了他那样喘气。

"还是一个钩子，可能是闪闪发光的不锈钢大钩子？我记不清了。我只听我女朋友梅尔特告诉我说，我得买一个，但又说不清买什么样的。"

"马文。别这样对我。"她低声说。

"别怎样对你？别说'钩子'？说'假肢'？"他的声音从舞厅的门口飘了出去。他看见特里默来到了酒吧间，看到他也斜着眼睛，正用一只手在喉咙处比画着。他突然觉得好多了，笑了起来。他从衬衣口袋里掏出烟盒，抖出一支香烟。"别尴尬，亲爱的。我也不想这么说。'假肢。'听起来像一条讨厌的毒蛇。'他被假肢咬伤。'这就是为什么我这么长时间没有对它做任何事情。说不出口，好姑娘，给狗狗一个甜美的微笑吧。说实话，美妞儿，我在出事几个月后就搭便车去过罗得岛的那个地方，那里可以给你装上个东西，钩子什么的，但我怎么也走不进去。我太羞愧了，没法进去。我能看见那个女孩就坐在桌子旁，可我就是没法走过去对她开口——"

"达布。你好吗!"身材魁梧的特里默,又肥又壮。保暖内衣从他脏兮兮的红格子衬衫里露出来。他身上散发着汽油和机油的味道,还有马的体味和自制卷烟的臭味。他抬起沉重的眼皮朝梅尔特眨了眨眼睛,用舌头发出一种声音,就像他对他的驷马高车发出的声音一般。

"特里默,最近怎么样?"

"太他妈好了,好得我简直都受不了了。我在寻找一些悲伤来冲一冲我的喜悦和兴奋,然后我看到房间的另一边,你们两个坐在一起,对视着,天生一对。就像这样,真爱,我想,她迟早会揪着耳朵把他扔出门外的。达布,我一会儿得跟你谈谈,等你有时间。"

舞台两端各有一束灯光亮起,然后聚集到中央,照亮了带着污渍的麦克风线和蓝色的架子鼓。一个头发稀疏,长着魔鬼般尖牙齿的男人从里面走出来,穿着一件浅蓝色的夹克,手里拿着一只瘪了一块的萨克斯管。接着又上来了两个老人,一个跛脚,身上挎着红珍珠牌手风琴,另一个是个胖子,手里拿着班卓琴。他们都穿着脏兮兮的浅蓝色外套,侧身走到平台上。他们厌恶地望着舞台旁边的休息室。烟雾围绕。一分钟后,一个十几岁的男孩穿着棕色的休闲裤和黄色的人造丝衬衫,大步走向架子鼓,嘴里还叼着一根香烟。他拨了一下响弦向大家问好,接着麦克风里传出了吹奏萨克斯管的空洞声音。"晚上好,女士们先生们,欢迎来到彗星旅馆。今晚一定会很开心。甜蜜电报乐队将为您带来舞蹈和音乐的享受。首先为您带来一曲《跳得太晚》。"

"我几分钟后回来,伙计。梅尔特小姐和我先得给那些乡巴佬示范一下。"

当他俩走进舞池时,迪迪安喊道:"小心,火星子要飞出来了!"霍华德走到酒吧的尽头观看。鼓手开始发出一连串震耳欲聋的声音,那些穿浅蓝色上衣的人一个接一个地跟在他后面,萨克斯发出的声音一开始是空洞的,但后来逐渐变成了一阵尖叫。

梅尔特和达布像苍鹭一样弓着身子站在那里,面对面,只有达布那只高举的手在动,在抖,像大风中的一块布一般飘动。随着他用祖鲁舞的动作跳向梅尔特,一把将她揽在腋下旋转起来,直到她的裙子像黑色的茶杯一样鼓起来,然后他又把她上上下下地甩动。她的漆皮皮鞋像冰一样闪亮。其他舞者纷纷避开,让他俩跳舞。达布像马一样用力踢着。明亮的汗珠从他脸上涌出。发夹从梅尔特身后像雨点一样掉落,那卷曲的头发完全散开了,他们的脚踢踢踏踏地跺着。

"留着你的花生酱罐子吧!"特里默尖叫道。

"鹿肉!鹿肉!"迪迪安说,以他所知的最高礼遇。

当达布回到那张桌子旁时,特里默正坐在一团烟雾里,手里端着两夸脱的玻璃啤酒罐。他的肋部起伏着,大串的汗珠在他的耳朵前闪着光,他的下巴上也垂着亮晶晶的汗珠。梅尔特靠在椅背上,喘着粗气,两腿张开,让凉风吹进她的内衣,她那件汗湿的衬衫尽可能不失礼地敞开着。达布先给她倒了一杯冰凉的啤酒，然后自己如饥似渴地喝了一大口。他把杯子放在桌子中间，给梅尔特点了一支烟，然后又给自己点了一支。特里默把他的椅子拉近了桌子。

"跳得真不错。我永远也做不到。"他把烟斗里的烟渣磕进烟灰缸里，"我是想问你，你还用不用罗亚尔原来的陷阱线，或者你需不需要帮助？皮草价格不错。特别是雪猫。狐狸。看来你可以追上它们，在它们还在动的时候就把它们的皮从里面翻出来。就像你跳舞一样。"

"这完全是两码事。你要是失去了胳膊或者别的什么，假如你感觉很好，你就可以做类似的事情，但用罗亚尔的陷阱线？你压根儿找不到门儿，不是吗？"

"我知道他靠这个赚了不少钱。我知道他搞到不少好皮毛，而且他不需要跑到北极去搞。狐狸。去年春天在毛皮拍卖会上，他的那只狐狸简直绝了。毛又厚又茸。我的意思是太棒了。看他站在他们前面，拿着红色的毛皮在他们面前转着圈儿展示，尾巴都飞起来了。你想走他的老路，这也很自然。"

"不，"达布慢吞吞地说，"特里默，你完全不知道老罗亚尔的捕兽器和陷阱线的厉害。我即使有那样的捕兽器也永远做不到他所做的事。我甚至不知道该把陷阱布置在哪里。"

"屁话，找合适的位置有那么难吗？在干草仓里、阁楼上、小棚子里不行吗？我来帮你，用烟熏一熏，然后把机关打开。我会帮你跑跑线的。可你必须对他的设计有一个大致的概念。"

"罗亚尔设计的机关你和我根本搞不懂。他并不把它们放在小屋里，像这里的大多数人那样。他也不用烟熏，就能把人的气味去掉。首先，当他还是个孩子的时候，他就从住在沼泽里的树皮小屋里的一个老家伙那里得到了真传，那老家伙就住在那些蕨类植物长得那么大的地方。"

"鸵鸟蕨。"

"是的，鸵鸟蕨。每逢夏天星期六的晚上，挤完牛奶后只要一有机会，他就会到那儿去溜达。到老爱瑞斯·彭林那儿，他是个半野人。罗亚尔跟着老爱瑞斯学会了所有布置捕兽器的技巧，而且他很精明，从不向别人透露。你知道罗亚尔的习惯，看似无目的地闲逛，趁没人的时候才下套。首先，他在小溪边建了个小木屋，里面放着他所有制作捕兽器的材料，但不是捕兽器。听好了。你会明白我的意思的。

"罗亚尔在布置陷阱方面特别聪明。他真是个设置触发机关的天才，知道怎么放置干草迷惑物或把一枝黄的梗调成合适的弯度，这样狐狸就能从上面踩过去，直接掉进陷阱里。再说雪地捕兽器，他会沿着刚结冰的河边，把捕兽器放在一簇凸出来的蒿草附近，狐狸会到刚结冰的河面上玩耍。或者他在雪地上做一些任何过路的人都弄不明白的痕迹，或者在树林边缘附近设置一个土堆型捕兽器，和地势的自然起伏融为一体。当雪变硬的时候还可以下很巧妙的硬地捕兽器。大概有二十多种不同的下法呢。你得了解你的狐狸，你得了解你的地形。你必须有诱捕的'本能'。"

"好了。我知道他在这方面非常聪明，但咱们也许能把其中几个招数学到手,来搞到一些毛皮。"

"办不到。告诉你为什么。换季的时候,罗亚尔就会去查验他的捕兽器,把它们带到他的小屋。他所做的事情,我只记得一部分。他会在院子里生起火来,烧开水,把他所有的捕兽器刮干净,然后用一把他从来不用的刷子在热水里洗刷,还戴着打过蜡的手套。橡胶手套还不行,即使你能弄到。然后他用金属钩子把捕兽器钩起来放进一个从来没用过的大洗衣盆里,倒进碱液和水,煮上一个小时。再用钩子把捕兽器从碱液里捞出来扔进小溪里,泡上一整夜。"特里默正要张嘴时,达布举起手。他把啤酒罐端起来喝了几口,看着梅尔特把她那松散的头发拢好,扎好。

"第二天早上,老罗亚尔又来了,他四下看看,确保没有人跟踪他。当然,我小的时候一有机会就这么做。他走进窝棚,在炉子里生起火,把他的那个大桶拿出来,他从来不用这个桶干其他事情。装满他从放捕兽器的溪流上游取来的水,再把大桶放在炉子上,掏出一磅从未用手触碰过的纯蜂蜡倒进桶里。那蜂蜡是他从罗尼·尼泊尔的蜂房收集到的,收集的时候还特别叮嘱罗尼小心操控提取器,不要触碰到蜂蜡。然后用帆布把蜂蜡包好,那帆布也像捕兽器一样,是事先煮过又在溪水里浸泡过的。当蜡融化了,桶里翻起泡沫的时候,他就用钩子从溪水里把捕兽器钩起来,拿到棚子里,放到桶里,让它在那桶蜡水里泡几分钟,然后用钩子钩出来,把它拿到森林边的桦树那里,挂在树上。每一个捕兽器都这么做。当捕兽器彻底晾干以后,他会根据下一季的需要来布置它们。他的野外捕兽器,和大部分狐狸捕兽器是一样的,他在某个地方放一根粗大的空心的木头,并拔一些草覆盖在上面。他从不用手去碰那些草或木头,他还有一双特制的打蜡的手套,放在一个无气味的帆布卷里备用,然后他把捕兽器塞进覆盖着草的原木里,直到换季的时候再来把它取出来。他在树林里设置的捕兽器也是如此,只是他会把它们和树皮一起煮——而且他对用什么样的树皮也是很讲究的——并把它们放在树林里的一些枝丫上,也是到换季的时候再来取。还有,他自己做的香料和诱饵,我对此完全一无所知。特里默,就算我想走他的老路,我们也被臭鼬从草窠里熏出来了,因为我不知道他把那些捕兽器都藏在哪里了。我可不想在树林里蹑手蹑脚地走,把手和胳膊伸进空木头里找我哥哥的捕兽夹。他能做到,他喜欢,他喜欢开动脑筋研究下套的精细技巧。可我宁愿学如何给钢琴调音。做这份工作,完成后还能得到报酬。"

"好吧,那我就是个混蛋。"特里默说,"可我还是觉得我能在好毛皮上赚钱。你告诉我,你还能怎么做才能有足够的资金来完成你和梅尔特想做的事?"

达布喝光了最后一口啤酒。梅尔特用一种异样的眼神盯着他,但他完全明白那眼神的含义。她虽然一句话也没说,但在问同样的问题。达布对他俩都有答案。

"在我看来,当一个人不知道该做什么事情的时候,他才会下捕兽夹。"他看着梅尔特,"你准备好再跳一曲了吗?"

一小时后，梅尔特的姐夫达纳·斯威特进来了，他透过烟雾张望了好一会儿才看见她，然后他抬起右手两次，伸出手指头做了一个手势，表示有十分钟的时间让他喝啤酒，也让梅尔特喝完并做好准备回家。她同达布跳了最后一曲，那是一首舒缓的曲子，充满忧伤、厌战的情绪，那声音盘旋低回，直到那男孩鼓手扬起鼓槌，示意那几位老乐师转换到下一首热烈的曲目上。但他们又冷又累，准备下台出去喝烧酒、抽乐逍遥香烟和打哈欠了。

"别玩得太晚，"她说，"别忘了你明天早上还要挤奶。星期一下午到我办公室来。我会把你的名字登记上，这样医生就知道你要来了。"

"悉听尊便，啊，草地上美丽的鲜花，你那娇小的心灵向往的任何东西我都给你。"他向她深深鞠了一躬，拉着她迈着舞步来到衣帽间，把她深深埋进她那带着羊毛气息的大衣里。他亲吻着她，品尝着她舌头上苦涩的烟草和麝香杜松子酒的味道。

当达布走出彗星酒店时，空气异常寒冷。坚硬的雪发出吱吱的声音。尽管他身上还在发热，但他知道卡车已经冻结实了。车门在凝滞的铰链上嘎吱作响。挡风玻璃和方向盘上都结了霜。冰冷的座椅就像一块弯曲的金属片。他踩上离合器，把控制杆拨向空挡。就像在一锅粥里移动一把勺子。他拧了一下钥匙，启动器只发出了一声短促而微弱的呻吟。

"狗娘养的，连面子都不给。"罗尼一小时前就走了。否则他可以让他拉一下他的车,帮他启动。他转身往彗星酒店走,现在他开始讨厌那里的烟和酒的难闻味道了,还有那散架的点唱机里放出的音乐。他看到霓虹灯迷离的红晕渲染着天空的红色。那一道道的红光在他头顶上跳动着,那是熟透了的西瓜的水汪汪的红色。透过那片红色,他可以看到闪烁的星星。长长的绿色条纹从北边天空的穹顶散射出来,高寒的空气随着那电流的不断涌动而摇摆不定。明克总是说他能听到北极光的噼啪声,或者是像远处刮风的声音。达布打开大门。

"嘿,北极光正在上演。"

"关上那该死的门。太他妈冷了。"霍华德喊道。他11点左右就开始喝酒。特里默横躺在并排的三把椅子上,嘴角的唾沫闪闪发光。

达布关上门,看着颤动的空气,停车场里的雪被染成了红色,树木和河流在夜晚的血色中闪闪发光。他突然想,如果罗亚尔现在走进这停车场,他一定会揍他一顿,直到鲜血从他耳朵里流出来,把雪染红。一股憋在喉咙里的怒气像有腐蚀性的呕吐物一样涌上他的喉头。见鬼。不如走回家,把喝的酒消化掉,人也就冷静了。这需要两小时。

第八章
湿草地上的蝙蝠

> April 1945
> Dear Ma + others; Worked Chicago in a Pratt + Whitney airplane factory all winter. Learned machinist job. Good pay but hard hours, no good place to stay. Knife happy jokers from Ozarks here, blind drunk every Sat. Billy not with me anymore. She is gone with a big booger from the Ozarks. What we planned was never ment to be. Plan to strike out west this spring. Hope all is well and farm doing good. They say War will be over soon.
> Son Loyal

> Mr + Mrs. Mink Blood
> RFD
> Cream Hill
> Vermont

1945年4月

　　亲爱的妈妈和家人，我整个冬天一直在一家芝加哥的普惠公司飞机制造厂工作，学会了操作机床。工资还不错，但是很辛苦。住的地方不好。这里有来自欧扎克①的带刀的乐天派，每个周六都喝得烂醉。碧丽和我分手了。她找了一个欧扎克的大鼻涕。我们以前的计划根本实现不了。我打算开春以后继续往西走。希望大家和农场都好。听说战争就要结束了。
　　儿子　罗亚尔

明克·布拉德　先生和太太
乡村免费邮递
牛油山　佛蒙特州

---

① 欧扎克（Ozarks），美国密苏里州和阿肯色州的一片被森林覆盖的高地。

罗亚尔穿过泰勒瀑布附近的明尼苏达州边境线，沿着农场往森林方向行驶。他听说齐佩瓦国家森林①正在招伐木工，工资虽然不高，但他需要找这样的室外工作。他不能去农场打工，而必须到户外去。这样一路走一路干活，也许最终能在秋天到达阿拉斯加州，在那里做鱼罐头生意，不再跟机器打交道。做这行的男人挣到了他们一辈子都挣不到的钱，他们的女人也一样。但是在萧条期间失业了几年之后就不行了。来自北卡罗来纳州的小短腿的塔吉·莱德贝特把钱都吸走了。他外号黄鼠狼，平时腰间的一串钥匙总是在他的腹股沟上弹跳着。他白天故意偷懒，以便申请加班费。他还在路上招揽别人搭他的车，带他们去工厂，每周收取每人一美元和一张汽油配给券，他还偷工具和零件，包括回形针、铅笔、图钉、卡尺、钻头等等，都装进他的绿色工作裤里面腰带下面的口袋里，那里有个弯弯的贴身饭盒。他让他的妻子和孩子们把一切可以拿来换钱的东西都存起来：打补丁的自行车内胎、锡箔纸、纸袋、钉子、用过的废油、

---

① 齐佩瓦国家森林（Chippewa National Forest），位于美国明尼苏达州中北部，森林覆盖面积 160 万英亩。最初被称为"明尼苏达国家森林"，1928 年改为现名，以纪念居住在该森林的齐佩瓦印第安人。

废金属、撕破的信封、旧轮胎等等。他还在黑市上倒卖汽油和猪肉，那是他在自家后院养的猪。他挣的钱不存银行，而是买了房基地。在他的后院还开了个小修理店。

"钱都在房基地里。会有很多军人回来，要建房，就会有很多钱转手。我肯定也能赚到我的那份。"

罗亚尔厌倦了一起床就看见没有洗的散发着酸臭气的衣服，以及每天从早到晚地工作，闻着烧红的金属和臭油的味道。那工作是每天三班倒，永远不会停歇，就像宾果①游戏滚筒，带着木头上刻的编号旋转，直到掉出一个随机的幸运数字才会放缓。所以除夕夜，他去了一家酒吧，是跟埃尔顿和富特一起去的。他俩的工作是在他后面的一道工序。酒吧里众生云集：喝酒聊天的人、用香烟在钞票上烧洞的军人、穿着光滑的人造丝裙子的女人，她们卷曲的头发被看不见的发网套着，她们两乳之间扑的脂粉、她们在啤酒杯上留下柔软的深红色唇印、香烟的味道、廉价商店里的"巴黎之夜"蓝色小瓶里的香水的味道等等混杂在一起。当有人从街上进来时，一股锐利的冷风像刀子一样把屋内的烟雾切开了。

罗亚尔和埃尔顿、富特一起挤进酒吧，点了啤酒。埃尔顿是个瘦削的乡巴佬，胳膊弯曲，膀胱无力，刚喝了半小时就吐了。富特喝着威士忌，眼睛盯着前方。罗亚尔发现自己挤在富特和一个穿着黑色连衣裙、系着红色漆皮皮带的女人之间。她的头

---

① 宾果（bingo），一种赌博形式，参加者每人拿一张数字卡片，与转盘随机选择的数字相匹配即可赢得奖品。

发是一团黑紫色的鬈发，堆在头上。她裙子的领口形状像骑士盾牌的上部，露出了她扑着粉的乳房的上半部。她一根接一根地抽着"骆驼"牌香烟，目光渐渐从罗亚尔身上转向她左边的一个无法看到的男人身上。她的身体抵在罗亚尔的胳膊上。她慢慢地把她那紧绷的热屁股移到他的大腿上。他觉得自己的下身变硬了，把他那条体面的裤子前面顶了起来。这样的事已经很久没有发生了。于是他开始伸出他的手慢慢移动，直到它紧紧地托住她的后背，她顺势靠在了他的手掌上，扭动着，直到他的食指刚好滑入她的臀缝之间。光滑的人造丝散发出热量。他用手上下抚摸。突然，他像一根倒下的横梁，一阵令他窒息的痉挛以可怕的力量攫住了他。他喘不过气来。他的身体向后倒在那排正喝酒的人身上，他拼命地撕扯自己的喉咙，似乎刽子手正在用绳索勒紧他的脖子。他闻到燃着的香烟把布烧焦的味道，那冷酷无情的锡制天花板在负压下升了起来，然后又向他落下。

当他苏醒过来时，他已经躺在一张桌子上了，头上是一圈朝下盯着他的人脸。一个最瘦的人把瘦骨嶙峋的手指按在罗亚尔的手腕上。他的头像骷髅头，头发从中间分开，并向后梳得像一顶金属帽子。他的牙齿镶着金边，瞳孔有一圈金色，手指上戴着金戒指，右手的小指上戴着一枚结婚戒指和一枚纹章戒指。罗亚尔感到自己在发抖，心跳如打鼓。

"我在这儿算你走运。否则他们会把你像其他醉鬼一样扔到角落里，你的生命之火就此熄灭了。"

罗亚尔说不出话来，他的下巴颤抖得非常厉害，胳膊也在发抖，但他还能呼吸。他坐了起来，人群对他还活着感到失望，又转回头喝酒去了。

"是肾上腺素让你浑身发抖。我给你打了一针，半小时左右你就会平静下来。我估计，你以前也发作过吧。"

"不，没有。"

"过敏反应。可能是因为你吃的或喝的东西。这样吧，把你昨天吃的或喝的东西列一张表，后天来找我。"

但罗亚尔知道，他并没有吃什么不合适的东西。是心动，抚摸女人时的心动。如果不是碧丽，也不会是其他人。他逃亡的代价。没有妻子，没有家庭，没有孩子，在日复一日的生活中没有安慰；对他来说，从一个城镇到另一个城镇的不停辗转，孤独思考的狭隘藩篱，痛苦的手淫带来的瞬间快感，自言自语的顽固和偏执，很容易变成疯狂的呓语。在墙那边的某处，有一条已经受到侵蚀的肮脏的黑色通道，从他的生殖器直通他的灵魂。

这是个暖洋洋的日子，暖得足以把窗子磨透，畅享乡间的清爽气息。黑色的田野绵延数英里，犁沟起伏，像平静的大海。他想把车停在一个地方，问问这里的人需不需要帮手，但又觉得自己不可能到另外的农场去干活。他站在那儿，手里拿着帽子，询问哪里缺雇工。他经过一家锯木厂，品味着新锯开的木头散发出的辛辣气味和旧木屑堆的霉味。他还闻到自己的身体和衣服的味道，其中包括洗衣店里肥皂的味道，挥汗一天工作下来身体的味道，不但不难闻，而且很熟悉，还有家里床上乱成一团的床单的味道，以及他叠好的蓝色工作衬衫的味道。

种植玉米和小麦的农场伸展到地平线上，白色笔直的道路把田野分开，田野尽头是农田，农田的每个角都是直角，这样分开来的地块单调得令人昏昏欲睡，唯一的慰藉是视野与地平线融合的那条横线和飞鸟的飞行角度形成的夹角。几英里长的农田在错落的农舍之间绵延。远处，他看见一辆拖拉机拖着黑色的犁架，犁沟的轮廓仿佛是司机沿着蜿蜒的河流胸有成竹地勾勒出的完美曲线。

农场大得让他有些头晕。遥远的家对这些飞鸟来说不过是一个笑话，他那二十英亩的农场都不够它们在空中转一圈的。他一边开着车，一边想象着自己打算找个什么样的地方定居下来，不能像家乡那样有陡峭崎岖的田地和酸性的土壤，还有入侵的疯长的灌木和树丛；但是也不能像这样一马平川，令人眩晕。他还不知道明尼苏达这么平坦，但这里也并非是一个安静的所在。大风来袭时会让大地颤抖，缓慢移动。

他要找的地方应该是一个小农场，大约二百五十英亩，土地像臀部和胸部曲线一样微微起伏，一块很好的牧场。他能看见他的荷斯坦奶牛在吃草，草地上牧草茂盛，草深没过它们的跗关节，农田的土壤松软且没有石头，还应该有一条小溪，两边是平坦肥沃的低洼地，可以种玉米和饲草。还有一片林地，大约五十英亩，是又高又直的硬木，在南坡上有一片糖枫林，就是那种枝叶低垂的带有芳香的树。他想象着在他那片土地的山坡上，有一片常青树，一片黑压压的云杉，中间有一股清泉从地球内部纯净的水系喷涌而出。再买一台拖拉机，要质量好的。他会好好利用它的。他双手紧握方向盘，从后视镜里看到了自己坚定的眼神和那一头乌黑的头发。他的力量在他身体内聚集，等待着释放。

在莱斯以北约几英里的地方，他看到路边有一个搭车人的影子，喇叭裤和时髦的帽子，于是他放慢了速度。灼热的太阳烤着前机盖。刚才从那家廉价小店出来再次上路的时候，他感觉很好，心情愉悦地想着会有人来跟他做伴。他停下了车。发动机平稳运转的回声在他听来很悦耳。水手身材高大，沙色头发，土豆脸，小眼睛，他一上车就迫不及待地开口了。

"你可是我的救星，"他说，"我一直在这儿乌龟爬，走走停停大约两天了。我向上帝发誓，我看起来像个会惹麻烦的，一定会勾起那些司机心里的魔鬼形象。这不是一个美好的春日吗？我从诺福克出发，过路的看见我是军人，都愿意搭载我。我到这里花了两天时间，共搭了三次车，但进入明尼苏达州就完了！没人理，先生，这个该死的州还是我的家乡呢，所有人脸上都写着猜疑。该死的达州佬。有一辆车曾经慢了下来，制动的车轮让砾石飞了起来，但是我刚把我的手放在那车门把手上，他看了我一眼就让司机开跑了，就像有一个大奖在小瀑布那儿，等着谁先到谁先得似的，他是坐在后排。"

"你要去小瀑布？"罗亚尔问。

"大致方向是的，不过我不是去那里。我要去拜访我的另一半，去瓦德纳北部的利夫河那里，见我的爱人。住在她那儿的大概有四个人，我去了就是他们中的一员，挤牛奶，割草，和邻居打架。当我不在的时候，我想知道是否有人取代了我的位置。我看到太多分手的消息像把旧刀一样溜进来，我就开始想，我的克里斯汀呢，我太了解那些达州佬了，因为我娶了其中一个。我想，克里斯汀和裘戈在干什么。裘戈在隔壁的农场，我们一起干活，割草，扎篱笆，互相帮忙，做该做的事，裘戈借给我一把坏了的干草耙子，他的那个耙子齿掉了，他拿走了我的。所以她写信给我，告诉我裘戈的妻子在3月底去世了，她是个好女人，很漂亮，很好，我很感激她。信上说，他妻子在清理柴棚后面时被臭鼬咬了，死于狂犬病。医生帮不了她。所以我开始想，如果斧头缺了柄，裘戈会怎么做？他肯定会来拿走我的。当裘戈需要二十便士的钉子时，他会做什么？他会过来看看我有没有。妻子去世后，裘戈会做什么？或许他会过来占我的，因为我不在。所以我请了一周的假，现在就只剩下三天了。"他停止了滔滔不绝的话语，指着路肩上一个步履蹒跚的身影，"嘿，搭上那个家伙。他挺好的，我昨天跟他聊过，除非天寒地冻，否则没人会搭他的。他是印第安人，不过还不错。"

在天气刚转暖的第一天，罗亚尔想着，搭车人就突然都冒了出来。他已经开了一千多英里的车，之前还从没看到有人竖起大拇指，而在这短短几英里之内就有两个人。

"你认识他吗？"

"不认识。昨天下午他从我身边走过，停下来说了一会儿话。他刚退伍。他是有点不一样，但他就来自这条路的一头。他会活跃气氛，所以你该让他搭车，是吧？活跃气氛，讲几个故事，说不定还在合适的时候让你看看文身。"他朝罗亚尔眨了眨眼睛，那只小小的左眼消失在肥厚的眼睑和黏糊糊的睫毛后面。

罗亚尔放慢了速度，把车开到那个人身边，从后视镜里看着他。他看到了像克拉克·盖博①那样梳得整整齐齐的黑发，一张宽阔的脸，紧紧包着颧骨的皮肤，一件粗花呢上衣，一条脏兮兮的牛仔裤和一双蛇皮靴子。

"看他穿的那件外衣，我看不像印第安人，倒像个律师。"他说。

"谢谢。"印第安人坐进后座，点了两三下头。他的脸颊光滑，闻起来有一股辛辣的剃须液的味道。但车里有一种山野的感觉。印第安人用他那双黑眼睛看着水手。"又是你，你好。"他说。

"走在路上你永远不知道下一秒发生什么事情。这位好心的撒玛利亚人到目前为止还是无名氏。"

"罗亚尔，"他说，"罗亚尔·布拉德。"

"多尼·维纳，三副，"水手说，"他是'蓝天'，没错，就是这个名字。"

"简单说，是天空的意思。"印第安人说，"请不要唱这首歌。"②

罗亚尔第一次感到他们可能是一伙的，就像口袋里的两枚硬币一样亲密，就像瓶子里的两个瓶塞一样紧密，就像两头削尖的铅笔一样用途单一。他不喜欢印第安人坐在他后面的后座

---

① 克拉克·盖博（Clark Gable，1901—1960），美国电影男明星，曾主演《一夜风流》《乱世佳人》等电影。
② 这位印第安人的英文名字是"蓝天（Blue Sky）"，与一首美国经典老歌同名。

上,也不喜欢那个叫维纳的水手把一只胳膊搭在椅背上的姿势,他半转身对着他,好像准备抢夺方向盘似的。他把车开上高速公路,向北驶去,但从印第安人上车的那一刻起,这一天所有的甜蜜都消失得无影无踪了。

印第安人说他要去科克湖以南五十英里的白月印第安人居留地。

维纳说,如果罗亚尔愿意,他可以开车,但罗亚尔不同意,他要开自己的车。他一直开着窗户,以抵御从路面传来的热气。

"农田真他妈的好。"罗亚尔说,看着世界上最肥沃的土壤,有一百万年的腐烂草层沉积下来,这些腐草层在修路时被翻开,现在就陈列在路两边。农田都是一大块一大块的,每一块都有防风林作为房屋的遮蔽屏障。

"这些田地是那么平坦,"印第安人说,"你站在汽车踏板上,就可以从一头看到另一头。但是如果洪水来了,如果河水漫过了河岸,你应该去看看。一切都像海市蜃楼,房屋、拖拉机棚露出水面,就像海洋,那些水无处可去,只能漫延开来。一阵微风吹过,你会看到它向前漂移了一英里。"

"这里的泥土一定很特别。"罗亚尔说。

"我知道有人掉进去后就再也爬不出来了。"

"说得对,"维纳说,"在烂泥中淹死,在烂泥中窒息,秋天犁地时你发现你就像一根老树棍。"他在讲笑话。印第安人安静地坐在后座上,一根接一根地抽烟。

快到晌午的时候,他们看到东南方向的乌云在他们身后聚集起来。中午时分,罗亚尔把车开进了小瀑布镇的一家德士古① 加油站。

"加满吗?"服务员用一块滴水的破布擦着挡风玻璃。他的胳膊太短,够不到玻璃的中间。他的衬衫从裤子里脱了出来,露出毛茸茸的腹部,上面布满了肮脏的皱纹。

"是的。检查一下机油和水。"

罗亚尔付给他五块钱,但没等他把车开回高速公路,水手就叫他稍等片刻,打开车门下了车。

"这样吧,"维纳急促地说,"我去那个咖啡屋买点吃的,这样我们可以节省时间,买些火腿三明治和啤酒,在路上吃。我花钱。算我的一点儿心意。"他跑过马路,进了一家咖啡店。它凸出的招牌上写着"孤独的鹰",下面的玻璃上画着一只鹰和一架飞机,正飞向夕阳。

罗亚尔和印第安人在加油站等了几分钟。当一辆卡车开到他们后面加油时,罗亚尔把车停在了维纳出来时能看到的街道边上。他们默默地坐着。过了一会儿,印第安人打开手提箱,拿出一个笔记本。他用手指轻轻翻着那本子,还在上面潦草地写着什么。

"他怎么这么久还不来? 他已经买了半个小时的三明治了。"

印第安人又翻了一页。"一去不复返了。他刚从前门进去,就从侧门溜出去了。还在街上躲闪着怕我们看见。"

"你是说我们坐在这儿等他,他却溜了? 天啊,你怎么不早说?"

---

① 德士古(Texaco),美国一家石油公司。

"我以为你也看见他了。我还以为你坐在这儿有别的理由呢。"

罗亚尔下了车,穿过街道,进入咖啡店,他忽然想到车钥匙,又跑出来,但车还停在那里,印第安人坐在后座上。于是他又进入了咖啡店。一个瘦削的男人在柜台后面切蛋糕,他的嘴唇向一边撇了一下,露出厌恶的表情。他浓密的头发梳成低低的左偏分,其余的头发在头顶堆成一个大蓬头。他那对大大的、无光泽的蓝眼睛,苍白得仿佛毫无生气。他握着一把豁了刃的锯齿刀。在一个玻璃罩子下面罩着用玻璃纸包着的金字塔形三明治,红色的条状培根,灰色的金枪鱼。

"十五分钟或二十分钟前有个水手到过这里吗?"罗亚尔说着,转过头看了看那辆车和那个印第安人,"大个子,体格魁伟的小伙子。叫维纳。"

"是进来了一个水手,不知道他的名字。从那扇门出去了。人都走捷径。我明明在门上贴着牌子,'此处无出口',但没有用。还是有人从这儿走。真受够了。就像这里有高速公路,却没人买东西。今晚我要去一趟该死的旅馆。"

罗亚尔看着窗外。印第安人还坐在车里。他决定尽快赶走他。

"你看,我搭载了一个人,他却不辞而别了。管他呢,给我两个三明治,一份火腿和一条金枪鱼。"

"那不是金枪鱼,是鸡肉沙拉。"

"好吧。每样给我一份。再要两块蛋糕。你有胡椒博士[①]

[①] 胡椒博士(Dr. Pepper),一种不含酒精的碳酸饮料。

吗？"他想先喂饱那印第安人，然后把他赶走。这样就没有什么负疚感。

那瘦子在围裙上擦了擦手，慢慢地把三明治放进一个白色的袋子里。他用蜡纸把一块块蛋糕包起来。他在一台华丽的旧收银机上"丁零"一声打开抽屉，那台收银机一定是从伍德罗·威尔逊①时期开始就在这里的。

"一共七十美分。"

罗亚尔把手伸进右边裤子口袋掏钱，这才明白狡猾的水手维纳为什么溜了。

"那个狗娘养的拿走了我的钱。他妈的他抢劫了我。"

瘦子从袋子里拿出包好的蛋糕和三明治。他耸了耸肩，没有再看罗亚尔一眼。

印第安人还坐在后座上，低着头，全神贯注地看着笔记本里的内容。

罗亚尔来到人行道上，把手伸进所有的口袋，一遍又一遍地摸着那厚厚的一沓钱，那是他一冬天存下来的六百块钱的大部分。启动资金，重新开始的本钱，还有他旅行的盘缠，都不见了。他坐进车里，身子向后靠在座位上。印第安人抬起头来。

"你知道他做了什么吗？那水手？掏我的口袋。他拿着我所有的钱跑了。他一定是在我付完汽油费之后拿到的。为了那笔钱，我整个冬天都在一个臭烘烘的工厂里干活。"

---

① 伍德罗·威尔逊（Woodrow Wilson，1856—1924），第二十八任美国总统。

过了一分钟,印第安人说:"口袋里永远不要留超过五个硬币。永远不要把所有的钱都放在一个地方。"

"哦,我可没那么笨。他没有拿走我所有的钱。我鞋里还有一百块,可其余的全给他了。他偷走的钱够我活上一年的。"他朝街上那个印第安人说的维纳走的方向望去,"不管怎样,我知道上哪儿去找他。他告诉我他要去的地方是一个小镇,经过瓦德纳,在利夫小瀑布附近。那是他妻子住的地方。"

"你是说利夫河吧。"印第安人说,"但他不是这附近的人。你没听见他说话的口音吗? 不是这一带的。他告诉我他要去北达科他州见他的女朋友。他说他收到一封信说她病得很重,但他觉得她是怀孕了,所以他要去看看。他是这么说的。"

"小偷加骗子。"罗亚尔说,"我敢跟你打赌,他也不是什么海军。可能是偷了那套水手服。只是个偷东西的流浪汉。可能是偷了那套水手服。如果我找到他,他就再也不会说谎了。因为我会把他的舌头扯下来。我会从他鼻子里掏出他的脑浆。"他发动了车,在小瀑布镇的街道上开来开去,停下来,跑进商店、黑帽酒吧、饲料店,到处问有没有人看见那个水手。印第安人坐在后座上,食指插在合拢的笔记本里。气温在上升。人行道上的人慢慢少了,人们都走进屋里,或到阴凉的地方,坐在厨房里的椅子上,坐在铺着浅色床罩的旧沙发上。

街道逐渐变成空荡荡的土路。在一条短道的尽头,他们看到一块写着"林德伯格公园"的牌子。罗亚尔把车停在树下,关掉了引擎。他仰起头,闭上眼睛。他的手和脚都肿了。汗水从他的脸颊两侧，从他耳朵前面的发际线往下淌。风不停地刮。白杨林里的树木摇晃着，发出沙沙声，就像汹涌的海浪拍打着岸边的石头。印第安人开始唱歌。

"你觉得这很好玩吗？"罗亚尔喊道，"看到一个人被抢了，想把钱要回来，你觉得唱这首歌有什么意义吗？"

"我唱的是《友好之歌》。歌词是'天空喜欢听我说话'。我想和天空友好相处。看那边。"他指了指东南方，那里的天空泛着斑斓的青紫色，像桃子上的烂斑。罗亚尔从车里走出来。不一会儿，印第安人低声唱着歌也出来了。白杨的嫩叶子，如湿漉漉的绿丝，从树上垂下来。印度人抓住一簇叶子，用他的拇指和食指摩擦着那新叶，它柔软得像做手套用的最薄的皮革。

就在他们站在那里仰望天空时，风力正以几何级数的速度增强。云层翻滚着，下面布满了蜜瓜肉颜色的球体。雨点倾泻而下，树枝也跟着纷纷落下，潮湿的草地上有什么东西在扭动着，带着殊死的执着。那是一只蝙蝠，不知怎么受了伤，紧咬它那针一般的牙齿。冰雹打在蝙蝠身上，也打痛了他们的胳膊，像碎石一样在车顶上哗啦哗啦地敲打。

"你看。"印第安人指着天空说。一个巨大的象鼻子从云层里探出来，晃来晃去。一阵巨大的声响。黄色的空气使他们窒息。

"龙卷风。"印第安人说，"天空喜欢听我说话。"他大声说。那个大鼻子像一根松开的绳子一样来回摇晃着，穿过广阔的大地向他们扑来。

一束皎洁如新月般的白光在罗亚尔的眼中闪耀。巨大的烤叉在他的头顶上若隐若现。他听到了往北飞的大雁的叫声。他以为自己是在农场里,被那石墙压得喘不过气来,于是伸出手来请碧丽帮忙。

随着晨光的出现,来了几个人。他们用毯子把他抬起来,放在一辆小货车后面的床垫上。有人在他胸口上放了个纸袋。在去医院的路上,阵阵清风冷冷拍打着他光着的双脚,他开始痛苦地移动右手,用了好长时间才把它移到头上,摸了摸那团湿软的东西。他左手里好像有什么东西,坚硬,光滑,像钝的牛角。但是他没有力气把它举到能看得见的地方。树像火焰一样燃烧,鹅笛从他手中落下。

医生说:"龙卷风总能做一些奇怪的事情。"他俯身向罗亚尔,头离他很近。他那被短发包裹着的头像一个截去一半的圆锥体,耳朵像杯子的把手。一个丑陋的家伙,但是那双长在牛睫毛后面的棕色眼睛倒是很和善。"你听说过一根稻草插进一棵大果栎①树六英寸,房子被挪动了两英尺,里面却连一个茶杯也没有打碎这些事吗? 而你的情况是,它似乎卷走了你的车,还把你的鞋子和袜子尽可能整齐地脱了下来。你没在那辆车里面算你走运。我们也许永远也弄不清楚到底是什么弄伤了你,不过可以说,你的头皮被剥掉了一块。"

没有印第安人的踪影。

---

① 大果栎(burr oak),原产于美国中西部和加拿大中南部,是北美最大的橡树品种之一。

第九章
我的所见

罗亚尔沿着大路走着,白杨树的影子就像风中的丝线;田野里苍白的马匹像树叶一样飘动;一个女人从窗户里向外张望,围裙披在头上,发网从她的领口里探了出来,围裙是褪了色的蓝色,腿上满是紫红的蚊子包,鞋口边缘没有露出袜子;院子里的男人正把一块写着"兔子肉"的牌子钉在柱子上;一块长条木板横跨在土豆溪①上;一间摇摇晃晃的棚屋,它的门用一根沉重的铁链锁着,风中的白色十字架、风车、畜棚、猪、白杨树,还有他开车时飘过的树叶。一段栅栏。更多的栅栏。连绵不断的栅栏,铁丝网栅栏。三个女孩站在树林的边缘,她们的手里抱着一簇簇红色的延龄草②,被扯断的根茎在空中晃来晃去。西格德的蛇坑,"来看一百多条活蛇、基拉河③七英尺长的阿纳孔达④、水蝮蛇、鞭蛇、牛蛇⑤、鼠蛇⑥",那老西格德穿着长长的风衣和

---

① 土豆溪(Potato Creek),位于美国印第安纳州中北部的一条溪流,流经土豆溪国家公园,内有湖泊、森林和湿地等。
② 延龄草(trillium),百合科草本植物,有直立的茎,有三片叶子和一朵单生花,是典型的春天开的花。
③ 基拉河(Gila),美国河流,流经新墨西哥州和亚利桑那州,注入科罗拉多河。
④ 阿纳孔达(anaconda),一种大型水蟒。
⑤ 牛蛇(bull snake),一种大型无害的巨蛇,尤产于美国中部和西部,主要以啮齿动物为食。
⑥ 鼠蛇(rat snake),一种体形较大、无害、主要以老鼠为食的黄蛇。

皮外套站在那里，脖子上绕着一条牛蛇，他招手示意，嘴唇嚅动，发出信誓旦旦的呼喊。窗户上有一株波士顿蕨。门廊上摆着沙发，沙发上有份报纸。一个男人睡在一辆拖拉机旁浓浓的树荫下。"美国邮政局"。"带克恩面包回家"。黑橡树、厚皮山胡桃树、薄皮山胡桃树、黑胡桃树、黑枫树、肯塔基咖啡树、高丛黑莓、阿巴拉契亚樱桃树、黄皮橡树、苔藓、冬季葡萄、低矮的红杉树、白松、鸟形的土丘、白雪松、云杉、凤仙花、美洲落叶松、草原鸡。播种苜蓿。一头牛躺在草地上，就像一艘黑色的维京海盗船；苹果树下有一张铺着白布的餐桌；桌旁有一个赤膊男子，红褐色的脸庞，柔软白皙的胸膛。

聚餐。在彩绘的木桌上，每个餐位都放着一张餐巾纸，叉子放在餐巾纸上，左边是勺子、刀子和一个空水杯。一张简单的菜单斜靠在盐和胡椒调味瓶上。云的形状像食蚁兽的舌头，像鹰的尾巴，像板擦在黑板上擦出的痕迹，像呕吐的凝乳。黑暗中闪光灯射出一道道光芒。湿卵石沿着湖岸边静静地躺着。

第十章

失踪的男婴

> August 1, 1945
>
> Dear Mernelle. Bet you are surprised you know somebody in California! We just moved here yesterday. My father is working in the shipyards. My room is the fold-up couch in the living room. I have to keep my postcards under the couch. We couldn't take our cat Curly. He was too mad to ride in the car. My father said if we sent Curly to Japan the War would be over in three days. My mother is trying to get a job in the shipyard too. Oh well, a new school tomorrow.
>
> Your adventuros penpal, Juniata.

> Miss Mernelle Blood
> RFD
> Cream Hill
> Vermont

1945年8月1日

　　亲爱的梅尔妮尔,你知道有人从加利福尼亚给你写信一定很吃惊!我们昨天刚搬到这里。我爸爸在造船厂工作。我的卧室就是客厅里的折叠沙发。我只能把明信片都收在沙发下面。我们无法把我们的猫带来,它叫"卷毛",在车里像疯了一样。我爸爸说,如果我们把卷毛送到日本去,那战争不出三天就结束了。我妈妈也想在造船厂找份工作。哦还有,明天去新学校上学。

　　你的冒险家笔友
　　琼娜塔

梅尔妮尔·布拉德 小姐
乡村免费邮递
牛油山　佛蒙特州

就快到蓝莓沼泽地了,梅尔妮尔刚走到第一丛灌木,闻到那里的一股酸味。在阳光照射下,坚韧的叶子、蓝色蜻蜓,以及她自己的留在污泥上的脚印,都会散发出气味。这时她隐约听到朱厄尔呼唤的声音,因为太微弱,无法理解。听起来好像"独坐,独坐",声音拉得很长,很悲伤。

"什么!"她尖叫起来,仔细听着。只听到微弱的"独坐"带着一种拉长的、空洞的韵味飘荡着。那不可能是她的名字。她的名字如果从远处传来,听起来像是"现在烧,现在烧"[①]。她走进蓝莓树丛,摘了一些。它们仍然带着紫色和酸味。她眯起眼睛看着天空,回想起一个月前出现日食的时候天空呈现出的暗铜色,但是当时的太阳仍然是可见的,而且还是白色的。这让她有些失望,她本来希望在上午10点左右的黑暗中,看到天空变成黑色,燃烧着的日冕在天空中烧出一个洞。没有这样的运气。那悲哀的叫声又响起来了,她摘下一把浆果和叶子放在嘴里,边嚼边爬上山坡往回走,然后把嘴里的渣子吐在篱笆上。

她看见朱厄尔站在院子里的大樱花树下,抬起雪白的手臂,

---

① 此处原文为"burn now,burn now",发音和梅尔妮尔的名字 Mernelle 略接近。

双手捧在嘴边，喊着，喊着。当梅尔妮尔进入她的视线时，她示意她快点走。

"战争结束了，杜鲁门总统上了广播。一个婴儿丢了。罗尼·尼泊尔来找我帮忙。他们想让我们来帮他们找。是他妹妹多丽丝的孩子。你不知道明克和达布正在跟克劳奇谈要卖掉更多的奶牛吗？我不会开车，这让我很泄气。那辆车就停在那里，可我们得走着过去。多丽丝要来这儿住一星期，这是头一天，看看发生了什么。似乎他们都在听收音机讲述那些日本兵投降的事。人们都疯狂了，他们手舞足蹈，大声叫喊，所以忽略了这个小男孩儿，他还是一个蹒跚学步的婴儿，小罗洛。你还记得他们去年夏天有一天带他来，那时他还不会走，没有人看见他就出去了。罗尼当然把每个人都责怪了一通，对他妹妹大吼：'你怎么不盯着他？'他们一直相处不好。所以我告诉他，等我把你从蓝莓地里叫回来，我们就一起去，他说如果他从戴维斯家回来碰到我们就接上我们一块儿过去。戴维斯家有电话。"

"好啊，我们再也不用挤奶收集奶油了，也不用收集锡罐和旧衣服带到教堂去了。不过他们可能也不再需要我的马利筋豆角了。"

"想是这样的。他们说，汽油配给应该马上就会放宽。"

"听起来你不像是在叫我的名字。好像是别的什么。"

"我在大声喊'罗洛'。我想如果他走了很远到了我们这边附近，他可能会躲在哪个灌木丛里。但我想也许不会。"

"妈，有两英里的路呢。闹得整个下午都怪紧张的。或许只有丢了一个孩子战争才会结束。"

她们在那个8月的下午走着。几天前镇上的卡车刚刚在路上铺了新的碎石，松动的石块和鹅卵石把她们的薄底鞋硌透了。她们可以听到远处传来汽笛、喇叭、铃铛的声音和猎枪开枪的声音，那是从山脊上的农场向空中发射的，听起来就像一块木板掉落在一堆木板上。

"他们在广播里说，缝纫机、水桶和剪刀等等很快就会出现在商店里。可对我来说还是不够快。那把坏剪刀让我受够了，剪什么都剪不动。"蜜蜂在篱笆边的黄花丛中嗡嗡盘旋着。那只狗拖着狗链，飞快地蹦跳喘息着逃脱它们的包围。

"可怜的狗，"朱厄尔说，"我记得我把它拴得很好啊。"一种为时已晚的感觉萦绕在满是灰尘的黄花上。蟋蟀不停地在空旷的田野里发出叫声。草尖长得像矛头。

"它可以帮忙找孩子。它就像一个侦探。我只要抓住它的链子就可以了。"她想着罗洛可能迷失在黄花丛里，正用他的小手拨开花梗，周围的空间满是蜜蜂，或者在某个阴暗的森林深处，绝望的小脸上挂着泪珠，她想象那条狗沿着枯叶堆的边缘走着，在嗅到兔子的气味后猛地向前一蹿，把她拉得身不由己跟着跑起来，然后就找到了男孩，胜利而归。她会冒着暴风雪把孩子抱回他妈妈身边，狗儿跳起来舔着孩子的脚，她会说："看吧，你真幸运。再耽搁个把小时，他就没了。"多丽丝感激得哭了，尼泊尔太太拿出她的储蓄金，递给梅尔妮尔十美元，说："对我来说，我孙子值一百万美元。"

"真不敢相信，我们走在这些碎石上，眼看着院子里停着一辆很好的车，我却不能开。天啊，真热。你最好尽快学会开车，梅尔妮尔，这样你就不会被困在农场里了。几年前我就想学了，但你爸爸就是不同意，现在还是不同意，他不喜欢让他妻子开车到处转。再说，我们还有那辆福特车，它是用曲柄发动的。他说，你要想发动那辆车，你的胳膊都会断的。"

通往尼泊尔家的小路又平又硬，路中间有一溜薄薄的草。枫树投下令人窒息的阴影。老图特·尼泊尔每年3月都要在树上采枝叶，但罗尼没有拿它做糖浆，还说有一天他会把树都砍了当柴烧。冬天的时候，一场暴风雪把粗壮的树枝都折断，落在了小路上，他发誓等天气好了就把树砍了。但一直也没砍。

"妈妈，讲讲数数的事，以前你祖父怎么数的？"

"哦，那可是有年头了。就是他数羊的方式，非常非常古老的数羊方式。他过去常常数羊。看看我还能不能记起来。Yan.Tyan.Tethera.Methera.Pimp.Sethera.Lethera.Hovera.Dovera.Dick.Yan-a-dick.Tyan-a-dick.Tethera-dick.Methera-dick.Bumfit.Yan-a-bumfit.Tyan-a-bumfit.Tethera-bumfit.Methera-bumfit.Giggot. 就这些。我只记得这么多，一到二十。"

"Bumfit！ ①"梅尔妮尔说，"Bumfit。"她像往常一样笑了起来，"哦，bumfit！"她大笑着叫起来。

"等等，"朱厄尔笑着说，"等等。他对第一次剪羊毛的母羊

---

① 在那种古老数羊方法里，代表"二十"。

说：'小母羊！'他称这些小矮子为'pallies'。他说——"

"小母羊！Bumfit！"

"奶奶，也就是他的妻子，嘴巴厉害得像刀子，有一次有人给了她一箱葡萄柚，她不知道那是什么。从来没见过柚子。你知道她怎么处理的吗？"

"把它们给铁匠了？"

"既然你这么聪明，我就不说了。"

"妈妈！说嘛！她做了什么？"

"她煮了。煮了一个小时，然后把它们放在一个大浅盘里，在每一个上面放上一大块融化的黄油。你不知道，他们立马就把葡萄柚都吃了，全是热乎乎的黄油味的。爷爷还说：它们是永远不会让土豆泥'靠边站的'。"

过了果园以后没多远，歪歪扭扭的畜棚映入眼帘，它的门也是歪歪斜斜的。朱厄尔气喘吁吁地爬了上去。道路上的土就像面粉一样，每走一步都会扬起粉尘。她停下来喘了口气，抬头望着尼泊尔家的田地。被灰尘染白的野樱桃，还有蓝菊。"瞧，那杜松林又回到牧场来了，"她说，"才几年时间。当我想到罗亚尔花了多大力气让它远离我们的时候，我就直打寒战。我想它会以最快的速度冲进来。既然战争已经结束了，也许我们能找到帮手。尽管那些回来的孩子看来并不想为别人工作。我猜他们已经受够了听别人发号施令。他们似乎都想找到自己的位置。我一直认为罗亚尔不会去西部。我想他很快就会回来的。让农场再度兴旺起来。"

"我几乎记不起他长什么样了。高个子。在头发上涂野草根油。他是卷曲头发。我小的时候他让我骑在他背上。还记得吗?我过生日他送我蓝娃娃盘子。"

"那些娃娃盘子是他同达布两个人送的。"

尼泊尔家畜棚的西墙上,落着成千上万只苍蝇,还有成千上万只在围着粪堆打转,落在上面。那房子朝东南方,冬天的早晨这里阳光充沛,夏天的下午又掩映在畜棚的阴影里。她们走上台阶的时候,透过帘子可以看见尼泊尔太太站在门廊上,身体摇晃着哭泣,并用一块擦碗巾擦着眼泪。她在空猪油罐里和生锈的搪瓷水壶里养的天竺葵摆放在门廊的边缘。收音机被摔在地上,还拖着它那不屈的电源线。

"我们是来帮你找的。"朱厄尔说着打开纱门,上蜡的油毡像水一样闪闪发光,"梅尔妮尔认为这只狗可能会派上用场。"那狗看起来像个傻瓜,抓耳挠腮地抓着身上的跳蚤。

"罗尼到戴维斯家打电话求助去了。多丽丝又去牛棚找了。那是我们最先找的地方,但她说他太爱牛了,她认为他会去那里。靠他那两条小腿他不可能走得太远。我们几分钟前还见到他,我们正在听关于战争即将结束的新闻,纽约人都在尖叫,我们只是站在收音机旁,这时多丽丝突然说,'罗洛哪儿去了?'"尼泊尔太太禁不住像讲故事一样讲了起来,"嗯,她和我开始在楼上、楼下、食品储藏室、地下室寻找,罗尼还在听收音机,后来多丽丝看到门廊的门开着,我们又到门外找,然后在畜棚里寻找。这时多丽丝真的很着急,她让罗尼去了你和戴维斯家。已经过去一个多小时了,一点孩子的线索都没有! 我对罗尼说:'因为没有电话,我们耽误了很多时间。我想装电话。'"

尼泊尔太太找到了罗洛的毛衣,让狗闻了闻。它把毛衣含在嘴里,摇晃着,就像玩游戏似的,梅尔妮尔把毛衣抢了过来,把狗带出去,抓住狗绳问:"他在哪里? 去找小宝贝! 他在哪里? 找回小宝贝!"狗跑过屋角,抬腿往尼泊尔太太花圃边的石头上撒尿。

"快去。"梅尔妮尔命令道,但是狗坐了下来,用愚蠢的眼睛盯着她。"去找孩子,不然我就把你掐死。"她低声说。狗试探地摇着尾巴,看着她的脸。"你这傻货。"她说着把狗绑在门廊台阶的栏杆上。那狗把鼻子伸到台阶下,像在闻稀有的香水似的抽着鼻子。梅尔妮尔向畜棚走去。

多丽丝正在高高的干草堆上说着:"罗洛,妈妈想你,亲爱的。"尽管梅尔妮尔不明白那么小的孩子怎么能爬上那陡峭的又滑又破的梯子。她看遍了所有昏暗的牛棚,看到多丽丝在缠结的干草中翻找,在挤奶房的桌子底下,在旧的马具室,在布满蜘蛛网的马棚,柱子上刻着"蜡光"和"王子"之类的马名字。多丽丝的脚步声从屋角到橱柜,再到喂干草的斜槽。她那阴郁的狂怒充满了畜棚。梅尔妮尔走到外面看了看粪堆。罗洛可能掉进了泥潭,被牛粪淹死了。这种事她听说过。朱厄尔知道有人遇到过这种事。她做好了看到那青紫的、有气无力的脑袋和沾满污泥的胳膊的准备。但那里只有母鸡。她从粪堆上看到她母亲和尼泊尔太太在未修剪的果园里,穿过草地,声嘶力竭地喊着:"罗洛,罗洛!"她们的声音沉重而悲伤。

当罗尼把满载穿着工作服的男人的汽车开到院子里时,多丽丝哭着跑了出来,告诉他们孩子还没找到。那些人低声交谈着。过了一会儿,他们分开,开始穿过割过的草地,朝树林里的泉水走去,泉水有十英尺宽,没有栏杆,底部的白沙在地下涌出的冰水中冒着气泡。多丽丝突然也想到水,跟在他们后面跑过去。

朱厄尔和尼泊尔太太从被踩坏的果园里走出来,梅尔妮尔跟着她们进了夏季厨房,那里有纱窗,门廊尽头是煤油炉。她们的手臂上满是锯齿般锋利的草叶留下的伤痕。尼泊尔太太给她们每人泵了一杯水。有几滴水掉进了铁制的洗碗池里,它被尼泊尔用滴了几滴煤油的抹布擦得锃亮。

"我不知道。"她说,看着窗外的多丽丝跑在他们后面,绊了一下,跪在了地上,又挣扎着爬起来。罗尼愤怒地转身指着她,大声叫她走开。那样子好像更害怕知道真相似的。"他怎么能在短短几分钟里走得那么远?"水泵里传来一阵微弱的哀号声。

"有时候小家伙会让你吃惊的,"朱厄尔说,"我还记得我去捡鸡蛋的时候,达布跑到路上,他还太小,不会走路。一路爬着爬了整整一英里。后来他也一直这样。"水泵发出一声可怕的尖叫。

"这究竟是怎么回事?"尼泊尔太太一边说一边继续泵水,水杯里的水溢了出来。

"听起来像是你的水泵,水泵出问题了。"

"水泵从来没有出过这样的声音,"尼泊尔太太说,"那是孩子,他在夏季厨房底下。罗洛,罗洛!"她对着水泵的出水口大喊。得到的回应是一声号叫。朱厄尔让梅尔妮尔跑上去告诉多丽丝和其他人,他们能听到夏天厨房里水管附近的地板下面有个小孩的声音,但他们该怎么办,把地板都掀起来吗?尼泊尔太太蹲在水槽下面,一边喊着鼓励的话,一边用菜刀在木板上捅来捅去。她站起身来,用脚绕着水泵的下端试探着,水管就是从那下面上来的,那里卷曲的油毡下面的木板软得像奶酪一样。泵柄的暗红色弯曲臂上写着"小巨人"字样。

朱厄尔看着梅尔妮尔以一个孩子所能有的恶魔般的力量向山坡上的泉水冲去,并听到了一声沉重的破裂声,她回头一看,尼泊尔太太身体的下半截不见了,从她的一条腿直到臀部都埋在了腐烂的地板下面,另一条腿像蚱蜢一样蜷曲着,肌肉绷得紧紧的。她一只手抓着水池边,另一只手还紧握着菜刀。下面传来可怕的尖叫声。

"快拉我上去,我踩到他身上了!"尼泊尔太太喊道,但是没等朱厄尔走到她跟前,尼泊尔太太、抽水机和水槽就都落到罗洛身上了。

"这小东西伤得很重,不过他会挺过来的。"吃晚饭的时候达布说,"你以为他会被那堆东西压扁了,但似乎一切都是慢慢平稳地倒下去的,而不是轰然倒下。老太太落地时是蹲着的,所以他平安无事。老太太的情况比他还糟。她身上扎的锈铁钉就像针线包上的针。他们想让她在医院住一两天,但她不同意。"

"当我想到,那位高傲的管家脚底下有那么多烂东西。"朱厄尔说,"就觉得这是个教训。"她的眼镜放在桌上,镜片上斑斑点点,已有些模糊。她揉了揉鼻梁上被眼镜的粉红色鼻托夹出来的两个红色椭圆。

"他是怎么钻到下面去的?"梅尔妮尔问,她想起了当时小孩和大人一起哭的场面,尼泊尔太太躺在罗尼的车后座上,从车窗可以看到她血淋淋的膝盖,小男孩儿坐在前座上的多丽丝的大腿上哭号,罗尼大喊着"让开",把车开上车道,车轮直打滑。

"爬进去的。他们估计他是从门廊的阶梯磴之间掉进去的,然后又爬到门廊下面一个狭窄的地方,在那儿他没法转身,因为从没有人教过他倒着爬回来,所以他只会继续往前爬,最后就爬到夏天厨房下面的水管旁边。记住,梅尔妮尔,一定要教会你的孩子往回爬。"

"婴儿会怎么爬的事可不能想当然。我记得你当时穿过一片泥泞一路爬下去,到了那条大路上,有一英里多远,却一声不吭,可是你笨得爬不回来了。"朱厄尔说。

"不,"达布说,"是笨得爬不动了。"

第十一章

金 鸡 菊

```
Sept. 9, '45
Dear Neighbor, since the death of my mother I
have got out of farming and into Real Estate.
With our boys coming back from the war there
is a good market for farms. If you are
thinking about Selling your place why not
deal with a Neighbor who can get you the Best
Price? Call Nipple Real Estate at 4989 and
let's talk turkey.
```

```
Boxholder
RFD
Cream Hill, Vt.
```

1945 年 9 月 9 日
　　亲爱的邻居，自从我母亲去世以后，我就不再经营农场，改做房地产生意了。我们的那些从战场复员的孩子回来以后，农场变得火爆起来。如果你们想出售农场，可以找我们的这位邻居咨询。他肯定会给你们最好的价格。请打电话至尼泊尔房地产，4989，我们开诚布公畅谈。

邮箱主人
乡村免费邮递
牛油山　佛蒙特州

从葬礼上回来，罗尼的眼睛还红着，他俯下身，把一只瓷器狗放在桌子中央。他把那里视为一个荣誉的位置。他下巴上还残留着葡萄酒的痕迹，颜色很深，好像他刚把下巴杵进一盘压碎的黑莓里。

"在她知道自己要走了的时候，"他用肿胀的嘴嘟囔着对梅尔妮尔说，"她说她想把这个送给你。说你的狗在门廊的阶梯上嗅是对的。她说，如果有人注意一下那只狗，情况可能就不一样了。"他又用食指把瓷狗往前推了推，然后转身向轿车走去。

罗亚尔的闹钟在窗台上叮当作响。大家都看着那只瓷狗。它那索然无味的脸和不可思议的粉红光泽都在发出指责。尼泊尔太太默默地宣布，如果你们注意到这只狗的表现，我今天就能活下来，而不会因为感染破伤风让我的整张脸变黑，最后被关在这个封闭的盒子里埋在地下。

明克说："我觉得这只狗根本就是在闻别的狗撒尿的地方。"他拍了梅尔妮尔的手两下，自从她得了腮腺炎、头晕、发烧、走不动以来，这是她记得他做的第一个深情的表示。他把她抱上楼，放到她的床上。朱厄尔把瓷狗放到食品储藏室的几个空罐子后面。

下午,梅尔妮尔向尼泊尔家走去。在他们的农场较低的地方有一块田地,那是他家的老房子被烧毁之前所在的地方。一些波斯菊①从花园中死里逃生,肆无忌惮地蔓延了三十年,直到覆盖了三四英亩贫瘠的土地。尼泊尔太太叫它金鸡菊。

它们正在开花,一片黄色的圆锥花序的花海。梅尔妮尔像踏浪般走进那片花的海洋,身后跟着一条弯弯的浪尾。她几乎站在中间,把自己想象成颤动的黄色风景中的一个点,想着尼泊尔太太再也不会经过这片金鸡菊了,再也不会坐在罗尼旁边的副驾驶座位上说:"这景色真美。"

梅尔妮尔望向天空,万里无云的蔚蓝。她盯着天空看,那片蓝色颤抖起来,抖出一些紫色的斑点。她能听到洪大而缓慢的呼吸声。天空。

"尼泊尔太太是个天使。"她说。她想象着一个晶莹剔透、闪闪发光的天使从尼泊尔太太在地下的黑色尸体中升起,但她无法抓住这个影像。她想到的不是尸体溶入地下,而是地上爬着看不见的饥饿的螨虫,它们吞食着腐烂的碎屑,清理着死去动物的骨头,从燃烧的原木中吸取火焰,从草中、动植物的恶臭中,以及岩石和雨水中吸取露珠。她想,从世界诞生之日起,所有的经血和伤口的血都流到哪里去了? 她想象着那凝固的

---

① 波斯菊(coreopsis),一种被广泛种植的复合草本植物,菊属,有艳丽的通常为黄色的头状花序和羽状浅裂或裂叶。

115

血液形成了一个深深的、僵硬的湖。被钉子划伤而死！她践踏着波斯菊，撕扯它们的花头。她踩着那难以捉摸的、弯曲的枝干，把它们折断，扔了出去，草根带出的泥土也随之扬撒了出去。残缺的波斯菊无声地落了下来，又和摇曳的花海融合在一起。

第十二章

碧 丽

```
December 17, 1945
Dear Wilma
We have not heard a thing
from Billy sence she left
home. Not one word. Cant
say were too cut up. That
blood wrote she went with
somebody else. How sharper
than a serpent's tooth
Sib is better. We are plan-
ning to come down your way
in about two weeks and
will bring eggs. But you
miss your chickens. Praying
for you. Your sister in law
            Irene

Mrs. Wilma Handy
2 Court ST.
Albany, New York
```

1945 年 12 月 17 日
亲爱的威尔玛：

　　自从碧丽出走后，我们一直没收到她的任何消息，一个字也没有。我们倒不是很失落。听布拉德说她又找了别人。真是无情甚于蛇蝎。[1] 西普已经好多了。我们打算两周以后去找你。我们会带一些鸡蛋来，但是炖鸡就交给你了。祝福你。爱你的弟媳
　　　珍妮

威尔玛·汉迪 太太
庭院街 2 号
奥尔巴尼　纽约州

---

[1] 原文为"How sharper than a serpent's tooth"，是莎士比亚戏剧《李尔王》中，李尔王怒斥大女儿高纳里尔的台词。

漫漫长路让罗亚尔想到碧丽，她那狂热的亲吻、她的那双小窝窝鞋、她尖锐的指甲和肘部、每一次他试图把手从她的腹部向下抚摸的时候她都会蜷起双膝的样子，以及他粗糙的手指在人造丝上刺刺拉拉的感觉。

"不，你不会。我可不是困笼之鸟。离开这里我的人生就别开生面。我可不想在你那该死的农场里给猪倒泔水，还没到四十岁就像个百岁老人似的大腹便便，孩子到处跑。我只能陪你走到这一步了，然后，如果你想要得到我能得到的，你就陪我走完剩下的路。罗亚尔，外面的世界里钱多得你想象不到。钱就这么滚滚而来，你所要做的就是找到合适的位置，伸手接住。小子，但不是在这里。"

除了膝盖和肘部都很硬以外，碧丽身上散发的热量就像冒烟的煎锅。当他抚摸她的头发时，那橙色的发丝在她火热的体温产生的静电作用下噼啪作响；即使在冬天，她的手也总是热乎乎的，当她用尖尖的舌头舔湿嘴唇时，那滑滑的光泽就会顺着欲望的滑道直达他的腹股沟。若不是她努力抗拒，她本可以走向人生的巅峰。

在碧丽之前，他的女友是学校的一位老师，梅·斯帕克斯。

她身材魁梧,骨盆呈弓形,橘黄色的头发几乎和碧丽的一模一样,只是在两只耳边各有一绺头发卷成一个卷儿。他似乎对红头发特别有感觉。大家都认为他会娶梅。想想她那扁平下垂的臀部,那长满雀斑的宽阔乳房,就像一碟奶油上面洒着几滴蜂蜜,而且像在风中的摇椅一样摇来荡去。不但随时准备好摇荡,她那张慷慨的嘴巴也永远不会拒绝。他们嗨起来的时候把轿车的前排座椅弄坏了。就像在明克和朱厄尔家随处可见的黄油,每当准备晚餐的时候都能见到她忙碌的身影,以显示她随时听候的随和。她用手臂搂着梅尔妮尔问:"内布拉斯加州的首府是哪里?"梅尔妮尔低着头,害羞地看着这位一直站在黑板前的老师忽然来到布拉德家的厨房里,仿佛刚刚意识到她是一个真正有思想有感情的人。她轻声地回答说:"奥马哈。"闻着老师皮肤上甜甜的粉笔末。

他是在奥特家门前遇见碧丽的。那是因为明克让他在朱厄尔玩完牌后去接她。这次巧遇之后他就再也没看梅一眼,也没回她的信,在农庄里偶然路遇时,他总是躲到另一边。

风刮了整整一个星期,把阳光吹得冷冰冰的。黄色和紫色的叶子翻腾着,但落下的很少。到了第七天,风小了。而到了星期六纸牌派对开始的中午时分,空气完全静止了,天空乌云密布,一束苍白的光从云缝中射出来。

到了宁静的黎明,树叶开始飘落,飘落了一整天。树叶撞击着小树苗的枝条,从枝干上滑下来。叶子和叶子哗啦哗啦地相互拍打着,变得松动,在重力作用下离开叶茎,磕磕绊绊地掉落到树枝上，发出微弱的弹皮革般的声音。

他第一次见到她时，正是树叶纷纷飘落的时候。他驱车穿过缓缓流动的瀑布，向他叔叔家驶去。

"到奥特家去接你妈妈。该死的扑克牌派对。而且要快点去。"明克在牛棚里喊道，"马上动身。"

树下停着四辆空车，车轮下都放着石头以防在斜坡上溜车。楼下房子的窗户发出亮光，但畜棚里黑着，可以听到牛铃的声音和奥特的儿子们从附近的牧场传来的喊叫声。

他绕过停着的汽车，把车停在一辆蓝色斯图德贝克[①]轿车前面。一位女士靠在车的挡泥板上，抽着烟，看着他走过来。即使是在树下，他也看到了一切：一张尖尖的狐狸脸，漂亮的白色圆领乔其纱连衣裙，泡泡袖的小夹克，略微噘起的嘴唇，口红几乎是黑色的。他看不见她的头发，因为被盖在她那金色歪戴的头巾式帽子下面。她有一种奇怪的魅力，就像杂志里的广告女郎，奇怪而美丽，风姿绰约地站在奥特家的那棵树下，树上还挂着一个摇摇晃晃的轮胎，草地上满是鸭屎。他从车上下来。

"我敢说，"她说，"要不是罗亚尔·布拉德先生本人才怪呢。我敢说。"

他以前从未见过她。

"你肯定不记得我了。你肯定不知道我是谁。"她那口锋利的白牙在他眼前忽闪着。她眨了眨眼，"还记得八年级的那次野

---

① 斯图德贝克（Studebaker），美国轿车品牌，1852年面世，1966年停产。

餐吗？在石鸟池塘边上。野草莓。我们几个人采摘野草莓，好像就快要过季了。在你旁边摘草莓的那个女孩，碧翠丝·汉迪，就是我。我家在伯内特－科纳。我曾经迷恋过你。但现在我叫碧丽。如果你想保持健康就不要叫我'碧翠丝'。我到哪儿都能认出你。这附近不可能有两个这么帅的人。"

他记得摘草莓，天啊，他记起了摘草莓的事，并且记得远离那些叽叽喳喳的笑声、叫声之后的那种解脱，那些来自其他校区的奇怪的孩子，从野餐桌上溜走的时候，桌上还放着一堆堆的纸盘子，还有一罐罐的芥末酱和辣椒酱。为了离她们远点儿，他走进了桦树林，发现了地上斑驳的野浆果。他记得他采摘了好长时间。而那时她十三岁，也不怎么合群，独自采摘着野生草莓。吃过热狗吗？他摇了摇头。就在这时，透过奥特家客厅的窗户可以看到里面几个中年妇女正站起身来穿外衣。

碧丽的手指间夹着香烟，她的指甲闪闪发亮。

他从自己的包里掏出一支烟，点着了。"你没有上牛油山高中。我是不会忘记你的。"

"没有。我们在奥尔巴尼住了两年，那儿离我的姑姑和叔叔家很近。纽约州的奥尔巴尼。文明之地。在我十六岁的时候我们搬回了这里。我辍学去工作了。从那以后我就自己挣钱养活自己了。我在巴里的赫瑞斯匹兹工作过，在蒙彼利埃的米甘店工作过，在邱伯特的杂货铺工作过，在罗克斯特的女装店工作过，那里大部分都是女售货员，我在那儿是助理采购员，然后我在巴里的波贝生牛排店工作过，在法国人开的内衣店做过服务员。我还在蒙彼利埃的律师事务所为斯托弗先生工作过，做一些文秘工作，直到去年春天，斯托弗先生打算尝试自己做文秘工作，我就辞职了。去年春天，我开始做我现在正在做的事情，那是我从十岁起就一直想做的事情。唱歌。我在一家晚餐俱乐部唱歌。一会儿我就要去那里。我现在先把我妈妈送回家，然后就去。所以说，我并非总是穿成这样到处走。52号俱乐部。你应该过来听我唱歌。然后跟我说说你的想法。我先给你个提示：我非常棒，一定会有所成就的。"

奥特的畜棚里灯亮了。

"你结婚了吗，罗亚尔？可能有五六个孩子，对吧？"

他本想开个玩笑说："不，到目前为止我很幸运。"但他做不到。

"没有。你呢？"

"没有。我差点儿就结了，但没结成。我及时脱身了。"

朱厄尔和尼泊尔太太出现在他们面前，正向门廊上的几位妇女挥手致意，有几个人还在穿大衣，一边说再见，再见。

由于某种原因，她选择了他。

躺在医院的病床上，他一直胡思乱想。他先是看了看印第安人的本子，不让自己想家，但是农场的形象就像噩梦中公路边上一块块巨大的广告牌，在他半睡半醒的状态下向他迎面袭来，又痛苦地向后退去，而且他无法绕开这条道路远离它们。

他正在猎鹧鸪，突然刮起一阵暴风雪。他一直在跟踪一只鸟，一次又一次地惊扰到它，它越飞越远，到了很远的地方，他不得不放弃。云杉把阳光吞没了。大雪模糊了路标，使鹰崖黯然失色。他无法确定自己的方位，用僵硬的双手紧紧抓着那把旧猎枪。

沿着一片陌生的沼泽边缘，他向一块高地走去，穿过野生的荆棘，前面十英尺高的枫树几乎都死了，只有树梢上还有些许顽强的绿色。雪片随着枯叶翻飞。他走进一条溪谷，然后顺着溪谷向上走，朝着渐渐暗淡的光线走去，一堵支离破碎的带刺铁丝篱笆墙挡住了去路，旁边是一堆干枯的树枝树叶。

但那是明克扎的篱笆，四根纬线，比其他任何人扎的都多一根，熟悉的平头钉来自畜棚的木桶。一种归属感，回归自家的亲切感，淹没了他。沿着篱笆走很容易。即使是在半明半暗的天色里，他也能认出那片植林地，他正从它的一角接近它，还闻到了半英里外厨房灶台里燃烧苹果树枝的微弱的烟味。

在病床上，他面对着看不见的风景，他的羊毛外衣散发着新鲜雪的臭氧气味——最后的光线，加上雪的气味。

他的血液、尿液、粪便、精液、眼泪、一缕缕头发、呕吐物、皮肤碎屑、婴儿时期和童年时期的牙齿、剪下来的手指甲和脚指甲，以及他身上所有的臭气都在那片牧场里，是那个地方的一部分。他的双手改变了那片土地的形状，那陡峭沟渠里的堤堰，那沟渠本身，那平坦的田野，都是他在这片风景中的回响。因为劳动者的眼光和力量在劳动结束后依然存在。空气中充满了他呼出的气体。他射杀的鹿，他捕获的狐狸，都是因为他的意愿和行动而死的,而它们之所以从风景中消失,是因为他的举动而改变。

还有碧丽。

最后一次和碧丽在一起的情形就像从一部破旧放映机里跳来跳去反复播放的电影。随着一个影像的颤动,田野上树林里的树木在颤抖的光线中一棵接一棵地倒下。

第十三章
我的所见

5月的时候，朱厄尔提着一篮湿衣服通过厨房走向户外。她穿过泥泞的入口，来到院子里。晾衣绳软软的，上面打了个结，还有一根光溜溜的杆子，装着衣夹的袋子晃来晃去，像个蜂巢。

她把几件工作服和蓝衬衫搭在绳子上，看了看她那被雨淋过的手，又看了看那雨后的景象，那望不到边的田地，那篱笆，东边那扇贝状起伏的山峦。三十年前她在这里第一次晾晒衣服时就看到这些景象，此后就一直看到同样的景象。鸟儿在樱桃树的细枝上走动，用湿漉漉的树叶清洗着自己。雨水把畜棚染成了蜜糖的颜色；一些工具靠在牛奶房的墙上。窗户上满是蜘蛛网和谷壳。乌鸦在树林里叫唤着，把雏鸟从鸟巢里轰出来。她又想起了贝洛斯福尔斯的一位年迈的钢琴老师，她用百科全书压住自己的身体，然后把胳膊用皮带系在胸前，在一家酒店的浴缸里溺死了。

达布和明克赶着奶牛，达布身上破旧的衣服飘动着，他正在把隔在牛场和牧场之间的木杆门向牧场方向打开，明克则挂着他那根铜窗帘杆在满是牛粪的侧墙旁边跛行着驱赶。他慢慢地弯下腰，捡起那根掉在泥里的杆子，转身回到畜棚。他的腿瘸着。就这么一歪一歪的，她想。当她用力把衣针扎进黑色牛仔布时，针断了，一块块的补丁就像新犁过的田地一样醒目。

第 二 部

第十四章
玛丽马格深处

```
SEPTEMBER, 1951
JACK, COUPLE INTERESTING
CASES HERE TIE IN W.
YR. IMMERSION FOOT STUDY.
MARY MUGG MINE
COLLAPSED. 3 MEN
TRAPPED A WK. KNEEDEEP
WATER. 2 SURVIVORS.
BETTER COME TAKE A
LOOK. WE CN. PUT
YOU UP.
T. VEERY, M.D.

JAMES R. WEMP, M.D.
HYPOTHERMIA RESEARCH
JOHNS HOPKINS UNIVERSITY
BALTIMORE MARYLAND
```

1951年9月
　　杰克，西亚尔这儿出了一些有趣的案例。和浸泡足研究沾边。玛丽马格矿发生了塌方事故，三人被困长达一周时间，里面有没膝深的积水。两人获救。你来看看吧。费用我们负担。
　　T. 威利医学博士

詹姆斯 R. 温普　医学博士
低温症研究所
约翰斯·霍普金斯大学
巴尔的摩　马里兰州

罗亚尔迈着机械的步伐,爬上山后的小路,他用嘴大口呼吸着山上的空气。它的味道有点像雷雨过后臭氧的味道。这对他的肺部造成了刺激,他开始晨间的咳嗽,把粉尘咳出来。

他听见矿坑入口处贝格的骡子脖子上的铃铛声。西边科博峰的山顶是一片火红的颜色。一辆旧矿车上面用于加高的木板呈现出紫色和玫瑰色。一块反射出橘色光芒的岩石,侧面是黑色,像一摞扑克牌。

如果他愿意,贝格本来可以开他的卡车来,但他是骑着骡子来的,他还以他大女儿的名字给它取名为佩莱特。每当他说到"佩莱特"的时候,罗亚尔就会想到这个小女孩,想象着她那瘦削而悲伤的样子,她的红色头发编成辫子,从阁楼的窗户望着那条通向玛丽马格的道路。那孩子介意和一头骡子分享她的名字吗?

当班的工长德沃也在矿井入口处,蹲在旁边煮着一杯咖啡。他本来可以从食堂拿一杯纸杯咖啡,但他喜欢自己做。战争结束后没几天,他就背着一个盖革计数器① 在科罗拉多高原上漫步,炫耀着他找到的沙砾铀矿石。他先让咖啡里的颗粒物沉淀

---

① 盖革计数器(Geiger counter),测量周围是否有放射性物质或射线及其强度的仪器,使用时须佩戴耳机。

下来，然后端起杯子直接喝那浓黑的咖啡汁液，他嘴上还沾着灰尘。他一边擦拭一边喝，苍白的皮肤和黄胡子又沾上了污渍。他的短脖子和因驼背而前倾的肩膀，有点像田鼠。

"我回玛丽马格那里，"他用一种特别的声音对他们说，那声音甜美而浑厚，就像梨子的果肉，"是为了缓解高原上红泥岩床的困扰，缓解戴耳机的困扰。我在睡梦中都听到咔嗒咔嗒的声音。"他刚回来的时候是一个皮肤土红色的人，而不是像其他矿工那样是蠕虫般的白色。他是个老手，在整个肮脏的20世纪30年代他都在玛丽马格干活。战争期间罗斯福总统关闭了金矿，德沃作为一名爆破专家进入了陆军。1948年，金矿重新开张，但这时他的心思都扑在了他的盖革计数器上，和土狼一起睡在荒郊野外，在梦中向往着地下的凉爽寂静，以及他妻子翻身时床发出的嘎吱声。

像折刀一样结实的他，被矿工的生活弄得迟钝了。"从十七岁开始，我就断断续续地在地下生活，一干就是这么多年，上帝。在高原上我感觉自己的皮就像被剥掉了一样，光剩下肉了。道尔伍迪太太以为我回来是给她面子，但我对天发誓，我不要报酬。从那片天空中逃出来，我整天都看到眼前有红点，我要是眯起眼睛，老眼昏花的眼睛就开始流泪。太亮，太热，一切好像都在注视着你。风永远不会停歇，就像一个孩子整天拉着你的袖子，'爸爸，给我买糖果'。这就是我讨厌干农活的原因。我试了五年。整天开着拖拉机或扎着铁丝网，风把垃圾吹到你脸上，把你的头发吹到你的眼睛里，把你的帽子吹到另一个县，看着你跑去追它，笑得很开心。"他低下头，面对着膝盖喃喃地说，"在矿井里就没那么糟。我想念那老太太。至少周末我可以回家，舒舒服服地睡觉，而不是躺在泥土里。"

道尔伍迪太太的娘家姓玛丽马格。她上了年纪，身体虚弱无力，满头白发像冷冷的波浪卷过她的耳朵。每到星期五，她都到金矿来，一本正经地坐在发支票的出纳员后面。她的丈夫德威特·道尔伍迪在战前死于一场车祸，它发生在纽约州的波基普西。当时他正在为筹集资金而拜访他的一个亲戚，此人是克诺斯考勤打卡钟的制造商。矿井需要新机器。道尔伍迪太太相信上帝之手会揭示新机器的真相。一天下午，暴风雨即将来临，她让德沃在科博峰上放两个水泵，一个是带串联铁柄的老式手动水泵，另一个是C.J.布鲁利的新式电动水泵。她说，让上天来决定我们是否买新机器。然而，一个月内两个水泵都被闪电击中了。最后，德沃把两个水泵都钉在岩柱上，然后用少量炸药炸毁了那个旧水泵，以显示对新型电动水泵的青睐。但那时道尔伍迪太太就知道这不过是一个愚蠢的游戏。

玛丽马格是一座硬质岩石矿。有一台老式破碎机把低级的矿石碾碎，用传送带送到棚子里，在那里他们把黄金从玻璃般的碎岩石中分离出来。还有不少黄金没有进入破碎机，流失掉了。那些大矿都已采用新式的球磨机和辊压机了。玛丽马格不是一个高薪的康沃尔①式工厂，这些号称铁头的康沃尔人都集中

---

① 此处原文为"Cousin Jack"，特指从英国康沃尔郡移民美洲，从事采矿的人。康沃尔郡曾是世界上最著名的锡矿产区之一。

到了南达科他州的霍姆斯塔克①，用他们惨白无血色的嘴就把黄金从岩石中说出来，他们会左右其他矿工服从他们的意志，让他们把金属从石头中磕打出来，无论是否带着鲜血一起出来，或者他们来到密歇根州的那个阿纳孔达②，用欲火的硬度把铜矿层打松。心如炭火，拳头如花岗岩，巧舌如簧，喜欢看血。玛丽马格不在乎这些。他们是昂贵的劳动力。

马格是一个吸引不法分子和瘸子的小社团；德沃说，其中各占百分之三十的是垃圾、黄金以及男人。但你永远不知道这些男人身上会发生什么，永远不知道谁会成为身怀巨款的州长。这就是问题所在，当德沃走远了，贝格说；他们一清二楚。小玛丽马格本身就是个瘸子。

贝格把佩莱特拴在一棵松树上，把水袋倒进它的水槽里。他一声不吭地望着罗亚尔身后的远方。虽然贝格对骡子很温和，而且哼着小曲，但他身上却有一种残酷的东西。他留着两撇苍白的小胡子，像两片枯萎的山毛榉树叶挂在他的鼻孔上。整个夏天这个水槽都起着双重作用。傍晚下山前，他用它来洗澡。罗亚尔绝不会想用骡子的口水搓澡，但贝格必须搓澡。对于一个干过农活的人来说，他算是很挑剔的。他说，在石头缝里待了一天后，他满是雀斑的皮肤很刺痒。有一次，在一个2月的晴

---

① 霍姆斯塔克（Homestake），位于美国南达科他州的一座金矿。
② 阿纳孔达铜矿公司是美国一家矿业公司，在20世纪几乎一直是世界上最大的矿业公司之一。最初生产铜，后来转移到其他金属，包括铝、银和铀，以及许多相关业务。

朗的下午，白天开始变长，他下班出来，在一个石头搭建的炉灶里生起火来，等火小一些了，他用耙子把煤块耙出来，旁边竖起几根杆子，然后拿出几块搭骡子棚用的防水帆布围在周围。他赤裸的长腿和长胳膊让人联想到火车轮上的传动杆。大家看着他从这临时搭建的桑拿房里冲出来，冲进暮色中，身上还冒出散发着骡子气味的蒸汽烟柱。他俯下身子，在干雪地上打滚，直到身上结满了糖霜。

"这就是斯堪的纳维亚桑拿。"德沃说。

汽缸引擎发出的声音在科博峰和玛丽马格下的岩壁之间来回反射。卡车和汽车都呼哧带喘地爬上莱蒙的高坡。道路转弯处和停车场比矿井入口低一百英尺。小路上传来皮靴走路的声音，夹杂着笑声、咳嗽声和吐痰声。他们先是露出帽子，然后是脑袋和肩膀，步履蹒跚地往上爬。罗亚尔可以看到从胡瓜大大的鼻孔里流出了一条闪闪发亮的血鼻涕，看到他用手举起那块被血污染、变得硬邦邦的破布轻轻擦了一下。没有人能说出他那拗口的外国名字。胡瓜离得够近了。德沃把烟头扔在地上，用他的小鞋踩了一下，但还是有烟在往上冒。

"如果他不适应高海拔，我想他应该找其他工作。"德沃说，"看见那红鼻涕就恶心。"他背着贝格小声说，一边把咖啡渣倒在地上，用一团草擦拭着壶里面。他提高了嗓门，"拿日薪的那些人，在高高的红背带山上。签合同的知道他们在哪里工作。"

贝格和胡瓜签订了两年的合同。罗亚尔是新来的，是从按小时计酬的帮工组那边过来的。他和德沃谈过了。

"我需要找机会赚比现在更多的钱。为农场攒钱。让我去和合同工一起干吧,好吗?"他的声音带着难以掩饰的刚愎。让德沃明白玛丽马格可能今天还在,但说不定明天就不行了。

"我不知道。那些人基本上都是自己选择的。不管怎么说,你应该靠你的收入过得还不错——既没有孩子,也没有妻子。"他还说了几句什么,贝格只在一边点头。

贝格会谈论他种麦子的那段日子的天气、墒情和节令,把这一切都告诉那位长着水牛肩膀的胡瓜,而执拗的费利西安则会嘟囔着,断断续续地谈论船只、孩子和家。他的大拇指裂成两半,又大又宽,上面还有两个脏指甲,挤在一起。罗亚尔什么也没说。

胡瓜的妻子很少给他带足够的食物来满足他持续的饥饿感。他吃着一块块的猪肉、饼干和楔形的奶酪,然后贪婪地盯着他们午餐盒里的三明治,像围着野餐席来回转的狗一样,咽吐沫,舔嘴唇。罗亚尔给了他一块从寄宿公寓的戴夫那里买的燕麦饼干。老戴夫原是一个卖手风琴和口琴的推销员,他干得还不错,后来他对淘金产生了兴趣,开始找金矿。一次喝醉酒摔了一跤,导致骨盆骨折。

"在星期六悲伤的夜晚,除了摔倒摔断屁股,还能做什么?"他问道。现在骨头已经长好了,硬得像金属,所以他走起路来就像一只用后腿站立走路的恶作剧狗。他的余生都会在莱蒙的寄宿公寓里做厨师。他在饼干里放松子。"一种慢慢养成的品位,就像你为了显示高贵而放橄榄油和鱼子酱。"

几天后，罗亚尔在采矿场对面的石头台子上发现了那块饼干。他估计是胡瓜把它放在那里，后来就忘了。接着他想起胡瓜和贝格出去的时候，两人发出一阵含糊的笑声，一个苦涩的名字在他的喉咙里涌起。对他来说还不够好！该死的外国人。

胡瓜有很多古怪的习惯。下班后，在去莱蒙的路上，他们会在乌尔曼驿站停下来喝点啤酒，以冲洗石尘。

"给我拿一瓶红狐狸。"胡瓜漫不经心地对着从车里爬出来的人咕哝道，手还插在裤兜里护着钱。有人递给他一瓶。胡瓜拿起啤酒，把瓶盖卡在窗框边上，用他粗壮的手掌根部把瓶盖敲掉，两口就喝干一瓶，然后坐在那里，看起来还没尽兴，又把空酒瓶夹在两腿之间。有的时候，他会冲下汽车拉着两个裤兜冲进驿站，然后拖着一箱啤酒回来。

"拿上，拿上！说不就是看不起我！"

罗亚尔还曾看见他为这事和一个不喝他酒的人打架。

下面的采矿场里，矿门湿漉漉的，高低不平的土道上满是脚印。巷道的岩壁闪闪发光。上面挂着他们的衣服，破旧的棉布牛仔服耷拉着。他们倾听着木支架轻微的吱嘎声。通风机无力地呻吟着。贝格开始加固那些护板，把巷道顶上松动的岩石撬下来，这些岩石可能在昨天的爆破后已经松动，悬在头顶上。第二班的运渣工们已把矿石拉出巷道。就在他工作的时候，小块的碎石像雨点一样落在石堆上，然后一块重达二百磅的大石板突然落下，扬起的尘土淹没了巷道。

"天哪，这真让人头痛。"贝格笑着继续撬着碎石。岩石吱吱嘎嘎作响。

"那块该死的石头就是你想给康沃尔人卖命的主要原因。"这是贝格第一百次对胡瓜说这句话，"他们了解矿石、岩层，就像它会跟他们交流。当他们说它不对的时候，你最好听进去，因为他们真的知道。我曾经和一个叫波伊斯的人一起在密歇根的双鸟矿场工作。那是个铜矿。时间是1936年，那是我失去农场后的第一份工作。又湿又脏，一分钱都没挣到手，还危险得要命。波伊斯特别聪明。我不知道他在矿井里是做什么的。他的人生有各种可能。他来自康沃尔。说话还常引用莎士比亚的诗歌。他说他从能自己穿裤子的时候就开始挖矿了。有趣的是，像他们这样的人不知道有多么聪明，懂拉丁语，谈论哲学，但他们仍然在井下干了很长时间。哦，我们在那里钻孔，你知道，然后是微弱沉闷的爆破声，就像撕硬纸板，你根本不会在意。但波伊斯在喊，他在喊——"

"贝格，这话我都听过两三百遍了。就是那个被一个大屁崩跑了的人吗？还是那个用一只手撑着顶板，用另一只手挖鼻孔的那个？"

"是的，"贝格说，"好吧，但愿我们今天能赚到钱，得往前推进了。"黄色的头灯光在岩石上跳动着。刚开始罗亚尔戴了一段时间的呼吸器，但是那像橡胶鼻子一样累赘的东西挡住了他的视线，后来他就让呼吸器在他的脖子上晃来晃去，不再戴了。管他呢，他看到过两个人，他们一起工作，一个每天戴着口罩，还是得了矽肺病，另一个从来都不在乎，反而没事。

潮湿岩石的熟悉气味，空气增压后的金属味道，钻头锋利的尖端，沿着岩石表面延伸的一排排深洞在昏暗、寒冷的矿洞里变得模糊。罗亚尔望着贝格。就算在矿帽上发出的那圆锥形蘑菇色的灯光中，他也能看见贝格又在自言自语了。贝格有一个似是而非的想法。他相信死去的矿工会从地狱回来，来到致他们死亡的矿山，四处闲逛，避开人们的视线，拖着支离破碎的身体；有时候，如果他突然转身，就会瞥见一些老岩鼠经过一天的奔波之后出现在火光里，在他身后摆出造型，并带有讽刺意味地指着富矿方向。他有时就会这么做，突然跳起来，转身。

"进展不错？"罗亚尔问。如果他先开口，他们就会回答。

"嗯，不管怎么说，爆破孔有的是。我们明天再看。他们应该很快就会给这些石头重新评级，也许下周吧。就是我们正在看的东西，我想他们应该给我们打 B 级。"

"我想干几个月就辞职，"罗亚尔说，"也许可以试试德沃做过的事，就是找铀矿。我正想着得赶紧出去的时候，他却又想回到矿井来了。在这永恒的神秘黑暗中我总有一种不祥的感觉。"

"差不多吧。有的人常在户外活动，布置陷阱或在树林里消磨时间什么的，他们到井下总是感觉不好。你该庆幸你没有家人。养家糊口的需要才把人关在矿井里。我一直以为我能成功，发掘出一些高品质的矿脉，但现在手头拮据，我可能一辈子都要在这里，在矿上工作。胡瓜，德沃告诉过你他为什么放弃铀矿勘探吗？"

贝格太容易让步了，罗亚尔想。

胡瓜用他那浑浊的口音咕咕哝哝地叨念着："有两种说法。听说他不喜欢乡村生活。新墨西哥州，科罗拉多州，纪念碑谷①，亚利桑那州，犹他州。以及砂岩里的那些东西。"

"钒钾铀矿。老天，有些人赚了几百万。"罗亚尔就喜欢想这些事，耐心寻找，幸运发现，用你的余生做你想做的事，"几年前弗农·皮克怎么样？赚了九百万美元。"

贝格确实知道得不少。"德沃发现了一根硅化的木头。它几乎是纯的钒钾铀。单凭这一样，他就赚了一万三千多。"

"即使你没有找到这么大的，政府说在1962年之前他们会保持稳定的收购价格。这地方到处都是矿石收购站。天啊，还有奖金，他们几乎会资助你，给你提供全世界的帮助。"

"我就是要赚那样的钱，我要去西北海岸，给自己买条船，打鱼。大海鲑鱼。"他的话语中闪烁着一种渴望，像是一根弯弯曲曲的钓鱼线。

胡瓜发出一阵狂笑。"你到船上？只有一种船适合你，贝格。划艇。港口附近的小划艇。"

"你又他妈对船有什么了解？"

"太了解了。我就出生在船上。出生在斯皮克鲁。你不知道那个地方。有很多渔船。战争之前我在客轮上工作。"

---

① 纪念碑谷（Monument Valley），指美国从亚利桑那州东北到犹他州东南部的含有红色砂岩孤峰、台地等的地区。

"你肯定在泰坦尼克号上工作过,是吗? 天哪,我宁愿带着一箱炸药沿着黄石公园走,也不愿坐你掌舵的船,胡瓜。"

"德沃拿他的钱干什么了? 这个狗娘养的很有钱。"罗亚尔暴躁地说。钻头啪嗒啪嗒地在石头上振动,吐出灰尘。

"那是另外的故事。我听说过一件事,就是他把它给了道尔伍迪太太,得到玛丽马格的不少产权。我还听说他在拉斯维加斯玩二十一点,一小时就都输光了。胡瓜,你去过赌场吗?"

"见鬼,没有。我总是算不清楚,等于自己在想方设法烧钱。"他咳嗽起来,咳了很长时间。在他们身后的某个地方传来轻微的岩石碎裂声。

"不行,"胡瓜说,"没有支撑好。如果支撑得结结实实的,就不会崩塌。"他用一根棍子轻轻地敲了一下顶板。

"支撑好了,"贝格说,"嘿,你到底为什么一直不愿意离开这摇摇欲坠的墓穴或不管叫啥的鬼地方?"

"岛屿。一个在北海上的岛屿。我在船上工作,懂吗? 我在那里干了好多年。很快乐。有一天我在奥斯陆遇到一个算命的,他们叫她美人儿。她说:'你会死在水里。'她知道这些事情。所以我来到美国,到矿上工作。"

"你相信那些屁话?"

"是的,贝格,我相信。这娘儿们跟一个在船上工作的人说'小心酒'。可他只是笑了笑。他可不只喝水、茶和咖啡。在巴勒莫,他们装箱的时候,上帝,一个板条箱砸中了他。这箱子里装满了酒。你说,能不相信吗?"但他没有说出更深层次的原因。

"正餐哨声。"贝格说着就模仿起工厂嘶哑的哨声来。他们一起坐在贝格后面的墙下。他能模仿骡子和马的叫声,还能模仿任何车型在任何速度下发出的声音,只要他高兴。

"嘿,政府给铀矿石付多少钱?"

"听说最高指导价是七美元二十五美分一磅。每吨多少磅取决于罢工的情况。平均是四磅一吨。加拿大有一场大罢工,他们支付了八十磅。我在《大商船》杂志上看到一篇文章,你想看看吗?"罗亚尔用头灯照着十二英尺长的岩壁上的一排排钻孔。

"进度真不错。我猜贝格会得到他的划艇。"

"是的。而且你也可以得到你的农场。只要你还有这个疯狂的念头。"

"我只是想要一个能给我自己干活的小地方。"

"没见过这种人。"贝格说着打开饭盒,拿出保温瓶。当他拧开保温瓶的盖子时,他们同时感到脚下的地面在起伏震荡,接着是轰隆一声巨响,顶棚塌陷了下来。巷道瞬间被碎石填满。令人窒息的灰尘扑面而来,贝格的保温杯撞击着岩石,叮当作响。

胡瓜的头灯撞在墙上,灭了。罗亚尔仰面倒下,尘土和岩屑如雨点般落在他身上。贝格骂骂咧咧地嘟囔着,头灯晃来晃去,他环顾四周。一阵冰冷的寒意攫住了罗亚尔,他怀疑自己的脊梁骨断了。他听说背部骨折并不会很疼,只会让你变得又冷又麻木,不能动弹。他不敢试着动。贝格一边啪嗒啪嗒四处摸索,一边咒骂着,用他的头灯照着崩塌的碎石。一阵可怕的呻吟。罗亚尔开始认为是胡瓜发出的,后来发现那是通风机发出的声音，因为成千上万的石头落在了它的管道上。

"胡瓜。你还好吧？布拉德？"

"我的猪排掉了，"胡瓜说，"猪排，掉到水里了。"

罗亚尔这时才明白，那冰冷麻木的感觉来自一英寸深的冰水，他正躺在水里。

"上帝，这该死的水从哪儿来的？"他的声音听起来很惊慌。他站起来，浑身发抖。没有受伤。水淹到他的脚踝，他的背上湿漉漉的。他的膝盖感到刺痛。

水从四面八方涌来，淅淅沥沥地从顶板和墙壁上滴下来，成千上万像汗水一样的小水滴，汇集成小溪，从脚下涌了上来。

"老天，老天，老天。"胡瓜呻吟道，"啊，老天，在黑暗中淹死。水。"

"我们不知道情况有多糟。他们在上面可能没事，现在正在努力救我们出去。"贝格的声音很紧张，但很克制。他们屏住急促的呼吸，倾听着是否有锤子的敲打声。岩石吱吱嘎嘎作响。沉重的水珠不停地落下，滴水声在浸水的开采面里回荡。罗亚尔感觉很平静。溺死还是压死？终归一死。在岩石下。

贝格以前遇到过塌方的情况。他知道该怎么做。"我们得节省电池。不要开灯。这样够我们用几天。"

"几天！"胡瓜哽咽了。

"啊，你这混蛋，只要有水，困在塌方中你可以活几个星期。我们有水。来，我们往开采面的上方走。尽量不要泡在水里。"

他们在黑暗中涉水沿着开采面底部往上走，一直走到采矿区尽头的一块干岩石前面,那是他们早上钻过的地方。他们用手摸索着,感觉干地上的沙砾大约有三英尺宽,勉强够坐下来的。罗亚尔从口袋里摸出绳子,摸索着量了一下,打了个结。贝格摸索着找工具。水在逐渐上涨。周围都是哗啦哗啦的水声,瘆人的水声聚积着,回荡着。干燥地带越来越小。

"这个采场有三十英尺高,要很多水才能填满它。"贝格说。

"是啊,那你打算怎么着?像苍蝇一样爬上墙,然后不掉下来?还是怎么的,游泳吗?游泳比赛吗?我告诉你,你能做的只有成为浮尸。没人能把这巷道打开。站在坟墓里,贝格,我告诉过你,再找一个人就会走霉运。现在你看到了吧!"胡瓜的声音很刺耳。他在黑暗中吐了口唾沫,嘴里喋喋不休,仿佛是贝格把他骗进这个要命的洞里似的。

他们背对着墙,面朝水站着。罗亚尔尽量不靠在墙上。岩石会吸走他身体的热量。两腿一打软,他就蹲了下来。他伸手就能触碰到水的边缘。几个小时过去了。胡瓜的嘴咂巴着,咀嚼着什么东西。他一定是找到猪排了。

"最好把食物存一些起来。我们不知道要在这下面待多久。"贝格说。胡瓜闷闷地不说话。

罗亚尔从昏睡中醒来,双腿像针扎一样麻,膝盖就像被楔子深深揳住的木块。胡瓜在吼着什么,一会儿又用另一种语言唱歌。罗亚尔伸出手来稳住身子,水已经有一英寸深,没到墙边了。

"贝格,我要把灯打开。看看还有没有干燥的地方。"可他知道没有干燥的地方了。摇曳的灯光反射在他们面前的一片汪洋上,一直延伸到被崩塌岩石堵住的通道口。关灯之前,他照了照胡瓜。他把前臂靠在墙上,头靠在湿漉漉的手上。水已经渗进了他的靴子。皮革湿漉漉的,像漆皮一样闪闪发亮。

"你他妈的把灯留着,"贝格对他喊道,"几天后你会疯了一样想要光。现在想浪费它吗?"

如果不打开灯,就无法知道时间过去了多久。只有贝格有表。水淹过了他们的鞋子。罗亚尔的双脚开始在黏糊糊的皮革里肿胀,皮靴把感到刺痛的皮肉紧紧裹住。他们的小腿开始抽筋,浑身肌肉在寒冷中抽搐。一阵磕打的声音袭来,他开始以为是岩屑掉落的声音,但后来想到岩屑会像刀片一样悄无声息地滑入水中。过了一会儿,他才知道是什么声音。那是贝格和胡瓜的牙齿发出的声音。他知道,寒战也在折磨着他们,让他们浑身发抖。

"是冰冷的水把我们身体的热量吸走了。寒冷会在你淹死之前把你冻死的。"贝格说,"如果我们能找到工具,锤子和凿子,我们就有机会凿出一些石头,站在上面,凿出一些台阶或其他什么的,然后从水里爬上来。"他们沿着他们开挖过的那堵墙在水下摸索着。那台钻还在,但没有用。然后又摸到罗亚尔的午餐盒,里面的蜡纸和面包都已成糊状,撑满了整个饭盒,但火腿片还是很好吃的,他吃了一片,把另一片放进上衣口袋里。他们想找石锤、凿子和钻头等,这些都放在一个木制的盒子里,盒子的柄是白蜡木销子做的。这些他们都很熟悉,但就是找不到这个盒子。他们蹚着没膝深的水，小心翼翼地在水底踢来踢去。

"即使我碰到它，我也感觉不到，"罗亚尔说，"我的脚疼得厉害，我根本不知道我是在走着还是站着。"

"带进来了呀。"胡瓜说，"用胳膊拐着进来的，就是不记得放哪儿了。也许放到轨道边上了，记得我还差点被它绊倒。"

罗亚尔切身感到了在他们上方半英里厚的岩石的重量。

胡瓜咕哝着说："也许是在那儿。我以为我们今天还不需要。"

在黑暗中，他们目不转睛地望着轨道和那个现在被埋在岩石下的工具箱。在一片漆黑中，红色的尘埃和闪光在他们面前划过。水还在慢慢上升。

过了很长一段时间，估计肯定有八到十个小时，罗亚尔感到他的脚和腿的疼痛减轻了，但他的腹股沟变得冰冷麻木。他靠在墙上，几乎站立不稳。贝格在黑暗中干呕，那声音在一阵阵痉挛中剧烈地颤抖着，"呕——呕——呕——呕"。在他旁边的胡瓜在潮湿的黑暗中缓慢地喘着粗气。一连串的水滴不断滴在他身边。

"贝格，把灯打开，告诉我们时间。把时间记下来会有帮助的。"

贝格用他那剧烈抖动的手摸索着打开头灯的开关，但他看不清抖动着的手表上的时间。

"天哪。"罗亚尔说着，握住了那只抽搐的胳膊，看到时间是2点10分。哪个2点？是塌方后的凌晨2点，还是二十四小时后的第二天下午？

"胡瓜，你觉得现在是下午还是凌晨2点？"他看着两腿叉开的胡瓜，他的双臂抵在岩石上，以减轻身体对双脚的压力，头低着。胡瓜把头转向灯光，罗亚尔看到了从他黑色的鼻孔里流出来的血迹，湿衬衫上也闪着血光，就连他膝盖周围的水也被血染红了。胡瓜张开嘴，苍白的舌头从血淋淋的牙齿间伸了出来。

"这对你来说比较简单。你没有孩子。"

罗亚尔关了灯，除了昏昏沉沉地站在那里等着，听着胡瓜的鼻血一点一滴地滴在水里，别无他法。

现在他明白了：在她生命的火花尚有最后几秒的余光里，他认为她背部的拱形是狂热激情的表露，同时也是为摆脱他那欲置她于死地的身躯作出的拼死的努力，在那长长的几秒钟时间里，碧丽集中起体内每一点残余的能量恶毒地诅咒他。她会把他千刀万剐，用最痛苦的方法折磨他，让他生不如死。是啊，她已经把他从家里赶了出来，还把他置于一个陌生的环境中，使他无法享受与妻子儿女同堂的天伦之乐，使他陷入贫困，还使他带上印第安人的刀子，现在又让他在黑暗中经受下肢渐渐烂掉的痛苦。她会把他的身体拧到解剖学所能达到的极限。"碧丽，如果你能回来，这事就不会发生了。"他低声说。

他大叫一声醒了过来，差点跌进水里。他站不住了。他麻木的双脚感觉不到地面了。他知道，他必须把那快要撑爆的鞋子脱掉，是它的皮革和勒紧的鞋带夹住了他的皮肉，如果可以，得把鞋带剪断。他蹲在水里，喘着粗气，摸到了右脚的鞋。肿胀的小腿在鞋上鼓了起来。他在水下拉扯着鞋带，担心打湿的结不容易松开。他浑身颤抖，用了好长时间，也许几个小时，他想,才把鞋带从鞋眼里扯了下来,然后开始脱鞋子。这一过程异常痛苦。他的脚紧紧地塞在鞋里,就像钉进土里的木桩。天啊,要是能看见也好啊!

"贝格,贝格,我得打开灯。我得把鞋脱了。贝格,我的脚肿得厉害。"

贝格什么也没说。罗亚尔打开头灯,看到贝格斜靠在墙上,半陷在一个小小的台子上,把膝盖抵靠在那里,承受着他身体的一部分重量。

在十八英寸深的浑浊的水里,他几乎看不见自己的鞋子,不过必须把它割开。他站起来,关掉了头灯,在口袋里摸索着折刀。折刀很难打开,而更难的是,他很难坐回到水里 —— 只能把身体倒进水里 —— 把紧绷的皮革割开。他边锯边喘气,边呻吟,尽量少开灯。最后他总算把那东西都脱掉了,扔进黑暗的水里,贝格在他左边呻吟着。他的脚麻木了。他什么也感觉不到。

"贝格,胡瓜,把鞋脱了。我的是割破了才脱掉的。"

"太 —— 哎 —— 哎 —— 哎 —— 冷了。"贝格说道,"他妈的 —— 呃 —— 呃 —— 呃,冻死了。没法脱。"

"胡瓜,脱。"胡瓜没有回答,但他们仍能听到血滴掉进水里的声音。

血,血,血,血。

谈话和思考都变得困难起来。罗亚尔抱着长长的、执着的梦想,他要挣扎着离开。有好几次,他觉得自己正坐在厨房火炉旁的摇椅上,一个孩子依偎在他的胸口上睡着了,淡淡的头发在鼻孔吹出的气流中颤动。孩子的体重使他感到痛苦,直到他母亲拨开炉火,并随口说这孩子不是他的,而是贝格的女儿。这些就像日历上的纸片一样从他的生活中消失了,永远地消失了。

然后他会先叫醒贝格,但头灯已经变得很暗,看到的时间似乎总是2点10分。

"停了,"贝格说,"手表停了。"

"你觉得我们在这儿待了多久?"他现在只跟贝格说话。他站在贝格身边。

"好几天了。四到五天。如果你听到有救援的声音,就敲墙,让他们知道我们还活着。佩莱特。希望他们 —— 嗯 —— 嗯 —— 嗯 —— 多保重。"

"佩莱特,"罗亚尔说,"她是你唯一的孩子?"

"三个。佩莱特、詹姆斯、阿贝尼西。呃,就简称贝尼吧。还是婴儿。每年冬天都生病。"贝格用微弱的灯光照向墙壁。水位下降了两英寸,"我们有 —— 有 —— 有机会。"贝格说,"不管怎样,我们有机会了。"

行将熄灭的头灯照向胡瓜的方向。什么都没有。他们大声呼喊着,没有回答。胡瓜在灯光能照到的范围之外,沉默不语。

终于,远处传来了敲击声,他们把湿漉漉的石头狠命砸在墙上,哭了起来。远处的黑暗中,胡瓜在八英寸深的水里翻滚,他的嘴一遍又一遍地亲吻石头地面,好像庆幸自己可以回家了。

第十五章
印第安人的本子

```
12-3-51
Hello folks, it is deep snow out here
now, been snowing 6 days strait. In
the hospital for awhile, but am
alright now and looking for work.
It is a tough place. I keep
moving along.
                        Loyal

Mr. + Mrs. Mink Blood
RFD
Cream Hill
           Vermont
```

1951 年 12 月 3 日
　　大家好。我们这里现在正下大雪，连续六天了。我在医院待了一阵子，但现在一切都好了，正在找工作。这里条件艰苦，我还要继续前行。
　　罗亚尔

明克·布拉德　先生和太太
乡村免费邮递
牛油山　佛蒙特州

他带着那印第安人的本子到处走了好几年，才又开始往里面写字。这个本子有柔软的封面，狭窄的蛇皮书脊两边缝着长长的羽状针脚。本子的页面是圆角的。印第安人的字体让人难以忍受；字母歪歪斜斜，顶部开放，尾巴①下垂，几个单词混叠在一起，一些句子上面还堆着若干省略句。有些罗列很奇怪。在其中一页上罗亚尔看到：

　　　　牺牲

　　　　感叹

　　　　渴望

　　　　监狱

　　　　梦想和愿景

　　　　旅行

　　在另外一页上，歪歪扭扭的句子是："死人还活着。力量来自牺牲。给我美好的思想，平复我粗野的欲望，强壮我的身体，不让我吃任何不该吃的食物。太阳和月亮将是我的眼睛。让我看看白色的金属，黄色的茎秆，红色的火焰，黑色的北方。旋

---

① 此处原文为"descender"，指英文字母中 g、p 等字母的下半部分，和前面的"顶部"相对。

转我的手臂三十六次。"

"牺牲的会是头皮吗？"罗亚尔在他的牛仔帽下想。

关于死者还活着的那句话让他想起了贝格，想起了他说的那些矿工鬼魂的话，想起了他想象中的贝格的女儿。他的想象比贝格说的任何话都更真实。贝格的孩子们，他想，嘴里尝着雪花的味道。而贝格本人，现在正用铝制的双脚在某个地方蹒跚而行。他听说，在巴拉底河① 的一家小医院里，一个护士剪断了贝格的鞋带，并开始把他左脚上的鞋脱掉。随着湿漉漉的啪嗒一声，那只鞋子掉了下来，跟着一起掉下来的还有他那被粘在鞋里、肿胀得像海绵一般的脚底板，露出了白森森的骨头。罗亚尔记不得他们是否带他去了达布也去过的那个地方。但至少他还能走得很好，毕竟他的脚和脚趾都保住了，尽管疼痛似乎被永远锁在他的腿骨里。

这个本子里面还有用褪色的墨水画的鸟。还有一页皱巴巴、脏兮兮的，就像这个本子曾掉在地上，被人踩了好几天，直到有人把它捡起来。但这个本子的大部分页面仍然是空白的，就好像这个印第安人是最近才开始续写它，把前一本的故事接续下去。有些页面上的标题似乎有所启示。

   收入
   支出
   我在的地方
   风景

---

① 此处原文为"Uphrates"，和幼发拉底河（Euphrates）仅差一个字母。

梦想

生日和葬礼

窍门

医学的想法

麻烦

在"生日"那一页上,这位印第安人写道:"我的儿子拉尔夫生于1938年8月12日,死于1939年8月11日的腹泻。"在下面的附言里,他只看到"路边的篝火"和"闪闪发光的小东西"。

罗亚尔画掉了印第安人的附言。还是在"生日"的那一页上,他写下了自己的名字和生日,然后是他家人的名字和生日。他当时三十六岁。他很勉强地用铅笔写下了"碧丽",但一分钟后就把它擦掉了。他穿着内衣坐在床边,想写些关于手表的事,但在一张空白的页面上,他只写出了一个生硬的、不够达意的句子:"我给她的手表。"

她有一块总是走不准的老旧小手表。他送给她一块漂亮的手表——为了浪琴[①]女郎,他甘愿付出他一冬天捕获猎物所得皮草的一半,它的面盘还不及十美分的硬币大,上面标记时间的十二个方位都镶着钻石。他给了克拉奇太太六张狐狸皮,让她为她缝制了一件皮草外衣,作为圣诞惊喜——碧丽称它"圆圆胖胖"。她会穿着这件皮衣四处炫耀,并故意让手表滑落到手腕上。看起来好像有一百万身价。对自己的东西她很仔细,总

[①] 浪琴(Longines),著名瑞士手表品牌。

是把它们保养得光鲜亮丽。

还有帮图特收干草。那老公鸡仍然会套起他的两匹马，雷尼和克劳迪。这两匹马会拉着马车沿着窗户走过去，他和罗尼会把干草扔给图特，由图特把干草码好，汗水如注，田地也热得噼啪作响。梅尔妮尔跟在他们后面，挥动着手里的干草叉，把撒在地上的干草收集起来。图特答应给她每天五十美分作为酬劳。在把最后一捆干草扔上草垛之后，图特和罗尼一边解开马套，一边费力地拉扯着扭结成一团一团的干草结。只有装过一垛干草的人才知道其中每一捆干草的位置。草的香气令人窒息，空气中充满了谷壳碎屑和尘土，他的皮肤火辣辣地瘙痒。梅尔妮尔跑进来说，碧丽开着她的车到门口了，他们要一起去山猫池塘游泳。

他望着池塘边的碧丽，弓着身子，双腿紧致，光滑无毛。在她脱下手表，放进一只袜子里，并把它卷好放进一只鞋里时，他看到她那闪闪发光的指甲。两只鞋子并排放着，在鞋子上面放着她的折叠整齐的人造丝的衣服，还有薄毛巾和皂片盒。梅尔妮尔从水里爬出来："拜托，碧丽，你下水游泳的时候我能戴戴你的手表吗？求你了，碧丽！"她犹豫了一会儿，但还是说好的。梅尔妮尔把手臂伸向天空。他们离开岸边向一个凹进的半岩洞方向游去。美妙的池水。他曾告诉她，那个凹处下面有一条将近五英尺长的梭子鱼。她的肉体，在水中泛着绿色。

后来，梅尔妮尔扑腾着向他们游来，碧丽用低沉清晰的声音问："你是不是把手表像我那样放回到我的鞋子里了？"梅尔妮尔就像被打了一拳。她的胳膊从水里伸出来,手表的表面已经模糊得看不见碎钻了。

碧丽把手表松松地握在手里几秒钟。罗亚尔说没关系,他们可以把它送到一个好的钟表店修理,但是碧丽直视着梅尔妮尔,把它扔进了池塘。一句话也没说。

就在那个冬天,有许多个夜晚他都在写字,有时只写几行,有时一直写到风吹得窗框瑟瑟发抖,他的手冻僵了。他写他计划做的事,抒情诗,游历的距离,他吃的、喝的。当他把灯关掉时,他看到蓝色的夜晚融入长方形的玻璃窗,褶皱的大地上闪烁着金属的磷光,还有模糊的风和星星。

印第安人的本子。他的本子。

第十六章
烧得越大才越高

1951年消防局长报告。

　　消防局副局长厄尔·弗兰克组织的调查，案件编号935。佛蒙特州黄油山的明克顿·布拉德农场，1951年12月11日发生火灾。财产损失包括农场畜棚和九头奶牛。经过大量调查，业主的儿子马文·E.布拉德以一级纵火罪名被捕，警方得到他的如实供述；他被判在温莎的州立监狱服刑一到三年。在他的供词中，他提到他的父亲明克顿·布拉德，他曾唆使他烧掉畜棚以换取部分保险金。明克顿·布拉德也因此被捕，并得到了他的如实供述；他被判在州立监狱服刑二到四年。火灾发生后，损失财产获赔的保险金两千美元，警方正在追缴。

畜棚里还从来没有这么黑过。燃料用光了，就只剩下一些煤油渣子，在这阴冷的早晨，马灯的那一点点昏暗的光线几乎照不到什么东西。牛尿横流。畜棚里面传来阵阵紧张的跺地声，气氛比前一晚更焦灼。明克摸索着走进牛奶房，弯下腰检查牛奶桶，把水壶里的热水倒进大桶，等着达布来给奶牛擦洗。一股蒸汽腾空而起。他摸索着找抹布。畜棚里弥漫着氨气、酸奶、干草和潮湿铁器的臭味。他听到门开了。达布走进来。第二盏马灯的光亮阴沉地随着他的手摇曳着。

"比女巫的衣服还冷。天啊，怎么这么早就这么冷？感觉就像1月。要是再像这样过五个月，我会用尾巴把自己吊起来，像猴子一样笑个不停，哇哈哇哈！"达布学起猴子的笑声。

"你再发出那该死的声音，我就给你一榔头。今天早上我已经被惹到我能忍耐的极限了。"一阵死一样的沉默，他们各自的怒气翻腾着搅和在一起。

"你被惹到极限？我没听错吧？你被惹？你这个老东西，你才是那个惹我的人。你敢动我一下，我就让你的脑袋开花。"马灯在达布手里摇晃着。他把它挂在那不出声的收音机旁边的钉子上。电池已经很长时间没有电了。他拿起猪鬃刷和一桶已经变温的热水，开始在那排不耐烦的奶牛身上干活，用刷子刷它们那沾满了粪块的肚子，把沾着谷壳和粪便的乳房清洗干净。暗淡的灯光在他那光秃秃的脑袋上形成微弱的反光，他的嘴唇动了动，抓住了牛的尾巴。它最喜欢的动作就是用它那臭烘烘的尾巴拍打他的脖子。今天早上，当他挤到它身边时，它先空踢了一脚，然后转移重心，把他挤在另一头奶牛身上。它一直舔着自己的身体两侧，只要它的舌头能够到的地方，把毛都蹭掉了，可以看到皮肤上渗血的伤口。

"今天早上你到底怎么了？"他喃喃自语，并从包里拿出药膏，涂在奶牛的伤口上。他每天从早到晚都想着供电，想着可以用电做的事情。一头母牛在哞哞叫。明克现在不再费心给它们取名字了,而达布给它们取的都是电影明星的名字,像这头脊背像桌子一样平坦的大家伙,叫琼·贝内特①。

"你这畜生马上就能喝到水了。"这时他换了一种巧妙的节奏,拖起明克身边泛着泡沫的牛奶桶往牛奶房走,把它通过过滤器倒入牛奶罐,然后走到石头水槽上方一直在滴水的水龙头旁边,拎起水龙头下面的已装满水的桶,同时用他的钩子钩起空牛奶桶。回到牲口棚里,他把装满水的桶放在一头奶牛的面前,把空桶和另一只空桶一起钩住,然后在他返回牛奶房的路上,把那只空奶桶放下,换成明克装满牛奶的桶。就这样循环往复。水龙头滴得很慢,他会在水槽边等着,这时明克就大声喊着让他快点;也有时奶牛会不出奶,大概是被明克的那双老得像糙皮子一样的手摸烦了,于是达布就可以靠在墙上歇一会儿,听着挤出的牛奶落入桶里时发出的嗞嗞声。

他想着那种可以插电源的收音机,只要有插座就可以了。要播出声音好听的那种,还需要一个电灯泡,让那该死的老布朗可以快乐从容地挤奶,再添置可以减轻工作量的挤奶机,还有水泵和管道,把水顺着墙边直接输送到拴牛的柱子旁,就像湖对岸的菲尔普斯家一样。周围随处都能用电。要是再能和梅尔特一起调情就完美了。他没有责怪她离开。一点没有。真的。现在一切都不顺心。输电线已经架设到他们家南面二十英里的

---

① 琼·贝内特(Joan Bennett,1910—1990),美国电影女演员,电视演员。

地方，在东面过了那条河，在西面也越过州界，到达三十或三十五英里远的地方。他曾相信罗亚尔对老人们说的那套鬼话，说战争一结束就会有电，瞎扯。"首要解决的是农场用电问题。"他念着报纸。但那是笑话。电还是优先进入了城镇，所有城镇，包括汽车修理厂、商店、小杂货店。战争已经过去六年了，这里还是没有电。现在一场新的战争又要来临。朝鲜之类的鬼地方。如果可恶的麦克阿瑟得逞了，他们会和中国开战。可能还要再等一百年。奶牛种群已退化，因为明克不允许农场里有人工配种。真应该像奥特叔叔那样。他在战争一结束就把他的农场卖掉了，然后又在沃林斯买了一个不错的农场，那是一个有电的农场。他家不但有电，还有改良过的种群，就是罗亚尔以前说的那种，种群质量和产量密切相关。但现在他有十四头奶牛，平均每个月产超过一千磅奶脂高达百分之四的牛奶，很赚钱。畜棚里喷了滴滴涕①，没有苍蝇。除了原来那辆皮卡之外，他还有一辆崭新的栗色亨利J②轿车和一辆47年的福特轿车，行驶了还不到一万五千英里。达布如果有奥特那么多的钱，他可不会买亨利J轿车。他会买一辆别克路霸，它有152马力的火暴引擎和强力驱动。本来他和梅尔特只需要区区人工配种和一点儿电就能圆梦。

啊，梅尔特，我试过了，他想。他听到自己在说服她，也在说服自己，在钢琴调音学校的校长拒绝了他之后："布拉德先

---

① 滴滴涕（DDT），一种杀虫农药。
② 亨利J（Henry J），凯撒汽车公司于1950至1954年间生产的一款经济型轿车。

生,现在你应该明白了,这个行业需要很好的辨音能力,也就是说,对于一个调音师来说,要有充分的实力,他必须具有完全的能力。"他告诉她,也就需要几个月的时间,老家伙就可以看清楚他们不分开单过不行,而就在这几个月的时间里,他也能找到适合他做的事。该死的,像他这样壮得像头牛的体格,一只手照样能把钢琴举起来。而且他还给那个混蛋表演了,他把那架大三角钢琴的一条腿抬起来八英寸高,然后嘭的一声放下,它发出痛苦的哀鸣,琴盖也在猛烈撞击下发出劈了的声音。

在不到一年的时间里,他尝试了所有他听说过的工作。但是退伍军人把最好的工作都抢占了。招聘人员甚至都不看一眼这个独臂农民。纽约州那边倒是传过来一张看起来不错的广告,尽管那是一个经过美化的招聘职位:"招聘已婚男子,小家庭,照看纯种荷斯坦奶牛。会操作德拉伐尔挤奶机者优先考虑。工作和生活待遇均优于平均水平。每天工作十小时,每周工作六天。柴米油盐可享受优惠。月薪一百五十美元。经过全面考察性格和能力合格者即可入职。"梅尔特帮他写了求职信,他们两个人都假装符合一切条件,只字未提假肢的事。接到回信通知面试日期后,她就跟他一起去了。这是他俩唯一一次一起外出。他们乘坐渡船穿过尚普兰湖①,清风吹拂着梅尔特的头发,把三明治外面的蜡纸吹进漆黑的湖水里,消失在渡船的尾端。唐纳德·菲尔普斯。红色邮箱上写着黑色的字。平坦的车道上铺着

---

① 尚普兰湖(Lake Champlain),美国北部的大湖,大部分位于佛蒙特州和纽约州,还有一部分位于加拿大境内。

碎石。栅栏像乐谱上的线条一样舒展。菲尔普斯在他的模范饲养场里,向他展示了牲口棚的布局、荧光灯、可容纳四头奶牛的挤奶间,还有不锈钢储奶间。他看到了他左臂的钩子,但什么也没说。非常有礼貌。唐纳德·菲尔普斯是那种让你自己走入死胡同的人。

"好了,布拉德先生,我们对所有申请这个职位的人(已经有不少人申请了)都要求他们做的一件事就是,让他们在德拉伐尔挤奶机上试工,这样我就能看出他们能否胜任。我想我们现在也到这一步了。"他看了看手表,这是达布见过的第一个戴手表的农民。挤奶机闪闪发亮的部件放在不锈钢的消毒桶里。达布迷茫地盯着那些编有号码的管子和气动部件。

"我能行。"他笑得很夸张,"只不过因为我家那里没有电,所以我还没有机会学电动机器的窍门。但我学什么都很快,我很聪明,我一只手能干得比大多数两只手的人都要好。我想要这份工作,我会尽力去做。"他嘴里咕咕哝哝地说着,唾沫四溅。但这并没有什么作用。菲尔普斯只是慢慢地摇摇头,打开门,午后的田园阳光明媚。梅尔特和费尔普斯太太站在院子里,双臂交叉,迎着风。梅尔特一直在说话,述说她的一些事情,也许是关于她在医生办公室工作的事,也许是关于骑马穿过湖泊的事,也许是关于那个孩子的事。她看起来很高兴,直到她看见他穿过院子,就收住了笑容。她说是因为看到他走路的样子。

两周后,他乘公共汽车去了康涅狄格州的格罗顿,旅行花了一整天。"电动船公司急聘有经验的内部机械师、外部机械师、内线电工、外线电工、钣金工人、绘图员，直接入职。每周工作六天。"

填写申请表花了二十分钟，而面试时间不到二十秒。"看到了吗？体格健全和有经验的人。退伍军人优先。你不适合做这项工作。你凭什么认为你适合？"

但他没有放弃。埃尔摩谷物公司需要一名谷物推销员，他估摸着做这个差事应该没问题，拿到钱后把一百磅重的袋子扛到卡车上就行了。他在11月的大暴雨过后的第二天就开始工作，人们在外面锯倒树木，修补被冲垮的道路，而达布却整天在埃尔摩与粮食口袋角力。他还得及时赶回家去挤奶。两天后他们就让他走人了。他的钩子扯坏了四个袋子中的三个，黄色的谷物从卡车上撒落到街上，引来了成群的飞鸟，甚至还有几只仓鼠。

明克觉得自己愚钝得像一块木头。挤出的牛奶像脉冲一样间歇着喷出，每次间歇的那一秒都空空如也。奶牛扭动着身子，哞叫着。不管怎么说，今天早上它们坐立不安的样子，比往日更糟。有一段记忆是关于很久以前发生的事情，他和奥特，还有一个脸型像雪貂的男孩，一起爬木板栅栏，他好像是叫戈登还是奥芒德。他的父亲和其他几个邻居都靠在栅栏上。有很多人，在低声议论着。一头猪躺在干草床上。还有一把点22口径或是点30-30口径的步枪。当时的气氛很严峻，但他有一种感觉，不管那是什么感觉，总之是不好的，但那又是命中注定的，生活的一部分。然而他不记得是怎么回事了。前一晚,他躺在床上一直到深夜无法入睡,努力回想那头猪到底怎么了,今天早上他累得要命,像僵硬的机器人一样穿上衣服,冬天里楼梯的呻吟声,水壶里沉淀的水垢的吱嘎声,这一切似乎沉重得让人难以忍受。厨房像个兔子笼,他自己也成了兔子,蜷伏着,沉默不语。

这时,达布在畜棚里发出咔嗒声,是桶柄在他自制的木手臂上刮擦出的声音,那木手臂上还拧着一个旧的马蹄形的钩子,故意弄得笨重而粗糙。原来的那只轻巧的不锈钢钩子,是他们花了好多钱买的,在和梅尔特最后一次争执后被扔进了河里。他听出达布声音里带着狂躁,就像几年前镇上的一个白痴,布鲁斯。此人的全名是布鲁斯·比西,头发花白,像婴儿一样尖叫着要吃烤苹果。他不时能从达布的声音里听到这样的腔调。他到底想要什么,难道就像有人告诉他的那样,一切都会好起来吗?他现在应该更现实一些了,一个残废的、离了婚的、从未见过自己的儿子的父亲。他一直就是个傻瓜。一个嗜酒如命的混蛋。

他把头靠在奶牛身上,扒着,扒着。他心里想的是,他还不明白,这头牛要把他害死了。他很累,因为他几乎一夜没睡,一直在想那头猪给他带来的麻烦,以及如何摆脱家境每况愈下的局面。人一年比一年穷,工作一年比一年累,物价越来越高,摆脱困境的机会越来越渺茫。现在一切都变了。他找不到方向。当他还是个孩子的时候,偶尔也看到穷人。可是,见鬼,现在所有人都很穷。但一切都还在继续，就像水轮在流动的水的重量下转动。亲戚和邻居们不请自来，可当他沉到黑暗的水底的时候，他们都到哪儿去了呢？奥特搬走了，罗尼离开了农场，克莱德·达特卖掉了房子，搬到缅因州后就不知所终了。银行转手了，被伯灵顿的一家大公司收购了，那些卑鄙的东西。多佛夫妇正在用巴切尔德家的老房子储存干草，那房子的厨房和前厅都堆满了干草包，而且一直堆到楼梯上，把楼梯的栏杆都挤歪了。他想起了吉姆·巴切尔德，就像昨天晚上还见过他似的，那张沟壑纵横的老脸和甘薯似的鼻子，还能听见他用不紧不慢的声音跟他的马说话。往事涌上心头，马、燕麦和烤热的亚麻籽药膏的气味扑鼻而来。马走了，人也走了。

但如何摆脱这一切呢？达布出的主意外加他那刺耳的声音不绝于耳，梅尔妮尔喋喋不休地吵着要去看电影和烫一个该死的"维多利亚式"发型；朱厄尔呢，话虽不多，但每当他要和她说点什么的时候，她总是盯着远方，脑袋不停地乱晃，仿佛有一只苍蝇正在她头上打转，以此来表示自己的看法。

眼前的一切还是老样子。他不相信自己已经年老力衰了。他的胳膊，壮实的大腿，丰满的肩膀，看上去还是老样子，但每个关节都在燃烧。关节老化。他的母亲就是因此弯得像个铁环。有好多年，她都是在椅子上扭来扭去地移动，一边要滚烫的热水瓶，水烫得几乎能煺鸡毛，以减轻体内的那股扭曲的力量，就是这股力量使她的脊椎一弯再弯，就像编筐的柳条，又像弯曲的手指。他沉浸在母亲那弯得像桶箍一样的身躯的痛苦之中,最后又想到了干草床上的那头猪。它一侧的身体痉挛般地扭动着,直到肠子都从伤口掉了出来。它拖着肠子走过污泥,并踩着自己的肠子逐渐沉入干草的秸秆,但它仍然瞪着疯狂的眼睛,拼命向身体的一侧乱咬。而这头奶牛,摇摇晃晃,抬起后腿,连蹭带踢着自己刺挠的一侧——明克停止了挤奶,站起身来,仔细打量着那瞪圆的眼睛,又看了看它那黏糊糊的口水。

现在锦囊里只剩下一两个招数了。歪门邪道也算。

"你知道我们该做什么。"他对达布说。

"我们得把这该死的牛奶挤完,我得喂这些该死的奶牛。"达布说,他的声音在牛奶房里低沉起来。

"不。我是说农场。"

当达布把水桶从水槽里拎出来时,桶里的水飞溅了出来。

"你是说卖掉它?这可是最聪明的办法。天知道我劝你卖劝了多久。像奥特一样,找个有电的地方。这里永远不会有电了。"

"不能把它卖掉。难道你什么都不知道吗?你不知道抵押贷款吗,即使我们能卖出最高价,甚至一个同样大小的有电的农场的价格,我们也付不清抵押贷款,即使付清了,剩下的钱买一副耳罩都不够。而且这里还没有电。其他方面再完美也没用。这就是耶稣一般纯真的现实,现在你知道了吧。我们卖它赚不到钱。无法收支平衡。所以这条路走不通。你以为那狗娘养的离开后我就没想过卖掉它吗?卖了我们什么也得不到。你觉得你妈妈和我该怎么生活?我们什么都没有。"

"有奶牛。"

"奶牛，奶牛。所以我们得想其他的招儿。还得是他妈的快招儿。过来，我给你看样东西。你会明白为什么牛不是金子。你那迟钝的脑袋也许会明白，我们现在已经到山穷水尽的地步了。"

他指着那头奶牛，它梗着脑袋，扭着脖子，舌头在刺挠的一侧拼命舔着。它的眼睛上出现一圈白光。明克指着那拴在一排柱子上的牲口。达布站在那里，背靠着门，目光呆滞。母牛哞哞叫着，拼命地把头从支柱后面伸出来。

"它们到底怎么了？"

"我想是'疯痒症'。它们得了'疯痒症'。"

"你是要我去找兽医吗？"

"你真是我见过的最蠢的废物。不，我不想让你去找什么兽医。我要你去拿步枪和五加仑煤油。"

第十七章
垂水农场保险理赔办公室

```
12-11-51
Dear Sirs, After paying ins.
For 20 yrs. My Barn Burned
Down this A.M. From A Lantern
tipped over in the Hay
Accidental. Please send
Check As We Need it.
    Yrs.
    Minkton M. Blood

                    Weeping Water Farm
                    ins. Co.
                    Main St.
                    Weeping Water
                        Vt.
```

1951年12月11日
  亲爱的先生,在交了二十年保险之后,我的畜棚于今天上午被烧毁。原因是煤油灯不慎被打翻在草垛上。请派人前来勘察,我们静候。
  你的
   明克·M. 布拉德

垂水农场保险公司
主街
垂水市 佛蒙特州

垂水农场保险公司的办公室占据了伊尼玛硬件公司楼上的三个房间。木地板嘎吱作响，发出独特的声音。窗户下的蒸汽暖气释放出巨大的热量，让员工们在暴风雨天依旧昏昏欲睡。

　　在第一个房间里，是埃德娜·卡特夫人，身兼秘书、接待员、信息员、看门狗、室内花匠、咖啡机、餐厨人员、簿册员、天气预报员、供应员、银行信差、邮件分发人员、会计。她坐在二百盆室内盆栽植物中间的人造丝面椅子上。这些盆栽占据了室内的所有空隙，天鹅绒植物，白花紫露草①，南太平洋的紫叶苔花，十多种非洲紫罗兰，一棵种在缸里的高大的诺福克松树，一株口红花②在文件柜上摇摆，袋鼠藤一棵压着一棵，一棵种在罐子里的八角金盘③摆放在门后面，伞架旁边是一簇茂盛的富贵竹，一株波士顿蕨是这些奇花异草中的巨无霸，它繁茂的枝叶把旁边的盖斯特纳复印机都遮盖了。这些植物中大部分都是人

---

① 白花紫露草（wandering jew），蜘蛛草科植物，蔓生或匍匐生长，叶子艳丽，通常带有白色条纹，常被人工栽培。
② 口红花（lipstick plant），一种藤蔓植物，埃斯基南花属，原产于马来半岛爪哇南部的潮湿热带地区。
③ 八角金盘（fatsia），常绿小型灌木，原产于日本南部和中国台湾地区，在深秋或初冬时开乳白色的小花。

们吊唁她儿子弗农去世送来的。弗农在纽约被一名醉酒的海军陆战队员开着一辆偷来的出租车撞死了。

普鲁特经理的办公室在后面,从那里可以看到一个老旧的养牛场。房间里有一张橡木桌子、三把椅子、两个橡木文件柜和一个带黄铜挂钩的橡木衣架。门的上半部分镶着一块磨砂玻璃,透过玻璃能看到他靠近时模模糊糊的身影。正是他把那株波士顿蕨送给了卡特夫人。

第三个房间被低矮的玻璃钢板分成三个小隔间,外勤和调查人员在回到办公室后就坐在那里。每个隔间里都有一张桌子、一把椅子、一个文件柜和一部电话。当两个人站起来的时候,他们可以直接看到对方的眼睛,但当他们坐下的时候,就互相看不见了,除了香烟冒出的卷曲的烟雾或偶尔互相传递的订书机的闪光。

佩尔塞·佩普斯是办公室里的老人,比普鲁特还早。自从1925年任职以来,他已经坐坏了三把橡木椅子,因为他就座的习惯是把椅子翘起来,只让它的两只后腿着地。他经历过1927年的大洪水,20世纪30年代在农场蔓延的大火,以及1938年飓风过后,他步行数英里,穿过废墟带,取证调查被毁建筑和残骸。普鲁特不在的时候,由佩尔塞负责。作为一位高管,他在处理索赔问题上具有深刻的判断力。

约翰·马古勒为人随和,身材肥胖,曾是一名伞兵,在脱下军服后的几周内,他的身材就像气球一样发了起来。他很健谈,也很善于倾听,还是个很好的推销员。他四个星期里有三个星期都在外出差。当他进来填写保单的时候,他总会看到那些室内植物,它们有的在他的办公桌上,有的在被隔开的属于他的那部分窗台上。他把它们搬到卡特夫人的办公室,默默地站在那里,盆栽的藤蔓从他的胳膊上垂下来。

"哦,我的那些植物!希望你不介意。我只是让它们在你那儿晒晒太阳。我忘了你这周也在。约翰,你那里早上阳光特别好。"

第三张桌子属于调查员维克·贝克,二十二岁,对他的第一份工作既热心又精明。他的脸就像一勺土豆泥,身体松弛,一个沟通方面的天才。先天前倾的脖子让他的面部前伸,略微倾斜。除了这一点残疾以外,他的生活并不受影响。他把人的一切行为都分成放纵和仁爱两种。他难以收买,年轻时爱告密,是老师的宠儿,金星奖得主。现在他正在努力争取一个更重要的角色。普鲁特嗅到了他的野心,认为他是个小畜生,于是交给他一些"来源可疑的火灾"案子,让他钻进去,包括暗中跟踪州消防督察,用他的怀疑和证据来刁难州检察官。

从这里往北走约一百英里,回到家中,维克一家挤在一个散发着没洗干净的衣服气味的房子里。父亲在天还没亮就出门了,开车送邮件。兄弟五人都去管线厂工作。在垂水市,维克在河边的一个小寄宿公寓里有自己的房间和浴室。他认为这已经很奢侈了。

2月的一天早晨,天气温和,他穿过地面上的浓雾,走向办公室。正在融化的冰在他脚下嘎吱作响。小路上一层薄薄的雪在雾中延展。他看到了一根蓝线,一张邮票,两个松软的湿烟头,一枚钉子躺在一个冰窝里。

他把那双黑色橡胶鞋摆放好,让鞋头正好碰到办公室的墙壁,然后把他的府绸雨衣挂在衣架上。接着他翻找起来,不是在普鲁特先生的办公室里——那道门上有两把锁紧紧锁着——而是在卡特夫人的办公桌上。他拿着文件柜的钥匙和她的两颗史密斯兄弟止咳糖,他一边读信一边吃着止咳糖,还研究着办公室的账簿。然后他走进佩尔塞的小隔间,仔细翻看着未结案的索赔文件卷宗,在两个案件的页角上打上醒目的红色星号。在哈基的理赔案中,哈基老汉让他女儿的男朋友装火药,然后,不必说了,半夜时分,哈基农场的饲料和种子库着火了。志愿消防队的消防车又无法发动。那个案子散发着纵火案的味道。那这个呢,牛畜拍卖商鲁本·奎利安,房子烧毁了。没什么明显的疑点,但奎利安的妻子刚刚和他离婚,也许他喝醉了,放火烧了房子给她看。他要到那里去看看,和奎利安的邻居们聊聊。佩尔塞太心软了,他给这些索赔案都打上了钩,表示同意理赔。

维克拿出1月付清的"索赔卷宗",想再仔细看看。有时候你会在事后感觉有什么不对劲。这些案件看起来都还好。但他不记得见过这个:"煤油灯不小心掉在干草里了。家里没有电话。最近的有电话的邻居也相隔一英里。车道又被雪封住了。"佩尔塞肯定查过了,只不过没给他看。那些糟糕的老旧农场没有电,也没有电话,只要出点什么事,没得救。不过有趣的是,他们连一头牛都没能从牲口棚里拉出来。他看了看消防检查员画的畜棚草图。其中显示起火点是在牛奶房的远端。离大门大约有二十英尺。离水泵大概六英尺远。他们应该可以把一些牛赶出来。或者往火上泼一桶水。可他们没有浪费任何时间就去申请索赔了。那农夫寄来明信片的日期是发生火灾的当天下午。相当大的索赔金额，两千美元。他把这家主人的名字写在了他的笔记本上。明克顿·布拉德。也许值得出去跑一趟，四处看看。并不会太迟。

第十八章
我的所见

宽阔的街道在城镇的两端都处于开放状态，尘土飞扬，电线杆钉在蓝色的天幕上。"欢迎来到犹他州的摩押，世界铀都。"他向商店的橱窗望去，霓虹灯招牌"铀矿石销售贸易租售"旁边有几部吊车。

在巴克的储物间里有《铀矿文摘》《铀矿勘探者》《铀矿开采目录文摘》杂志。玻璃门上贴着一张海报，上面写着"原子能小姐大赛，一等奖十吨铀矿石"。他猜测如果她幸运的话，能得到大约二百八十美元。另一块牌子上写着"建筑木工锯，房地产经纪人，铀矿经纪人"，旁边还有一个小牌子写着"出售牧场"。

在大琼克森①，他沿着一条黑色的栏杆下到一间地下室，里面散发着汗臭和滚制地图的味道。几辆皮卡停在卡其色的街道上。大多数都带拖车，后面绑着气瓶。到处都是男人，穿着满是尘土、皱巴巴的衣服，往红色的可口可乐贩卖机里投硬币。迎着风戴着安全帽，把手弯成杯状护着火柴燃烧的火苗，一条条丝带般的烟雾飘散出来。他看到上百名政府人员，佩戴着名

---

① 大琼克森（Grand Junction），城市名，位于美国科罗拉多州，毗邻犹他州。

牌，还有侧面印着 AEC① 的车辆，勘探用的设备，铺展在商店橱窗里的黑色矿石。"野营用品和铀矿石，装备清单，出售"。

勘探者们从白色的悬崖上查看着最新版的非常规地图，谈论着去别的地方碰碰运气。排气管被拆除的沾满灰尘、到处是磕碰痕迹的吉普车驶过，推土机和挖掘机在施工的路基上作业，城镇颤动不已。道路两旁和乡间，废弃的矿砂堆在地上。烟头、电线、灰尘、灰尘。没有该死的女人。尘土飞扬的飞机跑道上，卷起袖子的空军老兵正驾驶着白色的小飞机遨游，因再次飞行而兴奋不已。航拍地图。拉皮德城、夏延②、拉勒米③、牛蒡、杜威、普林格尔、风河④、格兰特、风化岩、绿河、丘斯卡区、奥斯汀、布莱克山⑤、大角⑥、大印第安河、大海狸。

也许还有 —— 大破产。

---

① 美国原子能委员会的缩写。
② 夏延（Cheyenne），美国怀俄明州首府。
③ 拉勒米（Laramie），美国怀俄明州西南部城市。
④ 风河（Wind River），美国怀俄明州比格霍恩河上游的名称。
⑤ 布莱克山（Black Hills），美国南达科他州的一组山丘。
⑥ 大角（Big Horns），位于美国怀俄明州谢里登县的一个小镇。

第十九章
孤独囚禁的心

> March 6, 1952
> Dear Son Loyal, I pray this reaches you we don't have address except try to guess by Post Mark your last card. Son, your Father has left us. It is a terrible thing but Mernelle and me is bearing up Come home. Dub is still to Windsor. Your Father was there to get for the fire. That's where it happened, as terrible as can be. Come home soon. Your loving Mother and sister.
> Jewell Sevina Blood +
> Mernelle Silvietta Blood

> ADDRESSEE UNKNOWN
>
> Mr. Loyal Blood
> (works at mines)
> General Delivery
> Lemon, Colorado

1952 年 3 月 6 日

亲爱的儿子罗亚尔,我盼望你能收到这封信,因为你在来信上没有留地址,我们只好根据邮戳猜测你的地址。不幸的是,你爸爸已经离开我们了,但是梅尔妮尔和我还好。回来吧。因为那场大火,达布还在温莎监狱,你爸爸原来也在那里。那场大火就发生在这儿,太可怕了。快回家吧。

爱你的妈妈和妹妹

朱厄尔·布拉德

梅尔妮尔·西维耶塔·布拉德

地址不详(邮戳)

罗亚尔·布拉德 先生

(在矿上工作)

邮件存局候领处

莱蒙 科罗拉多州

比曼·齐克虽然在下铺,却总能居高临下。而且他每次都能占上风,但是在邂逅狱友方面他却很倒霉,那是一个该死的、迟钝的老农民,他除了坐在他的床上之外几乎什么也不做,只是掰着指关节,盯着门。那老混蛋总是一言不发。谁会需要那韧皮一样的老马?比曼·齐克可不是这样,他渴望莳萝、摸小鱼和爱情的味道。

不过他儿子,哦,他可不一样。他真希望他们把自己和那老家伙的儿子关在一起。那家伙只有一只胳膊(那是优势),而且快要秃顶了(这有些糟糕,但是在黑暗中谁能看出来呢),那是个多肥、多甜的屁股,像圣诞蛋糕一样。那个儿子和一个法国人同屋。那法国人,尽管在林场干活多年,所做的不外乎砍树和互捅,却是个虔诚的天主教徒,几乎每次都是先擦他的嘴唇并亲吻挂在他脖子上的黄金十字架,然后才轮到他的胖妻子和女儿的照片。不止一个妻子。有人注意到他有两套照片,而且完全不是一码事。后来明白了。一套是在新罕布什尔州的利特尔顿,另一套在魁北克的罗伯瓦尔。他总共有十三个女儿,一个儿子都没有。他从那王国的一个小经营者那里偷了一根长钩①,又喝了半桶土豆酒后

---

① 长钩(peavey),伐木工人用的一种长把、带钩的工具,类似长矛。

就发酒疯，用那根长钩撬开了木材大亨让－让·普雷家的后院，当时他不在家。后来有人发现这家伙赤条条地躺在丝绸床单上，周围是银框的照片、胡椒磨、绣花围巾、桃花心木的军用刷子、蜂蜡蜡烛、雕花的开信刀、空香槟瓶、皮革封面的书、拉铃的流苏、水晶花瓶、鸟类标本、带珍珠柄的指甲锉刀、手杖、香水瓶、粉扑、漆皮皮鞋、奶油纸、进口钢笔、乐谱等等，还有一本长岛牡蛎湾的电话簿。"有空给我打电话呗。"他只说了这句话。

这些都没法讲给那个老农民听。哦，你也能说，而且还能说很多，但是仅此而已。他什么也没听见，只听见魔鬼在他私密的耳朵里大喊大叫，如果那些快速的低语能证明这一点的话。可比曼·齐克一个字也听不清。他们只好听任这位农夫独自折腾，当然，看守还是有的。他们说，他儿子想杀了他，或者他想杀了他儿子，于是只好把他们分开监禁。他们是这么说的，他也是这么想的。但当这个老农民上吊自杀时，他和其他人一样感到惊讶。

比曼·齐克从最后一小时最甜蜜的睡梦中被惊醒。他是躺在温暖的枕头上睡的，不愿意完全清醒过来，他试图从蒙眬的梦境中分辨出那声音。那声音像是有人在打呼噜，或是在低沉地说话，像是哽咽的声音，又像无法停止的瞬间发出的肉乎乎的拍打声，接着是大力拍打液体的噼啪声，还有水管发出的空心的叮当响声。比曼·齐克以前听到过水管的歌声。他从床上跳了起来，盯着那个老农民，他的衬衫系在水管上，他扭动着被衬衫袖子缠住的身体，光着脚在墙上蹭来蹭去，腿上全是尿液。

"看守！"比曼·齐克喊道，"这里有个人在跳舞。"但当他们把那个老家伙解下来的时候，跳舞就停止了。

皮制公文包在腿上磕绊着，上身裹着一件紧身格子呢夹克，脑袋左右摇摆，罗尼·尼泊尔沿着5月的小路走了过来。在车道上，他那满是灰尘的蓝色飞行舰队轿车冷却下来。春天的鸟儿在沼泽里叽叽喳喳地叫着，甚至在封闭的厨房里，那无情的啁啾声也伴奏着人们所说的一切。

"朱厄尔，梅尔妮尔，这虽然令人心酸，但生活还得继续。"他的声音低沉得可怕。他下巴上的斑点都发红了。

"别像个葬礼司仪那样说话，罗尼。我受够了。生活不再像以前那样继续了。我们需要的是有人帮我们收拾这个烂摊子。保险公司和银行职员每天都到这里来。他让我们陷入了困境。没钱，无处可去，孩子们都走了。以前你的孩子在附近的农场干活。都是年轻男人先开始干活，年长的男人再过来帮他们一把。但是现在，如果你不能帮我们找到出路，我真不知道该怎么办了。"她抽了抽鼻子，在沼泽地传来的急促啁啾声中小声啜泣着。她的手指交错。手指上戴的结婚戒指已经磨损得像一根金属丝，"啊，我不知道。当我还是个小女孩的时候，家里有很多叔叔伯伯、姑姑阿姨、表姐表妹、堂兄堂弟。他们都住在这附近。如果是那样的大家庭，他们现在都会在这里。他们会把木板桌子重新拼在一起。每个女人都会带点东西来，我不在乎是什么，饼干、炸鸡、派、土豆沙拉、浆果派，不论是聚会、教堂野餐还是谁家遇到麻烦时，她们都会带这些东西来。孩子们跑来跑去，笑着闹着。我还记得在我哥哥马文的葬礼上，母亲们喊着让他们安静下来，但他们只是稍微消停了一会儿，然后就又开始了。我们三个坐在这里。就是这里。"

梅尔妮妮魂不守舍地坐在摇椅上，凝视着窗外烧焦的畜棚地基。她对这样的谈话不感兴趣。火草①已经从罅隙里冒出来了。唧啾声令人发狂。野草四面袭来，锦葵、胡椒草、狗勒藤、臭气熏天的墙火箭草。埋狗的坟旁的伏牛草丛开着死气沉沉的花，蛾子在上面抖着翅膀翻飞。

"朱厄尔，当我母亲需要你的时候，你一直都是一个好朋友。你明白我的意思。我爸爸去世的时候，虽然我不知道事情的全部经过，但她透露了不少。我要做你和梅尔妮妮的好朋友。"他的声音渐渐低沉。他坐在桌边，报纸铺在破旧的油布上，就像海上漂浮的小船，褐色的厨房灯光在他的手上方晃动着。

"在她和我坐在这张桌子旁聊天的那些时间里，我做梦也没想到，有一天我们会陷入同样的困境。你母亲是个正派的女人，心地善良。有人生病了，她就过来帮忙。做晚饭，洗衣服。在过去的几个星期里，我常常想，如果她在这儿，她就会理解我所经历的一切。"她心里想着图特和明克都是因为愧疚而自杀

---

① 火草（fireweed），容易在空地或被烧毁地区生长的植物。

的。尽管让他们愧疚的原因不同。这时她又一次好奇自己会如何走向死亡，并像凌晨时那样为此感到一阵激动，对自己死亡的可能形式又有几分渴望和遐想，这激动就像一块跳动的肌肉，时而来，时而去。

"总之，我一直在思考你们的事，我想我们有办法让你们摆脱困境。当然，挡住外面的人会是个问题。"

"罗尼。我想让你知道，你是个好邻居。"

梅尔妮尔冲着窗外做了个鬼脸，眨眨眼睛，故作无辜地龇着牙，让她的上牙包在下嘴唇外面。外面那些偷窥的人惊呼起来。蓝眼草① 在眨眼，丁香的芬芳扑鼻而来。

"这比较复杂，对你来说可能不太容易，就是把农场分成三块。我已经找到两个买家，我还可以划出一间房子和几英亩地留给你用，开个花园也够。"他一边说一边在一个信封的背面画着。农场类似一条裤子的形状，两条腿各是它的一部分。他的圆珠笔在上面画出分界线，"你保留一片果园，这样就可以继续做你的馅饼和苹果酱了。奥特给原来罗亚尔的那片农田和牧场出了很好的价钱，可能比它现在的实际价值还高。有个波士顿来的医生想买块林地和山龙眼树，在树林里建个狩猎营地。有了奥特和这位医生的帮助，至少你可以摆脱债务。有一点我得跟你说清楚，朱厄尔。你得习惯其他人占了你的地盘，而你自己没有多少保留，只是有一个栖身之所和花园的空间。你大概

---

① 蓝眼草（blue-eyed grass），鸢尾属的一种草本植物，产于美洲大陆，有蓝色、黄色或白色的花。

能得到八百美元现金。另外就是得有人出去找工作了，也许你们俩都得去，就像达布那样。这也是没有办法的办法，朱厄尔。我想不用我多说，遇到困难的时候，我们只要尽力而为就好了。"

"奥特能解囊相助真是太好了，至少还能把部分农场留下。"朱厄尔说，嘴里不停叨唠着苦涩的话语，声音颤抖、哽咽，"这个农场从独立战争时期就属于布拉德家族了。我怎么也搞不清明克为什么不去找奥特，为什么他认为农场不能带来任何东西。"她小声地说，心想奥特早该出手相助，早该看出明克遇到了麻烦，插手干预。兄弟往往互相背弃。

"好吧，朱厄尔，你得了解市场。明克甚至不知道还有市场，房地产市场。你们没有在这方面动脑筋。错过了一些好机会。世道在变。现在农场所能给予的不仅仅是农场本身。有些有钱人想要找避暑的地方，有风景的地方，这很重要。看山，看水。住所对面的马路上有个畜棚就不大中意，但是如果有宜人的风景，那就……""宜人"这个词从他嘴里说出，听起来有些别扭。

他的意思是，他，罗尼，已经找到了办法，并得到了一些消息。朱厄尔想起了若干年前的他，一个和罗亚尔一起在树林里散步的脏兮兮的男孩，一个她看不出有什么野心的跟屁虫。看看他现在，看看他的西装和公文包，还有牛皮绉底鞋。她想起了罗亚尔，他在这个世界上不知所终，又想起了监狱里的达布。

他肯定也是这么想的。他的手指翻动着那几张报纸，整理着边角。

"你和罗亚尔联系上了?"

"大约一年前,他来信说他在一个矿井里工作。我想写信给他,告诉他明克的事,但他不想把地址给我,或者我猜他离开那里了。"罗亚尔总是说,他喜欢和罗尼一起打猎,是因为他知道你在想什么,和他在一起从来不用停下来说话或者用手势比画。这些他都知道。

"那个波士顿医生怎样,他是个还算不错的人吧?"

"富兰克林·索尔·威特金医生。看上去挺好的,大约四十岁到四十五岁的样子。特别精干,话不多,戴眼镜,有点胖,白种人。他是皮肤科医生,专门治疗皮肤疾病。"

"那没有多少收入吧,不会靠它过日子吧? 你说呢?"

"收入可好呢! 挣的钱足够让威特金开一辆大别克,戴一块金表,再买下你农场的一百英亩地。当然,他还要修一条通向山顶的路。"

"威特金是个什么名字?"

"我想是个德国名字,或犹太名字。"

"明白了。"朱厄尔说。她慢慢地吸了一口气。他有可能会说中文。

厨房没有变,罗尼想。明克的那顶脏兮兮的畜棚帽还挂在侧房门旁边的钩子上。油毡和爬满墙壁的常春藤依然如旧。一块伤痕累累的案板上放着半块面包,旁边放着那把尖端已经断了的刀子。水槽里装满了豁豁牙牙的盘子。结婚时,他把自己家里所有的旧厨房设备都搬了出去，并在原来的松木地板上铺了一层阿姆斯特朗地砖，这样就有了一块干净的地面让小宝宝爬来爬去，还置办了一套镀铬合金加胶合板的餐桌椅，一个油气两用的炉灶。而他会把原来的夏季厨房改造成他的房地产办公室。一张桌子，三把椅子，一部电话，墙上挂一幅价格不菲的秋天山景大型壁饰照片。他想，罗亚尔要是回来发现农场被卖掉了，谁也说不准他会做些什么。他不会责怪自己，也不会责怪明克、达布、朱厄尔或梅尔妮尔；他会怪他，罗尼·尼泊尔。船到桥头自然直。

两天后罗尼又来了，那天下着温柔的小雨。他带来了需要她签字的文件、契约、责权分明的合同和留置抵押权文件。一条蚯蚓在他的鞋边扭动着，嵌在了他的鞋底纹路里。但是他的圆珠笔就是不肯工作，无论他们怎么努力地在信封背面涂画。朱厄尔只得拿出明克的旧钢笔，那笔杆上有斑斑点点的绿色花纹，以及几乎空了的墨水瓶，然后在文件上面写上了自己的名字。农场没了。只有那栋房子点缀着那两英亩的小岛。

"我想学开车，罗尼，"朱厄尔说，"我该怎么办呢？车就在外面，应该还能跑起来。我一定要学。"

"我可以教你，朱厄尔。在你有邻居可托的时候，就没必要付钱给别人。这是个好主意，可以让你走出去。我今天就把电瓶带来，给它充上电。罐头厂正在招人。我听说他们会聘用年长的女性。我不知道你是否喜欢这种工作，但你可以开车上下班。不管怎样，你去看看吧。"他的宽慰使整个房间都温暖起来。一个老女人对于邻居可能是个可怕的负担。而如果她有什么事……

"你需要装个电话，朱厄尔。我给他们打电话，叫他们派人来。"

"你不知道，我有多少次都在想自己会开车就好了。假如几年前我能出去找点工作，情况就会大不一样，可是明克就是不听我的。每次我一说想去哪儿他就会发火。"她还记得奥特妻子的扑克牌派对，他们为这件事争吵了好几天。明克把他的愤怒像睡衣一样带上了床，但她第一次和他据理力争。

"好吧，我不管你怎么撇嘴，把话说得斩钉截铁，我都要去参加那个扑克牌派对。我想你会很乐意的，那是你亲兄弟的老婆发起的派对。"她在黑暗中字字铿锵地低声说。自从罗亚尔还是婴儿的时候，他们就养成在床上窃窃私语的习惯了。

明克把头放在枕头上，小声地说："我为什么要乐意呢？这跟豆子的价格有什么关系，谁给定价？那一定很惬意，周六下午去参加派对，把家务活抛到一边，尽情享受吧。你甚至不知道怎么玩纸牌游戏。希望我放下手头的一切，开车送你过去，四处转转，再把你接回来。我也希望我能丢开所有的活计，出去玩——"他在脑子里翻找着一个无聊消遣的例子，"——滚他妈的保龄球。"

明克的点子简直让她忍俊不禁：穿着满是牛粪的靴子，一脸严肃地站在保龄球馆里,用他那笨拙的手抓起保龄球,就像抓一颗炸弹。她对这个主意很不以为然,就耸起肩膀,把脸埋在枕头里。

"该死的,既然你这么想去,那就去吧,去吧!看在上帝的分上,你没必要哭哭啼啼。去吧!谁不让你去了?"但她还不依不饶。他把她的笑声错当成了啜泣,这使她更加控制不住笑了。明克想打保龄球,还以为她哭个不停,只因为她不能去参加那个烂纸牌派对。

"啊,啊,啊,"她呻吟着说,"我还从来没这么笑过呢。"

他叹了口气,那是一个人的耐心已经消磨掉了的苦涩的怒气,"我知道达布又到哪儿鬼混去了。"

她快要睡着了,这时他又低声说:"你怎么去,怎么回来呢?我还要挤牛奶,好多事,抽不出时间来。"

"跟尼泊尔太太一起去。罗尼开车送她。罗亚尔可以来接我们,就不麻烦罗尼再跑一趟送我回来了。他也有奶牛,你知道。5点钟结束。从1点到5点。明天早上我就把晚饭做好,做美味的炖鸡什么的,等我下午回来的时候,就不会来不及了。"

"我看是需要这样。"

她已进入梦乡,打着鼾,蒙眬的意识中还能感觉到他的温暖,他那有力的胳膊搂着她的腰,把她紧紧地搂在自己身边,把他那弯曲的双膝伸到她的后面……

"梅尔妮尔呢?如果梅尔妮尔也一起学就好了。"罗尼还在喋喋不休地唠叨着学开车的事，把她带了回来。

"我猜她不会感兴趣。梅尔妮尔有她自己的小算盘。什么都不告诉我。我不知道是什么原因。她整天有一半的时间待在房间里，一半时间去达琳家，还有一半的时间在邮箱边上，等乡村免费邮件。她承受了太多。他们来找明克催款的时候她就退学了。自从他去世后，她几乎什么话都不说，也没有跟我分享任何秘密。"

那封信已经寄出八天了，她知道，回信不会这么快，但她情不自禁地想到，即使信还在信封里没有打开，他也会对她的信产生某种特殊的感觉。可能有成百上千的女孩给他写信，即使有助手的帮助，也要花时间整理那么多信件。可她知道他不会请助手。他定然习惯于一个人做事。

这条消息曾出现在两家报纸的头版，甚至更多。这个故事是用一种玩笑的方式写的，目的是想捉弄他。但她从另外的角度看待那条消息。

"孤独囚禁的心"征婚广告

雷·麦克威，十九岁，是伯灵顿市弗里迪特建筑用品公司的木材分拣员。他来到《传声筒》栏目的编辑室，说他想登广告寻求一位妻子。"我想找一个像我一样孤独的人。我从小就是个孤儿，一个人住在一间有家具的房间里。

因为工作时间的关系,我很难遇到任何女孩。我称自己为'孤独囚禁的心'。我六岁左右就开始工作,在树林里剥果肉。我十六岁的时候离家出走,四处漂泊,去过缅因州、加拿大、墨西哥和得克萨斯州。但这里是我的家乡。我是个好员工。我觉得能有一个像我一样孤独的年轻女士和我在一起,我们会很幸福。我希望她写信给我,由《传声筒》转交。"

文章旁边的照片上,一个头发蓬乱的年轻人站在一堆木材旁边。背景是一片延伸向远方的湖面。他的裤腿上有洞,穿着一件格子上衣,梅尔妮尔可以看到他松垂的袖口。他看起来很平常,但很文静。即使从报纸上那斑斑的墨点组成的照片上看,他都显出一副寂寞的样子。因为这副寂寞的样子她在镜子里已看得够多了。

一个星期四的早晨,有回信了。那天还下着小雨,一股水流不停地冲刷着街道。她走上那条街,她的黑色油布雨衣从胸部到小腿敞开着,就像一对准备飞翔的甲虫翅膀。她的鞋跟甩出的泥巴和沙砾粘在小腿上。明信片上的照片是伸入尚普兰湖的红石岬。正面的空白处写满密密麻麻的小字,尽管有拼写错误,但非常清晰,而且和她自己的信一样严肃。信箱后面黑魆魆的赤杨林湿漉漉的,划破了天空。

Dear Miss Blood
Your reply to my advertisseing told me that you know about the difficultys of starting out in life. I know you know how it feels to struggle after all you have been throu. It will be a hard life for both of us until I get on my feet. But I am willing to make you happy. Would you like to go to the show I can get it for you wholesale. I and the newspaper woman that has a vechile will come and pick you up on Saturday afternoon we can talk this over and see if we could be happy.
I bet we will.
Yours truly,
Robert 'Ray' MacWay

Miss Mernelle Blood
RFD
Cream Hills, Vt.

亲爱的布拉德小姐，我收到了你对我征寻妻子广告的回复，你在上面说你很了解开始生活的难处。我相信你在经受了那么多以后，完全清楚辛苦谋生的感受。在我还没有完全自给自足之前，生活对我们俩来说都还挺难的。但是我愿意尽力让你快乐。你愿意和我看电影吗？我可以给你批发价。我和报社女编辑开车来接你，周六下午。我们可以好好谈谈，看看我们喜不喜欢。

我相信我们会喜欢彼此。
你的真诚的
罗伯特·雷·麦克威

梅尔妮尔·布拉德　小姐
乡村免费邮递
牛油山　佛蒙特州

星期六早上9点，梅尔妮尔正在擦拭喝过麦片粥的碗，想着该对朱厄尔说些什么。水槽散发着它的气味。她可能会说："我要离开这水槽了。"或者，"我该怎么办，烂在这里吗？"她已经把衣服准备好了。蓝色的裙子，紫罗兰色的，虽然晾晒过多次，但还没怎么褪色，白色的衬衫，纽扣像一颗颗小小的珍珠。她把一个柠檬放在一边；洗头的时候，如果在漂洗水中加入柠檬汁，就会使头发呈红色。"'小火女。'"她自言自语，想起了什么电影。她可以说："你和爸爸过的日子像猪一样。我想要一个像威德梅耶太太家那样的豪宅，在巴切尔德废料场的上方。要有带玻璃门的淋浴间。地毯。把手上装饰有玫瑰图案的银器，配上有蓝色图案和镶金边的盘子。"

向朱厄尔解释这一切已经太复杂了，说出来不外乎让朱厄尔明白她无论如何都得离开。这一切可以归结为两个荒唐的句子：她要和一个她不认识的人私奔，这个人是在报纸上登广告找老婆的。她能听到朱厄尔在楼梯上用拖把拖地的声音，还能听到一辆卡车吃力地爬上山坡的声音。奥特叔叔为他的新地产带来了更多的机器和设备。两天前，他带了一辆推土机过来，那是一辆笨重的、满是泥土的东西，发动时发出像火鸡一样的声音。他从卡车上跳下来，站在一片同样黄色的蒲公英田里，在劫后重妍的新草地上喘息。

"我想知道他打算拿这东西做什么。"朱厄尔说，"他说他想种玉米。我从来没见过有农民拿推土机当犁或播种机。罗亚尔看到那东西在他的地盘上一定会气疯的。"

汽车马达空转的声音在院子里回荡，门廊上传来脚步和敲门的声音。原来不是奥特，他是不会敲门的。

"你好。我找梅尔妮尔·布拉德。"一个沉稳的声音，带着坚定的语气。

她能听到朱厄尔的拖把在楼梯上停了下来。5月早晨的炎热从纱门里吹了进来，草地和白花的气味从纱门另一边的人影旁边挤了进来。她能看出他和报纸上的照片是同一个人。一股人造橙汁的味道飘进厨房，是院子里那辆没熄火的汽车排出的酸味。透过纱窗可以看到成群的苍蝇在袖珍樱桃树的蓝色金属丝般的枝头盘旋。

"哦，天哪，我还没准备好。我还没洗头呢。"

"我无法等到下午，"他说，"我实在等不及了。"纱门在他颤抖的手里发出微微的嘎嘎声。

朱厄尔在楼梯上听着，八成都猜出来了。

第二十章
酒瓶形状的墓碑

```
dear JOE
ALUINA KILLS MAN say to tell
you she find most of what
you want the elk medsin the
werlwind medsin for bad
dream the Little bufalo
medsin she say more but
No room she say tell you
sombody find plase wagons
medsin grow she say
are you ok for dig it she
say hury up.
your fren ELMER IN THE GRASS

JOE BLUE SKIES
white moon res
south dakota
```

亲爱的乔：

  阿尔韦娜·吉尔斯曼让我告诉你，她找到了你需要的大部分粗皮药和旋风药，用于治疗噩梦。还有小水牛药，她还说了好多，但写不下了。她说有人发现了这种药生长的地方。她还问你能负担得起这些药吧？她还说要抓紧时间。

  你的朋友 草原上的埃尔默

乔·蓝天
白月亮 保留地
南达科他州

他为她拉开车门,她坐进了司机后面的座位。司机是一个身材魁梧的女人,一头卷曲的灰色头发散落在她的背上,眼睛湿润,像茶的颜色。

"这位是格林斯利夫人。她就是写那篇报道的《传声筒》记者。"

"就叫我阿尔琳吧。没错,这是我报道的故事,所以我要一直跟踪下去。你们两个孩子是《传声筒》的客人,这合情合理。包括今晚的晚餐和电影,布拉德小姐,你不介意我叫你梅尔妮尔吧,你可以免费在我家过夜,直到你们的事情有结果。我家只有我和我丈夫珀尔还有珀尔的弟弟鲁比。就算我把一个秃头的杂耍艺人带回家他们也不在乎。这些都是记者的日常工作。哦,梅尔妮尔,我报道的故事你不会相信的。在我们等你的时候我跟雷在说去年的事,一个了不起的卡车司机,没有胳膊,用脚开着车进了镇子。我坐他的车一路到蒙特利尔,然后赶火车回来了。他真是太棒了,尝试不可能,驾驭一切。他也曾在我这里过夜。和你睡在同一张床上。我写了一篇关于他的大新闻报道。这是我的专长,人情味。所以这个故事,你们这两个孩子的故事,对我来说很自然。哦,是的,我都见识过。这算不得什么。我自己的故事也好,其他任何故事也好。我只是自然而然地遇到了这些故事。我出生在纽约州,但在我三岁的时候,我和我的家人来到了这个湖的对岸。我在罗斯角①长大。父亲是个酒鬼。他死的时候我母亲在巴利把他的墓碑改成了威士忌酒瓶的形状,六英尺高。几年前,我回去让一些熟人来参观,结果被人偷走了。所以我写了一篇专题报道,叫'被盗的墓碑'。有报纸得到消息说,在马萨诸塞州的阿默斯特,有位大学教授把它当咖啡桌用。警察帮我们找了回来。马萨诸塞州的警察。当然,我们不得不开着一辆平板卡车去那里把它拉回来。我丈夫对大学教授说了几句难听话。我不会再重复。好东西不能显摆。让我吃惊的是,这块碑都丢了好几年,我母亲竟然不知道。还有,他是怎么把它弄回家的?他不愿透露,但是否认用卡车。我还做了一篇关于射杀蝙蝠的报道。知道那是怎么回事吗?嗯,我猜你不读《传声筒》,那是这份报纸发表的最受欢迎的故事之一。我不知道因为这个故事他们收到多少来信。这是一个关于打猎和钓鱼俱乐部的故事,故事讲到那些人策划周末去射陶土飞靶,但是不行,弄不到这样的靶子。他们中有一个家伙说他家的阁楼上有蝙蝠,看,在白天它们睡觉的时候,他就把它们捉来了,装在一个盒子里,再扎一些窟窿,这样它们就可以呼吸,然后带到俱乐部去。他们就这样放出蝙蝠当靶子,因为他们找不到陶土飞靶。但当有人受伤时,他们就停

---

① 罗斯角(Rouses Point),位于美国纽约州克林顿县的一个村庄,以早期定居者雅克·罗斯的名字命名。

了下来。蝙蝠飞得很低。你们知道菲尔，就是弗雷德·菲尔先生，他是《传声筒》的主编，觉得你们这两个孩子可能看完电影还想跳舞——我们的晚餐是在博福饭店，意大利风味，随便你们吃，那里的烤通心粉很不错，这部电影，我忘了是什么名字，哦，想起来了，是《我可以给你批发价》，主演好像是艾琳·邓恩[1]，一部喜剧，应该是搞笑的。但是今晚没有舞会，所以你们大概只能四处走走，漫步。重要的是互相了解。我在来的路上跟雷说过，认识另一个人，这是世界上最重要的事，或许也是最难的事。我写过的最好的一个故事是关于一个男人爱上了他母亲的一个朋友。她，我估计可能比他大二十五岁，一头白发，但他对她很着迷。当然，关于她，他唯一知道的就是她来看望他母亲时他所看到的一切——总是笑容可掬，我想这就是他喜欢的原因。他母亲酗酒，而且我猜可能对他也不太好。有一天，他妈妈的这位朋友又来了，他跪在她面前说：'我爱你。'她觉得他发疯了，就起身往厨房去找他的母亲，他抓住她，她把他推开了，于是他回到卧室拿了一把枪出来说：'如果我不能得到你，其他人也休想。'说着就朝她开了枪。她死了。他母亲正在厨房里做冰茶。所以，关键是在你把某人拖上道之前要尽可能地了解他。懂吗，雷？"

梅尔妮和雷·麦克威像两根柱子一样坐在后座上，彼此都感觉到对方身体的热度，并能听到对方的呼吸声，而不是格

---

[1] 艾琳·邓恩（Irene Dunne, 1898—1990），美国著名电影女明星和歌手，曾五度获得奥斯卡最佳女演员奖提名。

林斯利夫人滔滔不绝的说话声。在发霉的车内装潢中间,梅尔妮尔闻到了肥皂、洗发水、松木、温暖的皮肤和丹丁口香糖的味道。她的胃在咆哮,她恨它,想让它萎缩。

厨房里,一只大黄蜂误把纱门和它的巢穴之间的空间当成了乐园,它飞向窗户,想再次出去,进入那个熟悉的世界,那个世界就在眼前,近在咫尺。但是它被一股邪恶的力量阻挡在了里面。

一个星期后,梅尔妮尔回来了,当她回到厨房时,她把纱门砰的一声关上。她拿着一个圆纸盒,里面有一块商店出售的蛋糕,上面覆盖着像皮毛一样厚厚的椰子粉。院子里汽车排气的隆隆声停止了,车门砰的一声关上。

"母亲节快乐,妈妈。是我和雷。格林斯利夫人也来了。"她搂着朱厄尔的腰。

"好吧,把这些天发生的事情告诉我。"朱厄尔说,她对梅尔妮尔的变化感到吃惊,并为自己以前对她的关心少了一些而感到内疚。梅尔妮尔穿着一件蓝色长裙套装和一件粉红色的人造丝衬衫,高跟鞋,脸上化了妆,还剪了头发,满头黑发烫成永久卷曲的波浪,就像一顶羊绒头盔。她看上去更高了,也显得笨拙了一些。但她身上有一样东西是确定无疑的,那就是她不再是大孩子了。

"在雷和格林斯利夫人进来之前赶快先告诉你,特鲁布拉德先生不让我们结婚。"然后她压低声音说,"他说这只是个宣传噱头，要等我们认识一年以后他才会让我们结婚。他说：'求偶快，离婚快。'雷给了他一巴掌，然后他叫来了警察。所以我们都得去彼利镇的警长办公室一趟，格林斯利夫人忙着把这一切都写下来。好吧，《传声筒》里又多了一个故事。我们收到了其他愿意为我们主持婚礼的牧师寄来的好几封信，其中一封来自罗斯角的牧师，他曾经为格林斯利夫人的父亲主持过葬礼。所以我想我们会去他那里。雷也想看看她父亲的墓碑。我们今天就要去那里，希望你也一起去。格林斯利夫人会再送你回来。雷和我要去蒙特利尔度蜜月，一切费用都是由《传声筒》支出。雷不愿意让他们付所有的费用。他已经存了一些钱。"

朱厄尔把水壶放在火上煮咖啡。厨房里的动静似乎很大。格林斯利夫人在整理纸盘子，并拿出塑料刀叉。"你好，你好！我们总算到了。"她说。梅尔妮尔从那些有破损的盘子里挑了四个最好的。"还有冰激凌。草莓、奶油山核桃。这是新口味。你肯定喜欢。"

雷走了进来，手里拿着一个蜡纸包的薄纱卷，递给朱厄尔。"《传声筒》没有买这个。"他笑着说。他那张僵硬的脸笑开了花，露出一口不很整齐的牙齿。那是一打香水月季，颜色像煮熟的虾。她打开那张像新鲜的罂粟叶子一样碧绿的包装纸，一边往奶油罐子里倒水。"好多年没人送我花了。我是说，从花店买的花。"她想起了梅尔妮尔送给她的火雏菊、野豌豆花、有半英寸茎的紫罗兰，还有略微枯萎的紫丁香。

"我很高兴能给你送花。"雷说着在梅尔妮尔身边坐下。梅尔妮尔递给朱厄尔一个花纸包。她对这张漂亮的包装纸惊叹了一番,并把它抚平放在一边。里面是两双尼龙袜子,六十码,纤度十五旦尼尔,标签上写着"调皮的米黄色"。朱厄尔吃着蛋糕,从眼皮底下望着雷,望着他那不起眼的脸、瘦削的胳膊和充满渴望的眼睛。她伤心地想起了调皮捣蛋的达布,想起英俊潇洒的罗亚尔,想起了他们在生活中的迷失和困苦,而这个男孩却捷足先登。雷又切了几块蛋糕,梅尔妮尔也跟着他的手做来回切的动作。他们的叉子上挂着糖霜。格林斯利夫人闲聊着。朱厄尔意识到自己在孤独中变得多么凶。但她微笑着,用最亲切的声音说,蛋糕让她受宠若惊,还说她愿意和他们一起坐车去罗斯角参加婚礼。然后她和梅尔妮尔一起到阁楼上去找一块镶着手工花边的丝巾。

"这是你祖母结婚时留下的,是从上一辈那儿继承来的。我相信它来自爱尔兰。很老了。"她们坐在箱子前面布满灰尘的阁楼椅子上,箱子里放着旧课本、破烂的衣服、一件破旧的水牛皮大衣、家庭文件和照片,还有一把破旧的阳伞。

"我想,一切我能告诉你的,你都已经知道了,"她说,"但还有些事没人能告诉你,只有你自己慢慢体会。"

"嗯,"梅尔妮尔说,"我并不知道多少,只是我信任雷。我知道他永远不会伤害我。我从来没见过他发脾气。"她的声音颤抖着,音调降低了,就好像她每天都要练唱好几个小时似的,"所以,我的意思是,我想我在农场长大并不是虚度光阴。但有件事我想知道很久了。"她用讨好的口吻说,"就是尼泊尔太太。尼泊尔太太和图特有什么事是你从来不肯告诉我的?"

"老天,现在不是谈这个的时候。现在本应是一个快乐的场合,而那个该死的故事足以让天使都感到沮丧,会毁了你一天的好心情,可怜的尼泊尔太太会在坟墓里打滚的。把这件事翻出来也会毁了我的一天。让我们下去好好享受一下吧。"

"那一定是很可怕的事情。"梅尔妮尔有点生气地说。她已经有够多的事儿了,朱厄尔想。

"你知道,我认为是这样。现在我要去穿上我的新尼龙袜,看看我能不能给新娘增光。我还想给你一样东西。农场里的钱都付给银行了,剩下的我平分给了我自己、你、达布和罗亚尔,每人一份。不多,二百块,但也不算少了。如果我是你,我会把钱存进银行什么的,存进你自己的小金库,别跟雷说,倒不是说他不是个好人。谁也说不准,说不定哪天你会需要的。"

"妈,那笔钱是你的生活费。雷和我会过得很好的。"

"别为我担心。我虽然有白头发了,但我还是很有活力的。罗尼教我开车,好让我找份工作。你也很快就会开车了,梅尔妮尔。这会给你的生活带来很大的变化。"

"妈,我们连车都没有。我们一直和那个女记者格林斯利夫人在一起,如果我们能离开她独立起来,我会很开心的,我不介意辛苦付出。但是雷在攒钱。我也得找份工作。你打算尝试什么呢？"

"其实我已经有了两份工作。这很有趣。罗尼一直在接我上路练习开车，作为驾驶课的一部分。如果你昨天来，就不会在这儿见到我了。我还在罐头厂工作。整个星期都在切卡车运来的蔬菜和胡萝卜什么的。什么都有，西蓝花、芹菜、豆角等等。晚上，我一直在织毛袜，是给一个滑雪装备商店织的，他们管它叫'下坡商店'。是长筒袜，袜子小腿的部分和袜口上都有很奇特的图案和对比色。我织了一双，上面全是红色的情人节的爱心，就像你上八年级时我给你做的那顶帽子一样，他们非常喜欢。经营这家店的是两个女人，其中一个年轻一点儿的叫舟舟。她说，她要把情人节的长袜带到纽约去。她认为会很畅销。在夏天织羊毛长袜似乎很可笑，但他们说这样才能有库存。不管怎样，这对我来说已经够好了。你们打算住在哪里？"

"我们找到了一间公寓。还要很长一段时间我们才能买得起自己的房子。湖边有个很大的老房子，他们把它分成了八套公寓。那里有很大的窗户，做窗帘需要不少布，可我不想让窗户光秃秃的。"

"把床单染成你想要的颜色，然后挂起来。能覆盖全州最大的窗户。听着，梅尔妮尔，这笔钱你自己留着，以防你有紧急情况。或者它可以成为教育基金的第一笔钱，为你的孩子。"

但在去罗斯角的路上，梅尔妮尔还是把这件事告诉了雷·麦克威。她在他耳边低语,他们前面的格林斯利夫人则在大谈她父亲的墓碑和没有胳膊的卡车司机。朱厄尔看出那个女人是个很蹩脚的司机,每次转弯都要踩刹车,上坡的时候直到车子发抖了才减挡。

第二十一章

车　道

> June 17, '52
> Dear Wilma, Well, me and Gib is settled in. Our trailer is in Happy Park here in Kissimee. I hope you all alright. It is the first time I been out in over a week. We both had the flue. Gib won a pair of binaclors on the Sportmen showcase. He won't say it but got a ticket for speeting. Praying for you. Your sister in law Irene. P.s. as usual nothing from Billy this yr. So far.

> Mrs Wilma Handy
> 2 Court Street
> Albany, New York

1952年6月17日
　　亲爱的威尔玛,我和西普已经安顿下来了。我们的拖车停在一个欢乐公园。我希望你们一切都好。这是我第一次离家超过一周。我们俩都很开心。西普穿了一双体育装备橱窗里才能见到的运动鞋。他不会告诉别人他吃了一张高速罚单。祝你们好运。
　　你的弟媳珍妮
　　又及：至今还是没有碧丽的任何消息。

威尔玛·汉迪　太太
庭院街2号
奥尔巴尼　纽约州

一旦罗尼教会了她踩离合和换挡的技巧，她立刻变得像已经开了好几年车的老司机了。到了8月，她的驾照就已经装在崭新的棕色钱包里了，于是她开车上了从未走过的道路。她心里害怕汽车会在交通拥挤的坡道上抛锚，而她在慌忙打火发动汽车的时候，会挡住游行的队伍，会磨损引擎，她会忘记刹车，然后向后滚进一辆救护车里。

起初，她在山谷的公路上开车，但几个星期后，她开始选择山路，在那里，她可以把车斜着停在角落里，或者把这辆老爷车慢慢开到斜坡的顶部，用她新配的眼镜欣赏开阔的全景。一成不变的生活被打破了：当她开车时，她压抑的青春重新舒展开来，就像从缎带轴上扯出的缎带。

在户外欣赏"景致"的人有这样一种想法：当你去一个地方，你希望看到一些东西，而当你的眼睛盯着路面开了几个小时之后，你会想让眼光放远到地球之巅，越远越好。以前她一直认为天空背景下群山的楚楚轮廓是固定不变的，但现在她看到了风景的变化，随着道路的延伸变幻无穷，峭壁、流水和树木的排列从不重复。景观不仅仅是大块的山丘和开阔的山谷，也不仅仅是一簇簇多彩的光线。

当她转动点火钥匙，驶出车道时，碎石在轮胎下发出美妙的嘎吱声，她在动力的作用下如醉如痴，这种感觉是她成年后的第一次。收音机里播放着《樱桃粉红苹果花雪白》，她兴高采烈。开车的时候，她觉得自己很年轻，就像在电影里一样。她从来没有考虑过选择哪个路口，走哪条路，在哪里停下来，只是享受开车。也不在乎呼啸的气流拍打着她的脸，吹乱她铁丝般的头发，就好像那是孩子的头发。好像有人把整个国家都给了她。她想知道，当男人坐进他们的汽车或卡车里时，是否都有这种轻松的感觉，仿佛消除了所有的烦恼？然而当他们开车时，脸上并没有表现出任何特别的快乐。男人一点也不懂那种深刻的重复，日复一日，年复一年，待在同样狭小的房间里，踏着同样的小径去晾衣服，去花园。你很快就把它们全记在心里了。你的脑子局限于修补破碎的玻璃，在绒大衣口袋里寻找硬币，快变酸的牛奶。你无法摆脱各种烦扰，它们如影随形，鼓动着雪花，充斥着肮脏的水槽。男人无法想象女人的生活，他们似乎相信，就像宗教信仰一样，女性渴望填饱婴儿湿漉漉的小嘴的本能使她们麻木，她们总是选择关注生活中的细枝末节，从最初到最后，一切始终围绕身体上的那些孔洞。她自己也曾相信这一点。她怀疑在这深蓝色的夜晚里，她真正感觉到快乐的并不是开车的乐趣，而是摆脱了明克的狂暴。他把她挤到了生活的一个角落里。

从旅途归来，她看到无数各种各样的房子，有的在路边，有的掩映在树林中，就像胸脯般的小山上别着的胸针。而她自己的房子就像一堆没有色彩、摇摇欲坠的交错拼接的木板，门廊就像融化的奶油糖果一样耷拉着。

她看到景致在改变。罗尼是正确的。一切都改变了。小树长大了。当修路人员砍掉枫树悬在路面上的树枝时，她很抵触。当他们为了拓宽公路而砍伐树木时，她流下了眼泪。村庄莫名其妙地发展起来，人们锯倒发黄的榆树，用巨大的原木机把树桩撕开。马路像打开闸门的河水一样倾泻到建筑物的边缘。金属屋顶闪闪发光。在垃圾场，在成堆的破碎石板中穿梭的老鼠引来人们的胡乱射击，弹回来的子弹四处横飞。镇政府卖掉了山谷上方分水岭的木材，两年来居民一直忍受着电锯发出的噪声。被砍得干干净净的山丘就像剃了毛的野猪一样光溜溜的。在第二个春天，以前的那片公共用地变成了一个公园，里面有人行道和混凝土长椅。一座战争纪念碑，一门炮膛用混凝土塞住的大炮，炮口指向那座卫理公会教堂。不到一年，大炮就剥落成一堆生锈的废铁。她讨厌男孩子们在那光秃秃的场地上骑自行车，那里有个旧音乐台，已经摇摇欲坠了，上面的纹饰看起来很滑稽。

外来的人。外来的人收购了杂货店，还开起了新商店，把畜棚变成客栈和木制品店。他们搬进了农舍，希望房间能适合他们的生活，楼梯踏板能适合他们的鞋子。她觉得他们就像脱去紧绷的外壳的昆虫，在新的外壳尚未变硬之前暂时十分脆弱。

那些有一技之长的当地人现在都被消耗殆尽了。罗比·戈迪在新的网球工厂工作，他曾用枫木制作了一把造型简单但令人满意、像铁一样结实的椅子。然而,那个从罗得岛搬来的名叫哈伯德金德的年轻人,开始粗制滥造松木椅子,天价叫卖,大发横财。他还把一块设计精巧的椅子形状的招牌挂在门前,并在报纸上刊登广告。你必须了解罗比·戈迪才能知道他在做什么。

她成年后第一次感到孤独,这孤独就像一种奇怪但甜美的热带水果的滋味。最先取消的是一天三顿大餐,每周两次的烘焙。现在她吃的是速食、冷土豆、剩下的汤,还有明克讨厌的"城市食物"三明治。每周一洗大量衣服的哗啦哗啦的声音再也没有了。她一直睡到早上六点。

寂静的房间也没有使她感到不安。她一扇一扇地关上门,只留下厨房和睡觉的空房间。他们告诉她关于明克的噩耗的那天晚上,她就从他们的双人床上拿起枕头,把它拿到了这个空房间,放到那张漆成白色的铁床上,床上有花被单,还有五颜六色的带花边的小地毯。床是硬板的,但它的陌生感似乎是对的。煤炭一般的深深的寂静。当她早上醒来看到褪色的墙壁上的光影图案,闻到枕头下小绣花香囊里飘出的香味时,她已经进入了另一种不同的生活。

第二十二章
树林里的皮肤科医生

July 13, 1953
Dear L.L. Bean,
The hunting boots arrived parcel post today but the felt liners were not included. Must I order these separately? I understood they were an integral part of the boot. What is the best waterproofing method, wax or mink oil? I look forward to wearing the boots this fall. They fit well *once they are on*! (I hope they stretch a little)
F.S. Witkin, M.D.
Camp Woodcroft
Cream Hill, Vermont

L. L. Bean
Freeport, Maine

1953 年 7 月 13 日
亲爱的 L.L. 比恩：

打猎靴的包裹已到达邮局了，但是里面没有毛毡衬里。这是需要单独订货的吗？我以为衬里和靴子是配套的。最好的防水材料是什么，蜡还是貂油？我希望秋天能穿上这双靴子。它们一穿上就非常合脚（希望它们会变得稍微松一点）。

F.S. 威特金　医学博士

森林克罗夫特　营地

牛油山　佛蒙特州

L.L. 比恩
弗里波特　缅因州

四十七岁的富兰克林·索尔·威特金博士有点驼背。他生活在城市，但从小就对郊野充满幻想。他坐在石墙上，端详着他买到的这块风景杂乱的地盘。可看的东西太多了。交错纵横的枝丫，从主干呈直角滋生出的毫无意义的旁枝，草的颜色像威化饼干，树冠像在无声中炸开的万花筒，山峦呈现潦草的栗色素描图案，并有几处被云母般反射着光线的石崖撕开。他抬头往上看，满天都是星星点点。如果他走进树林，地面微微倾斜，树木像蚊子一样密密麻麻，空气变得青黄，他就要迷路了。他总是回到那堵墙边，以此作为确定方位的原点，找到它执守的基准线，那长满苔藓的石头垛，宛如荒野中的一根准绳。

买下那块地后不久，他就开车前去规划狩猎营地。在他十四岁的时候，曾在一间装饰着动物头像和兽皮的木屋里研究泰迪·罗斯福①的照片，这时他就产生了去狩猎营地的想法。他称自己的梦幻营地为"森林克罗夫特"。他认为克罗夫特是动物的秘密藏身处。

"这将不仅仅是一个狩猎营地，这是我们所有人的周末露营

---

① 美国罗斯福总统的昵称。

地。"他告诉马蒂娅。她带着那对双胞胎一起来过两三次。而他同父异母的哥哥拉里·J.却兴奋异常，他是纽约一家画廊的老板，有上百种兴趣爱好，有上千个朋友。拉里比他大七岁，是他父亲的第一任妻子乔拉娜的儿子。他们互不相识，只在父亲的葬礼上见过面。是谁告诉拉里买农庄的事了？他用他那纽约口音在电话里提起周末打猎的计划，还说秋天是猎鹿的好季节，可爱的狗会在他们面前巡逻。他们俩都从来没有打过猎。

"这真的很奇怪，我们都不知道有关森林的事。我们彼此也不了解，但我们都喜欢这个地方。当我们还是孩子的时候，我们都梦想过森林里的小屋。"拉里站在树丛中，落叶在他的脚踝周围抚摸着，他没有看威特金，"这与去滑雪、入住伍德斯托克酒店，甚至拜访朋友或租间房子过暑假都是两码事。这片土地是自家人所拥有。"他们不大自然地描述着自己的感受。这处农庄就像一个助听器，他们可以通过它互相了解。

威特金第一次来接管这块地时，是带着他的妻子和孩子们一起来的，经过半山腰的摇摇晃晃的农舍，经过那堆破旧的房梁和石头，穿过田野，来到枝叶繁茂的枫树林里。

他本来打算把这片土地上的枫糖屋整修一下，但它已经不行了。斑驳的光线洒在凹陷的墙壁上。门被埋在土里。被豪猪啃过的窗台也已经腐烂了，地板上的瓦片像一手展开的纸牌。唯一完好的木头是二乘六的隔断墙。

他们把新帐篷搭在枫树下的平地上，用石头围成一个圈。

树下的光线慢慢地暗淡下来,黑暗笼罩着他们。帐篷里隐约可见人影。凯文和金姆不停地用手电的光束在树林里照来照去,那一圈光亮像有生命的东西一样在树和树之间跳跃。

"你们两个,别照了,不然一会儿就把电池耗光了,我们就得摸着黑睡觉。"他们围着火堆坐到很晚。当树林里有树枝折断的声音时,威特金告诉他们不要害怕,这里没有什么危险的动物,但他自己想到了熊,害怕得要死。他们谁也没有在户外睡觉的经验。金姆把睡袋尿湿了,因为她晚上害怕。

"我听到外面有很大的呼吸声。"

"只有我们,是我们的呼吸。"

"不,不。你的呼吸很安静,听到了吗?那是一种巨大的、可怕的呼吸。像这样的。"

威特金无法忍受从他女儿无辜的喉咙里模仿出他那性感的喘息声。因为在双胞胎睡着之后,他和马蒂娅就在帐篷里挣扎而激动地做爱,睡袋的拉链咬着他们的胳膊。帐篷的新气味,孩子们的呜咽梦呓,使他的血液变得更浓了。他顶到了坚硬的地面。风吹动着树木,他抓住妻子灵动的头发,对着它反射的微光喘息。

夜里,他被帐篷外面的声音吵醒了好几次,但他穿着内裤跪在拉着拉链的纱门边,用手电灯光照向黑暗,什么也看不见。当他关掉手电筒时,黑暗似乎无边无际,永不褪色。

早上,马蒂娅想回去了。

"因为金姆的睡袋都湿了,我需要洗个澡。还因为我几乎一夜没睡。我难受死了。"她说,"过一会儿,野营结束后,我们就可以在室内睡觉了。帐篷很恐怖,孩子们还小。我闻起来像熏鲱鱼。"

"我够大了。"凯文喊道。

"还没呢,亲爱的。"马蒂娅说。

"我们还会来的。"威特金说,"别担心,宝贝蒂,宝贝蒂,宝贝。"

"别那样叫我!我讨厌这个宝宝的名字!"

但是他们没有再来,所以他只好和同父异母的哥哥一起来。在蒙蒙细雨中,他们拆掉了糖屋,烧掉了木板。拉里打开香槟,他们步履蹒跚地拨着发出难闻气味的火堆,享受片刻小憩。

"喔,喔,喔。"拉里说。泥浆把他那硬挺的牛仔裤弄脏了。他的营地鹿皮鞋在潮湿的树叶上打着滑。威特金从拉里略带红色的黑发和又小又胖的嘴唇上看到了他父亲的影子。但他自己不是那个样子。他们可以成为好朋友。

整整一周威特金都在跟患者谈论皮肤脱落、长在皮肉褶皱里的湿疣、筑路工人变红的耳朵、皮疹和瘙痒、鳞屑和带状疱疹、鲜红斑痣等等。他一边说话,一边伏在桌子上画着什么,但被立在桌子上的马蒂娅、凯文和金姆合影的相框挡住了。他正在画一座带有小小玻璃窗的乡村小木屋。他想要一个和这个地方一样的长长的门廊,东边的门廊在夏天的午后远离炙热的夕阳,但在早晨却很舒服。一个喝咖啡的地方。这是擦靴器。他的车库里有擦靴器,已经闲置了多年,就等着一个木制的门廊。然后他仔细地画出带有燕尾榫的圆木端头。两级台阶通向门廊。安装有锻铁门闩的厚木板门。此外他还画了两棵云杉,小屋的两边各一棵,尽管这个地方是在枫树林里,而云杉林是在山脊的另一边,那里还没有路。

室内部分画得更精致。他画出横梁、燃着火焰的壁炉、一张厚木头制的咖啡桌。他在壁炉上方挂了一个十桩枪架和一支步枪,在壁炉旁边放了一幅画,画的内容是两个猎人坐在独木舟里瞄准一只驼鹿。

当他把这幅速写拿给拉里看时,他笑了起来。但他的神情友善。

"厨房在哪儿? 没有水槽,没有冰箱,没有橱柜。这有点不太实际,弗兰克。我喜欢壁炉,但是你不能在壁炉里做饭啊。除非你把所有东西都叉着烤。你尝过烤薄饼吗? 我们需要一个炉子。你肯定不相信,我有个炉子,很漂亮,方形的,深绿色的搪瓷立方体,是一件艺术品,来自达姆施塔特①,那里的一个商人寄给我的。我让他寄一件约瑟夫·博伊斯②的作品过来,博伊斯是个非常奇特的人。我有一个客户,是个收藏家,收藏德国战后的艺术品,她听说了博伊斯,想要一件此人的作品,什么都可以,直接把东西寄过来。但她对他的作品一无所知。商

---

① 达姆施塔特(Darmstadt),德国城市,位于黑森州,法兰克福西南。
② 约瑟夫·博伊斯(Joseph Beuys,1921—1986),德国艺术家,创作了多种形式的作品,包括雕塑、行为艺术、视频艺术和装置艺术,是20世纪下半叶最具影响力的欧洲艺术家之一。

人寄来这炉子的时候，里面装满了大块的板油，这人是做板油生意的。于是我把它送到了客户的公寓，是在博卡拉顿。过了一个星期，电话响了。她回来了，而且很生气，问我把这堆肥肉放在她的门厅里干什么。我解释说那是她的艺术品。她说这很恶心。她让清洁女工把所有的板油都掏出来扔了，说我应该去拿这个炉子。我就去了。那个该死的炉子就在那里，在走廊里。一件被毁的艺术品。但这个炉子很值钱的，我们不妨用一下。"

波士顿，星期五早晨，天还没亮威特金就起床了，憧憬着驱车向北，爬上某个大斜坡的感觉，就好像北方的海拔更高。那里确实更高，他知道。马蒂娅还没醒，他就把东西装上了旅行车，在八点钟到了他的办公室。最后一个病人中午走了之后，他就上路了。但一到营地，他就不确定了。似乎他的两种生活之间的道路才是最真实的，似乎旅程比到达终点更有意义。

第二十三章

奥特的地盘

> Nov. 10, 1953
> Dear Ma,
>   I get out in two weeks. I'm not coming back to the farm. I and a friend has made plans to find work somewhere else. I am thru with hard times. Will send money if I strike it rich. Read about Mernelle in the paper congrats. at least they didn't let us see the paper. Will write when I can. Love and good luck, Dub.

> Mrs. Jewell Blood
> Cream Hill, VT

1953 年 11 月 10 日
亲爱的妈妈：
　　我两个星期后出狱。我不打算回农场。我和一个朋友准备一起到别处找工作。我过了挺久的苦日子。如果我挣到钱了就给你寄回去。我在报栏里看到梅尔妮尔的消息，但他们不让看报纸。等有机会再给你写信。祝你好运。
　　爱你的　达布

朱厄尔·布拉德　太太
牛油山　佛蒙特州

但是，在11月的发薪日的下午，当朱厄尔把车停在回家的路上时，地上放着一个纸盒，里面装满杂烩，收音机里传来《管风琴插曲》的颤音，她抬头望向罗亚尔的 —— 现在是属于奥特的 —— 田园，屏住了呼吸。

傍晚的影子在田野上越拉越长，先是吞噬了低洼的泥塘，然后把黑乎乎的山岩拉伸到它们的实体之外，像钳子一样在低平的地面和山上的树林之间慢慢合拢，直到仅剩的一缕阳光仿佛展开的折扇。冰冷的阳光照射在被推土机铲平的道路上，这些路在早上还没有出现。它们纵横上下，把田地分隔成几十块半英亩的小块。这么小的地块，朱厄尔想，除了当墓地以外什么也干不了。

她气得浑身发抖，开车穿过田园，向那所房子驶去。那折扇像刚刚经过火烧一样变黑了，碎了，只留下新开的道路边缘隆起的土埂。通往庄园的铁门也不见了，取而代之的是粗糙的、撕开的入口和一块胶合板做的招牌。"奥特的地盘和移动家园"，还有一串红色的巨大数字电话号码。不是奥特的号码，而是罗尼·尼泊尔的。

第二十四章
再说印第安人的本子

1957年6月17日
  大家好。我想你们现在可以称我为老沙漠鼠。每年的这个时候，这里比地狱大门上的门闩还热。希望大家都好。
  罗亚尔

明克·布拉德 先生和太太
牛油山 佛蒙特州

他在印第安人的本子里写了一个问题。这个本子是一个变形的、螺旋弹簧装订的笔记本,橘色的封面上有斑点。在碧丽之前他就一切都好吗? 他知道那肮脏的答案。

第三部

第二十五章
伊 甸 园

> March, 1960
> Dear Mernelle and Ma, Try this for size. I am living in Miami and going to real estate school. I work Mon.-Wed. and weekends at a kind of tourist attraction and school at night. Picking up some Spanish you got to know it. This a garden of Eden even with all the Cubans coming in to get away from Castro. Rt now livin's in kind of a dump, but you wait. After all that happened, after bumping around for the last six years this is my opportunity. Like Mr. Bart says in class, I refuse to accept the fate life handed me. I will make my own fate. Pls. write, esp. any news. Myrtle and the Boy. Dub. 2131 Los Gatos, Miami Fla.
>
> MRS. Jewell Blood
> RFD
> Cream Hill, Vt.

1960年3月

亲爱的梅尔妮尔和妈妈，看看这个怎么样？我现在在迈阿密生活，在一所房地产学校念书。我周一到周三，还有周末在一个旅游区工作，晚上念书。学西班牙语，现在很需要。这里简直是伊甸园，即使有许多为逃离卡斯特罗而拥入的古巴人，住的地方像垃圾场。但是等着瞧吧，在发生了这么多事情之后，在到处乱闯了六年之后，我的机会来了。就像本特先生在课堂上讲的，我不接受命运给我的安排。我要自己安排我的命运。请给我回信，告诉我一些消息。梅尔特和那个男孩的事。

　　达布

　　洛斯加托斯2131号，迈阿密　佛罗里达州

朱厄尔·布拉德太太
乡村免费邮递
牛油山　佛蒙特州

耶拉很兴奋。"他发的。我知道是他发来的。该死，里面有张支票，我没想到他真会寄来，但是他寄了。那名单真不错。那不就是那个女人送的一百人名单吗？无疑是的。真是一个好名单。"他那顶棕色的肉饼样礼帽咄咄逼人地斜戴在鼻子上，所以当他看着达布时，他不得不抬起下巴，他的两腮不停在动，嚼着嘴里永远看不见的那块软骨。

"你打开它了吗？"

"没有，我当然没有打开。封面上有你的名字，你觉得我会打开别人的信吗？"他很有礼貌地在达布面前挥动着那封信。

"那你怎么知道里面有钱呢？"达布感觉自己好像在水里。汽车旅馆的墙壁是游泳池的蓝色。那张摇摇晃晃的桌子上放着一瓶威士忌、一卷邮票、一支圆珠笔、一包信封、一沓皱巴巴的信纸，还有地址和回信清单。他想把这些全扔掉。

亲爱的兰德尔先生：

　　有人将您视为一个值得信任、对极好的赚钱机会感兴趣的人，就把您的名字给了我。我知道您是个大忙人，我就直奔主题了。我要告诉您，由于我自己没有任何过错，我现在成了墨西哥监狱里的一名政治犯。这里的情况和美国大不相同，他们告诉我，如果我能筹到三百美元，就会释放我。自由！这是世界上最甜蜜的字眼！自然我并不是要求您冒风险为我贡献三百美元，但我可以请您一百个放心。我有一大笔钱，差不多三十五万美元，埋在美国一个地方，这个地址只有我知道，如果我能获得释放，离开这个地方，我就会把这笔钱对半分给帮助我的人，一人一半。在这个可怕的监狱里，钱对我来说毫无用处。老鼠很多。如果我能拿到赎金，我马上就可以获得自由。但我知道您是一个值得我信任的美国同胞，如果您能汇三百美元来确保我被释放，我会在出狱后立即联系您，我们会一起去找我藏那笔钱的地方。您这位好心人将得到您投资的五百倍的回报。因为把信寄过边境是有风险的，所以我特意安排了人工投递。请用普通的棕色信封把钱寄来，或用汇票寄给马文·E.布拉德先生，地址是佛罗里达州迈阿密百合花园大街1408号。他将把它转交给一个可信赖的朋友，此人很快就要到墨西哥出差。

您真诚的
约瑟夫·W.麦克阿瑟（道格拉斯·麦克阿瑟[①]将军的远亲）

[①] 道格拉斯·麦克阿瑟（Douglas MacArthur, 1880—1964），美国陆军五星上将，军事家、政治家，1945年9月2日以盟军最高统帅的身份主持了对日本的受降仪式并代表同盟国签字。

也算是某种工作。

但佛罗里达就是这样一个地方，一个适合他的地方，葱郁明亮、辛辣的食物和思维敏捷的人们。他在这里感到充满活力，再也不想回北方了。

"我把它举到窗前，就能看到一张汇票。"

达布用小刀把信封裁开。一张五百美元的汇款单，是包在一张折好的信纸里寄来的。

"天啊！我们中大奖了。这家伙比我要求的还多寄了两百块。听听这个，听听。

"亲爱的麦克阿瑟先生。也许我是疯了，竟然给你这个机会，但我还是愿意冒这个险。我想你会还我钱的。我自己也消沉过。随信附上三百美元帮你逃出'墨西哥监狱'，另外两百美元帮你开始从事一些合法的职业。我听说男人可以在佛罗里达的房地产和与旅游业相关的行业赚大钱。也许这能帮助你开始。你真诚的 J.J. 兰德尔。"

"嘿，他知道这是个骗局。"

"是的，但他还是寄了。他真是个大好人。"达布沉浸在好运的海洋中。

"他自己可能也服过刑，知道那是什么滋味。可能刚刚抢劫了超市什么的，比如打了一个老太太的头，抢走了她的猫粮钱。"

"是的，但也许只是一个想要帮助别人的人。或者某个有钱人，根本不在乎五百美元。有这样的人，在棕榈滩①就有，他们就是这样的。我们找到的这位兰德尔的地址就是在棕榈滩。除非你有通行证，否则你晚上都不能上街。那里都是有钱人。"

"他们也离不开这里。棕榈滩。有钱人把他们的钱砸在休闲上。选择一个温暖的地方，这样这些没头脑的人就不会被冻死了，因为他们根本不知道怎么生火。"

"嘿，别这么刻薄。我们走吧。取钱要紧。"

"我想吃一顿城里最好的晚餐，洋葱蘑菇牛排，离开这鬼地方。洛杉矶怎么样？离开这鬼地方。"耶拉那张凹凸不平的脸上有了一点生机，肤色就像一只没有包扎的脚。

"我在考虑。"

"路上再考虑吧。我们走。"

"不管怎么说，我宁愿吃一份古巴三明治，我爱吃那种东西。"

达布一边吃着辣猪肉，一边又读了一遍那封信。面包的硬皮把他的上腭都磨疼了。这封信。去他的房地产。自从钢琴调音之后，他就没想过做任何其他事情。只是写诈骗信。蠢货！

"耶拉，你知道我曾经想当钢琴调音师吗？"

"真的吗？那你是怎么啦？"

"没怎么。没怎么。"他在心里想，不一定非得做房地产啊。他可以做任何事情。他试着想可能的职业，但能想到的只有通

---

① 棕榈滩（Palm Beach），位于美国佛罗里达州东南部的一个城市，是一个受欢迎的旅游中心，尤其是作为富人在冬天的去处。

过回顾当天经历得出的一些想法,服务员、餐馆经理、邮局工作人员、汽车旅馆老板之类的。这些他根本都不想做。到底哪里能发现"职业"呢?

那天深夜,他突然想到一个主意:查一下电话簿,看看人们都做什么工作。他从床上爬起来,不顾睡在另一张床上的耶拉嘶哑着嗓子问他,拿着电话本走进浴室,坐在被蟑螂包围的凉爽的宝座上,翻着黄页,并考虑着要怎样努力才能当上采购代理、私家侦探、污水池清理工、钻石商人、画家、码头经理、苗圃园丁、毛巾供应商、网球场维修工、烟道清洁工、制绳工、书商、交通分析员,或者文身师。他又在"房地产"栏内查找。他妈的,一页一页的全是评估师、开发商、房地产经理等等。他厌烦了。有几所房地产学校,在迈阿密。早上给他们打个电话吧。只是为了好玩。可是上帝啊,他已经下床了,睡不着了。

耶拉快把他逼疯了。那家伙一心想马上动身去洛杉矶。他早餐想吃玉米片、培根和煎饼。他不喜欢迈阿密。他说他讨厌西班牙语,这里有太多黑人,太热,他只在外面走了一圈就晒伤了,那辆老汽车外表伤痕累累,挡风玻璃是后粘上的,他还讨厌水果,神龛里的圣像也不对。我们还是离开这里吧。

耶拉在一家小餐馆里吃甘蔗糖盖浇的玉米面包,达布就离开了他,他沿街继续往前走,去喝古巴咖啡,还吃了几个加糖的甜圈①。离餐厅一个街区远的码头后面有个安静的电话亭。他

---

① 甜圈(churros),一种甜的油炸点心,在西班牙、拉丁美洲和美国南部很受欢迎,有时被称为西班牙甜甜圈或墨西哥甜甜圈。

和两所房地产学校的人聊了一下。第三个电话没人接。他喜欢南佛罗里达房地产学院的那个女孩，就给她又打了个电话。

"我清楚记得十分钟前和你谈过。我很高兴你又打来了，"她把所有陈述句都变成问句，"因为我想到了别的事情。我们要上六个月的课才能拿到房地产经营许可证，你知道的，就是卖房地产。但是，还有真正的房地产学院，迈阿密房地产专科学院。如果你真的想在这个领域有所发展的话，那就去上个系统课程吧？是关于商务的各个阶段，不仅仅是销售，还有投资、开发、股票？你可以白天工作，晚上上课？我本不该告诉你的，但你听起来好像很想知道一切？"

"我确实想知道一切。我刚决定的。我还想知道你的名字和下班的时间。我想请你喝一杯，谢谢你的帮助。盼望见到你。"

"布拉德先生，我有个惊喜给你？你被一个女人的声音诱惑了。我是一个六十二岁的祖母，我丈夫不会希望我和一个陌生人跑去一家酒馆的？但我知道这所大学，因为我女儿七年前在那里毕业了。她去了休斯敦。她在一家顶级开发公司工作。这是你可以做到的。但是谢谢你邀请我。再见了，祝你好运吧？"

耶拉很丑。他站在餐馆前的人行道上，上下打量着街道。他把一只拳头握在另一只手里，露出他那肌肉发达的前臂，像粗绳子般刚劲有力，下身的牛仔裤像金属一样硬挺。他的钓鱼帽被推到后脑勺上。达布看了看手表,心里琢磨着要不要抛弃他。有那么一分钟,他心动了,他有了钱。但他还是走到耶拉身后,拍了拍他的肩膀。

"你到底上哪儿去了?"

"打电话。制订计划。"

"是吗? 我唯一想做的计划就是离开这里。玉米面包里有只蟑螂,我差点吐在桌子上。我只想离开这里。"

"我们谈谈吧。我喜欢这里。"

"喜欢! 你是西班牙人爱好者还是怎么回事?"

"我不知道,我只是在这里感觉很好。发生了一些事情,有一种冒险的感觉。就像每天都去看赛马一样。"

"迈阿密糟透了。洛杉矶更好,那里气候宜人,不像这里让人汗流浃背。我在洛杉矶有熟人。我们能大捞一笔。买些漂亮的信纸来写信,我们的生活会更好。嘿,好莱坞! 再收到几封像昨天那样的好信,我们就都发了。"

"我不想去洛杉矶。我不想再写信了。我和你平分那五百块,但我要留在这里。我要尝试进入房地产学院,今天下午我和招生办约了个面谈。"

耶拉不再咀嚼那块软骨。"哦,哦,哦,原来这里有个王子。"他把右手背放在屁股上,用另一只手拨弄着自己浓密的头发,"啊,请原谅我的无礼,先生,我以为我们是在同一趟该死的旅途上,但事实和我看到的不一样。我不知道我是在和一个王子打交道。见鬼。反正你也不怎么有趣。只不过是个该死的乡下男孩，被明亮的灯光弄得眼花缭乱。给我那二百五十块钱，我就走。"

"二百二十五块——昨天我们兑现后我给了你二十五块。"

"哦，是的。记得真清楚，对吧？但我问问你，是谁的主意让你想到写这些信的？我。是谁告诉你这来钱的法子的？我。是谁给你的地址名单？我。是谁先拿到信的？我。现在，谁的蛋蛋挨了一脚然后被踢开？还是我。我告诉你，你不可能成功的。你不是那种能成功的人。"

"你个臭屁。不过，如果这样能让你好受些，我就多给你二十五。"他只想离开耶拉。每一分钟他都更融入佛罗里达，感受着充满活力的节奏。

"那辆大众呢？大众汽车归谁？"人流从两边分开，出现了一个女人，红脚指甲从躲猫猫鞋里伸出来，一个黑人女人穿着印有紫罗兰图案的裙子，一个黑人女人穿着制服，提着一个伍尔沃斯连锁店的手袋。两个矮个子古巴人碰到了他，他们的瓜亚韦拉① 上衣显露出圆鼓鼓的肚子轮廓，胸毛从领口髭出来，浓浓的雪茄烟雾在他们身后飘来飘去，这时他们正盯着两个穿着七分裤和芭蕾拖鞋的金发女郎。一个游客手拉着一个孩子，孩子正抓着一只兔子气球的两个耳朵。一个穿红色背心的矮子，三个戴着安全帽没穿衬衫的男人，低腰的蓝色牛仔裤把肚子上的毛都露了出来，一个戴着红色眼镜的人，每一根手指上都戴

---

① 瓜亚韦拉（guayabera），一种通常为短袖的轻便运动衫，穿着时无须塞在裤子里面。

着戒指，一个眼睛鼓鼓的马斯科吉人穿着牛津鞋和黄色的衬衫，像球一样滚来滚去。车水马龙。公共汽车的喇叭声淹没了他们的声音，让他们对话时喷出的唾沫星子飞到对方的脸上。

"好了。我们去找一个二手车经销商，看看他能给个什么价，然后平分。你要是想要车就付给我一半。我们也可以卖掉它，然后对半分钱。我觉得这样对双方都好。你可以乘公共汽车去洛杉矶。"

那辆黑色大众轿车卖了二百块。耶拉乘中午的公交车去往莫比尔①、新奥尔良，然后到西部。

"好离好散，混球！"他从车窗里探出头来，朝达布竖起中指。

本特先生像只老虎一样从教室门走进来。他站在全班同学面前，盯着他们看了很长时间。他的脸被晒成深橙红色。他嘴角周围的一块隆起的肌肉使上嘴唇的边缘变得苍白，使他看起来像一只机灵的猿猴。他的眼袋是暗蓝色的，头发从左边分开，耷拉下来，盖住了他的左眼。他身穿一件白色亚麻西装和一件淡黄色的尼龙针织衬衫。衣领在西装翻领的外面展开，当他探出身子时，坐在前排的达布可以看到别在他左乳头上方的皇冠徽章。他向他们弯下腰，用谄媚的声音说："我是个百万富翁。你们中有多少人想成为百万富翁？"

---

① 莫比尔（Mobile），美国亚拉巴马州唯一的港口，也是美国最繁忙的港口之一。

达布旁边那个古巴人模样的姑娘把一只手举到空中,并一直举着。其他人的手也举了起来。达布犹豫了一下,心想,我为什么不能成为百万富翁呢? 于是他也举起了手。只有一个身材魁梧的男人带着悲伤的表情依旧把手放在桌上。

"那位先生,你叫什么名字?"

"约翰·柯科里斯。"

"好吧,约翰,如果你不想成为百万富翁,那你为什么要来这个班上课?"在笑声中,大家把手放了下来。

"嗯——我以前做潜水打捞海绵生意,我的家族好几代都做这个,在基韦斯特①,在塔彭温泉②,但海绵很薄,而且现在有了合成材料。我觉得进入房地产行业是个好主意。可我从没想过成为百万富翁。我只想养家糊口,过舒适的生活。"

"柯科里斯先生,我请你到大厅里去沉思片刻。如果在五分钟后,你还不想成为百万富翁,那么请给自己换个方向。这门课之所以火爆是因为迎合每一个盼望赚得一百万的学生。如果在座的所有人都不为实现这一目标而付出一切,我个人会感到耻辱。你们都能做到。你们来自各行各业,来自不同的背景,你们的年龄不同——你们多大了?"他指了指一个满脸青春痘的男孩,然后又指了指一个头发斑白的老妇女,"你看,一个二十二岁,一个六十三岁。你们中的一些人可能有遗憾的过去,还有人可能家道中落。但是,在这个教室里的每一个人,

---

① 基韦斯特(Key West),美国佛罗里达州海岸外的一个岛屿,属于佛罗里达群岛。
② 塔彭温泉(Tarpon Springs),位于美国佛罗里达州皮内拉斯县。

都被一个共同的信念团结在一起——那就是成功、发财、赚它一百万的动机。我就是来告诉你们怎么做。这门课的座右铭是'我拒绝接受生活赋予我的命运。我将创造我自己的命运'。在其他课程中,你们将学习契约和产权转让、合同、所有权调查、经纪和抵押贷款,而在莫里斯·谢里丹·本特的课程中,你将学习如何成为百万富翁。"

柯科里斯举起了手。

第二十六章
布莱特·伍尔夫

> MAR '63 Dear Dr. Horsley. Got a guy digging with me now good at finding TRACKS. There's a lot of them. Remember you said not much market for footprints. Want to change your mind? See you in June at Medicine Bow.
> Bullet Wulff
>
> Prof. Fantee N. Horsley
> Dept. Anthropology
> Brown University
> Providence, Rhode Island

1963年3月

　　亲爱的霍斯利博士。我找到一个人和我一起发掘。他很擅长发现足迹。这里有很多。还记得吗，你说这足迹没有多少价值，你会不会改变看法呢？希望6月在梅迪辛博①见到你。

　　布莱特·伍尔夫

凡迪·N. 霍斯利　教授
人类学系
布朗大学②
普罗维登斯　罗得岛州

---

① 梅迪辛博（Medicine Bow），美国怀俄明州的小镇，附近多恐龙化石。——编者注
② 布朗大学（Brown University），美国一所古老而受人尊敬的大学，成立于1764年，位于罗得岛的普罗维登斯。

漫步在尘土飞扬的科罗拉多高原，从莫里森岩层构造①到犹他州的温塔山②，从大分水岭盆地到怀俄明州的卡斯山，穿过响尾蛇岭③进入粉河盆地④，再到雪莉盆地和克鲁克谷。扫描所有的隆起和被风沙打磨光滑的岩石河床下的盐水坑，沿着它的边缘走过粉砂岩层，观察寻找明亮的橙色和黄色。他还发现，只要到了酒吧或沙龙里，他的盖革计数器就会不停地咔嗒咔嗒作响。到处都是赚快钱的兴奋感。天啊。这让他激动不已。

挤在散发着臭气的沙漠鼠旁边，研究政府最新发行的非常规地图。但是你知道吗，他正好赶上联邦政府削减开支。收购站关闭，价格保障解体。一些聪明的商人用直升机或飞机，带着价值一千五百美元的闪烁计⑤在岩石台地上掠过。而那位脏兮兮的勘探者正在艰难度日。管他呢，他还一直在路上。

---

① 莫里森岩层构造（Morrison formation），美国西北部和加拿大南部的一处独特的岩石构造，是侏罗纪时期河流和泛滥平原的遗迹，北美最丰富的恐龙化石来源。

② 温塔山（Uinta），美国犹他州东北部的一系列高山，属于落基山脉的一支。

③ 响尾蛇岭（Rattlesnake Range），位于华盛顿州北本德南部的一座山脊。

④ 粉河盆地（Powder River Basin），亦称波德河盆地，横跨蒙大拿州和怀俄明州边界的美国最大的煤炭开采源。

⑤ 闪烁计（Scintillometers），一种可以探测和记录放射性物质发射闪烁的装置。

价格再次回升，这一次高到足以让大公司进军低品位矿石。铀矿投机。主要看的是生产水平。岩石鼠消失了。现在人们做的都是大生意：深井开采、酸浸、化学提取、公司勘探队、有毒废物和尾矿、足以堵塞河流的砂浆、大投机商和堆积如山的尾矿渣。

他找到了一大堆骨头，知道自己找到了要找的东西。

骨头和贝壳，还有石头树，这比大惊喜还更加吸引他。有一次，他在一个峡谷底部发现了三根巨大的饱经风吹雨打的脊椎骨。他原以为那是石头，但盖革计数器发出了一连串的咔嗒声。他挖出第一根，想看看那究竟是什么东西。它很重，富含铀。他开了几个星期的车，把这根骨头裹在报纸里，装在轿车后座的一个盒子里。他要去南达科他州的农场物资供应杂货店，卖给老板唐纳德。在到达之前，他备受煎熬。

唐纳德老板是一个胡子拉碴的怪人，嘴巴鼓鼓的，下巴耷拉到脖子上，头发盖在耳朵上。他跟着罗亚尔来到后面的房间，他的珍珠纽扣袖口敞开着。他右脸颊上的伤疤像个插座，硕大的帽子，帽檐卷曲着，帽顶凹陷得恰到好处，长长的上身穿着西部衬衫，塞在褪色的牛仔裤里，系着一条工装皮带，带扣上镶着锯齿状的夕阳图案，但他会出一大笔钱买尸骨。如果你能画张找到尸骨的地图，他更会愿意出高价。没人知道唐纳德得到了什么，但他开的是一辆每六个月换一次的崭新皮卡，所以无须换油保养。他穿着手工缝制的西部衬衫。唐纳德的后屋堆满了一箱箱的骨头，今年夏天，来自东部博物馆和大学的考古学家和古生物学家们在这里翻来翻去,甜言蜜语地向唐纳德询问,这些珍贵标本是在哪里发现的。唐纳德是一关,一个初入门者的起点。

罗亚尔看到唐纳德脸上的表情,知道他在谋划什么。他会卖掉这些标本来换铀。

"我想把它们送到一个化石博物馆的专家那里。如果我想把它们卖掉换取铀,我自己也能做到。"

"你还可以得到更多,用来换铀。"

"我想把它们送给研究化石的人,这样他就能知道这是什么骨骼。"

"见鬼,我可以告诉你。这些是鸭嘴龙的,我猜你是在兰斯溪①附近发现的。那里有很多鸭嘴龙的骨架。在那里,在加拿大的马鹿之乡,在阿尔伯塔。想看看它们长什么样子吗?"唐纳德在书架上翻了翻,找到一本脏兮兮的《生活》杂志,杂志上的彩色图版都褪成了粉红色。

"看看这个。就是你那该死的鸭嘴龙。"插图上,泥褐色的野兽在齐胸膛深的水塘里。湿漉漉的杂草挂在它们的嘴上,"这就是你发现的鸭嘴龙,在沼泽里爬行。它太重了,不能在旱地上行走,所以它必须浮在水中。成体有三十多英尺长。还不算是真正罕见的,但你的这个样本里铀含量更高。肯定的。"

"先生,我在那儿找到很多骨头。我可不想用这些东西来换

---

① 兰斯溪(Lance Creek),位于美国怀俄明州尼奥布拉拉县。

取铀。如果那是我想做的，我自然会做。但我感兴趣的是骨头。我对这些鸭嘴龙很感兴趣。"

碎片是个怪东西。那辆皮卡后面放了个旧木箱，好几年了。他把找到的矿石样品和岩石锤都扔在里面，最后那箱子的两边都开裂了，里面的东西从两端掉了出来，落在卡车斗里，在颠簸的时候只有一个空箱子的回音。而其他东西，诸如矿石、骨头、工具和管子等等，在车斗里滚来滚去。行驶在平原上，一英里外就能听到这辆皮卡的动静。

"该死的噪声让你发疯。"他突然转向一处被三叶棉白杨遮蔽的岔路。他想早点扎营，收拾一下车斗里的东西。他用斧子的锤头猛砸那只残缺不全的箱子。

"即使你干什么都不在行，至少也能换杯咖啡。"那箱子像被蜇了一样，射出了一块两英寸长的碎片，刺穿了他右眼睑的外眼角，并钉在了眼皮上。一阵剧痛。他跌跌撞撞地回到驾驶座上，用那只没有受伤的眼睛看着后视镜。他认为扎得不算太深。仪表板上有一把虎钳。他必须把它拔出来。然后他得开车六十多英里到唐波特，那里有个诊所。

他不让自己多想，拿起老虎钳，用左手颤抖的手指按住眼睑，把碎片凸出来的部分夹住，痛得要命。他闻到虎钳的金属味，感觉到自己的血流在快速悸动。他估量了一下碎片进入的角度，然后猛地一拽。滚烫的眼泪从他脸上流了下来。他希望那是眼泪。他曾见过一只狗的眼睛被击中，液体从破碎的眼球中流出。

痛得厉害，但还可以忍受。他仰起头，等待着。他那只眼睛什么也看不见。也许永远都看不见了。

过了一会儿，他打开汽车杂物箱，拿出装绷带的盒子。它在最里面的角落里。由于多年来它一直和火花塞、火柴盒等杂物一起在杂物箱里滚来滚去，变得很脏，但里面的绷带的蓝色外包装还算完好。他包上眼睛，把绷带缠在头上，并绕到右耳后面固定住。他发动卡车，向高速公路开去。透过模糊的单眼视觉，他感觉自己是在一片红色的朦胧中开车。卡车进来时扬起的尘土还没有落下来。

在诊所里，玻璃门上贴着字母。候诊室里挤满了双手扶着拐杖的老人，满怀同情地看着他。一个女孩站在玻璃墙后面，身边有一道滑动门。她打开滑动门。卷曲的头发，瓜子形状的眼睛。

"你怎么啦？"

"我眼睛里扎了块碎片。我把它拔出来了。疼得要命。"

"你坐下。戈尔曼医生很快就来。现在那边还有紧急情况。诊所里只要出现紧急状况，每次都会失控。你是我们今天的第三个了，第一个是个女人，打开旅行车的车门时磕掉了门牙，还撞伤了鼻子，年轻的女孩。必须赶紧让牙科医生诊治。现在我们正在处理的是一个包工头，他的一个工人在挖恐龙骨骼化石时把他的手指铲断了。然后就是你。天快黑了。今天真是精彩的一天。好几个来我们诊所的复诊病人已经等了两个多小时了。你能填好这张表吗，还是你想让我读给你听，然后你给我说？"

"我自己来吧。"

但他只写下了自己的名字，然后仰着头坐在那里，用闭着的眼睛数着自己心脏剧烈而痛苦的跳动，直到他旁边的老人摇了摇他的手腕。

"我是在这附近长大的，"他低声说，"我的老父亲是土地测量员，是从过去的时代过来的人。我们一共十二个孩子，我排行第三。现在就剩下我一个了。想听点有趣的故事吗？告诉你一件很离奇的事，我老爸就是这么死的。一天晚上，我和爸爸还有姐姐罗莎莉走在回家的路上，回我们的小木屋，我不知道其他人在哪儿。罗莎莉问他：'爸爸，为什么我们在这附近看不到狮子和老虎呢？'爸爸说：'这附近一只也没有。狮子和老虎都生活在非洲。'然后我们走进小木屋。第二天我老爸去山上某处勘测一条线路，在他本应该回家的时候却没回家。几天后，他的妻子——也就是他的第二任妻子，我一直不喜欢她——说：'他现在应该回来了，但他没有回来。我觉得他被什么东西抓住了。'她不知道自己说得有多准。他们在山上发现了他，他的测量仪和旗子都躺在地上。他的胸口上有爪印，周围全是一只大猫的脚印。罗莎莉说：'那是老虎。'你永远无法说服她那不是老虎。你觉得怎么样？"

但罗亚尔没有说话，直到老人再次摇了摇他的胳膊。

"他们让你现在进去呢，伙计。你能走吗？"

"你说呢。"但是地板像船的甲板一样晃动。

在另一个房间里,他看到了一个怪物,左手缠着绷带,脚上穿着破旧的篮球运动鞋,胡子乱糟糟的,被咒骂喷出的口水弄湿了。

"天啊,你怎么了?"是那个病人在惊叫,而不是医生,他是一个衰老的男人,戴着罗亚尔所见过的最大的结婚戒指。罗亚尔用一句话讲述了他的受伤经过。

"真他妈的倒霉,"布莱特·伍尔夫说,"真他妈倒霉。"戈尔曼用生理盐水冲洗罗亚尔受伤的眼睛。

"布莱特,你可以走了,"戈尔曼医生说,"不要让我的其他病人难堪。但我希望你能在镇上多待几天,这样我就能再看看你的伤口了。金刚酒店非常舒适。"

"没错。"伍尔夫说,用他那只没受伤的手伸进他那沾满血迹的衬衫口袋,掏出一支弯了的香烟点着了,里面大部分烟草都掉了出来,空纸筒像火把一样燃烧起来。他待在桌子旁边,看着戈尔曼的眼睛。

"你很幸运,不知名的先生。"罗亚尔能感觉到灯光的热度,闻到医生呼吸的臭味。

"布拉德,罗亚尔·布拉德。"

"我觉得你很幸运。"

"那就好。我从来没有这么幸运过,一块碎片扎进了我的眼睛。"

伍尔夫笑了,"告诉他。嘿,你喜欢蟹腿吗?"

"不知道。从来没吃过。"

"他娘的！从来没吃过蟹腿？"

"请不要说话。"戈尔曼喃喃地说着，他贴近罗亚尔仔细观察着。最后，他把一个肉色的塑料眼罩罩在他眼睛上，眼罩用一根松紧带固定住，这根松紧带狠狠地拉扯着他的头发。

"蟹腿是阿拉斯加给人类的礼物。金刚酒店有帝王蟹腿——这就是他们叫它金刚酒店①的原因吧——每周空运两次，冷冻的。他们把这些东西精烹细饪，简直会让你奶奶吹起南方口哨。你会觉得你美死了，上了天堂。我在此邀请你和我一起去国王家吃晚饭。吃蟹腿。十字勋章。我们谈谈我们的战争创伤。我们还可以以货比货做交易。你可以告诉我关于铀的事，我来谈谈恐龙的骨骼。我本来也想问问你的，医生，但你总是想谈论肠道和瘘管。"

"你了解恐龙吗？"

"我了解恐龙吗？告诉你一个小秘密——没有人对恐龙一无所知。疯狂的想法，疯狂的理论，大人物们应该能想出拍电影的点子。我听到他们站在砂岩前面，用手摸着屁眼尖叫。他们做白日梦，他们打架，他们被蛇咬，他们赤手拖着沉重的石头走数英里。他们互相指责。"他像格劳乔·马克斯②一样，上下挑动着眉毛，"这是我的工作。我把它租给大学和博物馆的人。我找到化石，挖出来，运到东部的古生物学家那里，让他们弄清楚谁吃谁，需要多少颗牙齿才能办到，还要给它们起什么拉

---

① 此处"金刚酒店"的原文是 King Kong Hotel，其中第一个单词有"国王"的意思。
② 格劳乔·马克斯（Groucho Marx, 1890—1977），美国喜剧演员，曾与兄弟一起演出。

丁名字。他们整个冬天都在给我写信，真是写信高手。然后在夏天，他们和助教还有研究生一起来。我煮得一手好咖啡。我就是那个把碎片拼贴起来装上卡车的人。我才是那个爬进洞穴的人。你想要一份工作吗？ 能给你带来不错的转变。那个和我一起挖石头的家伙，现在最好已经越过加州的边界了，否则他明天就死定了。他对自己在做什么的了解也就像齿轨铁路列车员对芭蕾舞的了解那么多。我们应该是一个好团队，独眼和独臂。也许可以搞个杂耍表演，这样就不用再工作了。"

在吃蟹腿的时候，罗亚尔一边吞着香甜的蟹肉，一边谈论着铀矿开采、地质学家和沥青铀矿，以及各地的矿业投资者们的情况。

"像屎一样臭。"罗亚尔说，"开始在高原上勘探的时候，要走在边缘，这样更容易找到矿床，你可以预先知道你的背景读数，以此为起点，慢慢前行，老盖革计数器也一直跟着显示。另一个好办法是到悬崖下面去，看看那些掉下来的岩石。弗农·匹克就是这样找到那宝藏的。他对勘探一无所知，他那时生病了，身无分文，疲惫不堪。他在悬崖底下停下来休息，看到他的盖革计数器跳到最大读数范围之外了。他把音量调小，测量数值还是超高。他把它摔到地上，发现数值依然在最高点。有一分钟，他以为盖革计数器坏了。后来他发现那块石头可能是从悬崖上面掉下来的，所以他拿着计数器爬上去找到了那块石头。今天，弗农·匹克成了有名的铀矿商。一下就赚了九百万美元。"

"我以前做的另一件事，就是非常仔细地看地图，寻找像'毒药泉'或'祸水谷'这样的地名。你知道为什么吗？因为很多时候你会在硒或砷出现的地方找到铀。"他模仿布莱特，把柠檬汁挤在蟹肉上。

"查理·斯蒂恩在摩押的大印第安河地区发现了米维达矿。有人说他因此拿到六千万。后来还有个卡车司机，开始和他的姐夫'快乐的杰克'在一个废弃的旧铜矿区勘探，他们要是没有找到价值数百万的铀矿才该死呢！还有一个人，在去修理油箱的路上，他的车胎爆了。他在修理车的时候，打开了盖革计数器。你猜对了。这样的故事有很多，到处都有。一些人就这样发了。我呢，我曾经发现过一些很不错的东西。我申报了，但是我没有得到正确的测量数据，它应该是六百英尺乘一千五百英尺，但我不知怎么算错了。这家伙一直在监视着我。我带着装满矿石的袋子到了镇上，填写了正式申请，然后他就来了，就站在我面前，抢了我的申请报告，因为我测量得不对。我心里想的是五百乘五百。唉，活到老，学到老。还有一次，我发现了一个看起来像低档矿石的地方，就以一万美元的价格卖给了铀矿商。在那个时候也算一大笔钱了。我给自己装备了一辆漂亮的新威利斯吉普车，还有新的睡袋，食物，我还花一千美元买了一个闪烁计，装在吉普车上，然后开始驾车勘探。这样寻找起来更方便。我确信我的机会终于要来了。天啊，我就这么开着那辆吉普车在高原上跑了五万英里。过了一段时间，我感到厌烦了。不知道为什么。我没有兴趣了。可还有成千上万的人在寻找,从满脸痘痘的孩子到穿着防蛇靴的公交司机。"他搅拌着他的沙拉。

"我似乎更喜欢骨头。我要把老树干化石翻出来,也许我会找到骨头。铀矿,好吧,但我不想把它们带到美国原子能委员会。我把找到的骨头送到了卖干果馅饼的唐纳德那里。"

"唐纳德! 首先他绝对会讹你的钱;第二,不管他说什么,他那里不过是个敲游客竹杠的陷阱;第三,赚大钱的唐纳德·B.霍布斯先生很长一段时间都不会再买骨头了。唐纳德现在在监狱里。"伍尔夫吮吸着一条蟹腿的末端,直到蟹肉射进他的嘴里。他端起一罐融化的黄油喝了一点。他的嘴和下巴很光滑。

"怎么?"

"过失杀人,情节严重。几周前,他在自己的酒吧喝得酩酊大醉,然后开车回家 —— 大概开了不到六百英尺? —— 然后在公路的另一边出事了。逆行。光天化日之下。他从侧面撞上一匹马,把骑在马上的孩子的腿扯下来一半。他还在继续开。后来他说他以为是撞上了风滚草。那孩子失血过多而死,唐纳德身上却一点擦伤也没有。那是个小女孩,是一家公司新上任老板的女儿,我听说有一群人正筹划着把唐纳德待审所在的那所监狱给烧了,这样就能省下一些出庭费用。来份牛排怎么样?海鲜和牛排套餐。我还可以嚼一块牛排,喝半瓶威士忌,然后躺下睡觉。这只手疼得要命。你的眼睛怎么样?"

"疼得钻心。"

"喂! 两杯双份威士忌和两份中号牛腰肉。"

他和伍尔夫断断续续地挖掘了三个夏天。伍尔夫向他展示了他干这一行的所谓诀窍。

"两条原则，布拉德。把化石从地下挖出来，以尽可能完好的状态带回家。还要把所有你能想到的关于它所处的位置，以及矿床和方位的信息都记下来，把这些信息都写进标本说明里。差不多就是这样了。"

和布莱特在一起他学会了一种耐心，通过眼睛缓慢地观察搜索，并感觉那些方尖碑形状的奶油般滑腻的深红色泥岩、摇摇欲坠的桃色峭壁、白色的沟壑、侵蚀性的乳白色水流、紫色的堆积物。那些像火一样滚烫的洞穴让他窒息，马上想喝点什么，但不是喝食堂里的那橡胶般寡淡的水。

"该死的。布拉德，要是你从十五英尺外连兔子的下巴都看不见，那你就找错了行当。"

石灰和细沙洗刷着他们的皮肤，刺痛着他们的眼睛。热量像电荷一样从那些白色的泥土中放射出来。他们经常会在雨后外出，希望刚下的雨水能冲洗河床，把新近堆积的砂岩层冲刷掉，露出尘封的化石。他学会了弯着腰走路，用眼睛仔细寻找隆起的高出地面的骨头。他还把蚁丘吹开，寻找小型啮齿动物的牙齿和骨骼，从沙子里筛选小贝壳，在风化的山坡上一点一点地剥离易碎的骨骼的外壳。回到营地后，他和布莱特坐在一起细心地把骨头外面的硬化层去掉，然后用牙医的钢丝刷清洁表面，或者直接把未清理的标本包装好运往东边。

卡车前面胡乱堆着一捆捆印刷成蓝绿色和粉红色的地质图。啤酒瓶在地板上乱滚。他的帽子塞在座位后面的遮阳板下。太阳镜碎了，散落一地，到处都是碎碴、椒盐卷饼袋。卡车后面也装满了这位化石猎人的装备、石膏、麻袋、凿子、一卷卷的卫生纸、报纸、加仑罐的胶水、虫漆和酒精、扫帚和画笔、胶带、镐和牙科工具，还有一个笔记本盒。那个印第安人的本子，那个廉价的螺旋弹簧装订的笔记本，一页页满是油污，就埋在那堆杂物里。他偶尔会在里面写些东西。

每年的9月，在猎鹿季节到来的前几天，他们会带上找化石的装备，向北进发。布莱特在黑山①有个营地，他们上山到松林里打猎，直到猎鹿热消退，或者第一场大雪迫使他们下山。布莱特在化石地区工作的时候，车上装了一个内置的指南针，但是现在他在树林里迷路了。

"我不知道是什么原因，那些树把我搞蒙了，我好像掉到一个该死的沟里。我只好掉头。那些树木让一切看起来都一样。而且你看不远。你不可能像在山上那样，很容易就能知道自己在哪里，只要爬得高就行了。"罗亚尔认为，迷失方向的部分原因是那老猎犬在高海拔处像死人一样沉睡。每天早上他醒来以后，都会一边喝着黑咖啡一边打盹，一小时后才跌跌撞撞地步入新的一天。他把凝乳一滴一滴地倒进冷咖啡里。

---

① 黑山（Black Hills），美国南达科他州的一组山丘。

"'康乃馨牛奶,这片土地上最好的牛奶',装在一个小红罐子里。没有拉环,没有开罐钥匙,只要在这鬼东西上打个洞就行了。"

他会在上午晚些时候进入山区,到中午就迷了路。有一次,他在外面待了一整天,第二天晚上,罗亚尔通过布莱特带在身边的老旧斑驳的30.06步枪的枪声找到了他。他应声回了一枪,然后徒步进山寻找,最后找到了布莱特,只见他在奋力地干擦身体,鞋底裂开了大口子,用简易的吊带托着受伤的手腕。

"知道吧,我长见识了。"布莱特说。他的嘴又干又肿,连说话都含混不清了,"我知道了永远不要像用手枪那样用30.06口径的步枪射击。他妈的,我太随便了,就像拿手枪一样把那家伙举到空中然后扣动扳机。该死,印第安人在《卡斯特的最后一战》里就是这么做的。电影里也有。可我的手都快断了。"

有一季,两三英寸的积雪带来最理想的狩猎时机。卡车呼哧呼哧地把他们送到小屋那里,之后的第二天,罗亚尔很早就出来了,他轻轻地关上木板门,让布莱特继续酣睡。在一夜闻惯了小屋里的臭味之后,灰色的空气像树脂一样,刺痛着他的鼻孔。他对生活感到愤懑,向北方探寻。在离小屋不到一英里的地方他发现了麋鹿的足迹,有五六只在一起,小跑着留下的。他沿着最短路线追了几百码,然后才填充霰弹。他想象自己触摸麋鹿时感到的些许温暖,然后就开始了一段漫长的追踪。快到中午的时候,他看到一头年轻的公鹿来到树林里,背对着它走过的足迹,好像在等待死亡。罗亚尔举起猎枪,那头麋鹿优雅地倒在了地上,就像在一出戏里扮演一个短暂但经过精心排练的角色。就这么简单。

当他回到小木屋时,阴云密布的天空阴沉得像旧电线一样。屋里面有灯光。他感觉他的肩膀好像被背带绳勒破了,麋鹿的后腿死沉。他希望布莱特的兴致还好,可以帮着把麋鹿的其余部分拖回来,接着他看到一只小一点的麋鹿的黑色身影悬挂在树枝间。屋里,伍尔夫弓着身子坐在桌子旁,狼吞虎咽地吃着罐装意大利面。他胡子上的酱汁闪闪发亮,还能闻到一股红酒的味道。

"打到一只?"

"是的。你倒是说说你是怎么把它弄出来的,布莱特,那只麋鹿?"

"那是个奇迹。我径直穿过营地后面的树林,在出发十分钟后,看到了一头大麋鹿。我真他妈的惊讶,我居然没给枪上膛。它就站在那里,侧面对着我。它没看见我。所以我把手伸进口袋,拿出一发子弹,装进来复枪,举起来,狗娘养的,它居然哑火了。只有啪嗒一声。麋鹿哼了一声,就飞跑开了。我打开枪膛,你猜怎么着?我在枪里装了一管润唇膏。"他大笑起来,一种粗哑的咯咯声,就像被割喉的猪,罗亚尔想,他已经听过润唇膏的故事二十遍了,不仅仅是从布莱特嘴里听到。

"不过我看见你打到了一只。我想知道的是你怎么一个人把它弄回来的。"

"哦,你是说这件事。是啊,那也很有趣。我他妈的气得不得了，就走回这里，一路上我走过你的脚印，但我不是唯一一个这么做的，该死的。没有一只麋鹿看到你的鹿皮鞋脚印还不心脏病发作倒在地上的！就在门外不远。我只要把它吊起来就行了。你为什么不打开一罐意大利面，拉把椅子过来？"他是个好脾气的老混蛋。

猎完麋鹿后，他们就分头过冬了。罗亚尔找了一份短期的养羊和牛的工作，在雪从山上消失之前足够糊口。伍尔夫则去了拉斯维加斯。

"春天回来的时候，我的钱比去年秋天多了很多，"他沾沾自喜地说，"我过着美好、干净的生活。我在拉斯维加斯有家洗衣店。我在镇上的伙伴是乔治·瓦夏特，怎么会有一个这样名字的人在洗衣房工作。① 夏天他管理日常工作，我在外面到处敲岩石，然后秋天的时候我来找他，卡车上装着一只大麋鹿。我倒也不是多喜欢吃它，只是这看起来很风光。然后乔治就起身去了棕榈泉②，他在那儿有些生意，我就经营洗衣店，按时作息，至于女士，是的，不要女士，也不要把辛苦挣来的钱浪费在赌博上，照顾好我的两个公寓，保持账目清晰，陪伴我的孩子们，芭芭拉和乔西，看看我的前妻，看看我的女朋友。两个小女孩现在一个十三岁，一个十五岁，但是我有足够的积蓄让她们上全国最好的大学。两个女孩都很聪明。她们会有所成就的。乔西想成为科学家，但她不知道是哪一学科的，她觉得也许是生

---

① 此处"瓦夏特"的原文是"Washut"，和"wash it（洗涤）"很接近。
② 棕榈泉（Palm Springs），美国加州洛杉矶以东的一座城市，深受富人和名人的欢迎。

物学家。她明年夏天要出来和我一起挖骨头。芭芭拉的钢琴弹得和李伯拉斯一样好。我不是开玩笑,她真的很棒。"

每年春天,他们都要花一个月的时间来适应彼此。起初他们各干各的,但是只要和伍尔夫相处时间一长,谁也受不了他的粗暴脾气。而伍尔夫说他受够了罗亚尔的沉默寡言。

"天哪,有一个工作努力、说话不多的伙伴真的很惬意,但我觉得还是必须多交流,为了我们俩。可是我问个问题,你只会咕哝一声。我还得自己猜答案。"

罗亚尔很讨厌听到伍尔夫在来到不同的地区时却说同样的事情。他会说,"我感觉那块岩石里有化石"或者"我的裤子里坐着的全方位恐龙定位器显示,这附近什么都没有"。

渐渐地,他们的距离越来越远,直到他们不得不大声喊叫才能分辨出对方的位置。

究竟该往哪个方向寻找,他自己也说不清那种感觉。这就像他布置捕兽器,一部分是出于对动物在某一地区可能的活动习惯的本能理解,一部分是对千万年形成的地貌的感觉,一种内在的认知,指示在那个消失远去的世界里,哪里有湖泊和泥塘,哪里有天坑和裂缝。

"该死,你能闻到化石的气味。"布莱特说。

"没错,"罗亚尔说,"闻起来像烧焦的面粉。"

但他喜欢的是脚印。数不清有多少次他突然停下来,打断伍尔夫正干着的工作。

"见鬼,只是些脚印而已。"伍尔夫站在那里看着脚印,像涂了石膏一般僵硬的手像爪子,"看在上帝的分上,我们能不能别在脚印上一直挖掘。这是顺序问题,明白我的意思吗?你想干什么,挖二百个脚印吗?每一个都有洗衣机那么大"。

"我想看看它们到哪儿去了。脚印不像骨头。骨头都是动物死后留下的,但是脚印,看,是活的东西,是活的动物留下的痕迹。这就像打猎。我们在追踪这只动物,我有一种感觉,就是在第一批人类从某种胶体中诞生之前,它们都我行我素地做着自己的事情。"他对自己的投入程度感到吃惊,"看这里,脚趾陷得很深,但你是不是看不到脚心?形成这样痕迹的原因是奔跑。看这脚印的大小。它有一英尺长。一个长着大爪子的红眼睛庞然大物。这样一个大家伙从灌木丛里冲出来,扑在你身上,你是什么感觉?或许有更大的动物在追它,它拼命想逃走。想想吧,布莱特,想想吧。"

"不管你那一团烈火为何燃烧吧。"但是伍尔夫还是把这个消息告诉了白内克美国地质博物馆的凡迪·霍斯利,说他正在和一个对足迹感兴趣的特立独行的人一起挖掘,有没有人对此感兴趣?比如,研究一段一英里长的足迹序列?

在一场旷日持久的争论之后,他们来到这里扎营了,享受着双方都找不到迹象的感觉。他们的争辩在与布莱特大吵一架后告一段落。他在南达科他州长大,认为自己是草原上的骄子,猛踩刹车,汽车冲到路边撕扯起一簇簇草皮,以此来表明自己的观点。

"看这里,布拉德,这是针线草,这是在较寒冷地区生长的簇生草类,我一生都能看到它,然后这是豪猪草。看到那些像豪猪刺一样的长长的芒刺了吗?"

"我不知道,布莱特,那些草在我看来就像针,针眼里还有一根细线。另外这些看起来就像豪猪毛。"

"我真喜欢你,布拉德,喜欢你的无知,还有固执。我也不会很快忘记你说的关于松鸡的事。实际上它是这里的国鸟,而你来了就开始质疑它的叫声。我可以给你找几百个人来,他们都知道它们的叫声听起来就像吹瓶子口,但是不知道从哪里来了个你,你一来就强推你的那一套,不听任何理由。'听起来像鹅笛。'谁他妈知道鹅笛是什么玩意儿?"

"任何哪怕不是在南达科他州的鸡舍里长大、又被送到不毛之地的学校完成学业的人都知道,鹅笛一开始发出的声音就像一种松鸡的鸣叫。罗伊·奥比森①就是想到了松鸡才发明了它。你为什么不问问你那个弹钢琴的聪明小姑娘,小芭芭拉,她怎么看? 这个问题就一劳永逸地解决了。"

"上帝做证,我会的,难道你认为我不会吗?"

但是芭芭拉从未听过松鸡的叫声,也从未见过那种鸡在他的那块地盘附近奔跑,皱起眉头,鼓起它的橙色气囊,像一只放气的气球一样发出叫声。当布莱特不顾她的抗议把她拖到3月的大草原上寻找茁壮成长的松鸡时,她还为他并没有一整年都和它们生活在一起感到高兴。他感觉到了怨气,于是他们在

---

① 罗伊·奥比森(Roy Orbison,1936—1988),美国最具影响力的创作型歌手之一,也是摇滚乐的先驱。

冰冷的吉普车里默默地坐了五六分钟，风掠过闪闪发光的草地，清空浮雪。布莱特清了清嗓子。

"你知道，我生来就不是和大多数人合得来的。"他搔了搔脖子后面，"我好像不会顺情说好话。"

芭芭拉什么也没说，他们开车回了镇上。当他们把车停在蓝色农舍前时，布莱特伤心地说："反正，总有一天你会听到松鸡的叫声的。"

"是的，爸爸。再见。"

第二十七章
疯狂的眼睛

An unmailed postcard

> Dec. 25, 1964
> Dear Pearlette, You don't know me but I knew your dad some yrs. ago, was in the mine accident with him, he talked about you alot. I have a kid sister about the same age as you. Pearlette is a good name I think of a little pearl handle revolver. Well, thats all I can think of to write except Merry Christmas
> Yours. truly,
> Loyal Blood

> miss Pearlette Berg
> Invincible
> Colorado

一张没有寄出的明信片

1964 年 12 月 25 日

  亲爱的佩莱特,你不认识我,但我和你爸爸相识好几年了。我们一起经历了一场矿井塌方事故。他谈了好多关于你的事。我有一个妹妹,和你的年龄差不多。佩莱特这个名字很好听,让我想起柄上镶嵌着珍珠的左轮手枪。① 好吧,我能想到要对你说的就这些了。祝你圣诞节快乐!

  你真诚的

  罗亚尔·布拉德

佩莱特·贝格 小姐

尹温斯堡

科罗拉多州

---

① "佩莱特"的原文为"Pearlette",与"Pearl(珍珠)"接近。

霍斯利和他的妻子艾玛在梅迪辛博见到了他们。艾玛开的是路虎。他的三个学生像狗一样被甩在后座上。霍斯利躺在副驾驶座位上,还把穿着沾满灰尘的工程皮靴的一只脚伸出车窗。他直起身子,睁开花椒似的眼睛,看着路虎缓缓停下,砾石飞溅。艾玛在亚利桑那州挖掘了两个月,皮肤被晒得几近黑色,胳膊上的银饰和绿松石装饰几乎到她那肉球般的肘部。戒指闪闪发光,大眼睛闪烁在可可色的脸上。霍斯利和他的学生们都穿着水稻色的学生装。

"你这鬼东西!"霍斯利从车里跳出来,走近布莱特,轻抚他的手臂。他的塑料眼镜反光,看起来就像两个圆纸片,"好了。各位,这家伙有你们想知道的一切答案。而且,他的咖啡很好喝。"霍斯利大声说话,像个傻瓜似的跳来跳去,罗亚尔心想。他看着他。灰尘从他的袖子里飞出来。布莱特似乎很高兴,但罗亚尔却无法忍受他们中的任何一个。

他们在街角的饭店吃辣椒。罗亚尔咬到了一个红色的小石头,一颗牙齿被硌了一下。布莱特要带霍斯利、艾玛和两个学生去兰斯溪。罗亚尔带另一个学生,也就是对化石足迹序列感兴趣的那个。当布莱特谈到脚印时,艾玛笑了。她的手指滑过漆成红色的打火机，点燃一支香烟。她的真丝衬衫口袋里的一支自动铅笔在她的左胸上戳了一个点。

罗亚尔认识了他要带的那个孩子，胖胖的，留着卷发，戴着金属框眼镜，眼神冷漠而疯狂。一束光从车窗射进来，照在他的脖子后面，像绷带一样。眼睛就像骨制的纽扣。

他才不想干这照看孩子的差事。

汽车在白色的道路上颠簸着，"疯狂的眼睛"远眺着周围的风景。一只鹰在河底盘旋。在紫罗兰色的天空下，他们进入了巴斯克牧羊区。罗亚尔指了指远处一群受惊的羊群，一个快速移动的黑点是一只狗。他们可以看见牧羊人的运羊车高高地停在巨石上。那个学生什么也没说，只是飞快地翻看他的笔记本。沙粒在因温度变得卷曲的纸页间跳动。

卡车在防波堤的拐角处打滑。"疯狂的眼睛"把他的手扶在仪表板上。叉角羚跑进围栏，无法从上面跳出，也无法从下面爬出。

"该死的牧羊场主。"罗亚尔的声音盖过了发动机的轰隆声。干渴的空气吸走了他嘴里的湿气。

下午，他们在防波堤的一个入口处停了下来。一堆布莱特丢下的啤酒罐就是那个地方的标志。热量从无色的岩石上反射回来。一丝风也没有。天空低倚着他们，大地挤压着他们。那颗牙像狼一样在罗亚尔嘴里撕咬。他沿着河岸走去，指着那些足迹。岩石下赫然出现大约五十个脚印，仿佛那头古老的野兽带着巨响冲进了那片空地。

"疯狂的眼睛"跟上来。他弯下腰。汗水从他发黄的脸颊流淌下来。他用木匠尺测量着脚印,尺子在石头上嘎嘎作响,他测量着脚印之间的纵向距离和脚印的宽度。然后他搅拌石膏,倒石膏,他的相机发出阵阵卷胶片的呜呜声。他跪下来,用手指摸着脚印,好像要判断它们是否新鲜。但他没有说话,也没有看罗亚尔。

"好吧,接下来做什么?"

他们从一个地点走到另一个地点,"疯狂的眼睛"不时地扶他的金属框眼镜,罗亚尔的那颗牙齿现在和他脉搏的跳动配合得很好。

"是啊,接下来做什么?"这名学生把笔记本放在脏兮兮的膝盖上,用一团手纸擦着自己的脖子。

"太远了,今天无法再做下一件事。开车要几个小时,还得扎营,明天一早出发吧。大概有五英里。鸭嘴龙的足迹。"

"你怎么知道它们是什么脚印?""疯狂的眼睛"把胳膊撑在窗框上,手指抠在上边滚烫的排水槽里。卡车在满地像堆了厚厚的面粉般的道路上向西南疾驶。

"我在过去三年里做的事情并非一无是处。"罗亚尔有些不耐烦,"布莱特说那是鸭嘴龙的脚印。还有几个人也说那是鸭嘴龙的足迹。现在我看了几本这方面的书,包括豪厄尔、斯温纳顿和克莱门斯。克莱门斯两年前和我们一起在兰斯溪考察。你们大部分所谓的专家都和我们一起来这里勘探过。他们都知道布莱特。"

"你说'所谓的'是什么意思？他们是这个领域的大佬。"

"在专家、书本和痕迹之间有一些不匹配的东西。他们没有看到问题所在。"他现在引起了那家伙的注意。"疯狂的眼睛"在他的座位上转过身来，他那布满灰尘的脸在光线的照射下活像一张鬼脸。

"比如说什么问题？在你看来？"

"比如鸭嘴龙。所有照片都显示这个东西的腿像蜥蜴一样伸开在身体的两边。所有专家都说，这种动物只能摇摇摆摆地走路，支撑着自己从一个泥坑走到另一个。但是依我对这些痕迹的判断，我看到痕迹之间的宽度并不符合这一推论。在我看来，这种动物的体重压在它身体的正下方，它的腿根本不是伸开在身体两侧的。天啊，测量一下两列痕迹之间的横向距离。如果那家伙的腿像蜥蜴，那它的两列脚印会宽出两英尺，也不会有拖尾的痕迹。从足迹的步幅上看，你能联想到一种快跑的感觉，这种感觉和一个笨重的庞然大物在沼泽中蹒跚而行是不匹配的。"

"疯狂的眼睛"撕扯着他的笔记本。纸片飞了起来，飘落到地板上。

"停车！看在耶稣的分上，停一下。""疯狂的眼睛"拍着罗亚尔的肩膀，"这就是我的理论。这正是我想要展示的。"他重重地捶击着座位，"这就是我到这儿来要找的东西。这正是我的想法。这就是为什么我要做这些测量。好吧，你想看点什么，看看这个!"

他用圆珠笔在横格纸上画了一幅画,一只鸭嘴龙。因为那是用很激动的笔触画出来的,它看上去很有活力,在干燥的平原上疾驰。它有力的双腿在身体下方,就像马的腿一样。肌肉发达的尾巴向后直伸着。

"你觉得怎么样?"热风从窗口吹了进来。罗亚尔牙齿的一阵阵刺痛让卡车都跟着摇晃起来。肯定是一个脓肿。他从后面的冷柜里拿出两瓶啤酒,递给"疯狂的眼睛"一瓶。还得找出威士忌才能熬过这一晚。

"这比老马德霍·查理更有见地。我认为这是对的。告诉你,当我在梅迪辛堡看到你的时候,我觉得你有点笨,但我收回我的话。你一定曾捕猎到很有价值的东西。"

"打野鸭、野鹅。我在爱荷华州长大,我爸爸是一名水塘射手。"

"这就对了。这方面的人才,那些来这里的专家,大部分是骨骼鉴定专家,他们了解文献,他们有像爱因斯坦一样的头脑,但他们从未狩猎或布置过陷阱,他们对动物的思维和移动方式没有感觉,而这是一种你必须培养起来的东西。"

"嘿。""疯狂的眼睛"说,唾沫从他的牙齿缝里喷了出来,"我另外还有一百个鬼点子呢。"

"我开车,你说话。我们在天黑前再走一走。"要不是那颗牙,倒还可以。"疯狂的眼睛"很有想法。但他会用钳子吗?

"你拔过牙吗?"

那个学生在座位上扭了一下身子,怒视着他。"霍斯利告诉你了,是吧?这个鬼东西。"

"告诉我什么?"

"关于牙科学校。我在转到古生物学科之前,是在牙科学校。正是研究牙齿让我对古生物产生了兴趣。"

"他倒没有告诉我,但这是我今天听到的最好的消息。有个混账东西正在我下巴颏上捣乱呢。"

"你有多坚强?"

"哦,我以前用钳子拔过。你是这个意思吗?"

"不。牙科学校给我们看了一部电影。有些部落用锤子打掉男孩的牙齿作为青春期仪式的高潮。我一直想试试。"

第二十八章
生命的核心

```
November 18, 1965
Dear Mrs. Scomps,
Dr. Witkin's summer office hours are Tuesday,
Wednesday and Thursday, 8 A.M. to 2 P.M.
Please call 606-3883 to reschedule your
appointments.
```

```
Mrs. Vergil Scomps
12 Badger Lane
Newton, Mass. 02158
```

1965 年 11 月 18 日
亲爱的斯科姆斯太太：
　　威特金医生的夏季工作时间是每周二、三、四的早上八点到下午两点。请拨打电话 606-3883 重新预约你的来访时间。

维吉尔·斯科姆斯　太太
巴吉尔大街　12 号
纽顿，马萨诸塞州　02158

"离开这个地方我活不下去。"拉里,他同父异母的哥哥,坐在暮色中的树桩上,像意大利人一样喝着一大杯黑葡萄酒。难道那地方对拉里真有这么重要?似乎不大可能。他言过其实了。但他就是个特别感情用事的人。艺术界的每个人都很情绪化。黄道给西半球带来的光线逐渐消失。狗躺在他们面前,等着喝一碗水。太蠢了,威特金想,它竟到泉眼边上去舔那喷出来的水。它的胡须上有一根羽毛。

威特金坐在门廊的木板上,摆弄着鸟儿。他一边摆弄,一边做鬼脸,露出弯弯的一排牙齿,低着头看着那羽翼未丰的鸟儿,一直无法摆脱自己实际上是在摸它的肉体的下意识。好像他内心深处的某个部分莫名其妙地相信,这些鸟都是小小的病人。它们的羽毛在他肮脏的手指的拨弄下乱作一团。今天还看到山鹬,秋天迁徙的一群从头顶掠过。它们没有料到,这里还有几只它们的同类,长长的嘴,大大的眼睛,在树叶间一闪一闪的,一只闪现出来,还有一只闪现,又有一只闪现,剩下的两只飞走了。但他们射杀了三只,是拉里开枪射杀的。这是他们两人第一次射杀山鹬。他抱着那些脆弱的尸体,看着它们冰冷的眼睛。还有知更鸟,成千上万只鸟儿在空中飞来飞去,像小蚊蚋，又像一碗牛奶里的胡椒粉。

"他们以前吃知更鸟，"拉里在狗把一群鸟儿赶到树林里后说，"在世纪之交，只有在最好的餐馆里才能吃到。里脊馆，和吐司一起上。鸫鸟。所有的鸫鸟应该都很好吃，美味可口。"

月亮升了上来，先是露出烧红的边缘，就像埋在壁炉灰烬中的一角硬币。它的亮光涂在拉里的手上、眼镜上，和狗的搪瓷般的眼睛上。

"你喜欢射杀它们吗？飞鸟，我是说，你喜欢猎鸟吗？"威特金想不出自己为什么问这个问题。他并不喜欢听别人说他们的感受。乏味。

同父异母的兄弟含糊地回答："这是一个狩猎营地。我们买了猎枪，买了紧身裤和猎鸟背心。我们想成为猎鸟人。还有那只狗，驯狗很贵，养狗也很贵。只要你往前走，狗就会跑到你前面，为你指示，为你匍匐，等你做好准备。你准备好了，向前迈步，扣动扳机。它们惊飞的时候会吓你一跳。"

"但是当你开枪打到它们的时候，当它们拍打着血腥的翅膀试图爬起来的时候，又会怎样呢？"他们的亲密关系已经发展到这种程度。然而，在他听到这个回答之前，他已经厌烦了。

"有几件事几乎同时发生。先是高兴，为我打中了一只鸟而高兴，因为我杀死了这个难以捉摸的东西——它是我的猎杀对象。你看，我很高兴，有点得意扬扬。当然，我也感到悲哀，这个美好的生灵，带着它自己的生活和乐趣死去了。我感到内疚，因为是我吓坏了它，杀死了它。我还感到愤怒，对一个可能对我说以下这番话的人感到愤怒:'这是卑鄙的行为。你不能让那只鸟活下来吗? 难道你不能用照相机或速写本来满足你嗜血的欲望吗?'虽然还没有人对我说过这样的话,但是你看,我正在准备如何回答。然后,我也对晚宴充满期待,并听到客人们的称赞:'哦,这只结实的鸟是你自己打到的? 了不起啊!'我问问你,你觉得打鸟怎么样?"

"不怎么样。我没有感觉。"他的所有感觉都是对这个地方产生的,对他来说,鸟儿就像野生蘑菇一样,它们没有任何奇特之处,所有的东西都是这个整体的一部分。他不由自主地陷入了一种冰冷的困惑之中。对他生活的冷淡。

他不再关心他的家人。这里,这个狩猎营地成了一切的核心。这儿有拉里,他知道那些被暴力充斥的城市,拥挤的火车,以及其他一些类似他这样的狩猎营地。杀生的地方。但是拉里在绵延数英里的灌木丛中仍能找到路,他在乱石山里左弯右绕越过山脊时仍能保持清醒的方向感。而威特金没走几步就晕头转向了。

他屏住了呼吸看着那褐色的真菌,那闪闪发光的树皮,那晶莹的碎石英,那像皮革一样的树叶,那裂开的硬壳。啊,消失了,那狭小的世界,他想,那金属的小桌子、写字台、人的皮肤、恐惧的气息、因癌症而肿胀的鼻子、麦克雷迪太太的脚趾,在她踩到地毯上的时候脚趾从她的白鞋里鼓了起来,所有这些统统消失了。他一想到自己,想到冷冰冰的自己,冷漠的语气,想到他的双手在水槽里像两只无毛的动物在爬行,想到从手中滑出来的杀菌皂，想到医学书籍光滑的页面，想到分解的皮肉照片，想到餐桌，想到马蒂娅的空虚，想到孩子们看起来像别人的孩子，想到他们的习惯特征并非他的遗传，他就不寒而栗。

当他站在树下，当他倾听风中的树枝发出双簧管的声音时，只有这位同父异母的哥哥才明白他这种返璞归真的渴望。他只要走进树林，走得稍微远一点，就会找不到营地。他所处的时代是一个古老的时代，它引诱着他。但他怎么也搞不懂，无法解释他对这里的那种归属感。他茫然地望着树皮的缝隙，在卷曲的树叶间摸索着寻找参照，他转来转去，直到小树苗昂起树冠，大树干也躲着他歪向一边。他隐约听到鼓声和歌声。但这意味着什么呢？生命的核心，小小的，厚重的，深红色的，就藏在这嘈杂的树林里。他该如何理解呢？

第二十九章
迷惑和不解

```
MARCH 17 '66
howdy, pardner how about you
meet me rapid city SD on
April fool noon at hammer
Cafee get a early start
try the badlands remember
that place we see the
tyranosar skull see
you soon
your old pardner
Bullet

Mr. loyal blood checkmate
ranch
witteton, wyoming
```

1966年3月17日
　　你好吗，伙计？我们愚人节那天中午在拉皮德城①见面如何？在哈曼咖啡屋。我先行一步，去了那片不毛之地，还记得吧，我们就是在那里发现了恐龙头骨。希望很快见到你。
　　你的老伙计
　　布莱特

罗亚尔·布拉德　先生
切克梅特　牧场
威里顿怀俄明州

---

① 拉皮德城（Rapid City），美国有两个叫该名字的城市，此处当指在南达科他州的一个。

布莱特说，那个戴着金属框眼镜的学生是被自己的呕吐物呛死的。霍斯利为此还写了一封信。

"是的，先生。他的引航灯被风吹灭了，这是肯定的。他和一群摇滚瘾君子混在一起，披着肮脏的桌布，整晚敲打着铃鼓。霍斯利说，他昏昏沉沉的，仰面躺着，呕吐，然后窒息而死。肮脏的嬉皮士，应该枪毙他们，所有人。不过你知道吗，奥尔顿·库勒教授今年夏天要来沼泽地发掘鸭嘴龙。大大的蛋糕。他是个了不起的大人物。估计可能是一颗彗星在白垩纪末期把它们都消灭了。"

到底为什么，罗亚尔想，总是搞得一团糟？他的舌头舔了舔那曾经引起肿痛的牙齿所在的牙龈。他喜欢"疯狂的眼睛"，喜欢他的激情和他特有的幽默。在大项目上合作的计划，绘制所有已知的足迹序列，拍摄模型和照片来证明恐龙的敏捷和速度——见鬼，现在都付诸东流了。这可是他做过的最接近有价值的事情。他根本不在乎什么蛋糕。

和布莱特一起两周后，他似乎受够了骨头。没兴趣了。布莱特想要头骨和股骨，而让罗亚尔兴奋的是脚印。现在没有了"疯狂的眼睛"，他们的搜索就失去了重心。他很郁闷，好像这个学生的死讯引发了某种迁徙的冲动。

"我想是时候了，布莱特。我去年就考虑过了。我要继续前行，做点别的事。"

"搞什么鬼？我们才刚刚有点眉目。你还能做什么比这更好的？你很自由，收入也不错，工作有兴趣，也是你喜欢的。我一直都知道你喜欢。我们是一个好团队，你个混蛋。"

"我知道。"但他失去布莱特并不会像失去"疯狂的眼睛"那样失落。他几乎不认识后者，但他仍然保留着那张画在皱巴巴的纸上的鸭嘴龙，正奔跑过一片沼泽。

第三十章

天体的困惑

> Oct 5, 1966
> Dear B. Rainwater. Saw your ad for observatory helper Western Times. Never built one before, but handy + interested. Done some machining plus prospector, fossil digger, farming. Will be in New Mexico middle next month. Like to talk w. you about job. Let me know Santa Fe Gen'l delivery. Yours,
> Loyal Blood

> Mr. Ben Rainwater
> Vengeance
> New Mex.

1966 年 10 月 5 日

亲爱的 B. 雷恩沃特，我看到了你在《西部时代》上招聘天文台助手的广告。我虽没有搭建过天文台，但很能干，对此有兴趣。我做过机床工人和勘探工作。还做过古化石发掘工、农场工人。我下个月中旬能到新墨西哥。很希望能和你谈谈工作的事。请来信告知。桑塔菲，邮件存局候领处。

你的

罗亚尔·布拉德

本·雷恩沃特　先生
温金斯
新墨西哥州

本说，他们在50年代买下的牧场以北十八英里处的小屋，是他来喝酒的地方。这样弗妮塔就不会看到她嫁了一个满地爬行的酒鬼。

他身材矮小，肩膀宽阔，胸膛像一面鼓。他头上有一团有弹性的白发，一双无神的眼睛懒散地睡在它们那沉重的肉体吊床里，就像街头音乐家的眼睛一样对一切漠不关心。然而本的脸上仍然还保持着年轻人的朝气，也许是因为他那张红红的微笑的嘴。上唇尖拱，鼻孔翘曲，血管密布，任何人都看得出来。他的声音是令人昏昏欲睡的俄语腔，阴沉黑暗。

"要问我是如何得到这个小屋的，那还得追溯到多年以前，当时我在寻找适合建一个小天文台的地方。你以前听我说过这件事，罗亚尔。我在寻找一片美好的黑暗，空气要好。弗妮塔想要大一点的地方——这样就可以有一个实验室，一间她可以写作的书房，一个大厨房。当然还要视野好。"他的话语在有趣的低音中轻快地演奏出来，他的手指摆弄着一个没有用的软木塞，"我们找到了这座牧场，一开始运转得还不错。弗妮塔整个夏天都在科尔特斯①的海水里研究水母，秋天才回来写东西，见

---

① 科尔特斯（Cortez），地名，位于美国科罗拉多州。

到她我不高兴才见鬼呢。她不在的时候,我在设备棚的屋顶上挖了一个洞作为临时天文台,并在地图上标出了几个主天文台可以安置的地方。但是,罗亚尔,我的朋友,之后我就开始喝酒。这样过了一周,我又振作起来,工作一个月,然后又花天酒地去了。这成了固定模式。我不知道你对天文学了解多少,但我告诉你,如果你喝醉了,你不可能进行准确的观测,也不可能做好记录。记录是天文学的核心和灵魂。如果记录错误,那还有什么用?"他摇晃着手指,列举着合乎理性的论点。罗亚尔只能表示同意。

"但是,我用我冥顽不灵的头脑发现,如果我是在清醒的时候做一些精细研究,哪怕是随心所欲地一通乱画,这些记录也还是有价值的,因为它们有逻辑性。这是我理性思考的结果。这就是我的工作方式。我的工作有缺陷,是一个连贯的缺陷。"他的笑容变得狡黠了,"现在弗妮塔在的时候,我就用另一种方式来工作。我来小屋,正如你所知道的。或者我南下墨西哥城,也如你所知道的。"他放低了声音,低语着,倾诉着,"战前买的这间小屋。只要我那位水手出海归来,我就常到这儿来。定期。有规律。固定套路。"他脸上的微笑沸腾了。

他一看见那小屋,就精神为之一振,仿佛越过了一条边界,进入了一个更宽松的地方。他从上衣的口袋里掏出酒瓶,那是他心口上的口袋,是他内心的渴望。他灌了一口,放回酒瓶,并让威士忌之花绽放在他的喉咙里。作为一种解脱,他长长地出了一口气,带有几分快乐。

"让门开着。"他对罗亚尔说。从昏暗的小木屋里向门口望去，满门充溢着金色的景象。连风都是火的颜色。

"来喝一杯。你已经陪我走了这么远，完全可以走完全程。某种里程碑。今年之前我从不需要任何人来帮我。时光一去不回咯。"他倒酒的那只打了结的手，是这几周以来罗亚尔看到的最平稳的。他手指上的被锤子砸伤的蓝色痕迹现在变成紫色。用酒保持平衡，罗亚尔想。风摇晃着木板门。

木地板，木墙，桌子，一条长凳，一把椅子，几个破损的果冻杯和茶杯。没有床。只能在地板上的睡袋里打滚，或者在哪儿跌倒就在哪儿睡过去。

透过开着的门，本凝视着波浪翻滚的草地、岩石和幽灵般的灰尘；也许那只是他记忆中的地平线，那些盘结的山脉，抑或是天上燃烧的白色火焰般的云朵。一种不祥的天气正向他们袭来。他坐在长凳上，靠在桌子边。他一边往外看，一边又往杯子里倒酒，微笑着对着杯子喝。他说要刮风了，他先跟罗亚尔说了几句，然后又自言自语，接着继续慢慢地喝着，小心翼翼地喝了几大口，他知道这是对的。沉重的束缚松开了。风呻吟着。

"你知道，"他说，"你会习惯于沉默，所以当你再次听到音乐时，你会感到痛苦。"在风中，罗亚尔想不起他曾经听到过的任何音乐。风从一开始就成了所有的音乐。它排除了音乐记忆。他试着去想《牧场上的家》的曲调，然而风把一切都吹走了。它同时以三种不同的声音哀鸣着，像是从牙缝中发出的尖叫声回荡在小木屋的角落里，在柴堆周围，然后消失在黑夜里，接着又翻转回来,形成一个巨大的哀叹圈。

本把威士忌往有缺口的玻璃杯里猛倒。

天空不会永远阴沉①,伴随着风的凄凉曲调,罗亚尔自顾自地哼唱着。

"我是一个濒临灭绝的物种中尚存的一员,业余天文学家。"那个声音吼道,"我不是哪个大学的老师。我并不依赖那些写满了难以理解的数学公式的文章来引领我的一生。我不参加国家天文学家协会的会议。但我有付出!我为我能够无拘无束地思考付出!我没用过大型天文望远镜!我的业余身份让我和大型望远镜无缘!(为了能用上它们,那些学者不惜排着长队等上好几年。)我满足于我所拥有的,而他们不能。我也取得了不错的成就。但是,这一天就要到来了,甚至已经来了,业余天文学家不再有用武之地,只能在后院烧烤时憧憬着月亮,或者羡慕地赞扬科技进步的助推作用。听起来像是吃不到葡萄说葡萄酸? 不。没有什么阻止过我走学术道路。也许除了大萧条、战争和我的这个小癖好。那是很久以前的事了。我有这个小癖好已经很久了。我当时正在读研究生,在正途上,但俱乐部的那些不逞之徒像迷幻药一样吞噬了我。你明白我的意思吗? 那些打高尔夫球的人。当然我当时已经是个酒鬼了。我讨厌互相吹捧,给朋友开后门,内讧,学术欺诈。我在海军服役了五年,当然,这些邪恶的情况在那里不存在。圣洁的海军! 当我离开

---

① 此句是上文提到的《牧场上的家》的歌词。

海军时,我已经准备好了去做一些新鲜的事情,我娶了弗妮塔,完全准备好了扮演丈夫和父亲的角色。但是在这两部生活片中,我都没有扮演好主角。拯救我的——或者说毁掉我的——是一份遗产。它让我成为真正的我,一个脾气暴躁的酒鬼,偶尔清醒一下,清醒时也还能看到事物深层次的运行规律,天空的大时钟,男人和女人微不足道的打情骂俏。"那红色的嘴在吐露这些话语,那脑袋在颤抖。

"我的朋友,罗亚尔。我们相处得很好,你和我。我们做了一个真他妈棒的天文台。"随着他的手举起,他的脸在一束蛋黄色的光线中绽开。那道天窗的影子洒向房间,房间顿时像掉进了一个坑里。

"我们正在失去天空,我们已经失去了它。世界上大多数人除了太阳之外什么也看不见,而太阳恰好能让他们把皮肤晒成癌变的古铜色和享受美好的高尔夫时光。那些发臭的麦田土垠根本不知道麦哲伦星云[①],更不知道马头星云[②],土星的光环像缠绕在贝宁公主脖子上的金属项圈,外太空的物质塌缩形成的巨大沉降的黑洞,脉冲星发出的跳动的光,原子裂变中的太阳,重得难以置信的白矮星,红巨星,正在膨胀的星系。我指的不是那种带有沙文主义色彩的登月巴士旅行,也不是在行星残骸

[①] 麦哲伦星云(The Magellanic Cloud),为两个小星系,在南天极附近出现,有明显的光点,是银河系的伴星。

[②] 马头星云(The Horsehead Nebula),猎户座的一个暗星云,位于猎户座最东端的阿尔尼塔克恒星的正下方,是天空中最容易辨认的星云之一,形状像马头,于1888年在哈佛大学天文台拍摄的一张底片上首次被发现。

间穿行的失重的太空舱里汪汪叫着的小狗,更不是那种似乎在巨大的表面打了一记又小又贵的耳光的微不足道的力量。想想看,罗亚尔。国家就是这么微不足道。不,对太空的研究揭示了人类大脑所能遇到的最奇特、最诡异的现实。在太空中没有什么是看似不可能的。没有什么是不可能的。在那非人类可及的虚空中,一切都是奇异而玄妙的。这就是为什么天文学家只找他们的同事做伴,因为没有其他人能像他们一样看到这些奥秘。这是一种恐怖的喜悦,在爆炸的恒星中,在银河的死亡中。他们知道,一颗恒星透过这肮脏、污染的天空带给我们的那一点点微光,已经走了上千年,才最终到达我们这里。"

常常在夜晚,在明亮的夜空中,罗亚尔想,但他在听。

"仰望天空,你看到的是时间,但你看到的一切都不是现在——没有一样不是如此遥远和古老,以至于当它靠近时,人类的思维就会退缩和萎靡。听着,灭绝是所有物种的命运归宿,包括我们。但在我们离开之前,也许我们会看到炫目的光。我感觉到了——我感觉到了——"说着他停住了。他那激动的声音渐渐变小,变成了耳语。

"再告诉你一些别的事情。我看你有点神经错乱。你这人真的有毛病,虽然我不知道是什么毛病,但是我能闻到。你是意外体质。你蒙受了损失。你偏离中心太远了。你拼命跑,却哪儿也去不了。我觉得这对你来说并不容易。"他看着罗亚尔,用他那黑黑的老眼看着罗亚尔,那上面能看到那扇敞开的门的小小的黄色矩形的映象。它吸引着他走进去。罗亚尔吸了一口气,然后呼出来。他开始说话,欲言又止。

"我受得了,"他嘟哝着说,"我过得还可以。我存了些钱。你还能指望什么?"

他们在黑暗中坐着,远处的岩石上洒满厚厚的杏红色阳光。

"改天吧。"本说,"来,再来一杯痛苦水。"

风停了。早晨的天空是一块蔚蓝色的玻璃,黑松的枝条触到了坚硬的地面。如果他扔石头,石头就会碎裂,如果他对着石头呼出充满威士忌味道的气息,石头就会融化。一只鹰在天穹下盘旋。云雀婉转地叫着。他在仙人掌上撒尿。天空皱了起来。他看到了那一汪水中的亮点,是酒瓶碎玻璃的闪光,本在他身边扭动着身体,他的脸塌了下去,好像被打了一拳。桌子上放着装着假牙的盘子。

"没有女人,"罗亚尔说,"我不能和女人在一起。"

本什么也没说,一只脚踩着一簇蒿草。有毒的液体从他那伤痕累累的膀胱里猛射出来。他那盲目的、醉醺醺的眼睛穿透玻璃般的天空,看到了那嘲弄人的光亮背后一片漆黑的混沌。

"有一些东西,如果我离它们太近,我就会窒息 —— 就像得了严重的哮喘 —— 如果我对它们有了兴趣。你知道的。这是因为很久以前发生的一件事。我做的事。"到处都是碎玻璃。他看到刀片玻璃、叶子玻璃、红色的像圆而脆的茎秆的玻璃、垂死的虫子般的仿佛融化的液体在固体的空气中硬化的玻璃、脚下的碎石般粗糙的玻璃。他光着脚,可以看到脚趾间的硬皮,以及前臂上松弛的皮肤,还有被廉价的靴子弄得变形的脚指甲。

"我知道你是怎么招惹上麻烦的。你用工作惩罚自己。你除了从一个地方去另一个地方,哪儿也到不了。我看你属于我的同类。我想你是不会去找心理医生的。"

说的都是废话。他应该猜到本的喉咙是被他前一天晚上吞下去的玻璃割破了。他能感觉到它在他的喉咙和肺里锯着。天啊,他的喉咙里都是血。"不。我不相信这个。生活以不同的方式捉弄我们,但它不会放过任何一个人。我是这么看的。它一次又一次地逮到你,总有一天它会占上风。"

"哦,真的吗?在你看来,你必须一直这么强硬着,直到你硬不起来?是关于你能坚持多久的问题?"

"差不多是这样。"

本笑得上气不接下气。

第三十一章
图特·尼泊尔

1967年6月11日
　　亲爱的朱厄尔，我们**太喜欢**这些新帽子了！我们可以把你能做的东西都卖掉！尤其是那些叶子图案的！有一位顾客想知道你能否做一顶狮子狗图案的。这完全取决于**你自己**。但德德和我觉得最好还是地道乡村风格的！
　　我们的新店需要大量土黄色的滑雪袜和单色**爱尔兰花样**的。我还希望你可以织更多的毛衣！如果你觉得时间紧，我们**很愿意**出更高的价格！
　　舟舟和德德

朱厄尔·布拉德
牛油山　佛蒙特州
05099

朱厄尔在她拖挂式房车里的桌子旁边，从车窗眺望着外面的活动房屋乐园。如果她拉开浴室窗户上的蓝花窗帘，她就能看到那座老房子，它现在正匍匐在地上。屋顶被去年冬天的一场大雪压塌了。奥特想干脆把它烧了，称它有碍观瞻，让这个房车乐园看起来很糟糕，就像悬在花浴缸上的木头悬崖。但是她可不愿意放弃这个地方，夏天的时候每天都仍然一瘸一拐地来这里修整菜园，尽管旱獭和小鹿早已随着杂草的入侵在这里安家，使这里受到了很大破坏。她的脚踝肿得厉害。它又要发作了，她想。

"在我成年后的大部分时间里，我都在努力让菜园变成我喜欢的样子，我可不想把它交给野生动物。只需要有个男孩在栅栏周围设置几个陷阱。我在房车乐园里问那个叫玛拉·斯威特的胖女人，知不知道有哪个男孩会布设陷阱，但她说不知道。我猜他们现在都不干这个了。罗亚尔和罗尼以前就经常捕猎，从小就这样。罗亚尔就是靠卖皮草赚了不少钱。这地方可以提供的另一个好处是一些上好的禽畜粪便。菜园需要肥料，但要奥特记得带一些过来太难了。这一带也没有人再养牛养鸡了。"

她现在的园子更小。她依然种西红柿、甜菜和一些市场农作物，但不种土豆和玉米。

"买这些太方便了。如果我买一蒲式耳玉米，加点儿豆煮玉米粥，还有玉米杂烩，所有跟玉米有关的材料就都齐了。要是雷和梅尔妮尔过来，他们也会从路边摊上买一打新鲜的嫩玉米穗。有几个新泽西来的孩子搬到了那片老荒地上，在过去的几年里一直种植'银皇后'。如果他们不散伙，就像我听说的那样，再如果今年不是个冷夏，我就可以继续从他们那里买。"

她把一些蔬菜拉到罐头工厂，他们让她把这些菜和商业货物一起装起来。雷和木材场的一个同事给她带来一台冰箱，放在另一个房间，也就是第二间卧室里。这间卧室她从来不用，只是留着等罗亚尔回来用。这台冰箱她尝试用了两年，但一直到3月她都不喜欢冷藏蔬菜的味道，里面尽是冰晶。她又开始用蔬菜做罐头，因为没有地窖或食品储藏室，她把做好的罐头存放在没有插电的冰箱里。但她抱怨从国际独立零售商联盟买到的牛肉和鸡肉，说它们没有味道。

"梅尔妮尔，还记得吗？我们养的母鸡很棒。我可以品尝到那种大烤炉的味道，大概有七八磅重，放在盘子里烤得酥脆可口，里面还夹着美味的面包馅，一起烤。闻一闻就会让你直流口水。我一直很喜欢我自己做的食物，我很想念我们在农场里种的东西，屠宰的牛肉。你爸爸以前每年都把两头牛单挑出来作为肉用牛。我们有两个大屠宰日，一个在10月，一个在12月初。在大萧条时期，很多人都在挨饿，我们仍然有牛肉吃，还可以装罐头。有时做炖牛肉，再装罐。再也没有比家庭罐装牛肉更鲜嫩可口的东西了。爱情和金钱都换不来它。它的美味无与伦比。还有鹿肉也是。我们以前就是这么做鹿肉的。罗亚尔、达布和爸爸以前常让我们只吃鹿肉。现在的人们，那些住在平原的人，要是他们有一只鹿，他们会怎么做？他们把它切开做成烤鹿肉和鹿排，但是会抱怨它太硬或脂肪太多。他们把它放在冰箱里。我得说，这样会让肉变得比较硬。按我们以前的做法，肉总是像奶油冻一样柔软，你要是想先把脂肪撇去，只需把它放在凉爽的地方过一阵子再撇就可以了。"

　　这辆拖挂式房车的内部空间设计很巧妙，橱柜齐全，她很喜欢。但有时她会想起那间旧厨房，从水槽到桌子要走七步，整天来回走动。这是雷给她出的主意，她应该有一辆带有燃油加热器、管道和电力的房车，而不是在冷风吹来的时候，费力地把木柴搬进那座老房子取暖。这就像在做客，早上在铺着花床单的狭窄床上醒来，看到阳光穿过百叶窗的缝隙射进来，像一根根黄色的尺子，而不是一大片破碎的阴影，斑斑点点、缺缺漏漏。彩格子布的沙发扶手很鲜亮，还有一把和它配套的转椅，靠在上面很舒服。这把椅子正对着雷和梅尔妮尔给她买的电视机，她在厨房做饭或织毛衣的时候就会打开电视机，只是为了陪伴，尽管听起来像罐头一样的声音永远不会让你忘记他们不是真人。她喜欢厨房里的小不锈钢水槽，还有智能冰箱里的冰块托盘。除非梅尔妮尔和雷来访，否则她从不拿出这些托盘，她说："我不习惯用冰。"罗亚尔的印着熊的明信片放在橱柜里的雪茄盒中。时不时还会有新的寄来。这里唯一的缺点是房车的气味。在老房子里,她从来没有注意过气味,除非有什么东西在燃烧,或者梅尔妮尔带来一大束紫丁香。但这里却有一种令人头痛的气味,像是他们用来粘地砖的东西的气味。雷说他觉得是隔热材料的气味。

"不管是什么气味,慢慢总会消失掉的,没有其他办法,只能忍着。"她总还可以出去呼吸新鲜空气。

她每周有三天开车去罐头工厂,在切割车间工作。如果有急活,还要多做几天。工厂开始使用可调节设置和带活动刀片的自动切片机,而她比任何人都更快地学会了操纵这种新机器。领班珍妮特·坎普尔对此大为惊讶。

"看朱厄尔的适应能力多好。"她当着大家的面说。朱厄尔不知道有多久没有听到一句对她赞美的话了。当大家都看着她的时候,她的脸变得通红,浑身发抖,她想起了马文,她那个早逝的哥哥,曾经告诉她,她是个聪明的孩子,因为她在长长的草丛里找到了他自制的棒球,上面的皮革缝得疙疙瘩瘩,还缠着橡皮筋。当时马文已经放弃寻找了。而她当时肯定还不到四岁。

工余时间她都在园子里,还为滑雪用品店织帽子和毛衣,有时开车四处转转。

"问题是,他们要我用那种单色的老羊毛线,这种线纺得不光滑,里面还有很多毛刺和草籽,而不是你在本·富兰克林商场可以买到的那种鲜亮的颜色。我同意用羊毛,不用腈纶,腈纶没有弹性,而且会下垂,但我觉得它的颜色倒是没什么问题。

用单纯的灰色、棕色和黑色在创作一件作品时会显得单调乏味。所以我在给雷织的毛衣上发挥。"在迈阿密的达布不喜欢羊毛。他寄来了自己打高尔夫球的照片,穿着短裤和花衬衫。他的假肢看起来很逼真,只是颜色比他晒黑的右臂稍微粉红一些。但是每逢圣诞节,她都会送给雷一件图案设计和颜色都令人眼花缭乱的毛衣,锯齿状的黄色螺旋花纹环绕着整个躯干,红色的飞机飞过深蓝色的前胸,许多绿色的驯鹿在栗色和橙色相间的袖子上行进。他穿上试了试,称赞了一番,并对其中的细节惊叹不已,而梅尔妮尔则蒙上了眼睛,哼哼唧唧地说:"不,哦,不,我受不了。"

鸭子图案的毛衣。有一次短途旅行,她驾车离开家,沿着湖边往西开了八十英里。那是10月里一个刮风的日子,在一个十分简陋的村庄里,她碰巧看到教堂在卖东西。两名妇女在摆弄一个学校用的画架,其中一人用绳子把海报绑在画架上,另一人在画架腿上堆石头,以使它在风中保持直立。"销售烘焙食品、杂物和旧货。莫特福德公理会①。"就在那个画架后面有个停车的好地方。

烘焙食品和以前不一样了。没有巧克力蛋糕卷,也没有新鲜出炉的方形巧克力夹心蛋糕、苹果派、燕麦饼干和家常面包。取而代之的是蛋糕杂烩,上面堆的糖霜是每个人需要量的三倍,还有用谷物和坚果做的鸡尾酒点心。杂物桌子上摆的还是老旧

---

① 公理会(Congregational Church),实行公理会式教会管理的基督教新教教会,每个教会独立自主地管理自己的事务。

的厨房用具、抛光的女奴雕像、木箱子和挂东西的小架子。那些布艺似乎全是些绣有风车的桌布，大概从20年代起就被放在樟脑箱子里，一直没用过。还有淡黄色的针织床罩，是线钩的那种，以及婴儿围嘴，上面还沾着苹果酱的污渍。戴过它们的孩子肯定已经成年了。

一个带盖子的方形柳条筐引起了她的注意。那筐子的高度齐她的腰部，她掀开盖子，看到里面装着几百种不同颜色和重量的纱线团，手工纺的细麻线，手工染色的羊毛线，苍耳的深绿色，茜草根的红色，靛青的蓝色，胡桃木浑浊的灰色，生石花的金色；比所有她以前用过的颜色都更丰富，更精美。她越往下翻，发现的宝藏越多。一种温柔的颜色让她想到了那蓝绿色的野鸭，在那一刻她就已经看到了毛衣的成品，有色彩各异的鸭子畅游在黑色的背景之上，每织几针她还要把香蒲织在鸭子后面。

"那是特维斯老太太的毛线，她在7月去世了，她的家人们想把她的东西都清理出去。"那女人脱口而出。她的下巴突出，带着一种祷告般的焦急音调，"我们举办这次拍卖会的一半原因是为了卖掉她的东西。他们一直养羊，直到特维斯先生去世，所以她还有很多羊毛。她在织布机上织地毯。我自己从来都不喜欢这些东西，我喜欢纯色的漂亮尼龙地毯，但是我想很多人，喜欢夏天的人，都会买它们。她也织毛线活儿。这个篮子里的都是她的毛线。"

"你出什么价？"朱厄尔想要那个篮子，比任何东西都迫切。

"五美元怎么样？大部分是她织毛线活儿剩下的。也许织个袜子什么的还行。"

她请四个人帮忙才把篮子搬到她的车上，可是那个盖子盖不上，她只好从那个绑海报的女人那里借来绳子把篮子捆起来。她记下了对方的姓名和地址，第二天就把这条绳子寄了回去，并表示感谢。

6月的一个清晨，朱厄尔走到倒塌的房子后面的草莓床前，把一排排黑色的网子拉下来。她要比梅尔妮尔抢先一步。野草疯长，盖满了一排排的土埂，还有什么东西钻进了网里，把长出的草莓吃掉了。她还记得比这更糟的事：冰雹在五分钟内就把好好的草莓都打成了草莓酱，没有拴好的牛把草莓床践踏得乱七八糟。她把地毯铺在凉爽的地上，开始采摘，一边摘，一边把装满的篮子放在大黄叶的阴凉下面。太阳很快就升温了，被炙烤的土壤散发出热浪。等雷把梅尔妮尔送下车时，她已经把那块地里的熟草莓都摘完了，并且又铺上了网子，几天后就可以再摘一次。她手指上破裂的地方黑黑的。

她坐在一张铝制框架的草坪躺椅上，躺椅在房车后面的长方形阴凉处，梅尔妮尔坐在几英尺外的地方晒太阳。金盏花盛放。梅尔妮尔的胳膊和腿都是山核桃壳的颜色，又黑又长的头发被梳成一团。她穿着一件橙色的运动服。她的声音高亢，但语气很温和。

"如果你能给我一点大黄，我就给雷做那个草莓大黄派。雷一次可以吃下一整个派。"

"好吧,我不怪他。你做的派很好吃。当然,你想要多少大黄就拿多少,有很多呢。还有草莓,下周应该可以再摘一次。今年长得太多了,我都应付不过来了。我好像对草莓失去了兴趣。以前我可以吃掉任何在桌子底下吃草莓酥饼的人。还有果酱。只有草莓和奶油两样配料的果酱。"朱厄尔在揪掉沉甸甸的草莓上的梗子的时候,手指头都染红了。

"你洗过了吗?妈妈?"

"我在后面的水龙头下冲洗过。你看它们是湿的。"

"我能看到是湿的,但吃着感觉有沙子。"

"你一定是挑了篮底的草莓。我想起达布。达布是你们这几个孩子中唯一不能吃草莓的。他会出疹子——你奶奶管它叫草莓荨麻疹。老艾达。任何一种皮疹她都称其为某种荨麻疹。蚊子叮咬?她管那叫'飞蚊荨麻疹'。碰了荨麻?她管那叫'荨麻荨麻疹'。你父亲把干草捆儿扔上干草垛,好多干草落在他的脖子后面,痒得要命,你知道那是什么,那是'干草荨麻疹'。我第一次听到这个词时忍不住大笑起来。'啊——哈,明克得了干草荨麻疹!'你奶奶有一段时间没再跟我说话。这是在我们结婚之前。好一个老太婆,我想。她会趾高气扬地说:'我认为一个人不应该因为说了什么话而成为别人的笑柄。'但她不得不忍受很多。老马修,他是个可怜虫。脾气糟糕得很!你父亲的脾气就是这么来的,我敢说罗亚尔也是。我有一次看见老马修问你奶奶一件事,不是很重要的事,只是问她某样东西在哪里,可她没有听见。她当时正在摆弄锅盖，就没听见他说话。随着年龄的增长，她的耳朵有点儿背了。头发也掉了很多。当时她头发前面有一缕，颜色跟其他的都不一样。一种锈棕色。可他误会了，认为她是有意不回答他，于是他勃然大怒。他抓起她正在放东西的架子上的一罐子西红柿，把它举起来摔到地上。她首先意识到不对劲的是听到身后这可怕的一声巨响，感觉腿上湿漉漉的，她环顾四周，只见厨房干净的地板上到处都是西红柿渣和碎瓦片，老马修像一只雄火鸡，满脸通红。是的，那些老女人，她们忍受了很多。那会儿人们认为离婚是一件非常可怕的事情，所以很多事她们都忍下了，而现在的女性都无法忍受。"

"尼泊尔老太太是怎么回事？你从不告诉我她发生了什么事。你知道的。"

"不过，我不得不说，老艾达做的甜点棒极了。每到星期天的晚餐，她就是布丁女王，用覆盆子做的布丁——你的嘴几乎都要合不拢了，太好吃了。苹果布丁，盘子蛋糕。还有冰激凌，如果她能让男孩们摇冰激凌机曲柄的话。她做了大黄冰激凌。我知道这听起来不怎么好，但其实很好吃。康科德葡萄[①]也是如此。这种葡萄做的冰激凌很好吃。如果它们没有被晚春的霜冻冻死的话。"

"不新鲜了，妈妈，我都听过了。尼泊尔太太呢？"

[①] 康科德葡萄（Concord grape），一种葡萄品种，产自北美，既用作食用葡萄，也用作酿酒葡萄。

"她过的生活很苦,可她却能保持幽默感,我不知道她是怎么做到的。"堆在碗里的草莓的黑影升得更高了。草地上她们扔下帽子的地方散落着白色的斑点,"我可不想成为她。我曾经对自己说:'感谢上帝,我过得没有尼泊尔太太那么糟糕。'但到最后,或许我的境况并没有好到哪里去。事情发生的方式很有趣。生活就像一条屁股上长疮的狗,它不停地转着圈去咬那疮,想让那疮不再折磨它。"

"这比喻不错,妈妈。"梅尔妮尔把痒痒的双手伸进草莓里,高高捧起一把,然后使劲挤,直到草莓汁顺着胳膊流下去。真是莫名其妙,奇怪的举动,就像她对孩子的渴望。他们有那只狗,她揶揄地想。

"好吧。"

"接着说尼泊尔太太。"

"你大概不记得她的丈夫了,图特在你五六岁的时候就去世了,但是他年轻的时候是个高大英俊的男人。棕色的直发以某种方式遮住了他的眼睛,非常漂亮的眼睛和黑色的睫毛,眼睛有点像海蓝宝石的颜色。"

"很奇怪,我记得他的眼睛。他是个又胖又懒的老家伙,而我当时只是个孩子,但我记得他的眼睛。给我留下了很深的印象。一种很奇怪的颜色。"她还记得当她在畜棚爬梯子的时候,那个老人用手托她的屁股。"我来帮你一把。"他说,然后她感觉到滚烫的手指。

"他年轻的时候是个大块头,敏捷聪明,是舞池里的万人迷。那时他还不是一个又胖又懒的家伙。看着不错。他会开玩笑，轻松地说笑，和每个人都相处得很好。女孩们都为他疯狂。叫他图特① 是因为他到处鬼混之后经常说：'我猜我一直都喝高了。'他娶了尼泊尔太太，当然她当时还是白璧无瑕的欧佩琳·哈奇小姐，但很快就成了尼泊尔太太。但是没人能弄明白，因为他一直像没结婚一样，到处和女孩约会，每天晚上出去玩。哈奇太太，也就是欧佩琳的妈妈，在婚礼上对每个人都露出了灿烂的笑容。但是罗尼在大约三个月后就出生了，所以我们很清楚吸引她的是什么。有趣的是，她从来没有因为他的胡闹而生他的气。他喝得醉醺醺地回家来，身上散发着一股呕吐物和香水的气味，好像在这两种东西里浸泡过。她给他调制胃药，第二天向他的雇主找借口请假，那是在他们搬到农场之前。那个农场是她家祖上传给她的。图特的家人连个尿壶都没有。他变得非常依赖她。她以为自己把他驯服了，她的生活终于回归平衡。或许他也这么想。但就在这时候，命运开始攻击他们，开始咬人。"

柔弱的、流着血的草莓躺在弄脏的碗里。朱厄尔伸手去拿另一个篮子，把它放在膝盖上。她的手指飞快地拨弄着草莓，狠心地掐掉了它们的萼片。

"在他四十五六岁的时候，他得了前列腺癌。医生告诉他：'我们可以把病灶切除，但你会阳痿。或者我们可以不去管它，

---

① 图特（Toot）有"痛饮"的意思。

这样你就只剩下六个月或一年的生命了。你必须做出决定。'他决定做手术，于是真的阳痿了。他就是那种人，你知道的，那是他生活中最重要的部分。然后，他就变冷淡了，甚至不再搂抱尼泊尔太太，也不再像以前那样跟太太们开玩笑了。不会对她们中的任何一个动情，就好像他全身都痿掉了。对他来说，所有触碰都跟性有关。然后他开始讨论自杀。他会在晚饭时跟她谈这件事。他想杀了她，然后自杀。他想带她一起走。'今晚,'当他们吃着菜豆和汉堡肉饼时，他会说,'我们今晚就干。'总是在晚饭时间。就这样持续了六年。她支持他，我可以替她这么说。可她没有屈服，没有让他拿枪对着她，而只是站在他的旁边而已。他最后上吊自杀了。那是在罗尼搬回农场之后。他从来没有和图特合得来过，从十四岁左右起就住在他姑妈家。我太可怜她了，她的生活发生了这样可怕的转折。当它以同样的方式降临到我身上时，我感觉……我仍然说不出我的感觉。但我知道一件事，当它攻击你，攻击你的喉咙时，你永远都没有做好准备。"

梅尔妮尔手里拿着一颗草莓。她弯起手指，捏了捏。她把那血块扔到草地上，瞥了一眼自己红红的手掌。

第三十二章

帕 拉

> June 18, '67
> Dear Ma, In a couple of weeks you and Mernelle and Ray will get an invitation to a wedding. You guessed it! Mine! Her name is Pala Suarez. She is beautiful and smart. (I'm learning a lot!) Comes from Cuba originally. In real estate too, but with different connections. She is younger than me but has a wise head. I want you all to come down. Be my guests at The Biscayne. I'm sending airfare for you, Ma. Details in letter to come. Your son, Marvin E Blood.
>
> Mrs. Jewell Blood
> RFD
> Cream Hill, Vt.
> 05099

1967年6月18日
  亲爱的妈妈，再过几周你和梅尔妮尔还有雷将会收到一张婚礼邀请函。你猜对了！我的婚礼！新娘叫帕拉·苏亚雷斯。她既美丽又聪明。（我从她那里学到很多！）她来自古巴，她的出生地。她也做房地产，但是圈子不同。她比我年轻，却很有智慧。我希望你们都能来比斯坎湾。我会寄机票给你，妈妈。详情见后续的信件。
  你的儿子
    马文·E. 布拉德

朱厄尔·布拉德 太太
乡村免费邮递
牛油山 佛蒙特州
  05099

她很清楚自己想要什么。望着她那象牙色的脸,她那黑色的椭圆的眼睛,他觉得自己又成了傻瓜。她有一双古巴人的粗胳膊和一个鹰钩鼻子,但有一种他喜欢的冷艳的光泽。她说话的时候,两只手飞快地做着手势,还有她那急促的声音把他吸引住了。

"我想要这份秘书工作来学习更多关于房地产的知识。我想了解更多细节,熟悉纽约那些大投资商的名字和他们的想法,看看你是如何运作的。"他点了点头。她想知道他的秘密。

"但一年之后,我会为更高的职位做好准备。我很有野心。"

"我看得出来,苏亚雷斯小姐。你对哪类房地产感兴趣——住宅方面的?"房地产行业的女性都是和住宅打交道的。

"我对特殊商业地产更感兴趣——集中设计的景观项目,以一种既有审美品位又有内在呼应的方式平衡酒店、购物中心、码头和服务设施。有水元素的空间,也有植物、广场、露天餐厅等等。这就是我申请来这里的原因。我学习过城市建筑,我很欣赏你的许多项目。香料岛①公园。它的迷人之处在于,那些神

---

① 香料岛(Spice Islands),通常指位于赤道的马鲁古群岛,位于西里伯群岛和新几内亚群岛之间。这个词也用来指代其他以生产香料而闻名的岛屿。

庙形状的办公室和商店建在芳香树木的小花园周围。还有可爱的屋顶花园，满是鲜花的阳台，全是嫩色调。所有人都想马上去那里工作。我很了解那位和你共事的建筑师。他是我的表弟。没有其他美国房地产开发商会考虑聘用一位古巴建筑师。"

她是那么认真，他想，她穿着灰绸上衣，身体微微前倾，短粗的双手交叠在膝盖上。头发编成光滑的辫子，缠绕在她的头上。她那象牙色的皮肤有点粗糙，满是痤疮留下的疤痕——这给了她一种坚韧而有趣的味道，不知为什么，他总把她和"梅塞德斯"这个名字联系在一起。

"我也能对你有用。"她说。他知道这一点。

"这座城市里有许多无形的古巴百万富翁。有他们的银行和银行家，他们形成了一个完整的社会，但是被迈阿密的美国权势集团忽视了。在我们那个世界里，我们有自己的理想和观点，有自己的电视和广播，有自己的风格，有自己的思维方式、走路方式和说话方式，有自己的节日、庆祝活动和舞会，有自己的慈善机构和学校课程，这些都是你们完全不熟悉的。我可以成为你通往那个社会的桥梁。当然，如果你感兴趣的话。"她说话时是那么认真。

"不，"他说，"你不能做秘书工作。但我刚刚意识到，我正要寻找一个人来担任跨文化营销和发展总监的职位。也许你愿意申请？"

当她笑起来的时候，他从那锋利而耀眼的白色牙齿和闪着金光的后槽牙看出，他得到了一个海盗。

第三十三章

奥布雷贡①的手臂

> Dear Mrs. Rainwater, you maybe don't know what your husband is getting up to when he go out of town with that bum that hangs around him. People of your wealth ouht to set a standard for the community not do ugly things in public like we seeing. There is many around here that thinks what is going on is disgrace. IF your smart you will clean house.
> A well wisher

> Mrs. Vernita Rainwater
> LAST Stand Ranch
> Vengeance,
> New Mexico

  亲爱的雷恩沃特女士,也许你不知道你的丈夫出城的时候和那个一直跟着他的流浪汉一起做什么。像你们这样的富人应该为社区做出表率,不要当众做丑事,如同我们都看到的那样。这里的许多人都认为这是一种耻辱。如果你聪明的话,就应该清理门户。

  一个怀着良好祝愿的人

弗妮塔·雷恩沃特　太太
最后一站牧场
温金斯
新墨西哥州

---

① 奥布雷贡(Obregón),当指阿尔瓦罗·奥布雷贡(Alvaro Obregón,1880—1928),墨西哥将军,1920—1924年担任墨西哥总统。1928年再次当选总统,但在就任前遇刺身亡。

在工作室里，一面镜子悬挂在水槽上方。他只有刮胡子的时候才会照，过去几个月来，肥皂沫、灰尘和各种污点让他的形象变得很难看，直到他和本一起从墨西哥城旅行回来。旅行不是出于任何他自己的原因，而是为了从大街上把醉倒的本拉回来。这是他有生以来最糟糕的一次旅行。

两周后，他们回来了。他帮助浑身颤抖、无法说话的本从厨房门进入那个大房间，扶着他走过洗碗机、砧板、编成辫子的红辣椒串和大蒜串、碰倒了的药草花束，还有挂在一个粗重的铁艺挂钩上晃来晃去的铜绿色西班牙火腿模具，好似练拳击用的吊袋。

厨子站在冰箱前。她把门开得大大的，展示里面的肉食、一罐罐西印度辣椒酱、法国芥末、尼索瓦橄榄、酸豆、松子、核桃油、几夸脱牛奶和奶油、半瓶白葡萄酒、涂蜡奶酪、菊苣、棕辣椒、大黑葡萄和鸡胸肉。

"钢琴。"本似乎在说。他的声音低沉而凄惨，"钢琴。"通过开着的门，罗亚尔可以看到客厅墙上的画，就像一摊血。

"他也叫你现在就走。"厨子对罗亚尔说，"太太要你走。希望你离开。他们都想让你走。"

"钢琴。"

在工作室里,罗亚尔发现那位水母生物学家弗妮塔已经把那里搞得天翻地覆。到处都湿透了,就像被赤道的潮汐冲刷过。墙壁刚刚用涂料涂成了刺骨的白色,地砖被刮擦、冲洗,并且经过反复打蜡,直到地面变得像铁锈水一样反光。他从那锃光瓦亮的铝水壶上读出了信息,那壶嘴像小天使的嘴一样噘起。一尘不染的书架上书籍和杂志摆得整整齐齐,床上干干净净,窗玻璃透明洁净,窗外的景色仿佛近在眼前。他慢慢地转过身。窗帘鼓了起来,干净的空水槽张着大嘴,似乎等待着一股甘泉的到来,水龙头闪闪发光。

那面镜子吸引住了他的目光,它就像一条通向另一个世界的隧道。他已经很久没有这样照镜子了,印象中自己仍然是个年轻人,有强壮的手臂、乌黑的秀发和火热的蓝眼睛。他看到自己的脸色很憔悴。那蓝色的镜框把他的容貌固定住了。红润而有活力的脸、喜怒就在一瞬间的眼睛褪色了。他的皮肤像一个苦行僧的皮肤,他的脖子从来没有被吮吸的亲吻所玷污,他僵硬的面部表情是独处的人才有的,没有被社会生活的种种伪装所扭曲。当女人走过时,他的眼神没有变化。他想,或许那种火花终于熄灭了。但他不相信。

一小时后,他收拾好行李,打算开上卡车向北行驶。年龄似乎扼住了他的咽喉。

但是,对农场的久远的渴望就像熊熊烈火一样炽热,时间正在流逝。五十一岁。探矿，酒吧的夜晚，夏天和布莱特挖掘，爬上山口，在齐胸高的灌木丛中穿行，这就是他长期以来的流亡之路。他试图保持自己生活的平衡，在短暂的友谊和突然的离别之间保持平衡。他想起在沙滩上度过的夜晚，沙漠中狐狸的嚎叫，星星的呼啸着的光点在运行轨迹和轨道上形成切线，显出开裂的内核。还有本在天文台用静物照相机追踪恒星的弧线运动，以及他试图听懂本关于遥远能量和物质塌缩的高谈阔论时感到的战栗。然而，即使他漫步在银河冰廊中，在那遥远而寒冷的星光下，他仍无法完全忘记畜棚和厨房的温暖，以及那成堆的皮草。当本喝得烂醉如泥，对着黑黢黢的酒碗涕泗横流的时候，他对田园生活的向往比任何时候都更强烈。

在墨西哥城，他和本摇摇晃晃地站在阿尔瓦罗·奥布雷贡将军的雕像前，本懒洋洋地靠在他身上，这时对旧日生活的渴望淹没了罗亚尔。在雕像下方的花岗岩底座上放着一个罐子，里面的甲醛正在燃烧，将军的手臂正好飘浮在火苗的上方。黄色的骨头从皮肉里伸出来，罗亚尔顺着骨头的角度看到自己正躺在床上，双手枕在脑后，肘部突出。

总有一天他会醒来发现自己已经死了。他的农场计划甚至还没有开始，还没有开始用泥土、咯咯叫的母鸡和在泥泞中乱蹦乱跳的狗来治愈他自己的烦恼。他想象着一个温馨的家，几个银发的孩子，还有温暖的床，黑暗中有一个声音在说话，而不是漫天的星斗和印第安人沉默的本子。肢体浸泡在脓水里，他研究着裸露的尺骨，知道现在离开天色已晚，知道去买一个农场也为时已晚。其他的都无所谓，但他知道他必须做点什么，不然他的钱就在炉子里烧掉了。也许这对他有用。也许弗妮塔帮了他一个忙。他为什么耽搁了这么久？吻别那间小土坯工作室，吻别那些寒冷的夜晚。吻别那些和本一起靠在克里德尔①的镀锌吧台上度过的无聊时光，直到本烂醉如泥，被他拖走。

---

① 附近一个酒吧的老板，作者在第34和37章中还多次提到。

第三十四章
风 滚 草

> March 11, 1968
>
> Goodby Ben. Going to try it with a farm. Hope you get along o k. It was not right for your wife to blame me. Some might say she is a no good you know what. I won't say what.
>
> Loyal
>
> Ben Rainwater
> Vengeance
> New Mex.

1968 年 3 月 11 日

　　再见了，本。我打算去试试开农场。希望你一切都好。你妻子对我的指责没有道理。也许有人会说是她不好。你明白我的意思，知道我指的是什么。

　　罗亚尔

本·雷恩沃特　先生
温金斯
新墨西哥州

就这样,他安顿在了北达科他州,五十一岁。农场是一个弯弯曲曲的窄条,有一座斜倚在风中的板条小屋,牧场和甜菜田之间的田地都荒芜着。直到他把银行支票塞到那个穿着羊皮大衣、满脸贪婪、瘦骨嶙峋的男人手里的时候,他还在想,自己到底为什么要买这个烂摊子。就像火柴盒里的一只闪光的甲虫一样禁锢在他脑海里的,是那被杂乱的枫树覆盖着的起伏的田野景象,而不是这片不毛之地。他甚至不知道该拿它做什么。

半小时后,他在街上看到那个瘦骨嶙峋的人坐在他的卡车里,头靠在方向盘上,似乎是在开车前想休息一会儿。

他不认为那是他的农场,就把它叫作"那个地方"。就是这样,一个地方。他不知道自己想拿它做什么,种甜菜、大豆、小麦——县里的农技师提到了硬质小麦、卡莱顿小麦和斯图尔特小麦这三个新品种,谷物品质优良,抗小麦秆锈病。但播种用的机器很昂贵。他可以养牛或养猪。他想,牛是赚大钱的,但你得生来就懂。而他只知道奶牛场、牧场、干草、林地和一些作物的管理。而这里不是那种地方。现在的农业和以前不同了。他一边想,一边买了五十根围栏桩子。他可以养家禽,或做干豆或豌豆生意。

这里不是一个晚上能睡好觉的地方，那张铁床上的漆皮快掉光了，床单拖在地板上。一座让人不安的房子。油布上总感觉有细沙，从世界各地吹来的尘土，从中亚大平原上升腾起来的棕色的尘土，一路袭来，落在他的窗台上。桌上的盘子发出刺耳的声音。他一直在咳嗽；尘埃刺激着他的喉咙。

在他的内心深处，他似乎相信，又不相信农场的工作能让他走上正轨。他的麻烦似乎在转移而不是在削减。一天晚上，他梦见了本，是比现在年轻很多的本，这个本在他的双手中融化，变成了一个女人，原本显示他性别的地方裂开了一条缝，克里德尔的那张脸上露出妓女污浊的眼睛和獠牙。他挣扎着醒来，感觉到脖子、屁股和前臂上有薄饼那么大面积的灼痛。在镜子里，他那黑黑的、细细的、夹杂着白丝的头发正从前额往后退去。他的怒气还在，热血沸腾。他痛恨这些。

再往西走三英里，就是谢利斯的养猪场，一堆建筑物被粗心大意地胡乱拼凑在一起。在饲料仓库，他遇到了戴着一顶饲料帽的谢利斯老人，这顶饲料帽与他的白发和髭须正好相配，髭须下面挂着一张湿润的嘴。有人远远指给他看老人那浑身小麦色的两个年纪较大的儿子，奥森和佩戈，他们也经营农场，他们的土地在西边，与父亲的土地毗连。还有雇工奥文德·拉斯查，和他家的几个男孩，正在路边的活动房屋那里跑进跑出。

老谢利斯满面红光，嚼着烟草，对新式农业机械有强烈偏好。他鼓励奥森和佩戈一起进一台带空调的自推进式联合收割机。

"这机器有十八英尺长的切割臂,还安装有安全玻璃窗和空调。你想要的润滑轴承和新式三角皮带,还有滑轮传动装置等等,应有尽有。别看它大,还特别结实。一个飞驰的庞然大物,硕大而灵活的巨无霸。你要是没有这东西,在农场里压根儿没有机会。"他们还要求加装了一个自动开窗装置。当这辆车到货时,老人先上去试了试,称赞它的齿轮箱和变速器运转平稳。

"你种什么,这个大家伙就能收什么,小麦、燕麦、大麦、亚麻、豌豆、水稻、三叶草、苜蓿、大豆、干草、羽扇豆、向日葵、高粱,还有杂草。他们俩呢,这家伙能收什么,他们就种什么。"

"是啊,尤其是杂草。"奥森说。他是家里的开心果。罗亚尔很喜欢他。让他想起了达布。他总有一天会写信告诉家人,让他们知道他有了个农场。

在他买咳嗽药的那家药店,女主人给罗亚尔讲了谢利斯另外一个儿子的故事。他是最小的儿子,从越南战场回来后变得非常厌世,独自搬进了一个窝棚,每天用树皮做的盘子吃饭,刀叉是削尖的木棍和一把老旧的刺刀,她说,上面还有血迹。

药店是一幢在农民合作银行旁边的吱吱作响的金属建筑。那女人的身材就像倒出来的糖一样走形。两颗像毛衣针一样奇怪的门牙在她的嘴里闪现着。"他不去农场帮忙,他只是躲在后面。谢利斯说要饿死他,所以,他们一个星期都没有给他任何食物。但是谢利斯太太坚持不下去了,每天晚上去喂鸡的时候,她都悄悄给他放一盘吃的。现在他们让他去了方丹那边的一家退伍军人医院，说可能要花很多年才能让他变回来。"

每次罗亚尔开车经过谢利斯的农场时，他都会瞥一眼那棚屋，希望能看到这个退伍疯人。

他觉得可以种甜菜。县里的农技师就靠吃甜菜为生，而且现在已经有了抗卷顶病和霜霉病的高产杂交品种。当老谢利斯听说他想种甜菜时，兴奋了起来。

"好啊。现在的问题是你选择用哪种方式来收获甜菜。你有两种选择，第一种是你的收割机就地打顶。它开过来，看，就在甜菜还在地里长着的时候，它把顶部的叶子切掉。然后，它有两个相向转动的轮子，先把土壤松开，再挖出并收起甜菜，一次完成。振动轮会把甜菜上的土清理干净，然后你的链杆传送带就把它们送到甜菜卡车斗里了。这是一种方式。另一种方式，如果我是你，我会选择这种方式。那就是在收割机上装一个轮子，是带尖锥的轮子，可以直接把甜菜从地里挖出来——不事先打顶。然后用一对旋转刀片把高高挂在尖锥上的甜菜头部的叶子削掉，再把它们输送到拖车里。这个方法简单一些。伙计，我以前种过甜菜，那时候该死的小绿叶蝉会把幼苗糟蹋得不成样子。剩下的你只能靠手工劳动去收。我再也不会这么做了。不会了，以耶稣的名义。"

罗亚尔看到了贴在谢利斯邮箱上的"免费小狗"的牌子。自从离开家以来，他已经很多年没有养狗了。他想，现在开始养吗？似乎可以。

他把车停在院子里,看到里面挤满了狗,有一只长着毛茸茸尾巴的杂种母狗,有英国牧羊犬和德国牧羊犬的血统,还有柯利牧羊犬的血统,它露出牙齿,咆哮着,四只半成年的小狗从侧门跑向他的卡车。谢利斯的卡车并不在那里。

就在他坐在那儿看狗的时候,后屋的门打开了,杰斯走了出来——曾穿行于越南山区的怪人。他自己和自己交谈,并没有看罗亚尔,也没有看那些狗,他的眼睛虹膜周围有一圈蓝色,沿着建筑物的边缘扫过,又从云的边缘扫向地面上移动的物体,一只鸟,高速公路上的一辆汽车。他很高,瘦骨嶙峋,像个乐谱架,还不到二十一岁,头发淡得像白银的颜色。现在,他的目光从一只小狗扫到另一只小狗,嘴巴张得大大的,努力想把它们都看在眼里。他把下巴压在胸前,把嘴扭向一边。罗亚尔靠在卡车门上,标记出他喜欢的小狗。最后选定了一只,一只机灵的母狗,它蹲在卡车轮胎旁边撒完尿之后就躲在杰斯身后看不见了,直到他转过身来。

"我想我喜欢这只,"罗亚尔说,"为了它我怎么谢你呢?"

杰斯把头仰向后面,直到喉结都被绷得发白了。他想说话却又没说,话语在他嘴里抽搐,使他脖子上的青筋都暴了起来。

"所有的——所有的——所有的——剩下的,"然后是一连串挤在一起的音节,"都去麦当劳那边。靠——近十字路口。那栋房子。麦当劳。"

罗亚尔蹲下来,对着小狗们发出亲吻的声音。它们都冲向他,他满脸笑容,它们用滚烫的脚垫和锋利的指甲在他的膝盖上拍打。他抱起那只聪明的母狗，把它放在卡车里的地板上。

"谢谢你，"他对杰斯说，"什么时候来坐坐。喝点啤酒。"

"啊——啊——啊。"

小狗坐在座位上，抓着玻璃。

"下来。下来，小姑娘，下来，姑娘。"他知道狗的名字应该简短响亮，比如"灰普""泰克"或"斯派克"之类的名字，但是这个更好。"小姑娘。"他带着它开车离开了，那小狗扑向方向盘，罗亚尔转动方向盘，小狗就咬着它，并低声吼叫着，直到它在颠簸中有些晕了，就蜷缩在一团阳光里睡着了。

夜晚，在翻耕过的原野上，黑夜比玛丽马格还要黑暗，玛丽马格至少有那些连闭上眼睛也会出现的蓝色和橙色的光照明。恒星、小行星、彗星和行星像在宇宙的风中一样在他头顶上颤抖，它们似乎在向黑夜抛洒水雾，把黑夜抛进了更深的墨水里。放眼望去，田野上没有透出黄色光亮的窗户，也没有微弱的车灯在荒地上闪烁。这星空让他充满了对本的思念，那个了不起的光点爱好者。他可能已经死了。星星是不稳定的；它们就像待在黑色果冻里一样，不停地颤抖。那就是风的作用，在地球上方流动的层叠的气流，像扭曲的液体，带有泥沙斑点的风使遥远的太空发生褶皱。

风还在不停地刮来刮去，就像一把锯在不停地锯着。如果他仰卧着，耳朵不贴在枕头上，就能听到沙粒打在窗户上的声音。在满月的夜晚，风呼啸着拍打在房子上，在黑暗中呜呜地叫着，还隆隆地响着把一个空桶滚过院子。风把野草拍打在护墙板上，直到发出吱吱的声音和撞击声让他忍无可忍。他从灰色的床单上爬起来，对着天花板大喊大叫。一个人住的时候，你可以对着天花板大声喊叫。但那只狗也爬了起来，在厨房的油毡上踱来踱去，爪子发出咔嗒咔嗒的响声，它担心那掠过白日天空的险恶的乌云，是不是终于在黑夜的掩护下发动了袭击。

他想他还是喜欢干青豆。让甜菜见鬼去吧。他了解豆子。他为自己配备了一辆二手拖拉机，以及栽种和养植需要的附属设备，并约好在收获豆子时租用谢利斯的孩子们著名的联合收割机，但要等他们收割完谷物。

"如果一两年后一切顺利，你可能会想要一台叶片式的豆子收割机，"老谢利斯建议说，"它有藤蔓修整机、分行器和开窗杆。但是你用我儿子的联合收割机就可以做得很好，你不要开太快，用三分之一的速度就可以。有一些会被切坏。等你准备好了，我会过来看看情况如何。"

第二年豆子长得很好。在收割它们之前，罗亚尔想把院子围起来，种上三排苏格兰松树作为新的防风林。原来的那些老杨树经过岁月的摧残，都没剩多少枝叶了。一天中午，杰斯偷偷溜进来帮他修篱笆。罗亚尔看到后很吃惊，心想这个可怜的家伙在退伍军人医院接受了几个月的治疗后，终于振作起来了。伴随着桩孔钻的刮擦声和夯打声，他们默默地工作了一整天，"小姑娘"的跑动激起了甲虫飞舞。罗亚尔一次又一次地观察杰斯。他很懂如何栽木桩，他的肌肉运动很流畅，这些都吸引他的目光。杰斯最近一定经常在户外给老谢利斯干活；他的脸和胳膊都晒得通红。他那银白色的头发在牧场帽下打结成鞭子的形状。在傍晚的阳光里，罗亚尔宣布收工。

"五点半了。我们干得可以了。"罗亚尔说，"来，我们到门廊上喝杯啤酒，凉快一下吧。"

啤酒在他们灼热的喉咙里是甜的。他们默默地喝着酒。罗亚尔拿来了一磅硬奶酪和一些面包。太阳在平原的尽头燃烧着，在清澈的天空中，第一颗星星出现了。杰斯拍了拍他的脖子。

"听到了！"当罗亚尔对着酒瓶口吹气的时候，瓶子发出了嗞嗞的声音。杰斯站了起来。他移动的方式让人联想到一条鳟鱼静止地悬停在水流中，然后慢慢游开。

"好吧，我该走了。如果你用得着我，我会再来。"

"非常感谢。"罗亚尔说，明白自己可以雇人了。他感到一种莫名的快感，把收音机一直开到很晚。

夜晚纯净的黑暗被十字路口麦当劳餐厅的灯光打破了。有驾车远道而来的农场家庭，似乎是在为儿子举办婚礼，吃着夹在面包里的肉，舔着滑滑的酱汁，从蜡纸杯里吮吸着饮料。在这个干旱的夜晚，停车场里的灯光像一个个水泡一样膨胀起来。

罗亚尔和杰斯坐在外面的走廊上，身上的衣服在一天的劳作结束后变得僵硬，手里握着冷冰冰的酒瓶子。杰斯赤裸着上身，椅背靠在墙上，他的头发揉成团耷拉在他的脖子上，每当他抬起胳膊喝啤酒的时候，就会露出他腋下被汗水打湿的一缕卷曲的毛发。"小姑娘"仰面躺着，把肚子暴露在空气中，下颌在睡梦中呈现微笑的样子。

"想来点儿这个吗？"杰斯说着把自家种的大麻倒在一个形状不规则的小纸片上，然后把纸片拧成一个卷，自己先吸了一口散发着干草气味的大麻烟，然后递给罗亚尔。

谈话慢慢地开始了，杰斯小心翼翼地拖着粗哑的嗓音说了几句话。罗亚尔在他的头脑中搜索着话题。他们可以在不言不语中舒适地工作一整天，只是偶尔说一句递栅栏钳之类的话。在门廊上就不一样了。罗亚尔现在除了用眼角的余光看杰斯以外，没有再正面瞧他一眼。他感到自己那渐渐枯萎的皮肤像烂墙纸一样挂在身上。对话从天气、干旱、雷暴、该死的大风和龙卷风开始，到冰箱里还剩下多少肉、花园是不是着火了、生病的动物、水和水井、狗都干了些什么、引擎运转得尽善尽美却没有刹车、猫王。

"你——你想要猫王？看！"杰斯看起来就像一块河里的卵石一样完美，他挥舞着双臂开始号叫，在院子里扭起了他的骨盆，"啊——呜——呜——呜——呜！"直到那只狗坐了起来，把口鼻朝后仰，唱出了一曲优美的约德尔调①。在外面的黑暗中，一只郊狼戏谑地回应着，罗亚尔心脏剧烈地跳着，用脚后跟在台阶上打着节拍。

---

① 约德尔调（yodel），一种发声方法，用真假嗓音交替歌唱。

然后聊到郊狼、小麦、干豆、大豆、玉米、猪粪,还有体重增加、摩门教徒、毒饵,然后又回到郊狼、设陷阱,不,不是设陷阱,而是听到"陷阱"这个词,杰斯吓了一跳,他的思想危险地转向了饵雷。他爬上红色的山头,用一根K形的棍子在地上探来探去,找个安全的地方坐下来,开始挖,但几乎都没有碰到满是树根覆盖的土壤。他惊慌失措的记忆从S形地雷、竹签桩①,到被弹簧引爆的炸弹炸裂的破烂个人餐罐头,以及当你抱住时就会自爆的孩子。到处都是金属碎片、残缺的肢体、人体组织和骨头碎片。很少有人了解狩猎人的可怕而狡猾的智慧。他会突然中断谈话,盯着那只狗在梦中抽搐的后腿,然后一溜烟地跑开,一去就是好几天,把工作丢给罗亚尔一个人。

"你——不知道。人——人——有多狡诈。"

所以,最好还是谈些温和的话题,小农场为何注定失败、那个混蛋巴兹到底对农场做了什么好事还是把它们卖给了大公司、被蜂蜇、大脚的人、摩门教、最好的栅栏木、狗在做什么、啤酒是喝冰镇的还是常温的、弗兰克·扎帕、女人、迷你裙。不,不谈女人。罗亚尔会用他结痂的手敲打破啤酒罐,朝地上吐口水。

他们一起建起了猪圈、一间新式的机械棚屋,在房子周围用围栏围出一个方形院子,后面还种上了苏格兰松树。他们还为罗亚尔的卡车建了一个车库。为什么不呢,杰斯想,工资不错,而且不是每个人都愿意雇一个既会抽大麻又会抽风的狗娘养的。

---

① 竹签桩(punji sticks),指越南战争中杀伤很多美军的类似长矛的武器,用竹子制成,带倒钩,经常布置在陷阱里。

为什么不呢，罗亚尔想，总算有个人可以无伤大雅地聊天。

令人窒息的8月过后，干热的夏天还在继续，风从来没有停过。当罗亚尔挤在鸡舍的角落里弯下腰去松开一个车轮子的时候，他感到无法适应这种向他施压的力量。狗、母鸡、杰斯。他的生活像展览品一样与世隔绝。农舍里几乎没有什么家具。窗玻璃反映出他自己的脸，灰白的下巴，叉腰的胳膊，或者半张开的手，就像一个人正走向舞伴。

他每天一早就把厨房里收音机的音量开得很大，直到上床睡觉时才把它关掉。梳妆台上的老式黑白电视机发出阵阵笑声，充当床头柜的椅子上的另一台收音机一遍又一遍地重复着念经般的唱词，说一些安慰人的话，激动的声音喊着："国产的鞋子一炮而红！"直到他睡着了，在睡梦中，他仿佛听见，在风中，音乐之间夹杂着说笑声，就像来自一个远处的家庭，那静止的星系发出的声音。

那年秋天，干旱一直没有结束。杰斯又开始每天去退伍军人医院。秋分时节的干旱风暴来了，风搅着尘土漫天飞扬，一团团的风滚草在田野里跳跃，在翻滚中又聚集起其他的杂草，翻滚着把种子撒在地上。他在晚上会听到它们在房子周围活动，发出低沉的抓挠的声音。

10月的最后一个星期，豆子还在地里，一阵风从西边掀起一股大潮，撕裂着大地。房子在战栗。罗亚尔坐在床边在印第安人的本子上写字，现在这个本子翻到了记账簿部分，页面是绿色的，有垂直的收入和借方栏。农场被风吹走了。天空被灰尘呛住了。星星窒息了。房子的地基几乎掀了起来,窗户几乎都碎裂了。那只狗被从烟囱进来的风吹得很难受。只有罗亚尔的笔迹,是黑色的,流畅的,而且是平稳的。

"拇指被黄色的豆荚扎得生痛,说明豆子熟透了。这些天大风整天刮个不停。杰斯怎么样了?"

第二天早上,他的卧室被什么东西蒙上了。他坐起来,看了看床边椅子上的手表,7点半,已经是白天了,但房间里却很昏暗。他几乎听不到风的声音,但他能从床的颤动中感觉到风。窗户上覆盖着什么东西,像春天生长出来的柳树叶。他走过去,盯着镜子般的玻璃映出的那张憔悴的脸,认出那是风滚草,风滚草堆积到二楼的窗户上了。

风把草团吹得遍地都是,把它们撵到带刺的铁丝网上,或是挤在建筑物的角落里和栏杆上,或一直吹到水塘边的围栏上。他下楼去,一片漆黑。他打不开厨房的门。他用自己的体重用力推,只推开一两英寸,然后又像弹簧门一样弹了回来。他打开收音机,但是没有电。

他回到楼上,似乎有一盏明亮的灯从空房间的门缝射了进来。这个房间的窗户在背风面,外面是空的。他走进来向窗外望去。风还在草原上吹着,风滚草在尘土中翻腾,在他下面的风滚草堆积了十英尺或更高,已经从屋前被干草淹没的院子里绕过了屋角。他并不想顺着一根床单做的绳子滑到下面乱糟糟的地方,然后再一路拼搏来到前门,和卡车般大小的风滚草搏斗,但他想不出别的办法。兴许应该把栅栏拆掉,这样杂草就

321

能通过了。

　　他用床单下来之后就听到消防车的声音从西边传来。他想，如果有人在路上高速行驶时撞上了这些东西，准会翻车的。床单打了一个死结，怎么也解不开，他低声咕哝着，感觉到脚下的风滚草在风中颤动。

　　院子里满是风滚草球，有椅子那么大，有的有汽车那么大。篱笆倒了。问题就出在栅栏上，它把杂草都导向了房子。他的卡车埋在杂草中。他隐约可以看到车窗玻璃的反光，但无法解开那些由草茎缠结在一起形成的无数"水手结"。风仍在推着草跑。他看见好多大草球在高速公路上跳跃着。他用力拉拽院子边上的一棵树周围的风滚草，但它们是交织在一起的，很有弹性，而且干得像骨头。棕色的草茎在他手中裂开，粉末从茎髓中飘出来。

　　"他妈的，我需要一台推土机才能把这里清理干净。"狗在房子里狂叫。"算你够聪明，能从打结的床单上爬下来，否则你就得在那儿待上一阵子了。"他喊道。警车声又响了起来，他朝声音传来的方向望去，看到一根烟柱。谢利斯家着火了吗？杰斯疯了吗？他开始沿着大路跑去，当有人开车过来时，他回过头去，示意搭车。

　　这是一辆运送木桩的卡车，来自华莱士·道芬的度假农场，农场叫华道夫·阿斯托里亚。七十岁的沃利[①]紧紧地握着方向

[①] 沃利（Wally），华莱士的昵称。

盘，从他那顶破旧的斯泰森毡帽下注视着罗亚尔。

"我说，你的卡车呢，布拉德先生？它对你发脾气罢工了吗？"他诙谐的声音很低沉。

"该死的风滚草把它团团埋住了，堵住了前门，堵住了院子的栅栏。"

"我一直喜欢朝里打开的房门，布拉德先生。在大雪纷飞的乡下，或者你被风滚草攻击的时候，它似乎是最好的。我想你是想去帮忙吧？"

"我想问问那股烟是不是来自谢利斯家。"烟在风中翻滚。

"哦，不是谢利斯的地盘，布拉德先生，至少现在还不是。大概半个小时后也许就会是了。起火的是麦当劳。"他那乳白色的眼睛凝视着前方飘忽不定的迷雾，"如果我是你，我会担心自己的，布拉德先生。你住的地方在谢利斯的正东。但是，你没有什么财产。"

"是的，东面三英里。但愿火不会走那么远。我有五十只莱亨鸡①。"

"哦，莱亨鸡。我想这是最好的财产。祈祷吧，布拉德先生。它一小时后就能到你家。"在接近谢利斯家的转弯道时，他放慢了速度。可以听到猪发出刺耳的尖叫声。老谢利斯和他两个种小麦的儿子正在忙着把牲口赶上卡车。奥森跑了过来。

"上帝保佑，我很高兴见到你们，沃利，还有你，布拉德。

---

① 莱亨鸡（leghorn），一种地中海品种的强壮小体形鸡，以大量产白壳蛋而闻名。

我们得尽快把它们救出来。该死的火到处都是。"

杰斯和老谢利斯正在把惊慌的猪赶上斜坡板。罗亚尔看着杰斯。他抬起头,点了点。

"快点,快,快!"

"爸爸,剩下的不要管了,让它们自己碰运气吧。"小眼窝的佩戈,在巨大危险的威胁下,他的脸已经变成了一张满是汗水的红色面具。

"碰运气? 除非这些猪能跑每小时七十英里,否则它们的运气就是全他妈的完蛋。我想把它们弄到池塘里去。我曾看到猪在一场大火里穿过池塘。你去打开池塘的栅栏门,我们看看能不能用卡车把它们弄到那里。它们可以在池塘里活命,如果它们能在任何地方活命的话。"

"谢利斯先生,我已经传话出去说你们需要卡车。我们很快就会看到更多增援。"道芬用他那威严的声音说。

罗亚尔对谢利斯的疯狂举动感到困惑,猪在围栏的墙上跳来跳去。他又朝西边的烟雾望去,看到了一堵棕色的墙,墙底下有点点火光。

"又有一个!"谢利斯一边指一边喊着。其中一个红点斜着滚过高速公路,撞到了栅栏上。一缕烟从那里升起。罗亚尔看到又一团风滚草着火了,一团团火焰在风中飞舞。

在风的呼啸和噼啪声中,他们几乎听不见两辆运货卡车从东面驶来的声音,其中特别大的一辆是脏大卫的,驾驶员是他的抽着雪茄的妻子珍珠李。

"嘿，我听说你有几头猪，想转移一下？"她冲着老谢利斯尖声笑着说。杰斯刚把装满猪的卡车开出来，她就把她的卡车挪到合适的位置。脏大卫不等卡车停稳就跳出了驾驶室。

"我们能运走你的大部分猪。不知道你的房子着火。消防部门今天早上有点忙。狗娘养的麦当劳经理发现杂草在他的停车场上堆积如山，就在上面洒了些汽油，想把这些垃圾烧掉。火一下就烧光了他的衣服。他们把他送到医院，他已经半死不活了，该死的东部人。"

第三辆卡车开了过来，那是一辆两侧伤痕累累的皮卡，挡风玻璃上布满了星形弹孔，窗架上挂着猎枪和来复枪。它滴着油，带着一股蓝色的烟雾在院子里转了一圈，车尾部慌乱地震颤着，拴在链子上的两个空水桶相互撞击着发出巨大声响，撬棍、工具箱、磨损得没有花纹的备用轮胎、空轮毂、破碎的酒瓶、紧绳夹、柱坑挖掘机、油罐、坑坑瘪瘪的油桶、散落的干草、皱皱巴巴的饲料袋、绳子等等全在车厢里的一层结了块的大粪上面。罗亚尔认出了杰斯的两个退伍军人疯人院的病友，一个是块头和身形都像冰箱的韦·威利，留着像拖把一样的乱蓬蓬的胡子，另一个是阿尔伯特·卡格，他看起来像是用漂白过的泥土做成的。他们俩醉醺醺的，被生活中久违的惊险刺激点燃了。韦·威利驾驶着卡车穿过谢利斯家的大门，驶向大草原，朝西北的火源方向开去。火线像断头台的刀刃，从麦当劳的建筑向东北方向延伸。

"看看那些混蛋在干什么？"脏大卫喊道，但他手上的动作并没有停,柔软的枝条舞动着把猪赶上斜坡板。那辆小货车在开了半英里后,突然向北颠簸着越过老车辙印,犹豫了片刻,便掉头向西南方向驶去,然后又摇摇晃晃地掉头向北,这样每跑一圈就离火场更近一些。

"那些疯子正在围捕呢!"脏大卫吼道,在最后一批猪上车后关上了车厢门,"他们会搞定那团草的!"

远处,一团燃烧的风滚草滚到了火线的最前面。皮卡突然转向,向着那团火红的东西冲去。阿尔伯特·卡格的身子探出窗外,手里拿着什么东西。一股蒸汽把风滚草喷了回去。野草冒出郁郁不乐的浓烟,一阵风吹过,野草又燃起斗志。皮卡转了个弯,又经过了一番格斗。他们可以听到韦·威利低沉地喊着:"噢嘞!"用他那粗糙的手掌猛拍着车门。卡格发出胜利的尖叫。

更多的火球从火墙中跳出来。皮卡旋转了一圈。他们看见卡格扔掉了灭火器,又从驾驶室里拿出了另一个。韦·威利大胆地驾车,在风滚草之间横冲直撞,迫使它们分开,然后把它们各自赶到合适的位置,让卡格灭火。

"这有什么用?"老谢利斯说,他转过身去,背对着皮卡,向脏大卫挥手示意,让他把猪拉走。他没有看到,韦·威利转弯的半径太小了,他本来是想用左前轮挡泥板撞那个有一个婴儿床般大小的风滚草,结果把卡车正好开到了那堆燃烧的东西上面。车子的底盘离开了地面,几秒钟后,他们看到卡车的底部冒出了像剑龙的脊柱鳍一般尖尖的火焰,看到阿尔伯特·卡格一侧的车门打开了,他的腿伸了出来,然后油箱爆炸了。

"上帝！"脏大卫在他的后视镜里看到了黑色和橙色的菊花。罗亚尔跳上了华莱士·道芬的运木桩卡车，掉转车头。老沃利也上了车，坐在他旁边。紧跟着杰斯跳上了罗亚尔一侧的车门踏板，他的右臂放在罗亚尔的肩膀后面，抓住座椅靠背的金属边缘，他的胸部把整个侧窗都堵死了。如果罗亚尔愿意，他可以咬掉杰斯衬衫上的纽扣。

"放松，布拉德先生。如果他们死了，他们就已经没救了，如果他们还活着，我们就能赶到。这辆卡车很旧了，所以放——松。"

卡格并没有死。他左半边的衣服正在冒烟，散发着臭气，头发也烧焦了。他说自己聋了，但几分钟后他就能站起来尿湿裤子了。

"不知怎么的，我就知道这一天会是这样的。"他盯着他们，眼里充满了泪水，从几分钟前还是他的衬衫口袋的地方摸出一支香烟。

当时驾驶皮卡的韦·威利一看到自己把车开得离火球太近，就猛地推开车门跳了下去，并滚开了。爆炸引燃了他的鞋底，金属碎片像雨点一样落在他身上。一个阀门弹簧烫伤了他的脸颊，给他留了一道伤疤，并给了他一个新绰号"弹簧"。

"反正我也需要一辆新卡车。"他声音嘶哑地说。杰斯笑了起来，接着是罗亚尔，最后是沃利·道芬。他们疯狂地、无法控制地大笑了起来。他们让卡格和威利上到木桩车的后车厢里，然后开回谢利斯家。杰斯也和卡格、威利一起在后面的车厢里，他低着头顶着风，给两位伤员提供支撑。随着风向的改变，大火像一支长长的箭,几乎指向了正北方,拖拉机正在那里清出隔离防火带。

"我又想把那些猪卸下来了,"老谢利斯说,"现在看来火不会到我们这儿来了,除非风向再变。我真不知道我们为什么要这么着急。但另一方面,你永远也无法确定,也许我应该现在就把它们卖了。我本来打算几周后再卖的。现在卖肯定会损失一些。它们吃得不饱,喝得不像我想要的那样多,它们的体重自然就会轻一些。"

"布拉德先生。"老道芬把他那顶带着蛇皮箍的破帽子翻过来,看着猪在货车车厢里挤来挤去,"我想,在送这两个孩子回去的路上,我们可以去把你的卡车从杂草堆中拖出来,并拯救那些莱亨鸡。"

"谢谢你,"罗亚尔回答道,"还有一条狗。除非它学会飞,否则就被困在房子里了。"

道芬说:"梦想很多,能实现的很少。"

他们清理罗亚尔的卡车周围的风滚草,足足用了二十分钟,直到可以看到卡车的后保险杠了。狗在房子里歇斯底里地叫着。当他把保险杠上的铁杆钩挂好,正要指挥着老沃利把它拖出来时,罗亚尔闻到了烟味,越来越浓。就在他干活的时候,风一直斜着吹在他的左边,现在却刮到了他的脸上。他起初没有注意到这种变化。

他向北望去。那些清理防火带的拖拉机正在往回开。大火已经越过了防火线,风滚草的先头部队从它们周围绕过,向东南方向推进,绕着谢利斯的地盘,画了一条大弧线,然后像一团巨大的火蜂一样朝罗亚尔的豆田扑去。最近处也就只有半英里。

"好啊!它又往这边来了。"

老人下了卡车,往远处望去。

"我希望你买了保险,布拉德先生。我相信它会进入你的豆子地。我们拉一下那辆卡车,看看能不能把它拉出来。而你最好赶紧离开这里,然后祈祷。如果你愿意,可以和我们一起住。我家足够大。"他把皮卡从草堆中拖了出来。

"钥匙还在房子里。我得把狗弄出来。"第一缕火苗在豆田出现,噼啪作响的火焰开始沿着一排排豆苗蔓延,火苗后面冒出一排排白烟。风滚草仍然挤在门上。老人着急了。

"我们没时间了。把你的车挂到空挡上,跟着我走。我拉着它走。"豆田的噼啪声变成了怒吼声。罗亚尔能感觉到四分之一英里外的热度。他把小卡车挂到空挡上。

"我得试试救我的狗。如果你一定要走,那就先走吧,但我一定要去试试。"

老人把车开上公路,准备离去。罗亚尔站在房子后面,往敞开的窗户里面搜寻,窗户上的床单晃来晃去。一层烟雾笼罩着那座房子。

"小姑娘!来!小姑娘。"小狗疯狂地叫着,但叫声很闷。他明白了,它在楼下厨房的前门那里。

他捡起石头扔进楼上敞开的窗户里。如果它听到他喊的话,可能会到楼上的窗口去。

"来吧！来！"他吹口哨。它停止了吠叫。沃利按下喇叭，木桩车的引擎猛转。他喊着什么，罗亚尔听不清。狗来到了窗边。

"来，小姑娘。跳！跳。来吧！"但它不肯跳。他看见它黑色的前爪搭在窗台上，听到它的哀鸣，然后它跳回地板上，消失不见了。木桩车现在正在高速公路上缓慢行驶，在烟雾中忽隐忽现，沃利用拳头猛敲着喇叭。一根着火的豆茎带着叶子飘了过去，落在房子的另一边。罗亚尔朝卡车跑去，一边跑一边喊着"小姑娘"。

在沃利踩下刹车的同时，他打开了驾驶室的车门，站在了踏板上。

"甜蜜和光明！如果我最后撞了它，那就太可惜了，不是吗？"那只狗在驾驶室里颤抖着，尾巴像雨刷一样摆动着。

"它像离弦的箭一样，从烟雾中轻快地飞了出来。"老人狠狠踩下油门，运木桩卡车骤然加速。罗亚尔伸长了脖子，从窗口往后看，但他们向东走了两英里后才看到房子的火焰在烟雾中蹿起来。他一直把手放在狗的脖子上，让它平静下来。只剩下一辆卡车和一条狗，连换洗的衣服都没有。

"是的，一个人从看得见工作到看不见，而这就是他所得到的。"沃利吟诵道，"我猜你买了某种保险，是不是，布拉德先生？"

没什么好说的了。

第三十五章
我的所见

乌龟壳咝咝作响，刺耳的口哨声，针，血，鲜血，老首领比利·鲍勒斯①仍然没有战败，塞米诺尔人穿着深红色的背心和闪闪发光的斗篷，仍然跳着绿玉米舞②，但掺杂了少许牛仔风格。他们在锯齿草上的螺旋桨船③旁边高声叫着，用中国台湾省的彩色珠子和同鳄鱼的格斗表演来吸引游客。扁平的黑眼睛向后望去。

撑船在绿色沼泽④上遨游一整天，达布能感觉到独木舟平缓地划过茶色的水面，看到水中彩虹色的气泡，有着棋盘图案的背部和木雕一般眼睛的鳄鱼，成群的白鹭从躁动的树林中斜着飞出，帕拉披散的头发在他面前闪闪发光，她的哥哥吉尔勒莫——比尔——行动派，在达布身后。他呼吸着空气中腐烂的味道，眼前是绿色的光线，挂在树上的苔藓，到处是横跨两

---

① 比利·鲍勒斯（Billy Bowlegs，约 1810—1859），他的名字在塞米诺尔语中是"鳄鱼酋长"的意思，曾领导塞米诺尔人对美国政府进行了最后的重大抵抗。随着军事胜利的可能性越来越小，他最终同意在 1858 年与他的人民一起搬迁到印第安人地区（今俄克拉何马州）。
② 绿玉米舞（Green Corn Dance），美国东部林地的一些印第安人在神圣仪式上的舞蹈，这个神圣的仪式通常在玉米丰收后的第一个新月期间进行。
③ 螺旋桨船（airboat），一种由引擎驱动螺旋桨来推进的平底船。
④ 绿色沼泽（Green Swamp），美国佛罗里达州中部的旅游中心，自然景观独特，是皮斯河的源头。

岸的蜘蛛网。还有兰花——在双筒望远镜所及的远端看到那丰满的花朵时，他还是为之一振。雨鸦在厚厚的云层下哀鸣，那云层像压实的黑色亚麻布。比尔拍打着蚊子。

"帕拉，你喜欢这里吗？"他要知道答案。

"喜欢。这里很美，也很奇怪。"她转过身来对他微笑着，她的头发上满是蚊子。

"我一定到这儿来过一百次了。"

这片沼泽仍然处于有待开发的红色荒野中。有一次他甚至听到一只豹子在咳嗽。这里，没有穿着杧果色海滩裤的男人，没有大口喘气的女人，没有推土机，没有下颌美容术，也没有整形幻术。他参与了多年的秘密谈判，与伪装成旅行推销员或环境研究生的买家在汽车旅馆会面。芦苇溪改善区，完工以后将被称为"迪士尼乐园"。他认为这不过是一堆昂贵的塑料垃圾。但他眨眨眼，对自己说，万分感谢。

随后，他们又回到了危机四伏的城市，又开始在高速公路上左躲右闪着开车，回到咖啡和香甜雪茄的味道中，回到"免费酒吧"的黄色标志、五颜六色的灯光和帕罗米拉牛排浓郁的香味中。沿着街道，达布看到了五光十色的礼服、闪亮的金链和亮片装饰的游行队伍。城市上空是一片像深红色刀刃一样的云朵，下面是大理石的人行道。他经过一扇窗户，里面有一个古色古香的留声机喇叭，上面画着牵牛花。我喜欢这个，他想。飞机的尖叫、套着绚丽花环的雕像、前院被粉色的霓虹灯照亮的宗教主题院落、游客的闪光灯。橱窗里堆满海螺壳，原始的酒吧和仿制缩头①，鱼篮子和彩绘的纺织品，时髦的音乐，放肆的恶棍，交易和流言蜚语，被侵蚀的沙滩，所有这些都给人一种身处异国危险之地的感觉。家的感觉。

这个黑暗的城市，自由之城②、上城③和黑树林有着炙热的贫民窟。然而，他甚至喜欢像疖子一样爆发的恶魔般的骚乱，对血淋淋的尸体的照片也毫不畏惧。所有这一切，包括塞进阴洞里的臭烘烘的钞票，街头音乐和街头小吃，都渐渐消逝，逐渐变为乳白色的女人，深色头发、手从镶着猫眼石的袖口伸出；逐渐变为穿着昂贵手工皮鞋的男人，喜悦或愤怒扭曲着他们放光的脸；他一直睁大眼睛看着，直到变为斗鸡眼，很难看清楚眼前的一切。

---

① 缩头（shrunken heads），早期美洲的一些部落以猎取敌人的头颅来庆祝胜利或宣誓复仇。在割取头颅之后，以独特的加工方法将头颅缩成拳头大小保存。
② 自由之城（Liberty City），美国佛罗里达州迈阿密市的别称。
③ 上城（Overtown），迈阿密市的一个街区，位于迈阿密市区西北部，曾经是迈阿密和南佛罗里达州黑人社区的商业中心。

第三十六章

猎　枪

> Oct. 1969　Dear Ma, Pa, Dub + Mernelle. Farming out here is a tough proposition. I might do a little trapping. Getting old I guess. Ruematism in rt shodder. Hope all are well and that the farm is doing good.
> 　　　　　　　Loyal
>
> Mr + Mrs. Mink Blood
> Cream Hill
> 　　Vermont

1969 年 10 月
　　亲爱的妈妈、爸爸、达布和梅尔妮尔，在这里经营农场是个苦差事。我也许会布置一些陷阱。岁月不饶人，我想。肩膀有风湿。希望你们一切都好，农场一切顺利。
　　罗亚尔

明克·布拉德　先生和太太
牛油山
佛蒙特州

"现在,他们又让它自食其果了。"道芬说,"我说的是风。风像抹了油的猪一样狡猾。"那只狗不让罗亚尔离开它的视线。它躺在桌子底下,靠着他的脚。晚饭后,道芬像个老骑手一样,迈着歪歪扭扭的步子,领着他们走进客厅,打开电视看火灾的情况。罗亚尔看到,从空中看燃烧的面积很小,在广阔的大平原上只烧了几千英亩。电话线垂到了地面。而从地面上看,仿佛整个世界都在燃烧,似乎那股奔腾的火焰可以随风飘到加拿大或墨西哥。广播员说有十六个农场被毁了。其中一个玉米农场主,大火一小时就烧光了他一年的收入,他拿着一把猎枪来到医院,要找已被烧死的麦当劳经理算账。有一个模糊的镜头,那个戴着手铐的农民蜷缩在警长的车里。

道芬颤抖着给罗亚尔和他自己各倒了一杯酒。他那张干枯的脸晒得通红,眼睛闪闪发光。

"布拉德先生,欢迎你住在这里,直到你重新自立起来。"老人的手呈环状握着那个矮脚酒杯,"霰弹枪。我可以一直给你讲这里的霰弹枪的故事,直到时钟的指针掉下来。"他家的大沙发是用剥了皮的杉木做成的,垫子上覆盖着牛皮。当故事开始的时候,灯罩发出篝火颜色的光。道芬太太坐在一边,两条细细的腿从裙子里伸出来,像海盗标志的骨旗一样交叉在脚踝处,她的手在倒完咖啡之后显得很镇定,不管别人说什么她都点头。

罗亚尔点了点头。土地还在。他可以卖掉土地然后离开。买辆新卡车,也许买一辆大众面包车,把里面装饰一下,像一个带轮子的小房子。见鬼,他可以去任何地方。阿拉斯加。加利福尼亚。

"我可以告诉你猎枪的事,听起来挺吓人的,给你讲讲它带来的痛苦,但我逐渐发现它更像是一种个人习惯一类的东西。你知道,要是想清理变得肮脏的生活的话,它倒是一种不错的方式。人们常称之为暂时性精神错乱,但我一直认为,考虑到当时的实际情况,这种行为反映出相当清醒的神志。当然,不是所有时候,而是大多数时候。我妻子家里的人好几次都选择了那条路。"道芬太太点了点头。她那瘦骨嶙峋的双手懒懒地搁在蓝色织锦的椅子扶手上。

"她的父亲、祖父,还有一个叔叔。还有我能想到的其他人。所有的农民,至少是大部分农民。"

"没错。"她右手的食指轻轻敲了几下,"是我找到了我父亲。我当时只有十七岁。母亲说,那次打击使我失明了一个星期,可我自己不记得了。"

"你们牧场主或农场主,布拉德先生,几乎总是选择猎枪。他们还用一根分叉的棍子,你看,这样他们就能够到扳机。这里的人不会用大脚趾来扣扳机。他们不喜欢脱掉靴子。要知道,死得其所。他们会把枪口对准额头,那是你杀牛的时候瞄准的目标。那里是头部最薄弱的部分,他们知道。就在这一带我就能给你数出十多个例子。阿尔文·康帕斯，英俊的小伙子，以前常开车去狼寨。他正在追那边的一个女孩，我们一直不知道是谁。他是个好孩子，来自一个体面的农场家庭。他父亲在白水河谷有个漂亮的农场。有好几次我经过那里都停下来看着他的牲口群。我看着他的一头公牛，在春天的草地上，用蹄子捣着地面，红色的泥土从它的蹄子下翻起来，然后它蹲下，在地上磨它的肩膀，就好像它有肩膀似的。

"阿尔文会开车五十多英里去看那个女孩。有一次，他开得很快，在十字路口撞上了一辆从侧面驶过来的汽车。那辆车侧翻了，连人带车摔进沟里。阿尔文停下车，跑向那辆车。往车里一看，有五六个人，其中还有几个孩子，没有一个人动弹，司机的脸上全是血。他回到自己的卡车上，从行李架上取下猎枪，一枪爆头。就死在路边。然而，问题是另外那辆车里的人并没有死。他们甚至都没有受伤，除了司机被撞晕了，额头上有个小伤口。你知道，头部受伤会流血。几分钟后他就醒了，找到了阿尔文。你不觉得堵心吗？

"C.C. 波普是另一个例子。他和姐妹多萝西、布里塔妮住在一所大房子里。他们都没结婚。我告诉你，这俩人很奇怪。但他们的运气很好，连续四五年，他们周围到处暴雨成灾，但暴雨就是不往他们的地盘下，也没有洪水把什么都冲得一干二净，还没有龙卷风在农场收获的前一周撕毁一切，没有损坏的机器需要修理，而且修理时才发现他们所需要的零部件早已停止生产了,只能废掉。在他家你会在天空中看到幻日①,其他地方都看不到。印第安人都不愿意来他这里,管他叫'老C.C.逆向说话'。不知道这是什么意思。他说话和正常人一样。

"后来老C.C.因为肩膀拉伤,一只胳膊不能动了,医生让他去按摩,一周两三次。医生推荐厄尔·道芬的妻子给他,据我所知,厄尔和我并没有什么亲戚关系。她擅长按摩,价格也公道。他在门口不停地蹭鞋,足足有十五分钟,然后才鼓足勇气问她是否能给他按摩。'是的,是的,我可以。'她是瑞典人。他就每周去那里做按摩。我猜只是按摩肩膀,但谁知道呢?可怜的老家伙,七十四岁了,除了两个老掉牙的姐妹,不认识任何其他人,他爱上了厄尔·道芬的妻子,那个又肥又大的女人,已经是六个孩子的祖母,跟牛粪一样浪漫。他当然知道这根本没有希望。他从未对她说过一句话。他拿着猎枪走进卧室,对着镜子开枪自杀了。后来他们发现他的抽屉里塞满了他从未寄给她的情书。

"还有查尔斯·V.桑迪。他是一个动物标本剥制师。我的天,他做了一只看起来特别真实的大猫,你看了都会觉得冷,对吧,莫莉?"

那只狗睡了,它的头枕在罗亚尔的脚上。它的重量使他的脚发麻。他试着把脚从狗的下巴底下挪开,但只要他的脚稍微一挪,它就立刻匍匐着往上凑。它得改掉这个坏习惯。

"他能把任何东西都制成标本,棕褐色的驯鹿或麋鹿,它们

---

① 幻日(sun dog),大气的一种光学现象。在天空出现的半透明薄云里面,有许多飘浮的六角形柱状的冰晶体,偶尔会整整齐齐地垂直排列在空中。当太阳光射在这一根根六角形冰柱上,就会发生非常规律的折射现象,形成幻日。

339

的皮毛很棒，简直像黄油。当他还是个孩子的时候，他就写信去参加函授课程，"用业余时间学习标本剥制术"，但我觉得他做得很好。他还为一些大型博物馆做过摄影工作，在纽约州的新帕尔茨①镇的市博物馆工作了两年，他们在那里做一些郊狼标本。他们还办一本杂志，刊登那种我们偶尔能看到的动物的系列文章。"

"《西部世界》，"莫莉·道芬说，"在马具室里的一个箱子上。而且当地的一家报纸还做了一大篇报道，有全套的图片，还有说明等等。"

"明天给你看。就是这样，那个桑迪先生，过着很宽裕的生活，因为他的技术而受到尊敬，杂志和报纸上都有关于他的文章，他的家庭也很好，有两个孩子。但他却开枪自杀了，就在冬天快要结束的时候。他完成了所有的工作，把报纸钉在天花板上，还把更多的纸撒在地板上，给活着的人找点儿麻烦来清理，然后，砰！大家不知道他为什么这么做。一切似乎井然有序。他什么话都没说，也没留下纸条。在费了这么大的劲把报纸贴在天花板上之后，讽刺的是，所有的乱糟糟的东西，脑浆、鲜血，最后都落在他身后桌子上的一堆多米诺骨牌上。他在开枪自杀前刚刚和他最小的儿子玩了一个小时的多米诺骨牌。那是许多年前的事了，但更奇怪的是，那个和他玩多米诺骨牌的儿子在十八岁生日的那天也开枪自杀了。这是两年前的事。我不记得他是在哪儿自杀的了，你呢，莫莉？"

---

① 新帕尔茨（New Paltz），位于纽约州阿尔斯特县的小镇。

"在很远的一片田野里。"

"对了,我想起来了。有趣的是他用的是一把8号口径的枪。你知道,那是他父亲留下的收藏品之一。"

"上帝。"罗亚尔说,"他肯定四分五裂了。"

"是啊,头完全被炸没了。但至少人们知道他为什么这么做,因为他留下了一份长达三百一十二页的遗书。在他干这糟心事之前七个月就开始写了,光遗书就写了好几个月。他认为他自己没有任何值得期许的未来——说他自己相貌平平,女孩子们都嘲笑他,他还有一些坏习惯,我想我们知道这是指什么,他还懒惰、记性差、在学校成绩不好,还有几种过敏症,一条腿比另一条短等等。每个人都有的缺点。"

"我从没觉得他长得难看,"道芬太太说,"每次我见到他,他看起来都很正常。不过这种事谁也说不准。"

"现在有一大堆人在受苦,庄稼歉收,无法偿还抵押贷款,财务问题。当然,我们在这里也遇到过麻烦,但不知怎么的,我们总不至于靠枪解决问题。对吧,妈妈?"

"到目前为止。"道芬太太笑着说。

"那么,布拉德先生,你今天损失惨重,你的豆类作物、你的莱亨鸡、你的房子和外屋都没了,但我希望你仍能看到光明的一面。至少你自己幸免于难,你的卡车和狗也还在。我希望你不会像我们刚才说的那样拿枪解决问题。还有很多东西值得我们追求。"

"不,不,"罗亚尔说,"我从来没有这样想过。我这辈子跌倒得比这惨的还多呢，从没考虑过走这条路。就算你给我多少钱，我也不会用猎枪打爆自己的头。"但是他的生命就像一条脆弱的链条，链环一个接一个地断了。

"哈哈。如果你在考虑如何走下一步之前想找一份工作，我们倒是可以在这里给你提供一个机会。度假农场总有活儿干，即使是像我们这样的小农场。是的，我们这里已经发生了两起枪击事件，对吧，妈妈？"

"两起？我记得只有布利多小姐一个呀，而且我依然相信那是个意外。"

"还有帕杰尔呢，你把他忘啦。"

"我没忘，但那不是自杀，很可能是谋杀。杀死他的猎枪是他开门的时候被一根细绳触发扳机的。我永远都认为这是蓄意谋杀，我不愿去想谋杀的动机。布拉德先生，如果你懂我的意思的话，那时候我们家的简易房里住着一些讨厌的家伙，其中有一个，就是这个帕杰尔的朋友，像女人一样小心眼。警长跟他谈了好几个小时，最后没逮捕他，但我总觉得事情远不止我们看到的那么简单。我们还没撵他走，他就自己走了。可能他还在外面四处游荡。"

那只狗已从罗亚尔的脚上爬开，趴在他的右脚跟和沙发之间，身体像活绳子一样缠绕着他的双腿和一只脚。

"你的狗真是个忠贞不贰的情人，布拉德先生。"

"嗯。"道芬太太附和着说，仿佛是在肯定，只要一提爱情，就中和了刚才说的遍地脑浆的话题。

第三十七章
印第安人的本子

> Dear Deb, The box of grapefruit was an awful nice surprise. I never had such sweet grapefruit before and such a pretty pink color. I took a couple over to Mernelle and Ray and they said you sent them oranges. So we swapped. It was awful good of you and Pala to think of us.
> love, Ma (Jewell Blood)

> Marvin S. Blood
> Sungate
> 4444 Collins Ave.
> Miami, Fla.
> 33144

　　亲爱的达布，你寄来的那一箱葡萄柚真是一个大大的惊喜。我还从来没有吃过这么甜的葡萄柚，也没有见过这么漂亮的粉色。我拿了几个给梅尔妮尔和雷，他们说你给他们寄了橘子，于是我们就交换了一些。你和帕拉能惦记着我们真是太好了。
　　爱你的
　　妈妈（朱厄尔·布拉德）

马文·S. 布拉德
太阳门
橄榄树大街 4444 号
迈阿密　佛罗里达州
　　33144

他本来想把在克里德尔酒吧发生的事写进印第安人的本子里,但它在他提笔时瞬间化为乌有。

他坐在桌子旁,用他喝的啤酒瓶底下的湿圈做扇贝图案,一边听着酒吧那头争论的声音。玛尔塔是个身材魁梧的女人,高高隆起的头发像上了漆一样,她正在和一个男人争吵。她穿得像个冰上舞蹈团① 的女牛仔,麂皮背心上满是铆钉头,麂皮迷你裙下露出后卫球员的粗腿,毛茸茸的汗毛直到剃刀停住的地方。那个男人懒洋洋地喝着啤酒,油乎乎的衣服散发出一股油腻的气息。

"所以它的情况一点儿也没好转,这就是问题所在。你得把它修好。我那么照顾你,但我看得出你对我的雪佛兰什么也没做,你只不过要么坐在前排座位上,要么靠在引擎盖上。你对它做了什么吗?对,你不用回答,因为我知道你什么也没做。"

那人抓了抓自己的胸口,侧身半对着她。她拿起椅子,把它搬到桌子的另一边,这样她就又面对着他了。她提高了声音。

---

① 冰上舞蹈团(Ice Capades),一个以花样滑冰为特色的巡回娱乐节目,由约翰·哈里斯1940年在宾夕法尼亚州首创,最初是在冰球比赛的间隙在冰上做夸张的戏剧化表演,一度非常受欢迎,节目的主角多为退役的花样滑冰运动员。

"你以为我就得忍着吗？你不就是这么想的吗？我不能去找警察，又不能向别人抱怨？那你就错了。你惹错人了。"

那人夸张地叹了口气，下意识地朝罗亚尔眨了眨眼睛。他示意克里德尔太太再来一杯。

"你要是还想喝啤酒，就尽管到这儿来拿。"克里德尔太太苍白的嘴唇翕动，一边擦着吧台。她冷酷的眼睛什么也不接受，直到事情成为过去。她没有费神去拿啤酒。那人转动着伤痕累累的桌子上的空杯子。

"你没听见夫人的话吗？她让你自己去吧台拿啤酒。"玛尔塔用甜美的声音说，有点像鹅叫。她站了起来，"我敢打赌，你是认为我应该去给你拿啤酒，是不是？是的，先生，你就是个喜欢被人服侍的人，对吧，你这个斗鸡眼，两面三刀，应该被绞死的废物！"说到最后，她猛地把他身下的椅子抽了出来。男人从桌子后面伸开胳膊仰面倒下，当他撞到她的腿时，她站得很稳，并用脚踢他的头，不停地踢。

"你喜欢他们跳舞的舞步吗？喜欢吗，你这个油腻的老猴子？你想要再来几下吗？"那声音像一把梳子拖过桌子的边缘。每次那个男人想站起来，她就用她那双磨坏了的靴子踢他，靴子上沿镶着波浪状的水钻。

"喂，停下！"克里德尔太太从酒吧的拐角里走出来，喊道。克里德尔先生也从里屋走了出来，用一条毛巾擦着他那双沾满醋渍的手。那人急忙躲到一个隔间的桌子底下，玛尔塔的脚踢不到的地方。她像头公牛似的晃着头，塔一样高高隆起的头发摇摇晃晃。

"给我一把扫帚！棍子、球棒之类的东西。"她的眼睛在房间里扫视了一圈，滑过罗亚尔，又滑过克里德尔，然后又回到罗亚尔。

"你看什么，你这只肮脏的火鸡？男人！看看你，你这只脏火鸡，就像在看演出一样。你想不想参加这个节目？"她捡起那个男人的空啤酒杯，朝罗亚尔扔去。它打在他的肩膀上，反弹到桌子上，摔碎了。她冲过房间，撞翻了他的椅子，把他们俩都带倒了。她双膝跪在了地板上，一根根硬硬的头发像太阳表面的光芒一样竖了起来，她倒在他身上。

就在他倒下的那一瞬间，他想要掐住她的喉咙，把她那隆起的黑发劈开，露出脑仁来。他从地上爬了起来，像把铁锤一般。他想，要不是克里德尔进来，他早就把她杀了，最后本·雷恩沃特也走了进来。他的帽子斜戴着，遮住了眼睛。这三个男人摇摇晃晃如同跳舞。克里德尔太太把玛尔塔从厨房推到巷子里。

"我不管你是不是没拿外套，要是拿了你就回家去吧。"

在愤怒中，罗亚尔尝到了一种邪恶的满足感，肾上腺素防止了他的发作。还好没有泄露什么秘密。那天晚上，他在印第安人的本子上写下了"只有一种方式"，然后画掉了这些字，然后又写，直到钢笔把纸戳破，终止了这些想法。谁知道有多少种爱的方式？只有那些找不到任何一种的人才知道有多困难。

第三十八章

要下雨了

```
Dear Former Customer! Even though Its' Fall
Instead of MAY it MAY Be That We MAY Have Just
the Car You Want! E-Z Terms for Qualified
Customers. Isn't it Time You Stop by RUDY'S CAR
CITY? You'll be Glad You Did!
```

Jewell Blood
RFD
Cream Hill
05099

亲爱的老顾客！尽管现在是秋天了，而不是阳光明媚的5月，但是我们可能正好有了您想要的轿车！专供我们符合E-Z条款的客户。这不正是前来鲁迪汽车中心的好时机吗？您来了不会后悔的！

朱厄尔·布拉德　太太
乡村免费邮递
牛油山　佛蒙特州

朱厄尔一觉醒来，觉得她得抓紧了。有好多事情要做。她立刻下床，站在那儿喝着茶，望着窗外蒙蒙亮的早晨。她的手把杯子碰得叮当作响，发卡也别不好，她感到不安。一定是要变天。

她洗了杯碟，还吃了几片苹果。这几天没胃口。自从达布出生以后就发福的身体，在过去的一年里瘦了下来。镜子里她的样子让她吓了一跳——这不是老祖母塞文斯吗？鹰钩鼻，满脸皱纹，正盯着她看。她七十二岁了，看上去也有七十二岁，但是她感觉自己还是个年轻女人，只是有点手抖。

太糟糕了，她想，又一次错过了树叶变色的时节。去年10月，当她的新车更换刹车时，这个念头达到了急不可耐的顶峰，但当小阳春的秋天过去时，这个想法又从她的脑海中消失了。她一直打算在树叶变色的时节，在罐头厂的工作结束后，到新罕布什尔州的山上去。他们说那是一种享受，五颜六色的风景。她真想开车走走收费公路，上华盛顿山。但是每当她有时间的时候，她又忘了这件事。她觉得自己的这辆甲壳虫可以胜任；他们说，这条路对汽车来说太难走了，很多人不得不掉头。那些车的引擎过热了。但是在山顶你可以看到世界的尽头，你可以买一张贴纸贴在你的汽车保险杠上,写着"这辆车爬上了华盛顿山"。这个愿望听起来很傻,保险杠贴纸,但她确实很想要。华盛顿山。现在有一件事需要一个老女人来做了!

是雷说服她用明克留下的战前的旧车换了一辆1966年的大众甲壳虫。"它只跑了两万两千英里。它的续航时间和老福特一样长,行驶里程也还不错,而且你可以把它开到大多数汽车都去不了的地方。鲁迪那儿有一辆完好无损的,只是颜色有点奇怪,但他说你可以花个好价钱买到。"

"我才不在乎颜色呢!"她说,"是什么颜色的?"

"是橙色的,朱厄尔。灰绿色的内饰。这是一个定制产品,但是顾客无法继续支付了。它的引擎运转得很好,而且有很好的加热器。车身没有锈蚀。鲁迪说如果你对这辆车感兴趣,他可以免费更换刹车。我想这辆车卖不出去是因为它的颜色,这是事实。"

她一看到这辆小车就喜欢上了它。汽车隆起的形状和急切的样子似曾相识;它使她想起了梅尔妮尔的那条老狗。

她把房车整理了一下,用吸尘器在编织的地毯上吸了一遍,铺上一块干净的桌布,在厨房的橱柜里铺上了新鲜的铺垫纸。这点活儿就是举手之劳。要是在过去,她还得把脏纸塞进炉子里烧掉。电炉很干净,但它不能烘干袜子、烧纸、烤面包或提供温暖。用电是要花钱的,可他们称之为进步。

到了9点钟,除了织毛衣就没有别的事可做了。她焦躁不安,粗糙的手指总是挂住毛线。房车太狭促了。她很想兜风,开车到马路上去看看。在房车里虽然很舒适，却使她局促不安。事实上，她是想念罐头厂的工作。

她仔细观察着早晨沉闷的天气。天空就像一张旧的马用防寒毯，在开始下雪前的一两个星期就是这么灰蒙蒙的。好吧，即使看起来要下雨，她也要往东开。看看能走多远，试试甲壳虫的能耐。

中午时分她来到利特尔顿①，又累又渴。她花了十五分钟寻找一家速食餐馆。她开始觉得有些头痛。这段旅程比地图上看起来更长。阴沉的天空变暗了。一杯姜汁汽水就可以了，也许边看地图边吃鸡肉三明治。到一个地方点自己喜欢吃的东西，然后她用自己挣的钱付费，这也是一种享受。

她把车停在"牛铃餐厅"前面。她坐在一间漆过的小隔间里，从餐巾纸盒后面拿出卡住的菜单。桌子上到处都是面包屑和番茄酱。一个女服务员靠在柜台上；另一个坐在她前面的凳子上，抽着烟喝着咖啡。还有另外几位顾客。一个穿着破旧夹克的男人似乎很自在，他自己从柜台后面的一个斑驳的壶里倒咖啡喝。

"享受他们的甜蜜时光。"朱厄尔自言自语道。

女孩走了过来，用抹布擦了擦桌子。

"要点儿什么？"

"我想要一杯不加冰的姜汁啤酒和一个纯鸡肉三明治，只有鸡肉、生菜和一点蛋黄酱。"

---

① 利特尔顿（Littleton），美国城市，在科罗拉多州中部，丹佛市南面。

"白的还是全的？"

"什么？"

"你想要鸡肉配白面包还是全麦面包？"她抖了抖大腿，回头看了看另一个女服务员。朱厄尔明白了。有一种售货员、女招待、服务员、收银员，对老年人完全没有礼貌。他们说话慢条斯理，语气轻慢，粗鲁地放东西。朱厄尔打赌这个人会把姜汁汽水洒得到处都是。果然。

面包像宝塔一样拱着，露出了里面夹的枯萎的生菜和一团灰色的鸡肉。姜汁汽水几乎完全是冰和水。她用餐巾纸擦去洒在桌子上的液体，然后俯身看着地图，沮丧地看到公路在山的另一边。她得开车向北兜兜转转，大概还要开六十英里。当服务员递给她一点七五美元的账单时，她问她怎么走能更快上汽车路。

"汽车路？我都不知道它在哪儿。梅兰妮，你知道汽车路在哪儿吗？"

"去华盛顿山。"朱厄尔说，"通往华盛顿山的汽车路。"

"我去过那儿，"梅兰妮说，"是一个阴天。"

"最好的路线是什么？"

"你走116号公路，然后转到2号，再转到16号，就这样。反正离这儿还有几个小时的路程呢。"

"没有捷径，没有小路吗？"

第一个女服务员回答说："我从来没有听说过。你昨晚去哪儿了，梅兰妮？"

那个穿格子呢夹克的人从凳子上转过身子。"你有辆好车？"他下巴上的胡子没刮，眼睛像腌洋葱。老傻瓜。

"是的，"朱厄尔说，想着她那忠实的甲壳虫，"我可以开着它去任何地方。"

"好吧，既然你有一辆好车，那离开大路也没什么问题，是有一条捷径，可以给你省八到十块钱。"他踉踉跄跄地走进隔间，在地图上方晃着身子，"这是一条伐木路。忘了116号公路吧。看，你从这儿往下走，喏，走十五英里，经过卡罗尔，离这里大约三英里，然后你往右边看，有一排设备棚，我记不清几个了，大概有六个或八个棚，你过了棚子后有一条往右转的路。你不要走那条路，直着往前再走大约半英里，那儿还有一个右转路口，就是你要走的那条路。它大概是从这里穿进去，从这里出来。"他的手指在地图上滑动着，"这样你就可以少走几英里，大约十英里。如果你不介意走土路的话。"

"我基本上总是走土路的。"她说，"感谢你的信息。"

"就算你给我钱，我也不听他的话。"梅兰妮说。

当她看到那几个摇摇晃晃的杆子棚时，已经是2点15分了。她经过了一个右转弯，然后看了看里程表，计算什么时候到半英里。什么都没有。在快到一英里的地方，她看到一条破烂的石子路向东南方向延伸。她开上了这条路。一丝风也没有。黑暗的天空，荒郊野岭上光秃秃的云杉，以及云杉后面长满荆棘和三叶杨残枝败叶的巉岩的小山，这些使她感到沮丧。她累了。

寒冷侵入甲壳虫内部。当她到达华盛顿山的山顶时，可能要将近4点了，天色开始暗下来。卖保险杠贴纸的那家店什么时候关门？现在已经很接近了，如果不尝试一下就太可惜了。一次真正的冒险体验，在接近天黑的时候爬上华盛顿山，然后再下来。别下雨就好，她想，很高兴自己换了新刹车。

道路越来越难走，越来越狭窄，黑暗的树林中铺着苍白的砾石。开了一两英里后，前面出现一个Y字形岔路。没有路标，无法知道哪条路通向哪里。右边的岔路似乎是更好的选择，于是她转了过去。这条无名的道路穿过一座桥，然后弯弯曲曲地蜿蜒上山；无数条向左或向右的岔路。一英里又一英里的路延伸到森林里。她经过几个原木平台，还有一辆破旧的绿色房车，车顶已经塌陷，一对鹿角悬在敞开的门上。道路低洼处变得又黑又泥泞，泥浆溅到了挡风玻璃上。砾石路到了尽头。她奋力把车开上一溜阶梯状岩石，穿过一片沼泽地上铺的一条已腐烂的原木组成的灯芯绒小道。没有地方可以回头。她现在害怕了，想回头，但是只能往前走。她听到冻雨落下的第一声滴答声。一头驼鹿跑进一片只剩云杉残枝的林地。小车在坑坑洼洼的路上滚来滚去，就在将要走出沼泽的时候，消音器被一根圆木刮松了。眼前的路——已经不是路了——变得异常陡峭，是在沟壑纵横的石头上凿出的路。她无法掉头，也几乎无法向前走。

细细的冰雨在挡风玻璃上冻结起来。雨刷无效地刮着泥和冰。最后，左一歪右一歪，一阵摩擦声。大众甲壳虫汽车被顶了起来。她关掉了引擎，下车往车底下看，一块大石头顶起了车架。雨夹雪拍打在小车上噼啪作响，拍打在云杉上发出咝咝的声音。她想，可能需要直升机才能把甲壳虫从岩石上弄下来。这辆旧汽车的后备厢里曾经有一个小型绞盘，但当她得到这辆车的时候，它已经不见了。现在要是能找到一根或两根结实的杆子，放到甲壳虫下面，兴许能把它撬下来。如果她有力气的话。她一定要试一试。她想起了明克，想到他是如何用愤怒来帮助他度过艰难的劳作和艰难的生活。她的心怦怦直跳。她蹒跚地走进横七竖八的林地，想找一根好的、结实的木头。她穿的衣服不合适干这个，她想。针织裤的裤口被钩住了。

残破的树枝，腐烂的树干，绿色的小树苗，这些都没用。在乱糟糟的枯木堆里钻进钻出是最困难的。她气喘吁吁地走到一条沟边，沟里长满了枯树，下面荆棘丛生。有一根木头看起来很结实，大小也正好合用。她想找个好位置把它拉出来。她可以自由地举起近端，但远端似乎被另一根树干压着。她在发抖。她得到沟的另一边想办法把它撬松。她知道自己无法像走钢索的人那样，在倒下的树干上保持平衡，就像明克会做的那样。她只好挣扎着爬进沟里，在令人窒息的荆棘和枯枝败叶中奋力前行。雨夹雪啪嗒啪嗒地下着。身在密密麻麻的乱树丛里，又黑又臭。到处是拦路的枝枝杈杈。她奋力向前走了七八英尺，她的心怦怦直跳，一心要到达沟壑的另一边。当致命的动脉瘤使她的旅程戛然而止时，她只感到惊讶。她的紧握着野覆盆子枝条的手，放松了下来。

第三十九章
伐 木 路

```
November 17, 1969
Dear Mr. Blood;
There's been two complaints to the selectmen
about the septic system on your trailer park
property in Cream Hill. Could you come to
meeting next Thursday night. Joanne Buddle,
Cream Hill Town Clerk
```

```
Mr. Otter Blood
RFD
Wallings, VT, 05030
```

1969 年 11 月 17 日
亲爱的布拉德先生：
　　市政委员收到两份投诉，关于你在牛油山的拖挂式房车乐园的排污系统。请问你可以在下周四晚上来面谈吗？
　　乔安妮·巴德尔
　　牛油山镇办事员

奥特·布拉德　先生
乡村免费邮递
沃林斯　佛蒙特州　05030

11月的雨声拍打着挡风玻璃。一阵风摇晃着车身,把湿冷的树叶拍落到街上。雷呼出的热气凝结在侧窗上,形成乳白色的一片,模糊了红绿灯的光芒,霓虹灯"中国公园"(中国的"A"从未出现过)①变成了彩色的菱形图案。加热器发出呼呼的响声,把热量传到他的腿上。他拐进亨利街,前大灯的光芒打在潮湿的树木和斑驳的人行道上,闪闪烁烁。湍急的带着树叶的水流奔向水沟,行人的湿漉漉的靴子像燧石一样闪着光。他家的窗户在黑暗中显得很明亮,像一块正在融化的方方的黄油。

　　他把车停在车道上,让车轮与一簇簇草丛两边的凝土斜坡平齐,草丛刷擦着车底。透过窗户,他可以看到厨房窗帘映出的红色,看到梅尔妮尔在桌子周围忙碌,可能是在整理餐垫,或者把银器排成小小的一排,像孩子们排队照相一样。

　　房门因为潮湿膨胀了,他推了两下才把门推开。梅尔妮尔穿着紧身黑裤子,正弯下腰,伸手到水槽下面的柜子里拿一块新海绵,她对他说:"外面一团糟吧?"

　　"的确很糟糕。越来越冷了。他们说天亮前要下雪。"

---

① 此处"中国公园"的英文招牌为"CHIN GARDEN",缺少字母 A。

"猎鹿人会很高兴的。"风把雨水猛烈地打在后门上。靠墙的油箱上的盖子嘎嘎作响。

"是的,他们会喜欢的。还要多久才能吃晚饭? 味道太香了,是什么呀?"

"烤猪肉配烤南瓜。这么糟的天气似乎应该吃这个。我还做了苹果派,就是你闻到的肉桂味道。"

"你想喝一杯吗?"他把湿衣服挂在墙上的挂钩上,让它晾干。他身上散发出未加工木材的辛辣气味。他的拖鞋就在大厅里。

"也许一小杯。淡一点。"她往滚烫的烤箱里望着,用烤肉叉戳着猪肉。雷打开了水槽上方的小收音机。在播小号音乐,一种带有咔嗒声的拉丁美洲音乐。他从橱柜里拿出一瓶散发着干松木和香料气味的波旁威士忌,又从冰箱里拿出一瓶姜汁汽水。梅尔妮尔把冰块托盘从冰箱里拿了出来。

"我今天早上才换的,"她说,"这样冰块就没有以前的味道了。"她把托盘放在流水下,直到杠杆发出一声短暂冰冷的呻吟,把冰块撬松了。雷站在她身后,靠着她,让她的肚子贴在水池边上。他对着她的头发哈气。她感觉到他呼出的热气吹到她头皮上,耳朵里,感觉到他的嘴在她颈后,他的舌头舔着她凌乱的头发。

"啊。啊,"他说,"家。我爱它。"

她已枯萎的对孩子的渴望一闪而逝。"再烤十五分钟。这块肉有五磅重呢,所以剩下的足够我们明天做牧羊人派。"她从他手里接过饮料。杯子在她手里冰凉,冰块像玻璃一样相互撞击着。

在客厅里,雷坐在他的人造革躺椅上,梅尔妮尔坐在沙发上，沙发用厚厚的金色花呢装饰着，锥形的沙发腿陷进粗毛地毯里。茶几是光滑的硬木制的，上面放着一碟鲜亮的薄荷糖，旁边还有一摞摞的《林场评论》《汽艇》和《读者文摘》。胶合木镶板上闪着柠檬油的光亮。房间里到处挂着镶在黄铜框里的秋景照片。在房间尽头的一张桌子上，电视机正对着他们。

在沙发的后面有一个带玻璃门的柜子，里面是梅尔妮尔收藏的各种玩具熊：玻璃的、陶瓷的、木头的、胶木的、塑料的、纸浆脱模的，还有一只来自意大利的漆面泥塑熊，一只来自波兰的稻草熊，毛绒的布熊、用小木棍和石头做的熊，还有一个带熊的金属八音盒，上弦的曲柄从熊的背部伸出来，它播放的音乐是《牧场上的家》。她自己也不知道为什么要收集它们。"哦，这是一种消遣，一种爱好。我不知道，我就是喜欢。"雷从他去过的每一个地方，从斯波坎、丹佛、博伊西等地的木材大会上，还有从其他国家，如瑞典，甚至从波多黎各和巴西，都给她带玩具熊回来。在某种程度上，是他收集了它们；她把它们放在玻璃架子上。她需要喜欢它们。她也确实喜欢它们。

雷打开电视机。蓝色的矩形屏幕在他们面前亮起来。弯腰弓背的身影在令人绝望的大雪中晃动。这些图像就像壁炉里的火焰一样吸引着他们的注意力。8点半的时候，梅尔妮尔走进厨房去做阿华田①，切馅饼，那馅饼仍然像熟睡的肉体一样温暖。她在托盘里摆好镶着蓝边和金色叶子的白色甜点盘，又把略带

---

① 阿华田（Ovaltine），一个牛奶调味产品品牌，用糖、麦芽提取物、可可和乳清制成，起源于瑞士。

粉红色的阿华田倒进与盘子相配的杯子里。在暴风雨的声音中，她手中的瓷器和餐具叮当作响，银铃般的声音。在客厅里，雷摆好小桌子，铺上黄色的桌布。她轻轻地把托盘放下。他们一边看着闪烁的电视报道一边吃着，叉子上裹着面包皮和奶油。看到他空空的双膝，她心里很难受。如果有孩子的话，他们现在就该哄他们睡觉了。雷会讲睡前故事。"很久很久以前，有个小女孩住在一个高高的山顶上的农场里。她的名字叫艾薇·桑尼·麦克威，大家都叫她桑尼。"在星期日也是。①

节目进行到最后的时候，电话响了。雷伸出手臂。他那尖尖的胳膊肘挑着空荡的衬衫袖子。

"如果那是工厂里的人——"

"我来接电话，雷。在这样的夜晚你不该出去。"黑色的湿寒的夜晚。她接的电话，但他已经站起来，站在门口听着。电视里空洞的声音变成了沉闷的音乐，生硬的声音传来："……我是警察……在出事的那天……"

"是的，是的。"她用那种只有在权威发布会上才会用的紧张而陌生的声音说道。有人告诉她一个地址。她听着，示意他拿笔和纸来。他站在她旁边，看着她写下一个号码，并告诉她去一百英里外的山里的一个小镇那边。"她七十二岁了，身材魁梧，但现在瘦了，大概有五英尺五英寸高，我不确定。她比我矮，戴眼镜。"她听着那个年轻的声音说了几句，"昨天下午我给她

---

① "桑尼"的英文是"Sunny"，和星期日（Sunday）接近。

打过几次电话,都没有人接听。什么时间? 呃,我不确定,但那时雨刚刚开始下。也许大约3点。今天早上我又打了一次。她经常外出,所以我没多想。是的。是的,我可以带一张她去年春天拍的照片来。我和雷马上过去。"她挂了电话,奇怪自己的手为什么没有颤抖,她把双手按在眼睛上,然后软弱无力地垂下双臂,从牙齿缝吸进空气。

"是新罕布什尔州警察打来的。几个猎鹿人在伐木路上发现了妈妈的车。看来在那儿有一两天了 —— 上面有雪,周围没有脚印。警方说,她的电话无人接听,只是不停地响。他们让科勒瑞恩先生开车去妈妈的房车那边检查了一下,是科勒瑞恩警长,发现她不在那里。他们通过奥特找到了我们。"她正在拨号,她的手指知道熟悉的号码,他站在那里听着"哔 —— 哔 —— 哔 ——"的拨号声,想象着空房车里的电话铃声。

"他们说他们不知道那辆车是怎么开到那里的。它被挂在一块岩石上。他们说那里全是石头、树桩和沼泽,推土机都很难爬上去。"

"她受伤了吗?"

"他们不知道,雷。车里一个人也没有。她的皮包在座位上。里面有钱,十三美元。他们需要她的外貌特征以便打电话给汽车旅馆和医院。他们说那里的雪都没过堤坝了。雷,她在新罕布什尔州里德尔盖普的原木路上做什么? 你知道,可能有个窃贼或者更糟的人闯进来,绑架了她,偷了她的车。"

"穿上暖和的衣服。这趟穿越倒霉的新罕布什尔山区的旅行可真够受的。"

康涅狄格河东岸的地面变得陡峭起来。梅尔妮尔坐在车座位的边缘,把手放在仪表板上。黢黑的道路在前大灯的光照下泛着油光,摆动着的雨刷在挡风玻璃上摇来晃去。

"过去几个月里她一直有点怪,雷。还记得8月她回家后保险杠上拖着别人家的邮箱吗?那东西拖在路上一定声音很大,但她说她根本没听见。雷,还有,她在过一条小溪的时候桥塌了,把车陷进了一个洞里?她在那辆旧车里吓坏了。她太老了,不能开车了,雷。我正要当面告诉她。"

雨点滴滴答答,每一滴水里都有冰粒。随着温度的下降,雨刷器每刮一次,在停顿的末端都形成弯弯的冰痕,在挡风玻璃上留下一个透明的扇形窗口。雨刷刮得磕磕绊绊。雷小心翼翼地把车停在路边,到外面用手清理掉雨刷上的冰。他在清理雨刷时,挡风玻璃上结了一层黑黑的冰。他把挡风玻璃刮干净了,但走了不到一英里就不得不再次靠边停车,清除结起的冰。除霜器咆哮着,但只能在玻璃上吹出一个月牙形状的透明窟窿。他不得不把脑袋伸到方向盘上。

陡峭的路面没有铺沙子,德索托[①]在转弯时也发生了倾斜,即使是在最平缓的弯道上,它也会出现甩尾的情况。在山上更不例外,总是侧滑。幸好对向车道并没有车灯闪过,但在他们

---

① 德索托(DeSoto),克莱斯勒公司曾经生产的一个汽车品牌。

身后很远的地方，雷从后视镜里看到另一辆车在缓慢地爬行。

"我敢打赌我们后面的是运沙车。"雷说。他们以每小时二十英里的速度摇晃着前进，雨夹雪变得像撒盐一样倾泻而下。在到达贾维斯的时候，冰雨变成了雪片。

"小意思。"雷说。不过轮胎在雪上反而平稳了一些，雨刷也很轻松地就把雪花刮走了。他把速度稳步提高到时速三十英里。

她在汽车旅馆的床上醒来，从雷的呼吸声中她就知道雷睁着眼睛。狭小的房间里，一张塑料椅子挤在一张双人床旁边，还有电视机。令人窒息。她的头也开始隐隐作痛。热风机开到了最高挡，涌出的空气让她知道，外面很冷。

"你醒了多久了？"她低声问。

"还没睡呢。我一直在想她可能就在外面。外面很冷。"他站起身来，拉了拉百叶窗，他手上戴的结婚戒指闪闪发光。弯曲的百叶窗的板条两边翘了起来。一团水晶般的薄雾模糊了汽车旅馆院子里的灯光。严寒中下起了细雪。有风，他想。即使有人穿着暖和的衣服，蹲在树洞里，躲在避风的角落里，又能撑多久？这位老农妇是燃烧起坚忍的火焰呢，还是轻易地就放弃了？

"你觉得怎么样，雷？"

"我不知道。我不知道。看起来不太好，亲爱的，但我们得为她祈祷。她现在可能在别人家的空房间里。别担心。"

"雷。她不在别人的空房间里。"他什么也没说，只是把他那又长又硬的胳膊搂在她身上,把她拉近,让她的耳朵贴在他裸露的胸膛上。他的心怦怦地跳着,他的胸膛随着他温暖的呼吸起伏着,一股令人昏昏欲睡的香草味从他身上散发出来。

"啊,雷,我真不知道该怎么办……"但是,她蜷成一个圈,想象着朱厄尔躺在雪堆里,一只胳膊僵硬地伸在面前,另一只胳膊弯曲在胸前,仿佛要从她喉咙里拔出一支箭来。雪花噼噼啪啪落在她的头发上,飘进她冰冷的耳朵。

"雷。可怜的妈妈。"她抽泣着说。他不停地抚摸着她那纤细的头发,一遍又一遍,直到头发在黑暗中都立了起来,迎接他那缓缓落下的手。

上午10点左右,气温降到了零下十五度。飞舞的雪花像刀子一样锋利。早在7点钟第一道阳光出现的时候,一支新组建的搜索队就出发了。梅尔妮尔和在佛罗里达办公室的达布通了电话。电话信号很糟糕,好像电话线路都结冰了。

他们坐在调度员办公室的塑料椅子上,等待令人抓狂。他们努力去理解只言片语和零散的信息。男人进进出出。房间里冷得冒烟。烟雾弥漫在空气中。雷开始想到家里水槽下面的管道,屋里的热气会逐渐消失。

"我们俩在这儿等也没用。管道可能会冻结。要不我回去处理,你留在这里。我会尽快回来的。如果他们发现了什么蛛丝马迹,你打电话给我,我马上就来。"

第二天,冻得哆哆嗦嗦的雷回来了,但他们没有找到她。第三天,又开始下雪了。搜索宣告结束。梅尔妮尔和雷坐在车里,开着热风，盯着加油站旁侧。朱厄尔那辆橙色的甲壳虫停在那里，它的底盘凹陷，消音器不见了，车身满是结冰的泥点和污渍。新下的雪又在那污浊的金属上覆盖了一层白色，梅尔妮尔说她再也不想看它开动了。

"这个家，"她说，"这个家庭有一种消失的惯例。除了我，这个家的人都消失了。我就是这一切的终结。"

"别这么说，亲爱的。我们可能还会走好运。"

"运气早就败光了，雷。自从罗亚尔出走后，布拉德家就在空转了。诅咒他，他每年都寄明信片给我们，但从不告诉我们该往哪儿回信。你知道他都不知道爸爸死了吗？他不知道畜棚的事，也不知道爸爸发生了什么事，他不知道妈妈搬进了房车，也不知道你我结婚快十年了，不知道达布在迈阿密已经很富有。不知道妈妈迷路了。给我们寄笨熊的明信片，难道我们要看这几只熊吗？他凭什么认为我想听他的？我才不在乎他那该死的明信片。现在该做什么？在全国各大报纸上登个通告：'致相关人士，朱厄尔·布拉德在新罕布什尔州里德尔山的雪中走失，她二十年没有音信的大儿子会打电话回家吗？'这是我应该做的吗？至少我知道哪里能找到达布。至少我可以给他打电话。我有他的地址。我不需要等明信片。"

第 四 部

第四十章
黑熊的胆囊

> Dear Brother Jensen, I'm now a true beliver after what happened to us. Things here been awful tight, but last Wed. Mrs. Cains a neabor asked me to go over Womens Pray Circle mtg. I went for the fellowship much as anything. During the prayers I just thot well I'll pray for some finance relief. Brother Jensen, believe me 3 days later Trav decide to plow a little strip front of the windbrake for Sparo gas bed. He turn up a mans shoe inside there was a $100 bill in there, real dirty but good. We both praying now. We watch your program Come to Jesus every nite
> Yours in the Lord,
> Mrs. Travis Butts
>
> Brother Jens Jensen
> T.V. Gospel Hour
> WCKY-TV
> Spineweed, Arkansas
> 72666

亲爱的詹森兄弟，在经历了发生在我们身上的事情之后，我现在真正相信了。我们这里的生活蛮困难的，但是上星期三我的一个邻居凯因斯太太请我去参加一个妇女祷告社团的聚会。我看在我们的交情的分上去了。在祈祷的时候我想我可以为摆脱经济困境祈祷。詹森兄弟，相信我，三天之后，特拉维斯决定在防风林那儿犁一道沟当作芦笋苗圃，我们翻地时发现了一张一百美元的钞票。它虽然很脏，但完好无损。现在我们两个人都祈祷。我们每天晚上都看你制作的《皈依耶稣》节目。

你的信主的

特拉维斯·布兹 太太

詹斯·詹森 兄弟
福音电视节目
WCKY 电视台
斯潘韦德 阿肯色州
72666

他现在明白了；世界上有许多特别的道路和小径供他通行，但还有许多道路对他关闭。永久关闭。到现在为止，他已经把自己训练得尽量少需求、少索取了。他的生命搭建起的不牢靠的脚手架就建立在遗忘的基础上。节食，消瘦，孤独，不安。他的头发几乎全白了。见鬼，还不到六十岁。

牛仔酒吧就是他的起居室，而且，从亚利桑那到蒙大拿，他有无数个这样的起居室——两银弹酒吧、红色刺激酒吧、卡尔的畜栏酒吧、牧人酒吧、斑点马咖啡厅、驼鹿架酒吧、盗马贼栖息地、白色小马和他的朋友们、圣丹斯滑雪场、野马比利的巢穴、黄色小公牛、靴子山、圣人画笔客栈。而且在每一处他都能很快找到他自己的落脚处，厨房的弹簧门旁边凹凸不平的桌子，背后有裂缝的隔间，因螺丝脱落而无法转动的酒吧凳子。

它们都一样，又各不相同，其中的气味包含难闻的咖啡、煎肉、啤酒、烟草、腐尸、洒出的威士忌、麝香、糖果、粪便、劣质水管、新出炉的面包。疲倦的灯光，无论昏暗还是炫目，无论是霓虹灯还是位于盘司通道最高点的孤独简陋的海象俱乐部里的黄色煤油灯光，都一样有气无力。而这些声音对他来说都是家乡的声音：自动点唱机，嘀嘀嗒嗒的提示音，冷柜门砰的一声,椅子腿刮擦的声音,谈话声,硬币旋转声,酒吧凳子吱吱嘎嘎的声音,啤酒的咝咝声,不受控的门在铰链上吱吱的哀叹声。在他的周围,有男人的脸,就像亲人的脸,瘦削的,过早衰老的脸。也有几个姑娘,脸上有麻子,头发和皮肤颜色一样,但大多数都是粗壮的男人,他们来自四面八方,就像鹿群从森林来到盐沼一样。其中有的很脏。你必须留神那些在你旁边的人,否则可能有被传上虱子、跳蚤之类寄生虫的风险。

他自己做了一辆捕猎车,可以用他的皮卡拖着到处走,它是改造自巴斯克① 牧羊人的双轴、大腹便便、帆布顶的简陋车。里面有一张嵌壁式床铺,一张厚板桌,他不用的时候就可以靠墙折叠起来,还有一个小火炉。他的凳子是一个有盖的箱子,里面装满各种装备。

他喜欢早上起床后打开后门。"糟糕路线路""叫醒溪路""饼干盒路"。他几乎可以把拖车拉到任何一个地方,然后把它从皮卡上脱开,固定住。不管他走到哪里,前面的道路都还很远。那里,在那漫漫长路上,他可以一个人走上几个月,不会像疯狂的巴斯克人那样"逍遥"或"迷离",他偶尔会看到这种人在街道上跌跌撞撞地走着,因为与世隔绝而精神错乱。

他行进得很慢。春天的时候,每当从皮草拍卖会上出来,他就会四处转转看看。看看每个牧场的蜂箱,把蜂蜜涂抹在早

---

① 巴斯克(Basque),该地区由西班牙的四个省和法国的三个省组成。巴斯克人是欧洲最古老的民族;有西班牙学者分析认为,巴斯克人为古代中国人的后裔。此词在第 46 章中再次提到。

餐饼干上。到了晚上，臭鼬会来到蜂箱上轻轻抓挠，直到把困倦的蜜蜂引出来，然后吃掉它们。

罗亚尔会在蒙大拿州或怀俄明州的某个小镇停下车，或者在西南方向去沙漠的路上下车，在酒吧里找一些人谈论皮毛和猎物，搭讪一些貌似牧羊人的人。他更喜欢牧场主，不大喜欢牧羊人，他们带着那些只会让土地变得光秃秃的哑巴细毛羊，只有当郊狼出现的时候才会尖叫。有时他也会和有家室的年轻人搭话，看着孩子们骑在马上或在地上跑来跑去，像装饰品一样光鲜夺目。天啊，他说，他喜欢看小孩子。在敲别人家的门之前，他会四下望一遍，然后仔细听一听。周围有很多牧羊人，也有很多不省人事的醉汉，但他喜欢他所听到的关于杰克·萨金的故事。一天晚上，他开车前去，敲了敲他家的门。

斯塔尔请他进来，给他端上来一杯咖啡和一盘肉桂吐司。自从在农场工作以来，他还没有吃过肉桂吐司。他试图有礼貌地吃饭，却被一大口吐司和咖啡噎住了。

"希望你不会抱怨咖啡的渣子太多，"她说，"这是我们上周才开始煮的。"

他花了一分钟才控制住情绪。他本来对开玩笑的女人就不太习惯。他笑得太厉害了，而且笑了很久。他告诉他们，他正在找一个合适的地方来度过这个捕猎季。

"郊狼、狐狸、山猫。"

杰克用拇指把他那顶镶有珍珠的牛仔高筒帽稍稍向后推了推。他胳膊上有黑色的汗毛，衬衫袖口扣着，左手的前两个手指很短，在少年时代被斧头砍掉了。

"政府部门派的捕杀者？"

"上帝，不是的。我不是消灭害畜的那种人，我只是做季节性的诱捕，然后继续前进，这样就不会对毛皮动物的数量造成很大的影响。我拿我的那份，维持生活。大概就是这样。保持这地方清洁干净，放置捕兽器，然后把所有的捕获物收集起来，再和这片地的主人谈谈条件，让他亲眼看看我的善后做得怎样。到目前为止还没有人投诉。"

"我也干过一点捕猎的事情。这是艰难的谋生方式。"

"一旦你掌握了窍门，收成就好了，也会慢慢习惯的。"

"是的。我倒不是说我以前不让人在这里捕猎，但几年前我遇到过几个所谓的捕猎人。狗娘养的整个冬天都在吃新鲜的肉，而我到了春天才发现牛不见了。连那些土狼都没对我做过这样的事。那些小鬼头用诱饵。我很想听听你是怎么做的。"

"一般来说，郊狼在初秋的时候会进入它们的冬季活动区域，这时我就挑选一个好的营地停放捕猎车，安顿好以后，要在周边到处走走，仔细观察，注意标记。直到我觉得我摸清了那里都有什么，有多少，我在脑海中安排好线路，准备好我的陷阱和捕兽器。到了你们所谓的寒冷季节，也就是毛皮的黄金时间，我就会出现在那里——11月到1月。以前我大多用兔子、臭鼬等作为大型饵料，死畜对我也很有用，但我不会去杀牛做诱饵。但是现在乡下的郊狼和以前不一样了，比以前聪明多了。要是只有死动物，我就不会用。它们对诱饵很警觉，所以我使用没有诱饵的陷阱,就这样。我每天都放套。到2月我在这里的所有事情就都结束了——郊狼将开始搔屁股,脱毛。在1月下旬你就可以看到它们开始脱毛的现象。到了2月我就离开这里了,把猎物带到温尼伯的苏达克拍卖会上,或者通过皮草联合会出售。"

"好吧,我告诉你。你养婆罗门鸡通常就不会有土狼的麻烦。我养婆罗门鸡十七年了——在这个白人聚居区,他们认为我疯了——我从来没有被郊狼吃掉过一只动物。我讨厌毒饵,我讨厌那些像放羊般来到公共土地上的政府懒鬼,他们把什么都毒死了——我们就曾失去了一只漂亮的狗。那是一只小边境牧羊犬,就死于毒饵。它是我们养过的最好的狗,聪明、善良。但我并不反对狩猎或诱捕。做邻居不愿做的事很困难。你想在这里捕猎,没问题。我不知道这地方有多少郊狼,但我要告诉你,我不认为应该把野生动物从土地上清除。牧羊人这么想,因为他们不再好好放牧了。他们只想着把二十万只羊轰出去,只要没有全数回来,就大声惊呼发生了虐杀。你们大多数牧牛人都非常清楚,郊狼控制着食草类啮齿动物的数量——一对郊狼在一周内就能吃掉几百只老鼠和土拨鼠。我们这儿有两万四千英亩土地。万物都有其合适的位置。他们只是说,现在郊狼太多了,没有足够的空间。"

有时候牧场主就是个拥有富饶土地的混蛋,比如弗兰克·克洛维斯。

但杰克·萨金和斯塔尔·萨金是一对不错的夫妻,他们那贫瘠的牧场紧挨着乌云国家森林公园。还记得那场冰风暴，罗亚尔想，他和"小姑娘"——那时他还拥有它——睡在杰克和斯塔尔的厨房里。不记得是因为什么了，是他需要更换卡车引擎的那次吗？杰克的祖父不喜欢住在低处潮湿的农场房子里，于是建了一座三层楼的房子，有塔楼、天窗，屋檐上有许多镶着花边的装饰，有点像维多利亚时期俄亥俄州的风格。那么高的房子，太招风了。那场风暴过后，二十英尺高的巨大冰层从铁皮屋顶上滑下来，卷成一团，撞在房子上，渐渐消融。窗玻璃都碎了。风吹弯了大树，把已经折断但还和主干连着的树枝甩来甩去，直到带着冰的树枝整个掉了下来。被冰覆盖的松树像狗一样蜷缩着。捕兽器都冻在了下面。他看见一只郊狼在一个闪闪发光的表面上滑来滑去站立不稳，钝爪根本不起作用，那生灵也感觉到了他的取笑，自觉很丢脸。

他所喜欢的是那种在高原上和干燥的山区的体形轻盈、带有银白色斑点的郊狼，还有沙漠地区的黄毛狼。他在酒吧里说，这是地球上最聪明的动物。没有人否认这一点。

"你可以骗它一次，但骗不了它第二次。"

"见鬼，在你的车已经过去三天之后，郊狼在距离你到过的地方下风处一百码远仍能闻到尾气的味道。它们的眼睛像鹰一样敏锐，而且它们很聪明，能在地上给你写张讽刺的便条。"酒保对郊狼了如指掌。在酒吧的尽头，一个留着郊狼色鬓角的矮个子骑手正在倾听着。

"它们吃任何东西。我指的是任何能吃的东西，西瓜、草、麦秆、宠物狗、蚱蜢、蚯蚓、臭鼬。它们会吃臭鼬的,你知道吗?"酒保俯身向前,掷地有声地说,"郊狼还会吃响尾蛇。即使蛇咬了它,它也会把蛇吃掉。蛇毒对它没有影响。它还会吃树皮和树叶、仙人球、芒刺,所有的东西。如果没有别的东西可吃的话,就吃杜松子。它会吃鸟、鸟蛋、老鼠、田鼠、松鼠、草原土拨鼠。叉角鹿、麋鹿、驯鹿、三明治、南瓜、垃圾。它会追杀兔子,会吃青蛙、鸭子,它会吃大苍鹭和小甲虫。它还会不请自来,吃小牛和羊羔,如果你想知道野鸡和鹌鹑都跑到哪里去了,猜猜是谁干的。就是那只老郊狼,只要有机会,它会吃掉自己的幼崽。郊狼刚刚还破坏了狩猎活动。"

那个矮个子骑手撇着嘴说:"是啊,我听说当初在印第安人拥有这块地方的时候,这里根本就没有什么猎物。"

"是的,你说得没错。"酒保说,其实根本没听进去,"如果你开始大肆捕猎郊狼,它们就会开始大量繁殖。如果你在沙地里下套,它们就跑到黏土硬地上去,你就再也找不到脚印了。你要是从飞机上射击它们,它们就会到处挖洞,一旦听到飞机的声音,它们就会躲起来,或者改变它们的活动时间,改到飞机不出动的时候。先生,它们是特别顽强的恶畜,西部的杀生机器。"

郊狼,草原上的小狼,罗亚尔心想。

他看重的不仅仅是郊狼贪婪的胃口和聪明的头脑,而是郊狼在一个不断变化的世界里为寻找自己的领地而付出的努力。它们在恋爱,在求爱,在抚养家庭,在玩耍,在互相拜访。郊狼的领地就是它们的国家。他听它们用狼语交谈已经将近三十年了，他觉得自己能听懂一些这种语言。他清楚郊狼会在夜间跑去嗥叫点。

每到一个新地点，他都会带着地图和印第安人的本子去观察地形，标出气味诱饵的投放位置，记录蛛丝马迹，在被冲蚀的地带观察脚印，在细密的灌木丛中寻找踪迹。他根据多年猎捕郊狼的经验，涂画了好几页关于郊狼夏天和冬天活动范围的草图。印第安人的本子上的内容现在几乎都和郊狼有关：他所看到的足迹、爪痕和粪便。他会捡起郊狼的粪便，看看里面有什么，红色仙人球的碎渣，没消化的皮毛，夹杂着黑色的肉渣的粪便，甲虫的硬壳。杀生对他来说不在话下；一分钟就搞定了。

在杰克·萨金的住处，他通过双筒望远镜看到了沙地空场上的郊狼。年轻的郊狼，有的尖叫，有的吠叫，它们跳过低矮的灌木丛，在地上打滚。它们疾驰着，舌头耷拉在外边，发热的黄色眼睛流露出兴奋，急停时掀起了尘土。一只灰白色的郊狼像獾一样在沙地上挖洞，三只在原地打转，然后突然逆转方向或向前冲刺，只是为了像球一样滚起来。但当他特意请杰克和斯塔尔观看这些郊狼表演时，它们却没有出现。一场大雨让它们的足迹变得模糊。杰克望着天空，估量着浪费的时间。

"真的很受教育，罗亚尔。"斯塔尔讥讽地开玩笑说。

他能接受斯塔尔。他可以在厨房里陪着她，坐着喝咖啡，聊天，就像她是个男人一样跟她开玩笑。他可以喜欢她。而且什么事也没有发生。他的胸部并没有痉挛，他的呼吸就像他和杰克靠在栅栏上说话时一样轻松。也许过去的那些毛病都痊愈了。也许那部分的问题已经解决了。也许是因为他现在太他妈的老了，斯塔尔也老了，她有一头白色的卷发和很高的发际线，但她那像鸽子一般的胸脯以及黑色镶边的蓝眼睛却很漂亮，很有女人味。这并不是因为她干瘪了或是看起来像个男人。当他坐在厨房里和她聊天的时候，他甚至会想象让她躺在野牛草①上，然后他压到她身上。但他的腰部并没有发热，他还在正常地呼吸。或许一切不良反应都结束了。这难道不是一种悲哀的解脱吗？

一连六个收获季他都在杰克的土地上捕猎，这里的大部分土地并不是他本人的，而是他从土地管理局租来的。罗亚尔对这片土地已经了如指掌，闭着眼睛都能走到气味诱饵和足迹区的边缘，走上红色岩石的台地。台地沿着气味诱饵的一角向山脊上延伸，在那里郊狼的足迹和杰克的吉普车辙印交会。他可以一直走到峡谷的边缘，甚至到那古老的屠宰场，那里牛或麋鹿的尸体已经腐烂成臭气和骨头；再过两年，除了记忆和白色的碎骨，什么都不再留下。

杰克家附近的一场暴风雪几乎要了他的命。他走到干冷的空气里，那是12月的早晨，有种不祥的寂静。天空是脏灰色。纷纷飘落的雪片像羽毛一般落在他的脚边，在他的脚踝处形成

---

① 野牛草（buffalo grass），一种低矮的多年生草，多见于大平原，有卷曲的灰绿色叶子。

了神秘的波浪，随着地面翻滚，整个平原像一只被梦境所困扰的沉睡的巨大动物。他犹豫了一下。看着纷飞的大雪，他的艾博斯①在呻吟，转动着它悲伤的眼睛渴望地看着捕猎车。他计划跑完布设路线，在初冬的黄昏3点钟回来，然后和杰克、斯塔尔一起在牧场的小屋里吃晚饭。他每周这样来一次，可以尝到不同烹饪的味道。斯塔尔有时做奶酪蛋奶酥。他似乎对这个东西颇有好感，永远也吃不腻。

他穿上雪靴，背起背包，出发了。那只狗不情愿地跟在他的后面，每次他放缓脚步或停下来时它都半转过身回头看看。雪片怪异地跳动，堆到他小腿的半截处。在呲呲作响的气旋中，他看不到自己的雪靴，但是在前方半英里远处，咆哮岩清晰可见，一个浅黄色的石柱从平顶山上伸出来，就像一个吸烟人嘴里叼着的一支香烟。

迎面扑来的空气死气沉沉，但旋转飞舞着下落的雪已没过了他的膝盖，飞雪的一阵翻腾使他头晕目眩。天空嗡嗡作响，狗淹没在雪雾中。他感到它咬痛了他的腿，立刻明白了将要发生的事情。好几年前他就听说过，但从来没有遇到过如此可怕的地面暴风雪。他有点儿害怕，转过身来。艾博斯不停地踩着雪靴的后跟，把他绊倒了。他开始慢跑，眼睛盯着捕猎车，在消融的天空的映衬下，它如同一个灰色的驼峰。

在离捕猎车不到五百英尺的地方，地面暴风雪在他头上翻

---

① 应指罗亚尔的狗。

腾起来,一阵疯狂的呼啸似乎摧毁了一切。风把充满冰晶的空气塞进了他的口鼻。他看不见。雪花粘在他的睫毛上,塞进他的鼻子,从四面八方打在他身上。失去形状的世界开始倾斜。他拖着脚继续前行,不知道他的腿在瘫软之前还能迈几步,不知道他离捕猎车还有多远,是几英寸还是几英尺。他仍能感觉到那狗踩在雪靴的后跟上,知道它是在盲追。

不知为什么,他突然想到杰克不是斯塔尔的第一任丈夫。她先嫁给了威斯康星州的一个奶农,现在孩子们都已经长大成人,住在"千湖之国",从来没有来过这里。这一点罗亚尔很清楚。为什么现在想起这个? 他喜欢的是杰克。

如果以时速六十英里开车,在逆风条件下行驶五百英尺需要多长时间? 捕猎车是如此渺小,就像在海洋里找一蒲式耳的篮子。那狗挂在了他的雪靴上。他不敢转身对它大喊大叫,生怕它过不了鬼门关。他向前走去,低着头,一只手捂着嘴吸气。他的脸已经麻木了。他用僵硬的手揉着被白雪覆盖的眼睛。风仍旧刮得很猛,好像野兽在喘气,透过逐渐和缓的飞雪,他看见捕猎车在距离他四十英尺外的地方,在他的左边。他已经偏离了它,这很要命。

他转身朝它走去,可还没走三步,风雪又扑了过来,拍打并摇晃着他,周围又变成白茫茫一片。只需要十步。艾博斯挣扎着。他应该到了,但是没有。再迈一步。再迈一步。伸出胳膊。触碰到了捕猎车的侧面。天啊,平原上的印第安人是怎么在暴风雪中活下来的?

捕猎车在呼啸的风里摇晃着。他把雪靴挂在门后,让它们滴水,然后往炉子里扔了一块木柴。他把水倒进咖啡壶,开始磨咖啡豆,还不时踩到狗。它正用牙把前腿上的冰葫芦咬下来,在他弯下腰去抚摸它那窄小的脑袋时,它冲他摇尾巴。

"真是千钧一发,小妞。我们差点错过这该死的捕猎车,一路走到圣达菲去了。如果我们没得到那片刻的机会,我们这时也许还在外面。现在大概就只剩两只雪靴和一个祷告者的坟头了。"

他的毛皮在拍卖会上拍出了均价七十美元——这是一笔巨款。雪白、柔软的兽皮是上等货,毛长、蓬松、有光泽。哈得孙湾的买家皮埃尔·福尔请罗亚尔喝一杯。

"顶级货色,罗亚尔。我不知道你们这些老家伙是怎么做到的,但你们的皮草真他妈漂亮。贝约也有漂亮的狐狸和山猫皮。你看到他的皮草了吗?樱桃红色的狐狸,皮毛干净漂亮。美得很。老鹰是不抓苍蝇的,对吧?我在这里看到过一些年轻人猎获的皮毛,那只该死的动物死得真不值。拉伸得走样了,我看到一只山猫,变得像一只加拿大鹅,那家伙把它的脖子拉得太长了,还把脑袋弯起来。真是浪费。他们这些混蛋让捕兽这一行变难了。我告诉你,捕兽者的好日子就要到头了。"

"你这是什么意思?价格要下跌了?"

"不仅如此,我的朋友。从你的陷阱篮和风里传不来消息,但在经销商那边,我们听得很清楚。它不会消失,我指的是那些动物权益保护人士，那些反对捕猎和穿皮大衣的人。给你举个例子，几个星期前在芝加哥，一帮这样的混蛋站在一家高档皮草商店的门外，向每一个穿皮大衣出来的女人喷白漆。在纽约，他们在皮草店外面走来走去，举着的牌子上写着'杀手'和'好看皮毛是长在动物身上的皮毛'。还有其他示威者，有的反对夹断动物腿的捕兽器，有的反对所有陷阱。这些人越来越强大了。"

罗亚尔笑着说："不过是几个制造噪声的人。我听说捕兽者协会发布了一份新闻稿，揭露他们。"

"你得好好掂量掂量，老弟。如果你需要说明你是对的，那很有可能你是错的。我想会有麻烦的。如果可以的话，我倒想站到另一队。"

一开始，他用六种不同方法捕猎。有时在他设陷阱线的时候，他会用骨哨吹出一只受伤的兔子的叫声，并射杀偶尔跑来看看情况的小郊狼，但他的主要装备是三号双弹簧钢夹子。到了11月，一切都准备好了——捕兽器都已清洗干净、染色，并存放在它们将工作的地方。处理过的打过蜡的手套、护膝、防水布、靴子、诱饵瓶子、铁丝、绳子、木棍，以及筛过的粪肥、泥土、沙子、草和树枝，都存放在捕猎车外面的大箱子里。

住在萨金家的第四年，斯塔尔说她想搭他的车去看他怎样布置捕兽器。他迟疑着不知如何回答。

"管他呢，罗亚尔，想想你能多得多少奶酪蛋奶酥吧。"她和杰克都笑了。罗亚尔也笑了，但是笑得晚了一些，酸楚一些。

"不，不，主要是周围的气味越少越好。如果我能想办法在不靠近我的捕兽器的情况下就放置好它们，那我一定会的。"不过，在她答应只待在卡车里，通过望远镜观察之后，他还是让她来了。他没有透露她是三十二年来第一个坐在他旁边的女人。

"你看，这就是一套气味诱饵。灌木丛旁边有一块岩石，从这里你就能看到它，透过玻璃你也能看到上面每一个小窝。方圆一英里内的每一只郊狼经过时，大概都在它上面撒尿。我要在那里放两个捕兽器。"

她看着他戴上一副打过蜡的手套，背上事先准备好的背包，在离捕兽车一百英尺的地方，他脱下靴子，换上他从包里取出的另一双靴子，包里装着一些细土，还有山艾草和一枝黄。他在口鼻上戴了一个纱布口罩。

在岩石附近，他小心翼翼地放下白蜡树条的篮子，抽出用防水布制作的跪地软垫，把蓝色无气味的一面朝下摊开。他用一把铲子在靠近岩石底部的地方挖了两个洞，每个洞都大得足以装下一个捕兽器，并小心地把松散的泥土堆在一边。他在每个洞的底部插入一根有凹槽的木桩，然后将诱捕器固定在木桩上，并打开机关。再用盖子盖在设置好的捕兽器上，然后在盖子上筛一些细土，以压住盖子。接着他用一根纤细的小树枝轻柔而灵巧地调整盖子，之后再在捕兽器上筛更多的土，先盖住弹簧，最后盖住整个盖子。

当筛下的土与周围的地面平齐后，他就用那一簇山艾草轻轻地扫那些地方。然后他换上他在帆布包里准备的另一副打蜡的手套,帆布包就挂在背包的外面。他拿起气味诱饵瓶,把一根脆嫩的树枝伸进去蘸了蘸,再把树枝放在靠近地面的一块突出的岩石的缝隙里,然后在小树枝上方的岩石上喷上郊狼的尿。接着他又换回原来戴过的那双手套。最后,他把所有东西都收拾起来,退到防水布软垫的后面,把它折叠起来,这才离开布阱区。离开之前还是用那一簇山艾草把防水布软垫留下的浅浅的痕迹抚平,再小心地往后退去。他走到放靴子的地方,把没有气味的靴子脱了下来,重新装进那个装有细土和草刷的背包。

"天哪,可真烦琐。"

"这只是最基本的设置,但确实能捕捉到郊狼。如果你想骗过它们,就得这么做。我让它们把我的捕兽夹拱出来,用鼻子把捕兽夹从洞里挖出来,翻过来掉过去,在上面撒尿,最后把它留给我。但我通常会做这样的无诱饵陷阱。"

"那口罩是干什么用的? 看起来你像是要去抢劫。"

"呼吸。人类呼吸的味道很大,会留下气味痕迹,尤其是当你像我一样早餐吃了培根和洋葱以后。优秀的捕兽人在工作结束前不会吃东西。"他喜欢把这些事告诉她。她似乎明白了他的意思。

"有十多种不同的方法可以采用呢,有的比较好用。泥洞设置法就是很棒的方法,无诱饵陷阱也是。泥洞设置法是,你找一个老獾洞,或者自己挖一个洞,把它做成像动物挖的样子——用新鲜的兔子或腐烂的大块肉做诱饵。但我更喜欢无诱饵陷阱,因为要想让捕兽器起作用,你得了解你的郊狼。不要诱饵,没有诱惑,没有气味,只有一个你知道郊狼会踩到的捕兽器。举个例子,在平顶山脚下,岩石滑落的地方,你的篱笆上出现一个凹坑,我在低处的那根倒刺铁丝上看到了一些毛发。那里的地面看起来有一丁点儿腐坏,说明至少有一只郊狼会习惯性地躲到篱笆下面。这就是无诱饵陷阱的用武之地。而诱饵捕猎,尤其是在郊狼吃过的尸体周围,效果很好,非常好。这样的捕猎不需要很高超的技能。可是,在政府的捕猎者和牧羊人像国王扔硬币一样到处撒毒饵之后,郊狼就不会碰诱饵了。我还用过重击陷阱来捕猎郊狼,这种陷阱需要时间来建造,另外它的问题在于,会杀死所有从它下面经过的东西,不仅仅是郊狼,而是任何东西,包括狗或小孩。几年前,我在一次事故中失去了一只狗。'小姑娘。'你还记得'小姑娘'吗?我第一次在你家设陷阱的时候。"她点了点头,"所以我不再使用重击陷阱了。设套也是一样——一旦动物进入套子,会经历长时间的挣扎。"

"一想到有只动物被困在那里,等着你来杀死它,我就不好受。这种谋生方式可真够恐怖的,罗亚尔。"

"我已经习惯了,我这辈子都是干这个的。我甚至没有想过这个问题。不管怎么说,与大多数牧羊农场主相比,猎人就是天使。这帮混蛋会射杀或诱捕任何会动的东西。我看到过几只郊狼的下巴被用铁丝绑在一起,眼睛被牧羊人挖了出来,然后慢慢把它们松开,等死。你觉得那些郊狼被政府猎手毒死就更好吗?毒药是更肮脏,而且浪费的手段。臭气熏天的

1080①——这些死动物没有丝毫的用处——一旦进入了食物链还会毒死其他动物,皮毛也不好。这是很堕落的方法,即使是老鼠也不应该被毒死。让你的捕兽夹发挥作用,但别用那该死的毒饵。"

"我们也用过捕兽夹。我们曾经养过一只猫,是那种身上有花纹的大猫,叫巴斯特,能帮我们看猎物。我们放置好捕鼠夹就上床睡觉了。巴斯特也躺在那里打瞌睡,并竖起一只耳朵。只要听到捕鼠夹响了,它就会立即跑过去,用嘴叼起它,走进卧室,跳到杰克身上,用低沉的声音对他喵喵叫——它嘴里还叼着捕鼠夹——用老鼠尾巴在杰克脸上窸窸窣窣地晃来晃去,好把他弄醒。"罗亚尔听到这里不禁大叫起来。

"它只是让杰克把夹到的东西拿下来,把夹子重新放好。"

"他会吗?"

"哦,是的。杰克是一个不会干涉别人的人,还是个乐于助人的人,总是帮助朋友。"她笑了笑,"是啊,老剥皮巴斯特,如果有一台小剥皮机,它能在皮草拍卖会上赚大钱了。"

"我不知道。上次我听说老鼠皮的价格很低。"

萨金夫妇是他结识的第一对夫妻朋友,斯塔尔是他的第一个女性朋友。他无数次想象过斯塔尔是否有孙子孙女。在他们的房子里,他看不到任何照片,但除了厨房和客厅,他从来没去过别的房间。不过,客厅里有一架钢琴和一个壁炉架,他想,

---

① 1080,一种有毒的氟乙酸钠制剂,用于灭鼠和杀虫。

那里本来是放照片的地方。他很想听听孙辈的故事,如果他们来了,他可以假装自己是被领养的叔叔。

"这是罗亚尔叔叔,艾丽,去打个招呼。"他会把一个两英寸高的皮娃娃送给她,这个娃娃是他从一个拉科塔猎人那里买的,是这个猎人的妻子做的。这是一个很精巧的小东西,用上等的兔皮做成,身穿一件用极小的珠子针脚缝成的白色皮衣。它的脖子上挂着一串鼹鼠爪子穿成的项链。他把装着它的小皮袋放在衬衫口袋里,不时拿出来看看,它在他手里暖烘烘的,就好像是活的。往昔白日梦。他不知道自己为什么要随身带着它。

在弗兰克·克洛维斯家捕猎就不一样了。

克洛维斯继承了海-洛农场,它是一个占地约一万八千英亩的盆地,位于一个群山环抱、灌溉良好的河谷。他的祖父来到这个国家时是一名铁路工人,但最小的儿子在海瓦-洛奇牧场找到了一份工作,给有钱的马主人放马,他还娶了一个东部肉类加工厂主的女儿。克洛维斯家族由小到大,经历了巅峰,也经历了衰败。他认为自己是个牧场主。他还能是什么呢?

克洛维斯拥有大角山[①]的额外放牧权,那飞雪覆盖的大山在他家的西面,飘浮在半空中。甜心小溪和雪融水塘在松软的低地汇合。高地上有林木。克洛维斯总是不忘炫耀自己的力量,像中了邪。他结过五次婚,从那座有二十五个房间的大房子里

---

① 大角山(Big Horns),位于美国怀俄明州,人烟稀少。

传出的喘叫声和打闹声，使这个农场在当地赢得了一个"喘叫"的绰号。他的生活颠三倒四，还吸引了不少陌生而危险的人。

有一年春天，他看到一堆砾石填满了雪融水塘的一个拐弯处，并导致对岸的一片干草地被水淹没。他很是恼火，于是想到把这个河湾取直，这样溪流就痛快了。他用推土机推了一个上午，溪水的流速加快了，沿着一条笔直的水道向前冲去，在一个星期内，就把原来的五个河湾都冲毁，把成吨的碎石冲到了克洛维斯在低洼地的干草地里，还冲毁了两个柳树林。而在下游，溪水泛滥，淹没了奎奇镇。在政府给他打来电话后，他不得不展开修复工作把溪流恢复原貌，持续了几年，花费了几十万美元。

他的牛遭受足跟蝇和牛蝇的困扰，局部肿胀、腿变黑、结硬块、结痂，还被响尾蛇咬伤。他雇了一名牧场兽医专门照料他患病的牧群。此人工作了两个月后，宣布自己是一名牛仔诗人，然后就离开这里搬到蒙大拿州写诗去了。

据说他的第三任妻子是个有异装癖的人。

在他的土地上发现了一个煤矿矿脉，规模不是很大，但由于矿脉被石油包裹着，矿井里充满了天然气，开采的努力失败了。一次不走运的雷击引起了一场火灾，天然气被瞬间引爆，石油被烧尽，在地下的煤闷烧了十年。

牛养不好，他就改养羊。因为无法雇到一个为了爱可以不要工资的牧羊人，他只好让羊自己照顾自己。他买到羊群的同时也买下了对郊狼的仇恨。他相信自己的土地上的郊狼数量空前绝后，它们从南、北达科他州和蒙大拿州千里迢迢地跑过来，骚扰他的牲畜。

但是罗亚尔从来没有想过克洛维斯是个漫画人物的形象。

第一次见到他是在酒吧里。克洛维斯走进了"嘴啃泥"酒吧。他喝了一杯红啤酒，又要了一杯。罗亚尔用眼角的余光看着他，看着他那硕大无比的脑袋，觉得他有点像墨索里尼。棕色卷曲的头发长在光秃秃的头顶后面。肉肉的鼻子，下巴胡子拉碴的，像个枕头。脑袋前倾，身上肌肉发达，他身体的所有部位都显得粗壮短小，好像晚上被很大的重量压在身上。他总是向上看，仿佛他的脖子一直就是这样弯曲的。

"有谁想诱捕郊狼吗？我这里有上好的货色，抬腿就能踢着。"他穿着蛇皮靴子，说话声音又低又刺耳，不等听到回答就转身出去了。

"那个蒙面的人是谁？"罗亚尔问酒保。

"哦，是'喘叫'的克洛维斯，这个人刚起家身家就超过千万，但现在已经降到两三百万了。他无论走到哪里，都能传播快乐。他刚刚换成养羊，听他说，美国最大的郊狼种群就集中在他的地盘上。"

整个夏天克洛维斯的牧场里都有政府部门设置的捕猎机关，陷阱、捕兽器、飞机射击、氰化物枪和毒饵。捕获的尸体，大部分是幼小的动物尸体，被丢弃在小溪附近的一个古老的砾石坑里腐烂。罗亚尔想，经过这样的浩劫，那些幸存者应该熟知书本上的所有捕猎套路了——它们老成，聪明，诱捕不上钩，陷阱不上套。管他呢，他还是要试一试，只是为了好玩。他联系上了克洛维斯。

"好的。"克洛维斯说，"你来吧。只是有一样，不要往西北角的山地那里布置陷阱。我在那儿有个项目，我不希望在它周围有任何陷阱。"他向罗亚尔眨了眨眼睛，罗亚尔猜那里有几块神秘田地种了见不得人的大麻。该死，郊狼也会吃的。

然而，他还没勘查完这片土地，就知道有什么事情发生了。夜间，皮卡在陡峭的山路上嘎吱作响。远处传来骑射的枪声。猎犬狂吠。

"嘴啃泥"酒吧的星期六晚上是真正的周末之夜。下午4点左右，停车场里就挤满了没有消音器的皮卡。狗趴在副驾驶位上、床上。当一辆涂着游泳池刷剩下的油漆的水族馆皮卡在停车场停下时，停车场里的每一只狗都开始狂吠，拼命往前冲。他曾看到这辆车在克洛维斯农场的山路上跑上跑下地忙碌。

"你那车里装的是什么鬼东西？每次你开车过来，所有的狗就都兴奋起来。"坐在那位矮个子骑手旁边的巴比问。他们故作风雅地骑坐在酒吧尽头的凳子上。进门来的是一个长着闪闪放光的黄眼睛的金字塔般的人物，棕色的胡子从中间分开，用柔软的金属丝在两边各打了一个结，用獾爪穿成的项链耷拉在胸前。罗亚尔闻到了麝香、腐烂的诱饵、绿色的兽皮和其他什么东西的味道，知道他是个猎人。但现在不是捕猎季节。不是郊狼的，不是狐狸的，也不是山猫的。

"喵呜。"那个大块头说。

"狮子？天哪，我相信。凭叫声就把它们都吓跑了。"

"谁说不是呢。"那猎人说着要了威士忌和啤酒。这些东西端上来后，他走到罗亚尔旁边并坐在他对面。矮个子骑手沉默不语。

"我看见你四处观察。克洛维斯说你要对付郊狼！"

"价格稳定。捕猎季结束了，第一流的卖七十块。"见鬼，他真不想和这个不法之徒坐在一起。

"要是一百块还可以，你干得不错。只是价格下跌了，你在一个狗屎堆里工作，每小时只得二十美分。"

"没错。"

"你知道，政府派来的捕猎者整个夏天都在那片土地上工作。"

"我知道。这对我来说是一种挑战，看看我在这种麻烦的情况下能收获多少。"

"这倒是没错。你知道政府的人为什么离开了吗？"

"不知道。我想他们干完了。"

"没有，见鬼。有一天，克洛维斯开着车，嗑药嗑高了，于是他开始向他们开枪射击。他说：'我叫你吃我的羊。我要把地球上所有狗日的郊狼都消灭！'他以为他打的是郊狼。他们看起来确实有点脏，但是我总能看清那是有两条腿的人。所以你要小心，这个人有点疯狂。我听说他冬天通常不在家。我自己才来了三个月，所以还没见过他在冬天是什么习惯。估计他可能去墨西哥避寒。管他呢,真希望我能有一大笔钱来做这件事,你呢?"他眨了眨眼。在酒吧里,那个矮个子骑手正对着镜子看着他们。罗亚尔对他有一个荒谬的想法。狗狂吠不止。

"你能把车停在下风处吗?这样我们就能在这里安静一会儿了。"酒保很有礼貌,但他的声音却很令人扫兴。猎人走了出去,把卡车移到建筑物的另一边。但当他回来的时候,显得很生气,罗亚尔认为一会儿可能会有麻烦。他喝完威士忌就起身往外走。

到了门口,他回头瞥了一眼,发现那个矮个子骑手的目光正从他身上移开。在睡着之前,他一直想辨认出那捕猎者身上的臭味。松貂?狮子?

不是狮子。

一个星期后,他坐在桌边读一份三天前的报纸。酒吧里空无一人。酒保摆弄着一罐腌蛋,用不锈钢夹子夹出来,在碗里胡乱地摆弄着。风在周围一遍一遍地歌唱着。他故意把报纸弄得哗啦哗啦作响。酒保张开嘴打着呵欠。

大约过了一个小时,"你的朋友来了。"他说。他听到了什么声音,可罗亚尔并没有听到。直到他看到那辆游泳池颜色的皮卡,然后才听到汽车排气的声音。

"我不认识他。上个周末是我唯一一次见到他。但是有他做伴倒是挺有趣的,就像有一条湿狗做伴一样。"

"嗯,自从9月以来,他一直在这里进进出出,声称他是从缅因州来的,坐'五月花号①'还是什么来的。"卡车开了过来。车门砰的一声。

"啊哈,该死的,看看谁在这儿。上次他跑了,错过了所有的乐趣,不是吗?给我拿跟往常一样的,罗伯特。"

"没问题。想来个腌蛋吗?"

"就算你蘸着蜜糖喂我吃,我也不会吃那种臭烘烘的东西。"

"有人喜欢它们。事实上,我记得我们把你扔出去的那晚,你吃了几乎一整碗。所以我以为你对这东西有偏好。如果你什么都不吃,也许你会保持清醒,那我们就不需要再对你施魔法了。"

"嘿,过去的事就让它过去,对吧?我从来不没完没了地提它。"他看着罗亚尔,就像看着自己的兄弟一样。这使罗亚尔感到不安。他把报纸拿起来,抖了抖,尽管除了出租广告,他把上面所有的内容都看了。猎人待在酒吧角落里,从那里闻起来不那么难闻了。罗亚尔认为他一定是收拾了一下。

不出一个小时,这地方就挤满了同样戴着大帽子的各色人等。坐在最后面的矮个子骑手,还是从镜子里看世界。还有一个看上去很像不法之徒的同伙的人,喊他"西尔维斯特",还拍了拍他的背。这个人更矮小,也更脏,胡子完全遮住嘴巴,穿着猎户的毛衣和工装裤,看上去像个嬉皮士。他那歪斜的脑袋

---

① 五月花号(Mayflower),是一艘英国三桅盖帆船,以 1620 年运载一批清教徒到北美建立普利茅斯殖民地和在该船上制定《五月花号公约》而闻名。说某人的家人"乘五月花号来到美国",意思是某人的家人很久以前就来到了美国。

和扭曲的身形,仿佛老玫瑰男孩在他祖父的年久寒冷的苹果仓里。冷藏的新鲜苹果的香味突然冒了出来,又消失了。他的搭档戴着一顶樵夫式的双层御寒帽,跟他头戴的卷边斯泰森[①]毡帽和高跟皮靴不太搭。就连吧台后面的罗伯特也戴着牛仔帽。只有一些特立独行的人,比如罗亚尔,才戴着拖拉机帽,"没有什么比鹿跑得更出色,卡特彼勒"。[②] 没有人戴双层御寒帽。那位搭档操着南方口音。一张台球桌靠在后墙上,几个孩子正在打台球。罗亚尔点了一份牛排配腌菜和炸土豆。

当那个猎人坐到他的桌子对面时,让桌子摇晃了一下,牛排汁溅到了盘子边上,他吓了一跳。这狗娘养的真不懂礼貌。

"嘿,老前辈,我有重要的事要跟你说。"

"'重要'分两种情况 —— 你的和我的。"

"不,说真的,你和那些郊狼相处得怎么样?收获什么了吗?"

"嗯。"罗亚尔说。

"是吗?多少?三只还是四只?"他的那个同伙搬着一把大木椅走了过来,坐下,把过道都占了。

"十二只,但不关你的事。"

"哦,也许吧。我们觉得你可能想赚大钱。我们觉得你可能想大杀四方,而不是在郊狼上浪费时间。我们需要有些经验的

---

① 斯泰森(Stetson),一种宽边的高帽子,在美国西部尤为常见。

② 此处原文为"NOTHING RUNS LIKE A DEERE, CATerpillar",其中 Deere 和 Caterpillar 均为生产农业机械装备的美国公司。

帮手。设套帮手。挣钱多得数不过来。"他大笑了起来,罗亚尔这才意识到他刚才压低了声音。

"你在搞什么名堂?"罗亚尔问。

"啊——哈——哈!那就说明问题了。你告诉他,萨姆。"

"伙计,这听起来有点儿奇怪,但有些东西在日本、韩国和中国都有市场。春药。"

"那是什么鬼东西?"他们都压低了声音。

"日本人认为这种东西能让他们那玩意儿增大一倍,还能硬上三天。有关性的玩意儿,你听说过的。就像西班牙蝇,只是他们不喜欢西班牙蝇。他们想要犀牛角,想要鹿茸粉,想要剑齿虎化石粉。他们还想要黑熊胆。"熊。对,就是这个味道。那个同伙说话的时候,捕熊猎人西尔维斯特不住地点头。

"他们会花大价钱买这些东西,而且我们还有个兽皮市场。我们能赚到的钱多得你都不敢相信。我在缅因州和佛罗里达州都干过,还有加拿大。只靠两个人有些困难。我们本来还有一个人,但他退出了,去了夏威夷。需要有人跟我们一起干,三个人最好。克洛维斯说你是个很棒的捕猎者。"罗亚尔很想看看镜子,看看那矮个子骑手是不是也想入伙。

"见鬼,伙计们,这听起来确实很赚钱,但是我心脏不好,不能做任何繁重的工作。对我来说,捕熊听起来是个重体力工作。"

"你不需要做任何重体力工作,你只要设置好陷阱就可以了。我们来对付熊,伙计。这不是什么繁重的工作,只要把它们切开,取出胆囊，切下爪子。见鬼，大多数时候，我们甚至都不关心熊皮。没有时间处理。熊皮归你，你剥皮，挣你那一份。"

"我只布置过一两个捕熊陷阱。它们每只重达五十磅，很重的分量。再说了，我不大喜欢这里。下周就准备撤了。"直到这时他才想起自己还要回萨金牧场。他那天晚上就得走。这是实际情况，而不是听了他们肮脏的秘密之后才拒绝的那种。他想象自己在皮草拍卖会上，手里拿着二十张老鼠皮，还有几张没有爪子的熊皮。那可要引发热议了。

"谢谢你邀请我，但我只能说再见。"他把盛牛排的盘子递给酒保。

"请帮我找个塑料袋把盘子里剩的包起来。我们这些没牙的老狗要细嚼慢咽。"他接过塑料包，对着镜子看了看那个矮个子骑手。同样也不想掺和他的任何事。

第四十一章
热带花园

> June 3, 1977
>
> Dear Dub, thanks for the check. The iron railing around the plot looks very good. We spent all memorial day fixing up the graves. Planted a blanket of spring bulbs over both of them. Even though we do not have her remains that lonesome mountain! Ray and I are fine. He's been in the Philippines for a month, something to do with mahogany. Any chance you and Pala can come up again this fall for the leaves? I know she likes them.
>
> Your loving sister, Mernelle

Mr. Marvin Swins Blood
200 Biscayne Blvd.
Suite 1702
Miami, Fla.
33132

1977 年 6 月 3 日
  亲爱的达布,感谢你寄来的支票。在这个地方周围竖起的金属围栏漂亮极了。我们花了难忘的整整一天时间把墓地整理好,还在两个墓周围种上了一片夏日球草,尽管在那孤独的大山里没有找到她的遗体!雷和我都很好,他已经在那家菲律宾公司工作一个月了,做与桃花心木材有关的事。你和帕拉今年秋天还能回来看红叶吗?我知道她很喜欢红叶。
  爱你的妹妹
  梅尔妮尔

马文·S. 布拉德　先生
比斯坎大道 200 号
沃伊特　1702
迈阿密　佛罗里达州
33132

日出前,达布——一个穿着白色亚麻衣服的胖子——坐在孔雀椅上,在泳池边吃早餐。冰镇的含羞草鸡尾酒、蛋白瓤的甜瓜配上绿橘汁、乡村火腿和从日本空运来的鹌鹑蛋,还有能让你兴奋一整天的黑咖啡。他会喝二十杯,直到手抖。

梅尔妮尔打电话来的时候,他的手还很稳,她用北方口音问他对把妈妈的结婚戒指埋在爸爸旁边有什么看法。因为这是他们仅有的东西,这样会令他们安息。几周前,她在整理盒子和抽屉的时候偶然发现了这枚戒指。她认为在爸爸……之后妈妈就把它摘下来了。

"当然,为什么不呢?"他说。

她把戒指上刻的字念给他听。"'JSB 永远属于你 MMB,1915年6月。'至少这是属于她的东西,是把他们联系在一起的东西。"

"没错。"他说。

他喜欢腐烂的热带气味和高温,总是把空调保持在温热的状态。"要是把那东西调得太低,就会让我想起雪人弗罗斯特①

---

① 雪人弗罗斯特(Frosty the Snowman),是冬天的化身,一种拟人称谓。

的名画《农场的冬天》。你以为我住在佛罗里达是为了什么？"然后大笑。

他是个英俊的男人，尽管他膀大腰圆，脑袋光秃秃的，但客户们都被他那微笑的眼神吸引。在镜子里，他看到自己仍然有一张漂亮的嘴。当然，他也很有钱。修剪整齐的指甲（那只完好的手）和定制的西装都少不了花钱。此外他还拥有帕拉，也可以说是她拥有他。那个"海盗"帕拉，稍微胖了一些，穿着米色和淡褐色的亚麻套装，脖子上挂着带有各种圆形金属饰物和护身符的金项链，比他认识的任何人都更出众、神秘。他觉得她可能堕过胎，但是不能问。现在房地产就是她的孩子。

高端房地产离不开专业知识，不是简单地向北方退休老人兜售公寓和凶宅，而是要作出有学术含量的评估、地标性建筑的地理位置研究，以及对明年热销房产的前瞻性敏锐眼光。他们懂得慎重地安排和提供房源的重要性。他们会和那些酋长、寻求政治庇护的人和在南方做生意的人交谈。谈美学。看看帕拉对蛋白石礁做了什么吧——全国各大杂志都刊登了伯勒·马克斯设计的老式贝壳石屋和花园的照片，充满对奇花异草的美妙想象。

第一缕阳光穿过帆布遮阳篷上的一个洞，射到了达布的亚麻裤子的膝盖上。伊甸园有限公司经手的许多房产，在房主想出售的时候都没有流进市场，而是由伊甸园公司私下交易的。没有人走近伊甸园。他和帕拉对保护房地产有一种本能，那个岛和陆地之间只有一条堤坝或桥相连。半岛只有一条出路。他们了解需要某些房产的客户。他希望税收部门的人能理解他。

他端起咖啡壶,黑色的液体呈弧线流进他的杯子里。泳池的另一边是一个花园,刚刚苏醒,还带着一团团黑影,清晨的热气在树叶间跳跃,蕨叶低垂,花瓣舒展。帕拉可能会睡到10点,但他自己从来没有抛弃掉早起的习惯。他站起身来,用那只镶着完美塑料指甲的假手拿着白色杯子,向花园走去。

这里是伊甸园。他们最近没有再去绿沼泽了。园子里的气味像裂开的水果一样芬芳而浓郁,充盈着他的嘴和喉咙。潮湿的空气压在他身上,苔藓缓冲着他的脚步。那棵榕树是花园的中心。他就是为了这棵老树才买下了这块地,它有隆起的怒根、许多树枝分权和气生根,缠绕着它们的藤蔓上开满绚丽的花朵,成块剥离的碎树皮,不断掉落的残枝败叶。腐叶中有某种他喜欢的味道。

第四十二章
我的所见

在陡峭的山丘上，布满秋葵的道路像鼻涕一样湿滑，他眼前的风景是歪曲的岩石。放哨的羚羊鼻子发出打鼾般的声音，提醒着羚羊群，羚羊群在靠近地面的花丛中跳跃着，像彩虹草一般。它们跨过化石树干和残破的石树桩，上面的年轮依然清晰可见，石化的树皮上覆盖着橙色的地衣。

在这片干旱的土地上，风化的砂岩层在远古时代湖水的作用下呈现空心的波浪状，而这个在沉降中形成很多黄色锥体的湖底仍然响彻着马蹄声，那是红马、红云和匍匐狗，还有伟大而神秘的疯马、乌鸦王和面雨的坐骑的马蹄声①，扬起牙齿化石的碎片。他们从峡谷里冲出来，横刀立马，带着杀戮的微笑面对费特曼、克鲁克、卡斯特、本廷、里诺等人充满惊异的脸。他听到两种相生相伴的声音有节奏地相互翻转，如同奥格拉拉人②的跺脚舞。那些声音旋转着远去，消失，又聚拢在一起，又分开，似乎紧紧锁在彼此颤抖的喉咙里。快速的战争舞步，带有催眠作用且疯狂，辐射到砂岩上。他只需用两手各握住一块石

---

① 红马（Red Horse）、红云（Red Cloud）、匍匐狗（Low Dog）、疯马（Crazy Horse）、乌鸦王（Crow King）、面雨（Rain in the Face）均为历史上印第安酋长的名字。

② 奥格拉拉人（Oglala），印第安苏族拉科塔部落的七个分支之一。

头,一次又一次地把它们分开再合拢,越来越快,速度是心跳的两倍。

这真让人抓狂。在蒙大拿州的"五花烤肉"杂货店里的一个柜台上,放着一盒法戈市一家精神病院丢弃的病人卡片。他一张一张地看着这些卡片。每个人都会一张一张地看。卡片残破而油腻。照片描述的对象包括:狂躁、宗教复兴主义、忧郁症、手淫、痴呆。那个印第安人把头放在手上,在手指之间保持着平衡。他的头发梳得很光滑,但上衣歪歪扭扭,还满是污渍。他的那张脸很平静,黑色的眼睛,他那纤细的手指紧紧抓着一本会计账簿。它虽然看起来像是那印第安人的,但上面简洁的文字写着"沃尔特·大胡子"。无关蓝天和百元大钞。①

---

① 后半段提到的印第安人为一张卡片上的照片,最后一句"无关蓝天和百元大钞",呼应本书第八章中搭顺风车的印第安人和罗亚尔的钱被盗的情节。

第四十三章
撩起裙子的骷髅

```
JUNE 30 '77
DEAR FRANK, THEY TELL ME
I HAVE TO TAKE IT EASY FOR A WHILE.
WOULD DRIVE ME NUTS TO SEE THE
WAY YOU WORK ON THE CAMP. SO I
WON'T BE UP NEXT WEEKEND, MAYBE
BY FALL. MIGHT GO OUT ON
JACK KAZIN'S BOAT, SIT ON
THE DECK, GET SOME SUN IF ITS
NICE. AT MOST DO A LITTLE
FISHING.
CALL YOU AFTER THE 4th.
            LARRY

FRANKLIN WITKIN, M.D.
1718 FRY PLACE
BOSTON
    MA
```

1977 年 6 月 30 日

　　亲爱的弗兰克，他们跟我说，我需要一段时间静养一下。如果去那个营地看你，有可能会让我发疯。所以我下周末不去了，也许秋天去。我可能乘坐杰克·卡辛的船出海，坐在甲板上。如果天气好就晒晒太阳。最多钓钓鱼。

　　4 号之后再给你电话。

　　拉里

富兰克林·威特金　医学博士
弗雷广场 1718 号
波士顿
马萨诸塞州

年复一年，威特金都在为这个营地工作，绘制草图，谋划着做一个可以睡觉的门廊、一个双车库和增加一间浴室。现在他有了更多的房间。他计划用石头建造一个炼钢炉般大小的壁炉。他自己劈柴，自己把柴垛起来，再建一个柴棚。他想建一个桑拿房和一个游泳池，计划把石头露台扩大，用大粗石铺地。他很精明，到处打听木材的价格。每年春天，那辆皮卡都是新的，上面装有一个漆过的橡木架，门上用古英语字母写着"伍德克罗夫特"几个字。

他的手和手臂变得很有力量，这是他年轻时从未有过的。他的衰老皮肤下肌肉发达，手掌上长满了黄色的老茧，手指很粗糙。他完全可以是一个木匠或建筑工人。

他告诉拉里，他的想法是把营地变成一个退休疗养地，如果他再婚的话，也许是两个人的疗养地。

"你要再婚？你根本就不是那种喜欢婚姻生活的人。你娶了工作，弗兰克。如果你知道怎样放松，也许我会认真对待你的话。你想和谁结婚，明托拉？"拉里有时会提到女人，比如弗里达，她是一个雕塑家，有着一头野牛毛色的浓密头发；纪录片导演道恩，正准备去南极洲旅行；还有明托拉，她是一个与威特金年龄相仿的大胸女人,她的工作是木刻,正在做一个以乘坐热气球的大猩猩为主题的作品。是的,他心里想的可能是明托拉,她有修长的腿,没有剃毛,腋下有浓密的毛发,还会对他的木工活儿评头论足。

"你想吃点儿米布丁吗?"有一次,她一边说着,一边打开一个篮子,里面是从城里一家熟食店买来的罐装食品。她还给他带来了一个镶着珠子的黄铜门把手和一个铜制的广告牌,背面是一个女人在洗涤槽里洗紧身胸衣。

底下那间废弃农舍的屋顶坍塌了。没人能猜到那里曾经有一个农场。房车禾园很宽敞,满是尘土的车道沿着山坡蜿蜒。当风从南方吹来的时候,威特金可以听到引擎声和喊声。然而在他那一百多英亩的土地上,原始森林越来越近,树木越来越多。

拉里越来越胖,动作也慢了。他说在树林里走动比较吃力。他喘着粗气,咳嗽着,沿着漫长而平缓的山路往上走,这使他这一天多走了好几英里。他们散步时都拿着猎枪,但很少开枪。

"弗兰克,我走不下去了。我从没想过自己会这么说,但我实在爬不动了。生活太安逸了。你无法靠卖图画和照片来锻炼身体。"他们彼此已不再亲密了,但都还假装着亲密。

威特金一个人来到营地,橡树容光焕发地迎接他,五颜六色的灌木和小树似乎从茶色的地面上跳了起来。天空在震动,轰隆隆的声音像敲鼓。他在面包皮颜色的草地上走着,树叶子像烧焦的糖、烧焦的信件,针叶在头上晃动着,斜堤上的土塌落下来,露出悬在半空的树根,搔着他的脑袋。他的靴子在浸泡在水里的原木上打滑,沿着漫长的石墙往前进入树林。他仍然需要拉里给他带路。他无法分辨树木,无法辨别风向,也无法辨别纷乱的树枝的朝向。杂乱交错的树木包围着营地。带刺的悬钩子在他脚下盘根错节。

他开始梳理混乱的大自然。悠扬的森林音乐,曾经如此动人,现在却出现了不和谐音,就像出现故障的喇叭,不停地发出嗡嗡声,又像高压电线发出的声音,当他站在它下面等拉里把鹿驱赶出来的时候,听到的就是这种声音。这声音迷惑了他,让他没有听到鹿跑出来了,只看到黄褐色的物体在动。他从来没有想过打猎,那只是为了取悦拉里,那个他几乎不了解的哥哥。

在杰克·卡辛的船上,弗里达看到坐在帆布躺椅上的拉里拱起他那肥胖的后背,仰起头,好像要唱咏叹调似的,然后又突然跌落到椅子扶手上。她吃了一惊。冠状动脉完全堵塞。

拉里的葬礼过后一个星期,威特金雇的阿尔文·维尼尔和他的表弟来砍伐和拖走营地周围不搭调的枫树。时间很紧。他催促他们抓紧干,许诺加钱。他们开辟出一个大广场。叶子在强光照射下很快枯萎,原本藏在阴暗处的青苔也枯萎了。一台树桩清除机不断冒着浓密的黑色喷泉,把两百年来一直扎根在这片土地上的树根拔起。平地机抚平皱褶的土壤,威特金在地里为他的草坪播下草籽。还有很多其他的计划在他的脑海里一窝蜂地涌现；他得加快速度了。

新草坪的设备——割草机、曝气机、除草机、滚筒和镰刀——都杂乱地放进了车库里。他计划建一个工具棚，然后是壁炉烟囱，加上两个房间和一间画室。他的儿子凯文说他会来这里过暑假。他在读大学二年级，没有暑期工作。威特金提出用一季的报酬换一季的工作，他说着彼此增进了解的生硬话语，但他知道他们不大合得来。凯文那软绵绵的手似乎除了挠痒痒和添乱之外什么也做不了。

第一天，凯文脱掉上衣干活儿，假装没有听见威特金的关于晒伤和皮肤癌的警告。第二天早上天气很好，他一直睡到大天亮。直到发电机、电锯和铁锤的噪声达到最高峰，他才从睡袋里爬出来。没精打采，用单音节说话。威特金又开始讨厌他了。他不承认凯文是他纯正的骨血。而另一个，他的孪生姐妹，那个穿着粉红色上衣的胆小、缺乏幽默感的女孩呢？她义无反顾地做出了错误决定，现在在赞比亚的和平部队工作。在代际之间传递的那种本能的、纽带一般的爱荡然无存。

他们用镀锌板给工具房盖上屋顶。滚烫的锌板闪闪发光。凯文喝了不止一加仑啤酒，在屋顶上不规律地敲敲打打，还不从梯子上下来，从上面往下撒尿。热浪无情地冲击着他们的手臂和胸膛，汗流浃背。凯文感觉到威特金需要的是拼命精神，第四天就打退堂鼓了。

"我干不了这个，我得撤了。我宁愿在地狱铲煤也不愿做这个。你建这么大的地方干什么？"这情形其实正是他们两人都预料到了。他们的争论并没有火药味,有的只是发泄对彼此厌恶的满足感。

凯文走后,一个上了年纪的石匠来建烟囱,他本人就是石头的颜色。威特金不停地招人,但进度还总是完不成。一群木匠敲打着增建部分的龙骨架,正在用木头和玻璃填封,卡车满载着砾石和沙子、草皮和木板、防水板、钉子、隔热材料、铰链和门闩、电线、灯、墙板、胶带、抹墙粉、油漆。快,快。

木工活儿结束后,威特金开始亲自建造石砌露台。从南卡罗来纳州运来的铸铁长凳已经到货,还装在散发着树脂和涂料气味的松木板条箱里。他要用园艺拖拉机把森林边缘的旧墙上的石头搬到沙床上来。

他很早就开始在墙边上干活了。天空倾泻出蓝色的光,挖土机突突突地忙碌着。石墙上由地衣和苔藓钩织成的精细地图随着石头塌落和相互碰撞的声音四分五裂,伸入墙缝里的树根和腐烂的树枝也随之散落下来。挖土机的巨齿刨出满是绿色铜锈的精致铜盘。大陆和岛屿的曲曲弯弯的边界被撕扯开了,大片的青苔簇拥在一起,露出了下面的土层。发霉的败叶气味让他直打喷嚏。那黑乎乎的野丛林发出的恶臭还没有散尽吗?

一些碎石片堆成一堆。一旦大石头就位,他就会把这些碎石填进缝隙,还需要把圆形和不规则的石头填入碎石坑。

他发现一块大石头,它的发黑的边缘有四英寸厚,四角方正整齐。他用铁链把它拴住,拉到院子里。在它的后面出现一条拖拽的痕迹。他把石头翻过来,看看另一面。一片白色的霉渍像花一样散开在黑色的石板上,四散的细长射线就像一个爆发的星系。被压碎的蜘蛛茧。他再次把石头翻过来,让好的一面朝上,然后用撬棍把石头撬到位。

他一上午都在沙地上刨着,沙地的一边比另一边陷得更厉害,在把那块大石头挪到最理想的位置之后,他想,如果有十多块这么好的石头就太棒了。他希望至少还能有一块,于是又来到墙边。

这块石头盖在一个被老鼠窝和树叶,以及散落的谷壳填满的坑里。他弯下腰,用手扒拉开卷曲的叶子。下面的东西很奇怪,经过仔细辨认之后他大吃一惊,把手从白色的头骨上缩了回来。

拉里,他想了一会儿,难道是拉里从布朗克斯的墓地跑了出来,钻到了墙下面?

但这不是拉里。

他小心翼翼地把腐烂的叶子一点一点地拨开,直到可以看清那歪歪扭扭的骨架。完美无瑕的牙齿朝他微笑着,但手和脚的小骨头都不见了。右臂也不见了。剩下的手臂和腿骨上也布满老鼠的啮齿留下的痕迹和沟槽,已经被树叶染成了棕色。一个鞋跟脱落的卷曲的鞋底,像胎盘一样躺在骨盆里。他听到身后那辆拖拉机一直在空转。

一位先驱的坟墓。某个早期移民的妻子,因生育而耗尽了生命,或者被印第安人剥了头皮杀死,或者死于伤寒、肺炎或泌乳热。他无意中闯进了她的坟墓所在的冷僻、幽静之处。

"可怜的女人,我不知道你是谁。"他说。出于尊重,他不再往下挖了,把石头拖回到墙上,再用撬杠把它放回原来的位置。他不会亵渎坟墓。

第四十四章
矮个子骑手诅咒法官

> 9-9-79
> Dear folks Hope all is well on the farm and that you all are well. I have been laid up somewhat off and on, had pneumonia last winter, arthritis and toothache abcesses.
> Still trapping but who knows for how long
> Loyal

> Mr & Mrs Mink Blood
> Cream Hill
> Vermont-

1979年9月9日
  亲爱的朋友们，希望农场里的一切都好，你们也一切都好。我近来需要时不时地卧床。去年冬天得了肺炎。还有关节炎，牙痛，脓肿。
  还在捕猎，谁知道还能坚持多久。
  罗亚尔

明克·布拉德　先生和太太
牛油山
佛蒙特州

七个月后,在新墨西哥州的西北部,他在小白马酒吧里看到了那个矮个子骑手。后者坐在酒吧的另一头,眼睛盯着镜子,穿着同样的衣服,他那龟一样的嘴钩在啤酒罐的边缘上。罗亚尔坐在他旁边,也看着镜子。

"你抓到那些家伙了吗?"

那个矮个子骑手看上去糟透了——他的眼睛里布满了血丝,脖子上的污垢深深地嵌在皮革般的糙皮里。他的手在颤抖,气色看起来也不太好。他盯着罗亚尔做了个鬼脸。

"该死。你是郊狼猎人,对吧?你在这儿做什么?"

"沙漠郊狼的皮毛颜色不同——更多的是红色,带点漂亮的红棕色。我喜欢四处走动,做一些与众不同的诱捕。只要不是过了季节的熊瞎子就行。"

矮小的骑手咆哮道:"该死的烂摊子。"

"不得不说,我很好奇你是怎么搞清楚的。"

"四十个人为这场行动拼命工作了将近三年。佛罗里达、怀俄明、缅因、蒙大拿、北卡罗来纳、纽约。我们什么都有——幻灯片、录像带、照片、证人、供状、证据——准备装船的两百个黑熊胆,一仓库的兽皮,几箱子熊掌,我们有他们和带无线电项圈的狗在一起的照片，还有一堆腐烂的熊尸体的照片。我们有一位日本买家和一位康涅狄格保险中介商的证词。我们有六百页的报告。我们有他们的香料配方——海狸油、海狸香、麝鼠麝香、阿魏油①和蜂蜜——你知道，在东方市场上，黑熊胆值多少钱吗？五K，就是五千美元。熊掌也值一个K。日本人有的是钱可烧，他们不在乎花多少钱，他们就是想要这些东西。你把两百个胆囊乘以五个K，你就会明白这可是一大笔钱，比可卡因还值钱。熊胆比可卡因还赚钱！这可是一百万美元。再花二十五万买熊掌。我们得到了所有这一切。他们他妈的都招供了！这是有史以来最大规模的野生动物执法调查。所有那些该死的州都在一起合作。这本身就是一个奇迹。"那矮小的骑手下巴上的一块肌肉跳动了起来。

"所以发生了什么？他们脱身了吗？"

"脱身！当然没有，他们没有跑掉！有几个可能跑掉了，但不多。我们在周日凌晨5点在三个州进行了联合突袭，抓获了十一个人，捕兽者、一个中间人和三个买家。上次和你坐在一起的那两个臭东西，当时还酩酊大醉呢，站都站不起来。他们以为我们是想去抓更多的熊，还不停地喊着要手电筒，到最后还不明白手上的手铐是怎么回事。"他大口地喝着啤酒，"是的，我们抓到他们了。"他的声音充满了讽刺和苦涩。

"你好像不大高兴。我想，一次成功的行动会让治安官振奋

---

① 阿魏油（oil of asafoetida），一种树脂，来自伞形科植物阿魏的茎秆和根的汁液。

不已。"

"是啊,你会这么想,是不是? 成功是由最终结果来定义的。你知道这些人渣现在在哪儿吗? 所有人?"

"我洗耳恭听。"

"还在一年前的老地方,做同样的事情。非法捕熊,取下熊爪和熊胆,卖给日本人赚大钱。你知道为什么吗? 你知道为什么所有的努力都泡汤了吗? 就是因为法官。该死的、二流的、自以为是的、自私自利的、自大的、无知的、愚蠢的法官连自己的屁股和果冻甜甜圈都分不清。你知道吗,坐在你旁边的那些臭东西仅仅因'无照剥制动物标本'而被罚款一百美元吗? 他们笑着从一根火腿般大小的兽腿上剥下一张皮就付清了。处罚最重的是北卡罗来纳州的一个家伙,也不过五百美元的罚款和三十天监禁,缓期执行,罪名是'非狩猎季节打猎'。"他默默地喝着酒。他看着镜子里的罗亚尔。

"法官们认为这很有趣。他们根本不把这当回事。这就麻烦了。他们不懂。他们,也,不在乎。我们将在有生之年看到熊的末日。"

"那你来这里干什么?"

"来这里?"矮个子骑手哈哈大笑,"差不多为同一件事,只是不是为了熊。真不知道我为什么要把这些告诉一个专业的捕猎人。我其实也差不离。我不知道,或许我也该给自己弄一堆捕兽器,然后开始干这一行。非法生意能赚这么多钱,居然还有人站在法律的一边,真让我吃惊。见鬼,我太吃惊了。已经有不少执法人员转行了。他们知道了其中所有的伎俩,所有的漏洞,所有的出口,都是能帮他们赚钱的。等几个月后我发财了,就可以回家和妻儿欢聚了,在后院的游泳池里游泳,开奔驰车,而不是假扮成救世主在该死的农场里做卧底。"

"你有孩子吗?"

"有,我有两个孩子。我不常见到他们,但我每周和他们通三四次电话。男孩是个讨厌鬼,他想成为摇滚明星,整天在车库里尖叫呻吟;女孩叫阿吉,十六岁,喜欢女性主义政治,妇女权益,诸如此类的东西。"

"你有照片吗?"

"没有。"提高警惕很必要。谁知道这个人是不是个邪恶的捕猎阴谋家,正在探听他孩子的名字和外貌?类似的儿童绑架案不是没有过。这个老猎户到底是什么人?

第四十五章

子然一身

```
October 4, 1979
This will confirm your appointment with IRS
agent Reynolds at 8 A.M. October 11, 1979,
Room 409, West Central Federal Building.
Persons being audited must bring all
financial records and documents pertaining
to the period under examination. Ref.
correspondence 8-15-79.
```

```
Mr. Marvin S. Blood
Eden, Inc.
200 Biscayne Blvd.
Miami, FL 33132
```

1979 年 10 月 4 日
　　此函确认你于 1979 年 10 月 11 日上午 8 时预约拜访国家税务局的雷纳德专员，地点是联邦中央大楼西侧 409 房间。被审计人员务必携带所有调查期间需要的财务记录和文件。另请参阅 1979 年 8 月 15 日的信函。

马文·S. 布拉德　先生
伊甸园有限公司
比斯坎林荫大道
迈阿密　佛罗里达州 33132

当他拐下高速公路，驱车平行于杰克家的围栏行驶的时候，他觉得农场看起来不一样了。是围栏——半英里长的方格铁丝羊圈围栏。杰克什么时候开始放羊了？他朝草地那边望去。杰克养的婆罗门牛都不见了，也看不见该死的羊。当你离开个一年半载再回来的时候就会这样。世界发生了变化。

没等他拧上点火钥匙，房门就打开了。斯塔尔站在门廊上。她的胳膊无力地下垂，双手的手掌向外翻着。从他坐的地方他不但看到她扭曲的脸，还看到了泪痕。他就明白了。

当他绕过车门来到卡车前面时，她冲下台阶，几乎把他扑倒。他立刻伸手抵住她的肩膀，把她推离他。一瞬间她离得那么近，他都能闻到烟草的气味，看到她眼睛里黄色的纹理和她面颊上粗大的毛孔。她近得让他无法直视。他想把她推回门廊上，但她就站在那里；他用双手夹住她肥胖的手臂，努力保持平衡。仅此而已。他无法思考，头脑混乱。她感到了他的震惊，便往后退，退到台阶前，站在那里。

"我现在孤身一人了，罗亚尔。杰克走了。"她对着手帕擤了一下鼻子。咸咸的泪水挂在她的嘴角，"我本想告诉你的，但我不知道怎么联系你。我们不知道你在哪里。"她一边埋怨一边点燃了一支香烟,并把火柴扔在一边。他咳嗽起来。

"杰克出了什么事?"他的双手还能感觉到她的热度。但说到杰克的名字,他恢复了平衡,然后又说了一遍。

"5月的事了。糟透了。他本来很好,罗亚尔,他很棒的。"她嘴角的眼泪差不多干了,"他身体一点毛病也没有。他一直都很健康,只是有时候晚上睡不着。那天一早,他就出去和鲁迪谈流动围栏和牧场上的牲畜如何看守的事,他们要去夏延买材料。当他回来的时候咖啡已经准备好了。他忽然打起嗝来。我笑着告诉他在喝咖啡之前喝点水把嗝压下去。他就喝了水,罗亚尔。打嗝停了几分钟,然后我给他倒上咖啡,他又打起嗝来了。就这样一直到吃完早饭,他一直打嗝。"台阶下的空隙里塞着一个空粮袋,露出来一半。她说起话来好像事先排练过似的,毫无抑扬顿挫。

"一开始我们还开玩笑,但很快事情就变得不那么简单了,他几乎吃不下东西。我们把知道的所有家用偏方都用上了,往棕色的纸袋呼气、吸气,喝水的时候弯着腰,吃方糖蘸白兰地,先喝一杯威士忌再喝更多的水。我还想用吓唬他的办法,到他身后用力击掌。最后他出去了,说去夏延一趟能让他忘掉打嗝的事,如果还止不住打嗝的话,他就去那儿看医生。"她的变化好大啊,罗亚尔想。容光焕发的神采不见了,活泼、机智的应答和敏捷的动作也没有了,笨得像头母牛。

"他们大约3点钟回来了。卡车上装满了围栏,我看到鲁迪在开车。我就知道有麻烦了,因为我能看到杰克的侧面身影,每隔几秒钟就抽动一下。"她模仿着杰克坐在卡车里的姿势,以及身体被那疯狂的神经冲动折磨着的样子,"他还在打嗝。他带了一些抑制打嗝的处方药回来,我想是某种安眠药吧。他吃了那些药,可你能相信吗?他整晚都在打嗝,即使那些药已经让他陷入半昏迷状态。我还不得不离开床,睡到客厅的沙发上,因为他只要一打嗝床就跟着颤动,但这时我真正开始担心他了。担心他会吞舌或出什么意外,因为他睡得真的很沉,所以我整晚喝咖啡,在地板上踱来踱去,听他一直不停地'嗝,嗝,嗝'!"这时她似乎注意到了门廊周围的杂草,便开始拔,一边拔一边乱丢着。

"到了早上,他被折磨得不成样子了,几乎说不出话来,脸色苍白,什么东西也拿不起来,放不下。他非常痛苦,罗亚尔。我打电话给医生,医生说:'带他来吧。'我只好把他带过去,他们让他住进了医院,试了上百种该死的方法,用镇静剂等等,但是都不管用。没有用!我简直不敢相信。现代医学创造了那么多奇迹,可以移植心脏和肺,可以把断臂重新接上,可以通过整形手术重塑你的形象,但他们不能阻止你打嗝。我对着医生大喊大叫。

"我估计杰克当时就知道什么都不管用了。他对我说:'斯塔尔,滑轮从传动轴上掉下来了。'那差不多是他的临终遗言。他撑到第二天早上,然后他的心脏就停止了跳动。你可以看出他想死,这样就不会再打嗝了。"

罗亚尔想回到卡车里,赶快离开,但斯塔尔把他带进厨房,又把碗橱和冰箱弄得乱作一团,拿出鸡蛋和面粉,还把量匙也弄掉了。她的话题转到她正在做的东西上,他当然会留下来吃晚饭,那不是奶酪蛋奶酥,而是更好的一道美食——乳蛋饼。还说到姗姗来迟的雨,还有现在她该做什么。他们似乎无须再谈论杰克了。

"我一直在想我可能会回去唱歌。我打赌你肯定不知道我以前唱歌,罗亚尔。"

"不,我当然不知道。"桌子上的一个不锈钢碗上映出了他的轮廓,他的脸被压扁了,歪向一边,脑袋后面的头发上绑着一根橡皮筋,帽子的边缘像个馅饼盘。

"哦,是的!我曾在夏延的牛仔竞技会中场休息的时候演唱。当然那是很久以前的事了,十五、十八年前。但我总有一天还要练习。那时候有很多乐趣——聚集的人群,英俊的男人。我就是这样认识杰克的,在牛仔竞技会上。"她在面粉和黄油混合的糊糊上留下金属丝的曲线,"天哪,我得做点什么。"

他不知道该怎么跟她说话。她曾经是杰克的妻子,被固定在那个角色里。现在她变成了另一个他从未见过的人。她哭泣,说着要做的事情,要唱歌。一个女人,一个孤独的女人,到底该对她说些什么呢?

"公路下来拐弯处的那个羊圈是怎么回事?"他试图让自己听起来像是想知道这件事。见鬼,他就是想知道。

"哦。你知道,杰克没给我留下多少钱。大多数牧场主都差不多,土地富饶而现金匮乏。他当然没有想到他会走得这么突然。我必须做点什么。我想为婆罗门牛找到买家。这里没人想接手。你会发现谁是你的朋友，罗亚尔。他们原本都是杰克的牧场朋友。最后，一个从得州来的家伙买下了它们，是我给早先卖牛给杰克的那个家伙写信，他就告诉这个人来收购。所以这些牛从哪儿来就回哪儿去，又回到得克萨斯州。"她用空酒瓶擀着黄色的面团。一只猫从桌子下面出来，吃了掉在地板上的一块面团。

"那笔买卖我什么也没赚到。事实上，我们做了亏本生意。后来鲍勃·艾姆斯维勒问他是否可以租赁牧场的一部分用于牧羊，就是作为夏季牧场。他还保证不会让羊吃得太多，破坏草坪。这是他装的围栏。"

"可是没看见羊群啊。"

"是的。"她的脖子红红的，可能是烤箱的温度造成的。烤箱放的位置很高，里面散发出一股烤焦的味道，"他没有按他说的付钱，所以我叫他把羊赶走了。今年没有羊。他说他不愿意付钱，说给我装了栅栏就够了，我应该高兴才对。在我告诉他不许到这里放羊之后，有一天晚上，布莱德朝我家里开了几枪，打破了空房间的窗户。一个女人想知道她的邻居都是些什么人，就让她丈夫死掉吧。他们一直认为我是个外人。"

"所以，你的牛亏了本，出租牧场又被骗了。"

"这还仅仅是个开始。我得卖掉农场。我知道杰克喜欢这个地方，我也喜欢，但我不再喜欢了。他们就是这样对我的。"她用下巴示意，那是老太婆的下巴，长着绒毛，又肥又软，"我想用我的余生做点什么。如果我卖掉农场，我就能离开这里。"她把鸡蛋倒在盘子里的奶酪和培根上，然后把它放进烤箱。她转向他。天知道她看到了什么。她沉浸在自己的世界里。

"你想听我唱歌吗，罗亚尔？"她的声音突然又响亮又带几分傻气。

她把唱片放在唱机转盘上。电唱机已经在餐具柜上放了好几年了。罗亚尔端详着那张唱片的封面；五个男人坐在音乐家的椅子上，黄色的旋涡从他们的手蜿蜒到封面的上部，红色的字体跳跃而出："歌唱用伴奏音乐·第七辑·乡村民谣"。

唱片开始旋转，一首伤感的乡村歌曲的双和弦小提琴和声充满了整个房间。斯塔尔站在烤箱前，两脚并拢，双手扣在一起，放在胯部前面。人已中年，穿着皱巴巴的马裤呢裤子和运动衫，但是那柔美的风韵依然可见。也许她知道这一点。

她默默地数着拍子，然后唱道："他只是路过此地，我孤独而忧伤。"这些词语强硬地塞进了她的鼻子，她伸手去触摸那廉价的悲伤。罗亚尔再也忍不住了，这种在酒吧里的感觉让他的泪水夺眶而出。这首歌总能打动他，但现在他只能坐在厨房的椅子上，面前连一杯啤酒都没有。于是他闭上眼睛，希望杰克还活着。

乳蛋饼很好吃，他们全都吃光了。现在轻松多了，不用说话，食物就在盘子里，叉子不停地叉取、举起、落下。她把一张餐巾纸放在他的手边。杰克的椅子空着，泡菜，令人精神抖擞的咖啡。

他在这里坐过多少次了?

"那么,你觉得我唱歌怎么样,罗亚尔?"

这是他无法回答的问题。

"很好。我挺喜欢的。"

脸上带着几分失落,她在倒咖啡的时候,他正用手指捏起盘子里的乳蛋饼碎屑。杰克的东西到处都是,好像他刚出去似的。他经常就是这样,抬腿就走。系在门边的一个钉子上的绳子,是他们看电视的时候他系上去的,一双因很久没穿而变僵硬的靴子,几张钞票还在维多利亚时代的纺锤上,那顶灰色的牧场帽,帽带上沾满了杰克的汗渍,就放在餐具柜上,他每次进来吃晚饭都把帽子挂在那儿。

"你会回威斯康星州看你的孩子吗?他们现在一定长大了。"

"和他们的关系早就断绝了。用钝剪刀剪断的。"她说牛奶就要坏了。他闻了闻,然后说他喝咖啡不加奶。

"我知道我不会再在任何牛仔竞技会上演唱,罗亚尔。我的声音很弱,我太老了。老女人不会在牛仔竞技会上唱歌。但是你知道,我并不觉得自己老了。我觉得我生命中最活跃的那部分还在前面。我可以留在农场,罗亚尔,但不是一个人。还需要一个男人。"她说得再清楚不过了。

黑色的咖啡在熟悉的蓝色杯子里。他加了糖,搅拌着。她的勺子发出清脆的声响。

然后,尴尬的气氛突然消散了。他开始滔滔不绝地讲起他所经历的故事来，话语从他那松动且不全的牙齿间迸出来。他告诉她胡瓜在矿井里淹死了，车前灯坏了，还半夜开车带着布莱特穿过危险的道路，还有美洲狮。平常很少说话的他，说了很多，似乎变成了一个热情洋溢的小贩，兜售他的人生故事。凌晨两点，斯塔尔打瞌睡了，除了睡觉和安静，什么也不想要，于是他停了下来。他们彼此都有几分厌倦了，都想单独待一会儿。他说他会睡在火炉旁边的沙发床上。厨房里满是香烟味。

早上，她把杰克的那顶珍珠灰色的牛仔帽给了他。

第四十六章
我的所见

在多特饭店的一个卡座，墙上的塑料猫头鹰头闪闪发光。他正在看当地的报纸，双臂交叉放在胶合板的桌面上。桌面有一股油脂溶剂的气味。多特蹲在地上擦着一个结了一层油垢的烧锅。咖啡是河底污泥的颜色。因为多特烹饪而满是油污的墙壁上挂着几个鹿头，是那种大角、白尾巴的麋鹿。炸薯条。双面煎蛋。那些麋鹿是多特的老爸哈里·S.弗曼捕杀的。在适当的光线下，任何人都能看到玻璃眼睛上蒙着的一层暗淡的油垢。

他翻看着报纸，瞥了一眼那张来自南美的一个巴斯克①家庭与亲戚的合影。前排的几个男人蹲着，弯曲的膝盖把化纤的裤子绷得紧紧的，他们上身穿着运动外套，弓着腰。这群人的女族长塞莱斯蒂娜·法克萨来自特里皮尼亚的儿童之家，她不苟言笑，身材粗壮，罗圈腿，一双小眼睛直勾勾地盯着镜头。她穿着一件方格图案的人造丝连衣裙，手里拿着手提包。照片下面的文字写着她八十四岁时还开着单引擎飞机飞了很远。她从来没学过开车。

他仔细端详着这张照片，估量着他们视线的方向。其他人

---

① 参见第 40 章有关前注。

都没有看镜头。一位戴着小丑眼镜的老妇人试探性地笑着，看着塞莱斯蒂娜。那三位来自南美的表兄弟有着相似的发型和同样精致的笑容。他们也看着塞莱斯蒂娜。后排的男人站在椅子上。他们的额头闪着亮光，脸被太阳晒黑了。其中三个人缺了门牙。最边上站着一个穿着格子长裤套装的女人。裤子像套管一样套着她的双腿，背心的剪裁和缝制方式使格子图案相互错开。背景上可以看到一台靠近天花板的电视机，假日酒店的塑料墙面，一把镀铬椅子，一块很脏的尼龙地毯。

"你拿的是什么东西，布拉德先生，难道是古老秘密的线索吗？"多特窃笑着问。她拎着一桶冷冻肉饼，"你把它看得那么仔细，我还以为你找到了你失散多年的弟弟呢。"

归根结底，他就是在研究一张陌生人的照片。

第四十七章
红毛的郊狼

> Dear Pete,
> What the hell is happening with fur prices. Can't make a living on those prices. Prime coyote was three× what is now a couple of years ago. If it doesn't get better, might as well hang up the traps.
>
> L. Blood

> Pete Faure
> Crowleg Lake, B.C.
> Canada

亲爱的皮特:
  皮草的价格到底出什么问题了？这么低的价格没法维持生活。几年前，上等郊狼皮的价格是现在的三倍。如果一直这样下去的话，就只好挂起捕兽夹不干了。
  L. 布拉德

皮特·福尔
格洛里湖　不列颠哥伦比亚省
加拿大

他觉得金花矮灌木下面不会有什么东西。但当他过来拉出捕兽夹和木桩时，他才看到了它，一只季末的母郊狼，全身通红的颜色。它的脸部、胸部和臀部都更红。炙热的阳光反射在晚雪上，把它的毛皮烫卷了，就像廉价的烫发。它往后退，张着嘴，露出牙齿，畏缩着，扭动着，露出顺从的姿态，黄色的眼睛与他对视着。它望着他。卷曲的红皮毛，动物脸上惊人的表情，在它的肢体语言中，混杂着安抚、害怕、愤怒、威胁、顺从、痛苦、恐惧，以及感觉到生命即将结束时的毛骨悚然的反应。

碧丽。

毛皮并不好。红的，没错，但是被烫卷了。脚看起来还不错。它并没有因为想逃跑而咬断骨头。他迅速地把防水布的小地垫盖在它头上，并紧紧地抱住它，以免它扑向他，然后松开了捕兽夹。脚虽然肿了，但还是热的，有血液循环。他站起身来，几乎同时把防水布松开。它逃走了。

第五部

第四十八章
帽子老汉

In the Dead Letter Office

Oct. 1982

Dear Mr. Blood, Dr. Pinetsky would like to speak to you about your lung X-rays. Please call this office to schedule an appointment at your earliest convenience.

Mr. Loyal Blood
General Delivery
Hammerlock, Colorado 89910

在无法投递的信件办公室里

1982 年 10 月

  亲爱的布拉德先生，潘斯基医生想和你谈谈你的肺部×光片的情况。请在你方便的时候尽快给我们来电话预约见面时间。

罗亚尔·布拉德　先生
邮件存局候领处
哈摩尔洛克　科罗拉多州 89910

在花园里，考斯提和葆拉把几张床单铺在番茄植株上，以保护它们不受夜霜的侵袭，旧床单是葆拉的母亲多年前送给她的，上面有各种花色的补丁：灰白、大理石、象牙、乳白、雪白、白垩、珍珠、桦树皮、幽灵、月光花、云朵、灰烬、石英等等。秋天的利齿蚕食着阳光。他们在地里银白色的土块上来回走动着，一起干活，现在山上农场里只剩下他们两个了。豹小姐、印克斯、带着古董衣服箱子的三姐妹、格拉斯·曼和他的上百个朋友，都跑了，不见了。他们时髦的破衣服还留在空荡荡的房间里，鲍勃·迪伦的海报变成了洋红色，一堆堆平装书——布劳提根、霍夫曼、凯西、沃尔夫、法林纳、麦克卢汉，被夏日的炎热卷起来的封面，过时的情感，遭到背叛的思想。

一排排番茄种在那片黑暗的树林前边的空地上。他们用有些麻木的手把新床单也拿出来，打开。他们能感觉到土壤冻得硬了。燃烧干草的气味取代了夏天潮湿植被的气味。寒冷似乎把空气冻得像碧玉一样坚硬。

"今晚会有霜冻。"考斯提说，"在这样的夜晚，那些老秧上的番茄再也不会像前几晚那样挺过来了。还是趁早把绿的摘了吧，放到柴棚里。"

"如果明天还有霜冻，我们就采摘。我要做四百夸脱的芥末腌菜酱。管他呢，我不在乎。我直到开春都可以煎绿番茄。'约翰逊家的男孩子吃绿番茄，他们吃了一辈子。'"她唱道。她的两鬓有几缕白发。考斯提用一根大黄干花梗打她的屁股。当他们走进温暖的厨房时，他们听到横斑林鸮①发出的叫声，恐惧像胶一样把蜷缩的乌鸦都粘在了树枝上。

"晚饭后想去看看那个戴帽子的老汉吗？我们可以给他带些绿番茄。"

"再拿点姜饼。上次他来这里的时候，吃了差不多一整罐。"老布拉德先生，他们叫他帽子老汉因为他总是戴着一顶帽子，有时是一顶牛仔帽，但通常是一顶农用帽，他的白发从帽子后面的拱形窟窿里伸出来。

他开春前开着他那辆锈迹斑斑的卡车来过，还带着一条老母狗。这条狗不让任何人靠近他，动不动就龇出牙齿。他签了一份租赁合同，租了几英亩的土豆休耕地，然后把他那辆隆背的捕猎车开到那片平地上。

前几天，那里还除了杂草和灌木丛之外什么都没有，但一个星期后，帽子老汉就来定居了，周围是用纤细的柱子拉起来的铁丝网，也许是为了给他的生活范围划出个界限，或者把狗关住。他用租来的犁锄开辟出一片菜园，刚下完种，他就在锯木厂里找了份工作。也许是个适合老人干的差事，记账什么的。

---

① 横斑林鸮（barred owl），一种大型的美洲猫头鹰，棕色眼睛，胸部有深棕色条纹。

估计是布里克可怜他，考斯提说。

一个月后，他仿佛已经在那里待了很久了。他不知从哪儿弄来一辆旧道奇卡车，作为零配件来源，他把它藏在杂草丛里，拆成一堆，从中找能用的零件让自己开的卡车保持运转。

从第一周开始，考斯提就养成了在一天结束时在他这里停下来看看的习惯，在漫长的夏日阳光下，他靠在卡车的挡泥板上喝着啤酒，而帽子老汉则俯身在卡车的油腻腻的内部机器上忙碌。他一边聊天一边不断地咳嗽，就像给谈话加上了标点符号，几个词，几声咳嗽，一两句话，好多声咳嗽。或者他们俩坐在捕猎车的台阶上，背对背靠着，像个人形金字塔，仿佛在等待球赛开场。但他们只是在享受这个夜晚。倾听。任何人说话的声音都逃不过帽子老汉。仿佛他把说话声拢到了墙角，坐在最高的台阶上，在他漫无边际的闲谈中，他不时地咳嗽，向黑暗中吐痰。他是个邋里邋遢的老头，又脏又臭，伤痕累累的前额下有张硬朗的脸，帽檐歪在眼睛上。不过能看得出他长得挺帅的，葆拉说。一个老硬汉，考斯提说，别管他的长相。他真希望他也能像帽子老汉一样到处漫游。

他的时间观念很奇特。有时候他晚上十点钟在马铃薯地里除草。他在修理油腻腻的汽车引擎时用来照明的故障灯挂在园子里的一根柱子上。巨大的马铃薯叶片的阴影投在白色的土地上，此外还有他那弯腰驼背的身姿和牛仔帽的魔兽一般的影子。在他工作的时候，那只狗像一个新学徒一样望着他，用湿漉漉的嘴巴逮空中的飞蛾。

有一次，因为下雨，他们三个人挤在帽子老汉的捕猎车里。考斯提和葆拉坐在凳子上，帽子老汉坐在他的铺位上。到处都是悬荡着的东西，煎锅，绳子，一圈铁丝，一个用铁丝托吊着的咖啡罐，里面装满了钉子。唯一干净的地方是门的背后，布拉德贴了一张皱巴巴的牛仔电影海报，考斯提垂涎已久。

卡尔·拉姆勒① **出品**

胡特·吉布森② **出演**

《飞行 U 的奇普③**》**

照片上是一个面色桃红的男人，有着蓝色的呆滞的眼睛，红红的露出豁牙的嘴笑得弯成丘比特之弓的形状。

角落里摆放着帽子老汉的电视机，看上去似乎那条狗一直在舔屏幕。橱柜，架子，钩子，杂志，鹿角，帽子。他有一些帽子从来不戴。

"这个，"他对考斯提说，一边用他那双开裂的手一圈又一圈地转动着一个萎缩的黑色帽子的帽檐，就像转一个转经筒，"这一顶可能很值钱。这可能是保罗·里维尔④骑马的那一晚戴的帽子。它可能值一千美元。"葆拉注意到，那种腐烂的羊毛和毛皮的

---

① 卡尔·拉姆勒（Carl Laemmle，1867—1939），出生于德国劳普海姆，美国电影制作的先驱，也是最早的好莱坞电影制片厂的创始人。

② 胡特·吉布森（Hoot Gibson，1892—1962），美国牛仔竞技比赛冠军，也是牛仔电影的演员、导演和制片人。

③ 原文为"Chip of the Flying U"，是一部老电影的名字，其中 Chip 为人名，Flying U 为一农场的名字。

④ 保罗·里维尔（Paul Revere，1735—1818），法国裔美国银匠，美国独立战争时期的爱国者，因在列克星敦和康科德战役中扮演信使的角色而成为不朽的人物。

气味，以及老旧的吸汗巾的气味，像无形的瘴气充满了拖车内部。

"看到这个了吗？"他举起一顶棕色的帽子，它的帽冠由于过于破旧变得软塌塌的，平躺在帽檐上，"是迪林杰[①]的。你知道，我不能为我收集的帽子买保险。我大约三年前开始收集。第一顶帽子是我一个朋友的遗孀送给我的。我这辈子大部分时间都戴着帽子，因为我有几处伤疤。你想知道为什么吗？"他咳嗽着，话语断断续续。他拿起一顶带蛇皮边的白色牛仔帽，"这是我从加州的一个家伙那里买的。他在电线杆上钉了一块牌子，上面写着：'珍贵的牛仔帽，参演过电影，对我的头来说太大了，二十美元。'我看了一眼，就如数把钱付给了他，甚至都没跟他砍价。你知道谁戴过这顶帽子吗？ 胡特·吉布森，就是海报上的那个胡特·吉布森，也就是1922年的电影《熊狸》里的胡特·吉布森。他们把胡特·吉布森打造成了一个英雄，但实际上他刚开始只是个游手好闲的人，是一个在牛仔竞技会上混吃混喝的家伙，也做特技表演，有意无意地赚点小钱，后来进入了电影圈子。那时有人租了他一天，让他处理一些粗糙的马肉，然后就雇他做特技演员。其实他什么也不会演。过去电影明星的个子都比较小，但是他们的脑袋很大。我的爱好就是看西部牛仔的老电影，两年前我在电视上把大部分这类电影都看了。我搞到了一个很稳定的电源，然后就买了那台电视机，"他指了指

[①] 迪林杰（Dillinger，1903—1934），美国著名的强盗和杀人犯。1933年和1934年，他和他的犯罪团伙抢劫了美国多家银行，枪杀了许多人。联邦调查局最后设了一个圈套，在他离开剧院时将他击毙。

墙角,"在那之前,我从来没有注意过电影。但我告诉你们,我现在都可以上那些益智问答节目了。《有篷马车》里的 J. 沃伦·克里根、《孤独的松林小径》和《边境军团》里的安东尼奥·莫雷诺。天啊,我知道很多这样的人。汤姆·米克斯①演的所有片子我都知道。你知道谁曾经像那些老男孩一样僵硬地站着,趾高气扬吗?墨索里尼。他'二战'时期的样子,就像老电影里的牛仔。你知道他们还有什么好笑的事吗?"他们耐心地等他剧烈地咳嗽了一阵,缓过气来,并且擦了擦眼泪。"那就是他们的腰的位置。他们的腰都高高在上,所以把裤子拼命往上提,一直提到胸前,让他们的上身显得很短。这些是我说的默片,在电影院是看不到的。我一有机会就看《熊狸》,关注电视节目单。有时它还参加电影节,所以我得看报纸。在那部电影里我看到我拿的这顶帽子就戴在胡特·吉布森的头上。当你看到你的一顶帽子出现在电视上的时候,你会有一种奇怪的感觉。仿佛他死了,但帽子还活着。

"我不能为我的藏品投保的原因是我不会停留在原地。在这里待几个月,然后离开。我必须继续前行。我有我的旅行拖车,我的卡车,我的狗,我可以在任何地方找到工作,因为我不挑剔。我开垃圾车,当木匠。我还可以砌墙,搭狗窝或者盖天文台。但我不在社会保障体系之列。没付过一分钱,也没收过一分钱。我自己闯荡艰难险阻。"葆拉靠在墙上,看上去半睡半醒。她的

---

① 汤姆·米克斯(Tom Mix, 1880—1940),美国电影演员,在 1909 年至 1935 年间,他共拍摄了二百九十一部电影,除九部以外,都是默片,被视为好莱坞第一位具有传奇色彩的西部巨星。

膝盖上有几个鱼鳞片闪闪发光。

"我的帽子就是这样收集来的,不是从垃圾堆里捡来的,而是四处打听:'你们有什么旧帽子要卖吗?'我就是这样得到这顶滑雪帽的,一位女士的丈夫正走在曼尼托巴省①多戈波尔的街道上,那次是我去那里收割小麦。她丈夫去五金店买填窗户缝的材料。一块晶洞从楼上酒店房间的窗台上滚落下来,那个房间里住的是一个搞石油勘探的地质学家,这块晶洞砸在了她丈夫的头上。但这顶帽子救了他的命。你看我的样子,不会相信我能建造天文台吧?"但是考斯提和葆拉都累了。他们劈了一整天木头,现在睡梦就像麻醉的魔咒一样降临了。

星期六晚上,他们又带着绿番茄派来了。它尝起来有点像苹果派,但那是因为香料,葆拉说。同样的香料,肉桂和丁香。不成熟的番茄没有自己的味道。帽子老汉烧开了咖啡,葆拉拿出了他们的茶壶,还有香甘菊和干草莓叶。健康的饮料。

"建天文台最大的麻烦,"老布拉德说,"是选择建造地点。有些事你根本想不到。你不希望它靠近大城市或者购物中心——有光污染,还有空气污染。要找个夜晚漆黑的地方,就像在这里。没有多少地方是完全黑暗的。我曾经整夜睡在大草原上,看那些星星。公路灯、街灯、庭院灯,它们都能把它们的光一直投射到飞机的腹部,把天空毁了。"他又是一阵咳嗽,"这里是一个建造天文台的好地方。"葆拉看着黑色的窗户,上面蒙上了一层湿气。

---

① 曼尼托巴省(Manitoba),加拿大地名。

442

"一个黑暗的地方只是第一步。任何傻瓜都能想到这一点。"他把椅子挪近了一些,看着他们的脸,看他们是否明白了。他用满是裂纹的手指比画着。

"你不可能选择一个多云的地方。因此,第二点,那里的大多数夜晚必须是晴朗的。这里有黑暗的夜晚,但也有多云的夜晚。不过即使没有云,大气也必须是稳定的。空气就像一条河流,或者就像千万条河流叠加在一起,空气河流的流动方式,平滑或粗糙,取决于地面的形状。"他能听到本在山里的那个夜晚告诉他的话,"看,它就像河里的石头。丘陵、峡谷、山谷和山脉使我们头上的空气变得粗糙,就像河里的石头搅起了水面的波纹。河里的石头越多,河水就越汹涌。你到山上的天文台去看星星,就像这里,星光闪烁朦胧,天空的圆盘没有狗屎遮挡。你最好把天文台建在一座孤零零的山的顶上。如果这座山位于岛上或海岸边,那就更好了。空气经过水面时就变平静了。哦,还要了解很多东西呢,"他说,直视着考斯提的眼睛,"我甚至还没开始讲呢。我亲眼见过一个很棒的天文台。不过我们以后再说吧,我得给狗的背上换绷带。"

葆拉用一种她在哄哭闹的婴儿或听到姐妹说坏消息时用的那种伤感的语气说:"可怜的老东西,它怎么啦?"每个词的元音都拉着悲伤的长音。

"我想它跟我以前的冬天收入来源打了一架。你听到了吗?"外面,在点点星光下,一群郊狼发出了一种又高又短的叫声,就像跑着寻找莴苣叶子的母鸡发出的叫声。葆拉靠在考斯提身上。就在这时,从马路对面的山上传来了一声微弱的异响。

"那是我去年用来讨生活的手艺。"帽子老汉说,"哦,那时皮草的价格还不错。可能价格会回升,也许这个捕猎季。我想在这附近再试试。今年冬天我可能会诱捕一些动物,也许能赚到足够的钱继续生活。以前捕猎人可不少赚钱。但这对你们来说有点儿残酷。粗野的生活。"

葆拉的脸色很冷。她想到无辜的动物被残忍地夹住,它们的嘴因恐惧而变干,而这个有着冷酷蓝眼睛的说着话的老人正向它们走去,手里拿着一根血迹斑斑的棍子。

但他已经开始讲新故事了,一个探矿的故事:在黑暗中,他光着脚踩到了一条响尾蛇,他一下跳了起来,但又落在那条蛇身上。她不想让他讲那些野鸭的故事——用绳子穿住它们的内脏,把绳子的两端系在一起,让它们互相打架,绳子锯着体内的组织,或者把美洲大鼠活活扔进篝火的故事。

考斯提和葆拉蜷在蒲团上,在黄色的煤油灯光下玩翻手游戏。"爬,爬,爬。"考斯提低声说,他觉得葆拉身上散发出烧熟、烤焦的奶酪和臭鼬的味道,但她一握住他的锄头柄,他的鼻子就闻不到了。

"希望你老了以后不要变成一个爱唠叨的人。"她对着他的耳朵悻悻地说。

"在我们家,男人死得早。你永远不会知道我会编些什么故事。狩猎大麋鹿!矿难!"他们都笑了,但一想到帽子老汉松垮的嘴巴、蹒跚的老态,他们就陷入一种热情亲吻的恐慌,一种用他们那富有弹性的骨盆互相撞击的恐慌。

第四十九章
我的所见

他不知道自己在哪里。许多道路看起来都是一样的，重复的标志，一直延伸到天边的黄色分道线。同样的汽车和卡车一遍又一遍地重复出现。但是在清晨，在他并没有被许多车辆簇拥着的时候，他开到了一条小路上，在那里他看到了接骨木和漆树的花蕾露出绿色的尖尖角。

他经过一些地标，他很久以前就沿着这条路开过，现在这里没有什么改变。风呼啸着穿过粉红色的岩石，穿过矮小的橡树。沼泽地里传来声声的鹤鸣。晨曦中的天空被鸟儿唤醒，开始变得生机勃勃。他想起了那布满凹坑的岩石的味道。一只狐狸在草坪上移动。

他开上一条岔道，沿着峭壁下面的道路继续前行。这辆旧卡车轻快地行进。油腻腻的石头上布满了核桃大小的小洞。游客们用大写字母和华丽的"&"符号把他们的名字刻在石头上。还有日期，这些日期如流水一般经过他身边——1838年7月4日，1862年，1932年，1876年，1901年，1869年，1937年。

峭壁暗下来。火红的字句在岩石上跳跃，"主显节H.S.67""鲍比爱妮塔""基督会来""费朵拉""莱特·柏勒洛丰"。野鸡拖着细长的尾巴从卡车上方飞过。在田地的边缘，破败的农场，破旧的房屋，随时都会塌。大地在滚动，在巨大的波浪起伏中爬行。风滚草堵住了篱笆。"费朵拉湖。克劳勒斯骑士。在库格波汽车旅馆美美睡一觉。整套服务请寄六十美元。"

现在他看到了马群，那些他永远不会骑的漂亮的马。来自待放玫瑰保留地的印第安人的歌声，就像风的呼啸。女播音员的声音里带着呼吸声，轻快而有节奏，"这支歌是送给白眼约翰尼的，他于1980年去世，今天是他的三十二岁生日，他的母亲及所有其他亲人要求播放《我为身为美国人而自豪》"。

当他停下车走出来时，寂静在咆哮。

他本以为他是往东走，但并没有穿过密苏里河。相反，在一个老人随性的直觉指引下，转向西北偏西方向。这有什么区别呢？

到了加利福尼亚的马塞利托，在星月酒吧里，他和那里的人们谈论真正的铀元素时代，关于布莱特·伍尔夫的故事，对于当前这个时代来说，他是个陌生人。而在黑暗中，有人解开他的拖车铰链，把那圆顶的旧捕猎车拉跑了。捕猎夹、印第安人的本子、收藏的帽子、煎锅和锡盘、永远咧着嘴的胡特·吉布森的笑脸都不知去向了。

但卡车还在，锈迹斑斑，漆皮脱落。走投无路了，破产了，他流落到果园和田野，掉进洪流里。

劳动大军的洪流向北、向东、向南，再向西流动，由粗制滥造的公交车和喘振的凯迪拉克承载着，或分流，或回流。流向牛油果、橙子、桃子、带褶边的莴苣、像外星人手般的豆角、土豆、甜菜、毛茸茸的脏甜菜、苹果、李子、油桃、葡萄、西蓝花、猕猴桃、橘子、核桃、杏仁、鹅莓、博伊森莓、草莓。有颗粒感的草莓，这种草莓吃在嘴里又酸又粗糙，却像刚流淌出的血液一般鲜红。进入洪流比出来容易。

第五十章

唯一的男人

```
Aug 4 '84
Dear Doc. Fitts. Decided (finally!) on thesis
topic—study of the One Only Ones, Sioux
society of older women who had ''only one
man'' in their lives. Not much written on
their impt. social role. Before I get started
I'm going back east. My twin brother is going
through some kind of ident. crisis and I ought
to see him before I start. I know what he's
going through. Really excited about the
thesis! Will make appt. as soon as I get back.
Sincerely, Kim Witkin
```

```
Prof. Roman Fittshew
Dept. Sociol.
U. Utah
14 E. 2nd S.
Salt Lake, UT 84105
```

1984年8月4日
　　亲爱的菲茨舍博士,最后(终于!)决定了,主题论文确定为"唯一的男人"方向。调查苏族社会中终身只有"唯一一位男人"的老年妇女。在我着手之前,没有多少关于她们的重要社会角色的研究。我要再去一趟东部,我的双胞胎兄弟正在经历一些身份危机之类的事情。我要先去看看他,然后再开始我的工作。我知道他正在经历什么。这个题目真让我兴奋! 我回来以后就尽快预约面谈。
　　忠诚的
　　金姆·威特金

罗曼·菲茨舍　教授
社会学系
犹他大学
第二街14E.
盐湖城　犹他州　84105

雷的死经历了一个漫长的过程。他是如此不愿意放弃生命，以至于梅尔妮尔考虑过塑料袋、安眠药，乃至切断他的氧气或关闭输氧管，直到他不得不放手。他在那已经抓住他的死神手里扭动着，就像一只即将淹死的猫在一个紧紧掐住它脖子的农夫的手指间扭动一样，但那只手没有松开。癌细胞吞噬着他的身体，有时它们安静下来，让他勉强露出微笑，说几句话，用他朴实的眼睛盯着她，他那瘦骨嶙峋的身体在被单下伸展着。她这样想象着他身体中的病变，一团湿漉漉的栗色东西，像母牛生产之后娩出的胞衣，把他的生命拉进它自己的怀抱。

雷的医生让她来到一个特殊的"应对死亡"心理辅导小组。他们在医生的餐厅里见了面。房间里铺着薄薄的地毯，几把枫木椅子围着一张枫木长桌子。护士递给她一个蓝色的塑料文件夹。她在里面看到一首影印的诗歌《消逝的光》；列举出的人经历死亡的七种类型；装订起来的很实用的各种建议，内容涉及遗嘱、器官捐赠、殡仪馆、葬礼费用、墓碑切割、火葬场；护养院和临终关怀医院名单；求助电话号码；一本名为《在家死亡》的小册子；牧师、拉比和神父名单；关于选择墓地的建议。她通读了那七种类型，寻找和雷相似的一类。死亡否认者，死亡屈从者，死亡反抗者，死亡超越者。这一个是雷的类型：死亡反抗者。

桌子边还坐着五个人。七把椅子是空的。一个胖乎乎的爱尔兰护士，大大的眼睛上画着黑色眼线，说她接受过死亡护理技巧方面的培训。她的声音温柔、缓慢。梅尔妮尔从她的声音中联想到癌症。她的姓名标牌上写着"莫伊拉·马贡，RN①"。她面色红润，充满活力。桌子周围的六个人都没戴名牌。他们又累又懒散，手指不停地做着毫无意义的小动作。这是常有的事，莫伊拉说，坐在你心爱的人身边，看着他们逝去，这本身也是一种死亡。可能需要一年的时间才能恢复，月亮绕满十三圈之前……有一个矿工父亲，他唯一的女儿在那天晚上死去，他大吼："决不！"当着大家的面号啕大哭，咳喘。

他们浏览了蓝色的文件夹里的所有内容。莫伊拉·马贡解释说，至于如何帮助一个像雷这样面临死亡又不愿放弃的人，她只能提供一些建议作为参考。死亡反抗者是最难应付的。梅尔妮尔听着点了点头。莫伊拉·马贡让死亡听起来合情合理，是一个人可以做出的合乎逻辑的决定。一旦生者同意，做决定就容易多了。她说是梅尔妮尔不愿意让雷死。只需开口同意。

那天晚上，梅尔妮尔坐在雷的床边。他汗流浃背，用了药和吗啡，已经半昏迷了。他的嘴唇起皮，变得苍白、干裂。干燥的病房。她握住他那只瘦削的手，那只手已经被针扎后留下的瘀青和变色的指甲弄得不成样子，只剩下一层皮包着骨头。

---

① "注册护士"的英文缩写。

"雷，雷，"她轻声说，"雷，可以放手了。雷，你现在可以走了。你可以放松了。你不用反抗，雷。就放手吧。没关系。"她说了很多遍，声音很轻。他还在呼吸。他仍在作战。她想打开窗户，但窗上落着飞蛾。她无法保持那种温柔的癌症声音，只能用她自己的铁一般粗糙的声音，又低又快。

"雷，你别再抗争了。放手，雷。我是说真的！雷，是时候了。"

他被唤醒了。他的双眼在他那张仿佛透明的脸上飘动。他望着她，透过她，他看到了一些滚烫的童年场景，他头脑的机器在挣扎，把被遗忘的柜门打开，迎接苹果糖的颜色，醉酒的父亲的愤怒，喷溅鲜血的鸡脖子，成堆的木材掉落下来，掉落下来，山雨欲来的孤独气味。他透过纱门望着那位姑娘，她背对着他的细长身影，她的赤裸的手臂，晨光中从敞开的门射进来的方形光亮正好框住他自己的影子。

"太可惜了，我们从来没有。"他说着便死去了。

第五十一章
红色衬衫的郊狼

> Dear Chief Check out Kortnegger's potato farm. Mexicans work there but they don't get paid. They don't complain because they get killed + left in cottonwood grove. Ask Mr. Kortnegger how all those skulls and bones come to be in his cottonwood grove. yrs truly,
>
> A Friend who Knows
>
> Police Chief
> Erpf, Idaho

亲爱的长官,请调查科特尼格的土豆农场,墨西哥人在那里干活但拿不到工资。他们不敢抱怨,因为他们会被杀掉并扔进杨树林中。可以询问科特尼格·鲁斯先生,那些头骨和骨架都在那片三角叶杨树林里。你的真诚的

知情的朋友

警察局长
乡村免费邮递
爱达荷州

三角叶杨一动不动,叶子软绵绵地垂下来,仿佛树根被砍断了似的。在房子后面的防风林里,乌鸦们正关注着什么东西,发出尖厉的叫声,敲击着空气。

"凭它什么鬼办法。"那个女人说出的话就像撒出的一把麦粒,她正在用一把折刀的断刀片不停地刮着水龙头后面的污垢。

"你还要在那儿刮多久?"

"刮? 如果你能处理一下这块烂油毡,我就不用刮了。又臭又黏,我洗不干净。我不干了。"她说着,扔下刀片,走到门廊上。他听见她在外面哭泣、抽鼻子。她是自找的。他的手抽动着。

他本来想出去教训她,有意整出一些动静,但几分钟后她回来了。

"有个人,一个老流浪汉刚从大门进来。我想是在找工作吧。看那辆卡车,就是那种老流浪汉。"

"是的,那家公司说他们会派人来。你以为我在这里等了一整天,是为了看你的蓝眼睛吗? 他一小时前就该来了。"

"你不会雇他吧?"

"为什么不呢? 他可以当工头,去接那些人。为什么不呢?这样我就不用一直拖下去了。"

"他看起来腰弯得很厉害。他是个老流浪汉,又老又瘦。"

"看看再说。"

罗亚尔收橘子的工钱还剩下十四块,大部分工钱都花在医疗账单上了。他在背着满满一袋橘子下梯子的时候滑倒,巨大的重量把他甩到梯子上,摔断了一根肋骨。运气太背了。而且恢复得还很慢。过去他的伤病都好得很快,但这次到现在还没完全恢复。深呼吸的时候还感觉钝痛,而且每次咳嗽都像刀割一样。因此,监工的工作听起来还不错。他需要钱。让墨西哥人挖土豆去吧,他挖过土豆了,也收过柠檬了。游走在加州和爱达荷州之间,所有的活计他都干过,现在又回来了。

但科特尼格看起来是个糟糕的选择,饲料帽低低地盖在他的眼睛上。种土豆的农民很不好惹。松松垮垮的裤子,裤脚卷着,衬衫口袋里放着一包香烟,还伸出一个铅笔头。工作鞋。那张脸上全是又长又脏的皱褶,就像皮肉做的风箱。那个女人也好不了多少。脏兮兮的短衫悬在浅绿色的弹力短裤上,前面有几条模仿百褶裙的接缝,袜子仅到脚踝上。但当科特尼格缩在后面,从帽檐下面向外张望时,是她问了他几个问题。他们叫他在门廊上等着。他能听到他们的对话。她说话的声音就像可乐瓶里的苍蝇。

"我认为他不行。他已经半残废了。听听他是怎么咳嗽的。大半的时间都会生病。让他走,不然会惹麻烦的。"

"他得是把双刃剃须刀才能站在我前面。你他妈能不能少管闲事呢?"

"哦，是你问我的，"她喊道，"我是在帮你想办法，你还不领情！"

科特尼格把脸贴在纱门上。

"好了。你被聘用了。把你的东西搬到第二间工房去，门上写着'工头'。然后回来，我交代你怎么做。明天或后天我要你去接一批工人，他们和格雷一起坐大巴过来。格雷是为我招揽工人的。我给你一些钱，你按每个人头五美元给他。你的主要工作就是监督那些偷懒的，让他们动起来。不要耍花招。我知道有多少人要来。你可能认为二号的意思是副手，但在这里它的意思是狗屁。"

他们是罗亚尔见过的最难看的一群人。老弱病残，其中一半的人咳嗽连天，被肺气肿弄得面色铁青，年轻的则因为营养不良、酗酒和神志混乱而憔悴不堪。其中有几个墨西哥人，除了"你好，我想工作"之外不会说英语，可能是新手，否则他们就不会到科特尼格的农场里来。其中一个人穿着红色的衬衫，脖子上系着一块花哨的破布，一定是走在农业劳工往来的道路上，趁机混迹在道路尽头的人群中间。他打赌红衣人以前肯定收过庄稼，而他又带来了另一个人。钱款已经易手，穿红衬衫的人就是郊狼，懂得下套路数的人。哦，他们会收到工钱的，哦，他们喜欢一天二十美元现金的工作。而且，他们也会得到这个数目，因为这是他们多年来从未经历过的超负荷的十小时工作日。

"就他们？看起来像是从土里挖出来的。"

"我想没有太多的选择。你派去招人的那个家伙说这里的流浪者人数有所下降。单独行动的墨西哥人很少。很多农场主每年都招收同一批人。你的人说他只能招到这些人，这就算相当不错了，而且不是在通常的路线上。我不知道问题出在哪里，但也就只能是他们了。"

实际上，这个人说过，他找不到任何一个听说过科特尼格名字的人来签约。他说他自己也不想干了，告诉罗亚尔要小心。

"一堆破铜烂铁。我猜也能猜到。如果他们中有一半人能干到日落，我倒立给你看。"

这两个墨西哥人工作卖力而稳定。他们刚硬的身影沿着田垄一路领先，但是把一半的土豆都落下了。科特尼格站了半个小时，看着这对摇摇晃晃的家伙。等他们干到垄头上时，他张了张嘴，然后又闭上了，一句话也没说。他回到房间里，然后对罗亚尔喊道："你得把他们喊醒。明白我的意思吗？你得把他们喊醒。"

罗亚尔整个下午都很严厉，他走来走去，用一根板条敲打着他的鞋跟："干好，干好，摘干净，摘干净。"夜里，其中一个老人逃走了。第二天晚上，科特尼格把所有人都锁在工棚里，说在所有的土豆都收完之前，谁也休想再得到工钱。

天气已经变得又干又热，把一排排的土豆茎叶都烤焦了。男人们努力地工作着，土豆叉举起又落下，一捧一捧的土豆落到袋子里。大地开裂了，就像那些没有戴手套的人手上的皮肤。

棉手套。"法国和加拿大合资的赛车手套",一个摘土豆的老者轻蔑地说,几天就戴坏了。天气越来越热,干活的人们纷纷脱掉衬衫,晒得浑身通红,口干舌燥,向罗亚尔要更多的水。

天色变暗了,罗亚尔吃力地拎着水花四溅的水桶,呼吸像着了火。他时不时地咳嗽,不得不停下来,咳嗽得直不起腰来。西边乌云密布。也许一场暴风雨会打破高温。太热了,不适合野外工作。闪电像裂开的冰一样脆弱而迅速地闪动着。

科特尼格走出柴棚。

"它可能会绕过我们往北边去。这里很干燥,干旱两年了。我还记得那该死的一年,所有的雨都绕过去了。你可以看到该死的雨在加克尔①落下,往北两英里,而这里什么都没有。他妈的该死的国家,应该把它还给那些该死的印第安人。"

沙沙作响的树开始抖动起来。从西北吹来的风把树上的叶子卷落下来,撕扯着那女人挂在晾衣绳上的擦碗巾。田野上的人们开始散乱地朝建筑物的方向往回跑。他们看起来像马铃薯甲虫。

"他们以为自己要去哪儿?"科特尼格吼叫着。

"暴风雨来了。他们看得和你一样清楚。"

"你告诉这些杂种,他们要想领工资,就继续工作。这点小雨不会伤到他们的。"

"见鬼,他们很有可能被闪电击中。没有人会在雷雨天气里

---

① 加克尔(Gackle),位于美国北达科他州洛根县的一个城市。

待在田地里。"

"这些人会。"科特尼格对着风喊道,"回去干活吧,你们这些混蛋。只要跑出来的人都领不到工资!"

"他们听不到。"

防风林的叶子在风中露出反面的白色,就像浪尖上的泡沫。乌鸦在树枝上啼叫。奇怪的是,它们并没有去找避难所。渡鸦①不同于乌鸦,渡鸦会在风暴中盘旋,随着上升气流飞升,甚至会在大雨中飞翔,但是现在那儿没有渡鸦。那些老人在跳动的电闪雷鸣中跌跌撞撞地走在田地里。

楼上的女人拉下窗户,一块剥落的油漆皮飞了出来。闪电断断续续地穿过云层。科特尼格启动了皮卡,引擎的轰鸣与雷声交相呼应。那女人笨拙地跑到晾衣绳边,把洗碗巾收起来。它们像中了弹的猫一样扭动跳跃。一阵沉重的雨点击中了罗亚尔,然后又是一阵。卡车已经向那些人开到半路了。他们犹豫了,一些人停住了脚步。

以为他会载他们一程,罗亚尔想。科特尼格的声音在诅咒和攻击着他们。透过那层雨,他看到大多数老人转身回到田里。他们中有三四个没有在意他,只是向前走着,弯着腰躲雨,离开了田地。他可以看到那快手墨西哥人的那件湿透的红衬衫。他在哪儿,另一个快手就在哪儿。两个最好的工人。

科特尼格的皮卡划了一条泥泞的弧线。当科特尼格说话时,

---

① 渡鸦(Raven),一种体形较大的鸦属鸟类。

车在他们面前停了一分钟,然后他们中的几个人爬到后面的车厢里,在雷鸣般的倾盆大雨中挤作一团。闪电划破奔腾的田野。科特尼格并没有在房子前停下,而是继续往前开,开到了硬质公路上,然后左转,朝镇上驶去。他会把他们丢在高速公路上,罗亚尔想,免费收土豆的好方法——无薪解雇。他们能向谁抱怨呢?

一个星期,也可能是十天后,另一拨工人又来了。他的肋骨好一些了。乌鸦又在树林里啼叫起来,此起彼伏的刺耳鸦叫像一幅吵闹的画。它们天一亮就把他吵醒了。再穷他也得离开这里,这可不利于他养病。他在毯子里扭动着身子,试图隔绝外界的噪声,但乌鸦的坚持让他感到奇怪。上个星期,它们就在树林里吵个不停。他还从来不知道,乌鸦会一直这样闹着,除非它们有一块死牛肉要争夺,那么它们就会争吵不休,直到肉消失。

他穿好衣服,半睡半醒,抓取东西的速度越来越快,直到他弯下腰去系鞋带,他已经准备好去打几只乌鸦了。门廊的木地板是湿的。他听到远处一只狐狸的哀嚎。朦胧的天光像半透明的蜡一样覆盖着一切。他到科特尼格的皮卡的窗架上去取那把点22猎枪,发现车门是锁着的,但他毫不惊讶。那个鸟人还是和他们刚来的时候一样多疑,生怕哪个流浪汉偷走了他的卡车。他从车道上捡了几块石头。

他走近小树林的时候,珍珠色的天空从树枝的缝隙中显现出来，随着鸟儿的跳跃，斑驳的晨光闪烁，时隐时现。金星升起来了，在树叶间闪现着。瞭望的乌鸦发出了警报，鸦群聚成一团尖叫着飞走了。大概有六七十只吧，他想。这时狐狸不叫了。他走进凉爽的树林。地上到处是细小的树枝和丫杈，在脚下咯吱作响。一棵树倒了，是一棵巨大的白杨树。树干已经断裂了，但还没有彻底断开，巨大的树冠架在两三棵小树上，把小树也弄得残缺不全了。危险的断枝。巨大的重量会把小树压垮，枝干都可能折断，然后白杨会垂直下落最后的二十英尺。树上的一根枝干已经断了，但还悬在半空，活像一只噩梦中的怪兽，长着纤细的、正待狂奔的腿。露出木心的开口仿佛一张瞪着眼睛的惨白的脸。

地面隆了起来，形成一条弯曲的土棱，上面有一条弯弯曲曲的壕沟沿着树根蜿蜒。雷击。他踢了踢烧焦的土。一根沉重的白骨从沟中显露出来。一根恐龙骨头，是他所见过的最大的恐龙骨。很奇怪的骨头，居然在这么长时间过后又找到了一根。

他搬了一下，那骨头在腐殖质里很容易松动。他用一根树棍把土挖开。腐叶堆里的这样一个硬东西和腐烂叶子的味道让他头脑深处感到一丝不妙。那骨头的形状扁平，逐渐变薄，像肩胛骨，但又不一样。他看着它，那根巨大的骨头，在大地的映衬下显现出绿白色。他几乎搬不起这个古老的东西。跟他一起挖骨头的那个人叫什么来着？子弹夹①之类的名字。爱出汗

---

① 曾和罗亚尔一起挖恐龙化石的人叫布莱特（Bullet），有"子弹"的意思。

的大个子，他到底怎么样了？

这根奇怪的骨头必定值大价钱，如果他能搬运的话，科特尼格不会从中得到任何东西。有趣的是，他没想到会在这样的农田深处发现化石。现在兴奋起来的他在搅翻的泥土中挖得更深，希望能找到其他骨头，但是什么也没有找到。

他穿过树林，踢着泥土，抬起垂下来的树枝。因为他正在寻找骨头形状的东西，所以很容易就看到了一块胫骨，然后是头骨，他知道是什么把那些乌鸦吸引到树林里来了，因为这些骨头上还残留着碎肉。一团一团的烂布，生气勃勃的墨西哥红衫。

四十分钟后，卡车在邮局门前停了下来，他写好明信片，把它扔进那个隆起的蓝色邮筒。太阳升起来之前他就出城了。

第五十二章
La Violencia[①]

> Septem. 2
> Dear Mernelle, It's awful about Ray. He was a good man. Sorry we couldn't make the funeral. Things down here are bad. Killings, riots, drugs, bankrupts, crime, hurricanes. It used to be so beautiful. Tax probs. continue. Some retirement! Pala has a new project. Be happy for what you and Ray had. Letter follows,
> Love, Dub.

> Mrs. Mernelle MacWay
> Randall Court
> Bethany, VT 05086

9月2日

  亲爱的梅尔妮尔，听到雷的消息很伤心。他是个好人。很抱歉我们没能参加葬礼。这里的情况很糟糕，杀人、暴动、毒品、破产、犯罪、龙卷风。这里曾经是那么美丽。纳税问题还没解决。有了退休的感觉！帕拉有了一个新项目。尽量为你和雷曾拥有的时光开心吧。信随后。

  爱你的
  达布

梅尔妮尔·麦克威　太太
兰达尔公寓
贝塔尼　佛蒙特州　05086

---

① 西班牙语，意为"暴力"。

"La tristeza de Miami."① 帕拉说,开始于马里埃尔②大迁徙的那一年,当时大批精神异常的人拥入迈阿密。一种历时已久的、可怕的紧张气氛始终存在。奇怪的人太多了,奇怪的钱太多了,掌握在太少的人手里。

在一个炎热的下午,她从车上的收音机里听到,被控殴打亚瑟·麦克达菲致死的四名白人警察在坦帕被无罪释放。几分钟后,整个城市陷入血腥的混乱中。

她总是自己开车回家。她喜欢开车,喜欢谈新生意,喜欢旅行社,喜欢忙碌的人。达布已经厌倦了这一切,但她却仍然浑身充满古巴人的能量,推进和驱动着一切。她必须工作。不能退休。不想退休。达布和他心爱的兰花。

她一边听着激动的播音员播报,一边从容地行驶在炎热傍晚的道路上。阳光直射在她的眼睛上,她在通往高速公路的匝道末端犹豫了一下。一群挥舞着棍棒的男青年跳了上来,大量沉重的碎挡风玻璃落到她穿着短裙的大腿上,一块石头打破了

---

① 西班牙语,意为"迈阿密的悲伤"。

② 马里埃尔(Mariel),古巴西部海滨城市,位于哈瓦那以西约四十公里处,是古巴距离美国最近的港口。1980年,约十二万古巴人离开马里埃尔前往美国。

她紧握方向盘的右手手指,伴随着猛砸和玻璃破碎的声音,播音员无比激动的话语不断传来,好像他就在现场观看着,并且俯身望向车里,看看流了多少血,或者,也许舌头被割掉了,一朵红玫瑰塞在湿漉漉的开口里。

但是海盗①紧踩着油门,呼啸着冲上喧嚣的快速车道,加速前进,带起的风把细碎的玻璃像尘土一样刮到她的胸口上。她猛打方向盘,让车扭来扭去,甩掉了那几个男子,只有一个人紧紧抓住挡风玻璃破口处的破烂边缘,身体俯卧在引擎盖上。

她开着被砸得破破烂烂的汽车,猛按喇叭,穿过车流。她还能做什么?其他司机被同一个广播员的声音惊呆了,都放慢了速度,一片红色的刹车灯同时亮起。她在相邻的车道上开了几英尺,然后加速前进,似乎没有人注意到她车子引擎盖上的装饰物。是一个黑人。她可以看到他黑色的手指和指甲在挤压下变成了白色。他仍然努力坚持着扒在车头上。她开上中间的车道,加速,眼睛被狂风吹得眯成两条缝。当她看到身后的车辆已经足够远时,就猛地踩下刹车,看到那名男子向前滚落到行车道上。她再次加速,车轮在他的腿上颠来颠去地碾过。然后,她在中间车道上停了下来,关掉引擎,在堵塞的车流中等待,直到警察在刺耳的喇叭声中、在录音机播放的音乐声中和那黑人嘶哑的哭泣声中赶来。

她不想再一个人在迈阿密开车了,不想继续待在迈阿密。

---

① 这里指帕拉。

成千上万的人都不想待在迈阿密了。这座光鲜的城市变得空无一人,商人和投资者带着待售出的公寓、未出租的写字楼和未开发的房产资料纷纷逃离。帕拉选择去休斯敦。她告诉达布,休斯敦是旅行社的天作之选。

"我想退出房地产行业,退出这一切。我们不缺钱。你玩你的兰花。而这是我的爱好,旅游业对我来说很有趣。"

他们离开的那个月,克里斯托①正在海湾的岛屿上安装粉红色的塑料装饰。帕拉有一件粉红色的浴袍,达布想。火烈鸟的粉红色。这在休斯敦是绝不会有的。

---

① 克里斯托(Christo,1935—2020),出生于保加利亚的大地艺术家,与妻子珍妮-克劳德一起工作,以改变土地或大型建筑外观的大型临时作品而闻名。

第五十三章
骨头形状的雷击石

A Postcard Under the Windshield Wiper

Welcome to CICERO. Sponsored by Cicero
Business and Professional Association.
Burrow rides free every Wed. Nite in Season.
Located in central South Dakota, Highways 18
& 42A. Community served by 32-bed hospital,
one medical doctor and a dentist. School
Museum! See 1945 Tornado Car found in Tree!
Pickel Jar Sub Shop! Free tours. •Lighted
Tennis Courts •Free Campground and dump
station •9-Hole golf Course •Two Service
Stations •Motel •5 Eating Establishments.
Come to Where It's At!

夹在汽车雨刷器上的明信片

欢迎来到西塞罗,由西塞罗商业及专业联合会赞助。旺季每周三晚上提供免费接送。地点位于南达科他中部,18号高速公路42A出口。小镇内有一家三十二个床位的医院、一位专职医生和一位牙医。有学校,博物馆!可以看到被1945年的龙卷风刮到树上的汽车!酸黄瓜小店!免费观光。有带照明的网球场,免费露营地,免费垃圾投放站,九洞高尔夫球场,两个服务站,汽车旅店,五间餐饮店。欢迎莅临!

你应该先打个电话，接待员说。她有着光滑的印第安人面孔，戴着蓝色镜片的眼镜，染了条纹的烫发。加尔奇博士有自己的预约簿。谁知道他会不会出现呢？他不在出镇名单上，但谁知道呢？她告诉他，如果他愿意，可以在加尔奇办公室外面的大厅里等他。

罗亚尔在那里坐了整整一个上午，恐龙骨头包裹在报纸里，外面还用捆包麻绳捆住，斜靠在木椅后面的墙上。来到这里很不容易，他又因为该死的支气管炎在卡车里躺了一个星期。他的肺仿佛中枪了。他在前排座位上睡觉，感觉还是不好，也不知道现在是什么时节了。卡车的状况也不好。怠速停机，发动机喘振，排气系统瘫痪，经过小镇时听起来像一连串炸弹爆炸。

中午时分，接待员出去吃午饭，每走一步，她的中国布鞋都会咧嘴一笑。

加尔奇来的时候，手里拿着钥匙，哗啦哗啦作响，罗亚尔睡着了，他的头靠在墙上，嘴张得大大的。他醒了过来，看见一个矮个子男人，穿着一套非定制西装，棕色的头发顶部卷曲，两边都剪短了，留着像墨西哥电台播音员一样的两撇小胡子，下巴柔软。他的眼睛闪闪发光，看着罗亚尔拖拽那根骨头。

"是什么好东西？"他朝办公室里一张绿色的胶合板桌子挥了挥手。桌子下面存放着一箱箱的骨头、积满灰尘的结石、赭色的砂岩板和红色的石头块。罗亚尔剧烈地咳嗽着，刚醒来时的那种让他喘不过气来的咳嗽。

"过去常常挖掘恐龙骨骼化石，也没少寻找恐龙足迹，达科他州、科罗拉多州、怀俄明州、犹他州，这些地方都去过。大概，二十年前了吧。都结束了。但我从来没见过这样的骨头。"他把那东西放在桌子上，却后退一步，让加尔奇打开包装。该死，他能感觉自己在发抖、在垮塌。而加尔奇是个手很巧的人，身体健康。骨头躺在那里，有一种抛光的石头的光泽。加尔奇弯下身子，用手指抚摸着它。

"我想，"罗亚尔说，"我来这里有两个原因。我很想知道这东西到底是从哪儿来的，另外还有它的价值。我是说——"

加尔奇直起身来。那双明亮的眼睛是不是有点警惕？"是的。你想卖掉它。"

"嗯。"

"这不是骨头——"

"不是才怪呢。没有别的可能了。很奇怪，很奇怪的解剖结构，但也不可能是别的。别跟我说是块石头。这不是石头。"

"对。我同意你的看法。它不是一块石头。我觉得是雷击石。我很确定。"他自鸣得意地笑着。

"雷击石究竟是什么东西？"他不喜欢加尔奇。他聪明的样子看起来不像是在野外生活过，也不像是汗流浃背地把易碎的化石从摇摇欲坠的泥土坑中搬出来的人。

"闪电造成的。雷击可以击中岩石、沙子或泥土，并使之汽化。一万开尔文，这已经接近太阳表面的温度了。这就像一块熔凝玻璃，可能含有稀有金属。这是一块很大的雷击石，非常大。我想查看几天。也许买下来？我想我们院系或者地质博物馆肯定会感兴趣的。我不知道他们会开出什么条件，但如果你愿意，我可以跟他们谈谈。给我你的电话号码。几周内我会和你联系。"

"我想今天就把它卖掉。你看，我四处漂泊，我要上路了。我想尽快出发。我病了，我打算回去。"并没有地方可以回去。

"听着，你得等几天。我得和一些人谈谈，他们会做一些测试和诸如此类的事情。你知道，我不可能把收购的资金放在口袋里。"

天啊，他恨死这个小混蛋了。"那我就把它带到别的地方去。"他想起了"疯狂的眼睛"，突然想起了霍斯利这个名字，那个和晒黑了的妻子开路虎车的古生物学家，以及和那个叫不上名字的老家伙在一起的日子。

"我要把它送给霍斯利。"

"霍斯利？凡迪·霍斯利吗？"加尔奇挤出一丝苦笑，"霍斯利死了。他死于圣赫勒拿火山爆发。正在度假，挺讽刺的。

不管怎么说,他的专业是另一个完全不相干的领域,与雷击石无关。"

"那我也要拿走。"

"我说,先生 —— 我不知道你的名字。"他等待着,但罗亚尔什么也没说,"听着,这不是做事的方式,老爷子。"他勉强显示出耐心,"你不能随便走进一所大学,兜售什么东西,不管它在科学上多么有意义。学校有不同的部门,有预算和采购程序。不同的渠道。这不是我的领域。我的专业是鸭嘴龙类的头骨骨骼学。我得找出谁对这类东西感兴趣 —— 也许是某个岩石学家,或是某个地质学家。"

罗亚尔开始用报纸把那东西重新包起来。那个在犹他州买骨头的戴牛仔帽的怪咖。他会买它。他一看到就会买下来。罗亚尔还记得他住的地方在哪里,而且似乎就在眼前 —— 从山上下来后沿着尘土飞扬的公路往左拐,然后豁然开朗,眼前是一片低矮的山丘和河积平原,再走一段路就可以看到那个买骨人的酒吧了,后面屋子里有好多装着雷击石这类东西的箱子。

"如果你是这么想的,"加尔奇说,"那我认为你犯了一个错误。"

"我没犯错误。"罗亚尔说完就离开了。他希望他有足够的燃油去找那个买骨人。如果他的家不在犹他州,那就是在蒙大拿州。他一眼就能认出路来。这很清晰,清晰如昨。

接待员从她的电脑上抬起头,电脑屏幕上闪着彩色的光,像是一部几何电影。

"找到他了吗?"

"我现在就去找。找那个不一样的人,不是这个一年到头站着、只会把手放在屁股上的人。这里是什么镇?"

"什么镇? 还是拉皮德城啊,和今天早上一样。"

第五十四章
我的所见

他走错了路,被困在拥挤的车流中。他无法看清道路线标志,总是到了它近在咫尺的时候才看清,所以来不及进入右侧车道驶向出口。他到底在哪儿? 起雾了。水滴。成千上万的大雁从他头顶飞过,扇着整齐的翅膀斜穿过马路。它们飘浮在河谷和湖泊上,掠过弯弯曲曲的河流,发出鼻音般的、一成不变的呼叫声,就像成群愤怒的请愿者在水草中行进。他放慢车速。"前方四十八英里道路施工"。道路逐渐变成了一条车道,上面布满了一块块的泥土,金属制的路障迫使他不得不把一侧的车轮开上路肩。电线低垂,上升,又低垂。白色的电线。

在他前面是往北开的带拖车的卡车,拖车上拉着施工用全地形机动车,上面溅满泥浆,远处还有拖着摩托艇的小汽车,轮胎摩擦着地面。大地满目疮痍,推土机撕裂着伤口。

收音机里播音员的声音警告说,检测显示范山的饮用水被污染了,居民应该与某人取得联系。在一座摇摇欲坠的桥上,裸露的钢筋扭结着,好似一簇锈铁花,从变形的消音器和半月形的黑色轮胎旁边一闪而过。大雁落在远处烟雾缭绕的地方。随着主干道上越来越多的轿车和载着巨大螺旋桨的呼啸着的卡车进进出出,交通变得更加拥堵。在肮脏的空气中,他不知道自己在往哪个方向走。

路边有一家餐馆。它的入口处被往来的车流挡住了。油漆的屋顶很吸引人，承诺提供牛排和自制早餐。他设法把车停了下来。在他喝咖啡的时候雾就会消散，喝咖啡也能让他清醒一下。

顾客们靠在一个金色的柜台前。几个男人在看报纸上的体育新闻。一对萎靡不振的夫妇手里握着硬塑料咖啡杯。男人们戴着帽子，女人们的头发是卷曲的。在墙上挂着层压板画框，上面是猎犬和远处雪山旁驮马的画面。墙面是仿松木的，有很逼真的树结。罗亚尔要了咖啡。他不能吃东西，所剩无几的一点钱仅够买咖啡和汽油。他也只能在车前座上睡觉。需要等一会儿，那个女人说。厨师没有来，他们人手不足。他想问她这是在哪里，但她转身就走了。

几辆摩托车像生病的蜜蜂似的嗡嗡而来。骑手们走了进来，相互拍打着他们的手，勾搭着胳膊。一个又大又胖的女人脚上穿着磨损的工程师靴子。其他人穿着牛仔靴。一个瘦子把他们领到房间中央的一张桌子前。他把他的哈雷①帽往后一推，点了根香烟。

"该死，还记得那个家伙吗？那是什么鬼地方？我走进去，说：'伙计，老拉里在这种地方做什么？'"男人们用刺耳的声音相互交谈，女人们则前仰后合地大笑。

---

① 应指哈雷-戴维森（Harley - Davidson），美国生产的一种大马力摩托车。

"好吧，我想过一会儿这该死的东西就会热起来。"

一个女人把菜单拿过来。她右手拿着一个咖啡壶。罗亚尔的咖啡剩下不多而且有点凉了。他向那个女人招手。

"往我的口袋里倒点咖啡，可以吗？"她从围裙口袋里拿出几个外包装带凹槽的不含奶的奶精球。罗亚尔从几个奶精球上感觉到她身体的热量。

"昨天该死的汤姆喝那该死的麦片粥的时候，你在吗？"

"不在，出什么问题啦，结成块了？"

"上帝。是啊，就像沙砾一样。"

现在，磨损的轮胎颠簸在修补过的裂缝上，一块像城堡一样的巨大岩石在雾中隐现。广播中说，一名因强奸罪被捕的男子越狱了。

他行驶在一条小路上。交通比较畅通了，但是路不对。他似乎走错了方向。他本该来到干燥的乡村路上，但是却看到了墓地、星星点点的塑料花。白色墓碑上的名字映入眼帘：海德特、汉森、希兹曼、施韦基、格伦德沃特、皮克。一根玉米芯躺在一个坟墓上。这条路肯定错了。他掉转方向开上一条土路，穿过施韦基、格伦德沃特和希兹曼的墓碑，驶入黑暗的田野。

长着红翅膀的黑鸟一闪而过，云影飘浮在柔软的乡村、店面、机械修理店的金属波纹板、粮食仓库、农用化学药品的上空。拖拉机突突突。天啊，这明明是明尼苏达。原来他往东走了，一定是向东北方向开出了南达科他州。方向错了。南辕北辙。

土壤的颜色变成了深蓝色。巨大的履带式拖拉机喷射出除草剂。一位老农从厨房搬出一把椅子来到田里。粉刷过的石头在栅栏的柱顶上和树桩上保持着平衡。一排排的白杨树,风在农舍后面弹着竖琴。

在一片空旷的田野旁,在一条像拉紧了的铁丝一样的空旷道路上,随着那老旧不堪的活塞最后的嘎吱声,气息奄奄、精疲力竭、磨损殆尽的卡车终于抛锚了。就这样,各位。

第五十五章
白色的蜘蛛

1988年,咖啡壶,密歇根州

亲爱的爸爸、妈妈、梅尔妮尔和达布,明信片用得很快,估计还得买一些。最近这一两年一直受到支气管炎困扰。躺在铺盖卷上,还有一半踩在脚下。希望你们都好,农场也好。

罗·布

明克·布拉德 先生和太太
牛油山
佛蒙特州

当罗亚尔睁开眼睛时，正好看到一只伏在雏菊花瓣上的白色蜘蛛。圆形奶油色的腹部反射出黄油色的花粉棒。没有风。雏菊花像玩偶的小盘子一样飘浮在草地上。他不记得这些花让他想起了什么，好像是一些华夫饼。或者另一只蜘蛛，但不是白色的。

他睡得不好；咳嗽得更厉害了。他的舌头感觉到嘴角上有个溃烂的疮，是被细小的草叶割伤后，草叶碎片深深嵌进了肉里，谁也看不出来的那种疮，那是他大嚼从草丛里抓出来的一把把没去蒂的野草莓造成的。现在不是草莓成熟的季节。他用食指抵住拇指，猛地一弹，把那只白蜘蛛抛向空中。它落了下来，一个小白点。

他沿着一条两边的树合拢成拱形的窄路走着，除了尘土中留下的轮胎印，这几乎就是一条僻静小路。他的背上背着铺盖卷、几件用具、一套破旧衣服、一沓纸、铅笔头、一罐速溶咖啡，还有一把钝刀片的塑料柄剃须刀。在他身后几英里处，雷击石被埋在一个秘密坟墓里。只有他知道它的位置。

头顶上的那片天空一片苍白。除了一种干冷的感觉外，他无从把握这一天。当他透过树林看到前方高处有一片草地时，他本能地朝草地走去，因为高处可以看到的更远的景物吸引着他。

他穿行在桦树和杨树之间，明亮的阳光使空气变得柔和起来。他上气不接下气地咳嗽着，走到草地上，失望地发现那只是树林里的一小片开阔地，一片覆盖着地衣和红色的草莓枝叶的空地，但他不知道自己在期待什么。他走过了那么多弯路，它们看起来都一样。

这片草地就是他想象中的俄罗斯夏天的样子，脆弱而空虚。现在他可以看到一半的天空了。梦幻的小蝌蚪，鲭鱼的细鳞片，冰晶般的飘带。那是在高而又高的天空，在同温层的风吹拂下形成的卷云，就像用画笔勾勒出的。在笔画的收尾处是闪闪发光的涂鸦，仿佛阿拉伯文字。云团以波浪的形式向北蔓延，就像一把巨大的扇子，上面插着羽毛。他转身向南方望去，那里的天空布满了卷积云，泛起层层珍珠般的涟漪。天气晴朗宜人。

"当鸟儿的飞行结束，

"当疲惫的翅膀收起。"他咕哝着。

他从田边捡起一根半腐烂的树枝。"跳舞吗，亲爱的？'当鸟儿的飞行结 —— 束。'"他低语着，在地毯般的苔藓上踉跄，搂着树枝的腰部，来回地扭动它，把它倒过来，仿佛一个头发松散下来的女人。这个袖子里钻进了蜜蜂的老人跳跃、旋转。他差点摔倒。"绊倒我，你这个婊子。走开。"他喘着气，咳嗽得直干呕。他把树枝扔了出去，高兴地看到它折断了，溅起一片红色的果肉。他的孤独并非无辜。在咳嗽的攻击下，他颤抖着，好像身体遭到击打，就像绷紧的锚绳被铁锚击打，眼泪沿着他扭曲的脸上的沟渠流淌。他站在寂静的草地上，手里连一根腐烂的树枝都没有。

　　他想：快完了。

　　然后他看到下面树洞里冒出的蓝色木柴烟。

　　他想象着：一位男士和一位女士坐在一张桌子旁。桌上铺着带流苏的桌布，一直垂到地板上，他们的脚藏在褶边里。那位女士从一大碗水果中挑出一颗心形的草莓，并非野草莓。她的手，她的胳膊，以及她的脸蛋都隐去了一半，而那颗草莓却闪闪发光。她用食指和拇指捏住草莓的茎，拇指尖触碰着那饱满的草莓帽。那些黑色的种子颗粒就像嵌在红色毛孔里的逗点。那位男士就是他本人。

第五十六章
泥淖中的脸

> Dear Mr. Giago, please run this on obituary page.
> Joe Blue Skies passed away Friday night after a long illness. Though blind from injuries he got in a tornado when he was a young man, he devoted himself to collecting and understanding the traditional medicine plants of his people. He spoke to hundreds of school children. The Smithsonian in Washington called him a national treasure. Yet he lived in a modest way. He is survived by his wife Wanda Cut Hand. His son Ralph Blue Skies died Aug. 11, 1939 and daughter Wandalette died in 1972.
> Keep up the good work.

> Mr. Tim Giago, Editor
> Lakota Times
> Rapid City, S.D.

亲爱的吉亚戈,请将此信的内容刊登于讣告栏内。

乔·蓝天在长期遭受病痛折磨后于周五晚去世。尽管年轻时因遭遇一场龙卷风受伤而双目失明,他一直致力于收集和了解他的族人传统的药用植物,而且曾向数百名学生讲授这方面的知识。华盛顿的史密森尼学会称他为国家的宝藏。但是他的生活很简朴。他曾被他的妻子万达·断手救过性命。他的儿子拉尔夫·蓝天死于1939年8月11日,女儿万达莱特死于1972年。

祝　工作顺利

蒂姆·吉亚戈　编辑先生
拉科塔时报
拉皮德城
南达科他州

在明尼阿波利斯①市的"银鲑鱼"餐厅的露台上,一位女士身体前倾靠着栏杆。她穿着一件长及脚踝的洋红色棉质连衣裙。这件连衣裙的肩部加了衬垫。她浓密的红头发像中国方便面一样卷曲,垂到她的胸部。她的第一任丈夫看到她的头发上有一根用过的牙线。也许这是一种新的时尚。他听着她说话,看着她光着的脚,看着脚趾上的黄色老茧。这些都是紧鞋造成的。她把鞋子踢到了那把锻铁椅子的下面,又点燃了一支香烟。

"你知道他对我说了什么吗?"她说,"他告诉我,'我们去那里。甜心。我在美丽的荒野里租了一个小营地,为期一个月。寂静的天空和紫色的云杉,还有小小的独木舟和潜水鸟,还有寒冷的夜晚壁炉里的炉火。我们把石头旋着掷进水里,宝贝,看看它们能跳多远。我们生活在乡间,那一定是非常美妙的'。"她对他说这些话的时候,声音很平淡,就像一块掷出的石板,划过快乐的沟壑,只击中了她后悔往事的波峰。

"所以我们去了。永远、永远、永远不要相信一个残忍、阴险、撒谎的爱尔兰无赖。"露台上只有他们两个,玻璃桌子和金

---

① 明尼阿波利斯(Minneapolis),美国明尼苏达州东南部城市,重要的工业基地。

属椅子围绕着他们,像一片树林。露台在餐厅的后面,通向一条宽阔的小巷。他不得不走进酒吧,引起服务员的注意。有一股微弱的垃圾臭味,他猜垃圾箱是在一个破旧的栅栏后面。穿过小巷,一栋建筑后面有个空荡荡的装货码头。灯光照在头顶上,像松弛的帆布。她的指甲和手背上凸起的血管反射着无色的光。她喝着酒杯里的葡萄酒,而他喝着自己杯子里的饮料。像是温水。

"吹在芦苇上的风就像吹在大草原上的风。仿佛在家乡,萨斯喀彻温[①]大草原,我们的家乡。纯粹的、令人心醉的草原,只有一丁点破坏,有一小部分被犁沟、道路、小麦和机械毁坏了,就像我跟你还有那该死的爱尔兰黑人绑定之前,只有一丁点损坏一样。"

"哦,不,"他说,"你别把我扯进来。"她想尽一切言辞咒骂那个爱尔兰人。他们大吵了一架,三天后,那个爱尔兰人把她脸朝下丢在泥坑里,他自己却跑了。他的罪名是疏忽。

小巷对面建筑的发光窗户呈黑色网格状;他的戒指上的半圆形的戒冠闪闪发光,就像一只低垂着眼睑的眼睛。他的前妻从椅子上滑下来,伸了伸腿,她小腿的形状像匀称的金属棒。

"你无法想象那种感觉,你的脸被塞到令人作呕的臭苔藓里,又落到烂泥里。我觉得我就要死了,我不能呼吸了。他的那股力量是巨大的。他想杀了我,让我在泥淖里窒息。"

---

① 萨斯喀彻温(Saskatchewan),加拿大中南部的一个省,与美国的蒙大拿州和北达科他州接壤。

装货码头渐渐陷入阴影中。一个老流浪汉慢慢地走着,用玻璃般脆弱的腿拖着脚步,一只手抓着平台的架子。他的左脚上缠着一些皱皱巴巴的纸,发出了滑动的声音。打火机啪地响了一声,他的前妻点燃了另一支香烟,从她漂亮的鼻孔里喷出两道烟雾。她把玻璃杯里的酒喝干了。

"他停下来的唯一原因是火警侦察机从头顶上掠过。就在我们的头顶上。我的骨头都感受到它的引擎。它飞得那么低。飞行员肯定看到我们了,因为他盘旋了一圈又回来了。爱尔兰人就在那时逃跑了。我能听到他穿过树林,撞击声,听到吉普车引擎启动的声音。我很感激我被遗弃在野外。我们能再来点酒吗?"他站起身来,走进点亮灯的酒吧。

当他回来的时候,脚在深色的椅子腿上绊了一下,酒溅出了酒杯边缘。她指着装货码头。老流浪汉又慢慢地走开了。咳嗽,一种痰性的咳嗽,不停地咳。

"他一直在垃圾堆里,"她说,"我真希望市政府能把那些醉鬼和流浪汉清理出去,把他们扔进沼泽。永远解决无家可归的问题,而不是吵闹着找避难所。"她的酒杯碰了一下她的牙齿,"他压在我身上的重量实在太沉了,所以当我站起来的时候,看到我的脸都在苔藓上压出印来了,你能相信吗? 我的面部轮廓,充满了泥水。"

"咱们进去吧。我们去点晚餐吧。我要喝尤卡坦酸橙汤。"

"我看看菜单再说吧。同一样东西我可不要尝两次。"

第五十七章
挡风玻璃上喷气式飞机的尾气

Dear Kevin Witkin, CONGRATULATIONS! You have won a glorious all-expense trip to HOUSTON TEXAS, ABSOLUTELY FREE! That's right, absolutely FREE, if you call Blood's Texas Travel Productions, at (990) 311-1131 within 72 hours (three days) from NOW! Don't delay, Kevin Witkin. See what Texas is all about! CALL US RIGHT NOW!

Mr. Kevin Witkin
Woodcroft
Trailer Park Rd.
Cream Hill, VT 05099

亲爱的凯文·威特金,祝贺你!你得到了一个全免费的去得克萨斯州休斯敦旅游的机会。完全免费!是的,所有支出全部免费。请在七十二小时(三天)内与得克萨斯布拉德旅行社联系,电话(990)311-1131。不要犹豫,凯文·威特金,来看看得克萨斯的一切。现在立刻拨打电话!

凯文·威特金　先生
森林克罗夫特
房车乐园路
牛油山　佛蒙特州　05099

不仅仅是因为离婚，离婚只是他糟糕生活的一个促成因素，一切都一塌糊涂。电话响了，兜售锅碗洗涤机的花言巧语和收账的催促。也许他应该把电话线拔掉。如果他有别的地方可去，他就会去。臭气熏天的营地。他的父亲把挣来的每一块钱都投了进去。不能投资股票之类的东西，哦，不。现在他们都被套住了。他踱着步。他徘徊着。他把脏盘子打翻在地上，踢了踢水槽下面的柜门。没有人会买这个营地。面对现实吧，他喊道。

他长距离奔跑。他不知道该怎么办。当他拒绝为波比工作的时候，就等于拒绝收入了。当他不再有钱的时候，他也就不再有可卡因了。没有钱，就没有嗨药。一切都消失了，除了该死的营地，而他正是在这里。他不知道该怎么办。他为什么到这里来？他讨厌这个营地。在房车乐园里，摩托车的车轮在泥土中摩擦颠簸。消音器被拆掉的卡车。该死的房车教堂，还装上了锡制尖塔。早晨，中午，晚上，喇叭里不断播放着钟乐磁带的小夜曲。噪声使他发疯。现在让我来看看，让我来数一数噪声是如何让我烦恼的。

从家里开始。冰箱的噪声，就像一架飞机一天在厨房里起飞五十次。收音机、电视机、磁带和唱片的音乐、该死的录像机、电动刮胡刀、厕所的噪声、水从水龙头里流出来、泵、坏了的水泵、冰箱、风扇、电脑发出令人作呕的嗡嗡声,叽叽喳喳的报警声,床边的钟嘀嗒、嘀嗒,下午五点的节能自动开关,苍蝇撞在天花板上,鸟儿在窗户上撞到自己的倒影。风,哦,风是外面的声音。墙里的老鼠。听起来像是西部小镇,蒙大拿的"墙里的老鼠"。好吧,家里面的声音就这些吧。

然后是大问题。外面的噪声:房车乐园。刺耳的关门声、叫喊的女人、哭喊的孩子、星期六下午的打靶练习、各种卡车、汽车、摩托车、雪地摩托、三轮车、全地形车。五十,乃至一百只狗的吠叫。男人的笑声,不管什么他们都觉得好笑。钟乐、收音机、在房车乐园下面的路上的女邮递员的卡车、UPS① 快递员、原木卡车、油车、天然气车、木材车、牛奶车、联邦快递、警长。肥胖的巴迪·尼泊尔开着一辆装满嚎叫的参赛犬的皮卡去参加选拔赛。交通拥堵的声音。

巴迪·尼泊尔俯身向他,收下六听罐装啤酒的钱。"好的!啊!哈!呀哈!好嘞!你得偿所愿了!你说得没错。你是个好人!要袋子吗?好吧!你说得没错!"

飞过头顶的飞机,每天成百上千。喷气式飞机和战斗机,新手飞行员驾驶着飞机在他头顶上盘旋,商业航班瞄准了北方一百英里外的蒙特利尔,直升机正为州警察搜寻毒品犯罪,狩

---

① 美国联合包裹运送服务公司的首字母缩写。

猎管理人员正在搜寻被枪杀的鹿,火警侦察员正在搜寻烟雾和火源。上帝!是的!是的!你说得没错!

还有各种鸟。别忘了鸟叫的声音,他告诉自己。鸟儿会百转千回地叫、叽叽喳喳、啾啾咕咕,一遍又一遍。还有蟋蟀、知了,知了发出可怕的叫声。夜鹭的尖叫、三月里猫的叫声、迁徙时节大雁在它们固定的空中路线上的叫声。空气吹过树叶的声音,落叶撞击他的呼吸,就像伸出手指的大风,震耳欲聋地敲打着桌子……那——是什么?是——的!哈!哈!

除了这些让他无法集中注意力的、恼人的噪声,还有风。风从没有停过,把房子都摇晃了起来。还有雨,雨水打在窗户上,打在屋顶上。然后是冰雹、雪和雷声。晚上,猫和郊狼的嚎叫。

他完了。他得确定自己完了。说得没错,他的周围全是冲刷了的污秽。哈!他沿着一条冲刷出的路走着,那是一条没有去向的路,他闻到了污浊的气味,发现了一只死猪的腐烂尸体。它的眼睛被乌鸦啄掉了,它的表皮被啄成卵石状。松散的红色猪毛铺在地上像床单。乌鸦一直待在那猪的空洞里。在这洞里他可以看到完整的胸腔,紧紧地围绕着金属般的脊骨和肋骨。内脏被什么东西挖走了。想要上路了!看看保险杠上的贴纸!哈!对——了!一只鹰的尖叫。

他打开一罐啤酒,坐在电视机前。屏幕开始是蓝色的,然后充满了涂脂抹粉、面色紫红的年轻人。他们坐在椅子上,脖子上挂着金色的十字架。一个精神错乱却精于算计的人,坐在他们面前的木制宝座上。他穿着一件皮夹克，正在大声朗读一篇关于蚂蚁的文章。每隔几分钟，他就会放下杂志，咂咂舌头，说那些蚂蚁就像他认识的某些教堂里的人一样——总是切叶子。哈！凯文打开了所有的啤酒，在他面前排成一排。他在这里多久了？六周吗？还是六年？他完了。哈！呀！他把频道转到色情台，观看模拟性交，看到一个金发的妓女伸出蓝色的像公牛般的舌头，舔着一个男人，或者一个像男人的物体。

开车去商店买啤酒。巴迪在柜台上向他俯下身去拿钱，胀鼓鼓的手滑下柜台。前臂有大腿那么粗。包皮像香蕉皮。黑黑的牙齿。"啊！哈！呀哈！好嘞！你得偿所愿了！你说得没错。你是个好人！要袋子吗？好吧！你说得没错。"

在回来的路上，他拐错了一个弯，颠簸地穿过了房车乐园的车辙。他在泥泞的小路上来回走了几趟，找不到出口。他转了又转，经过烧毁的房车，经过一捆捆的铁丝，经过一个一头乱发像碎水泥一样摇摇晃晃的男人，裤子泡在尿里。树丛像一排管子。天空是一道X光。杂草丛中有一个在弹簧上的紫色的塑料马。一根针。水晶。红色的水。房车越挤越紧。头顶上一架喷气式飞机在咆哮。戴着锁链的黄眼睛的狗。门口站着拿着啤酒罐、香烟或怀抱婴儿的女人。她们看着他。他开得更快了，车在油腻腻的车辙中颠簸着。出口突然出现了，好像有人为他把出口从地上抬了起来。男人靠在挡泥板上，他们的臀缝从油腻的裤子上面露出来。喷气式飞机的噪声振动着他们的啤酒罐。

他开车上山。喷气式飞机的尾气把挡风玻璃完全遮住了。噪声让人难以忍受。到达营地后他跑进去拿步枪。呕吐物痕迹的顶部有一粒银色的胶囊。他扣动扳机。一次。两次。

你说得没错！ 你说得没错！

第五十八章
我的所见

罗亚尔，蜷缩在什么东西里，用微闭着的眼睛观望着。僵硬的肺开始痉挛，心脏失去活力。

印第安人的本子打开了。他惊讶地发现页面是巨大的倾斜的田野。在田野的顶端，潦草地画着黑色的树木。一堵墙。透过一波又一波的黑暗，他看到风从斜坡上吹下来，在翻滚着的草地上吹拂，红色的锋芒梳理着阳光，闪烁的针茎，紧密缝合着的大地，树根，岩石。

译 后 记

回过头看翻译这部小说的经过，译者最大的感触就是"难懂"。当然，小说的大部分章节还是好懂的，难就难在如何将它们串成一个完整的故事，包括那些五花八门的明信片（它们在文字理解上的难点，经过翻译之后，读者已很难感受到）。为什么安妮·普鲁的长篇小说处女作会如此难懂呢？有一点似乎可以作为解释：此小说发表的时候作家已经五十二岁，有着异常丰富的生活阅历，而在此前她只发表过一些短篇小说。对于这部经过多年酝酿的长篇小说，她一定期望它成为一部"定鼎之作"。

"对人与自然相处模式的反思一直是安妮·普鲁小说的主题之一，但她从不说教，而是把它深藏于引人入胜的情节中。"作为她的长篇小说处女作，《明信片》的语言无疑经过作者的精雕细琢。这一点，可以通过书中随处可见的对人和事物的独特观察和描写窥见一斑。

阴云密布的天空阴沉得像旧电线一样；天空是 X 光片；天空变得模糊起来，像被污染的丝绸裙子；（鸟群）像尖叫的云朵一样飞走了；(一大群飞鸟)像一碗牛奶里的胡椒粉；脸上的笑容就像一个打湿了的绳子头；皮肤像烂墙纸一样挂在身上；鼻孔翘曲，血管密布，任何人都可以看到(这一描写十分有趣，依笔者拙见，只在白人的鼻孔里有可能看到细小的血管)。此外，小说的语言也有"刚劲"的一面：

  悲痛让母亲表现出那么残忍的自私，就像广告牌一样每个人都能看到，并为之颤抖。(第6章)

  以上所举实例都是在字面上显而易见的。而为了引起读者的兴趣，安妮·普鲁不惜设置各种悬念，这也是《明信片》的一大特色。例如小说一开始对碧丽之死没有做任何正面描写；第2章梅尔妮尔问及图特的死因，母亲朱厄尔不肯回答；第6章对"紫色鞋子"的来历没有交代；第15章避而不谈"印第安人的本子"的来历和那位神秘的印第安人；第24章除明信片外只有短短的三言两语(原文为三个短句)，留下一个巨大的悬念；以及第57章所描述的内容显得很奇怪；等等，都有意保留了神秘色彩。除了对图特的死因，以及通过第20章和第56章的明信片对那位神秘的印第安人做了模糊的交代之外，其余的都是未解之谜，任凭读者去想象。"由读者写大部分故事"是文学界对这部小说的重要评价之一。

  设置伏笔也是《明信片》的特色之一。例如第1章梅尔妮尔说，"我还收到了一封来自新几内亚的弗雷德里克·黑尔·波顿中士的信"。而交代这种笔友来信的内容则出现在第6章;同样在第1章中出现的"蛮牛"(TUF NUT)一词,在相隔很远的下文中再次提到,以辅助刻画罗亚尔的父亲明克·布拉德的性格;第32章末尾提到的"海盗"一词,看似达布对自己女友帕拉的不经意的调侃,但在第52章中再次提到,从而增加了那段惊险描述的可信度;等等。还有第1章中提到的"鹅笛":

　　……想把它(鹅笛)扔出去,但因为车窗开的缝隙太小,它被弹了回来,他就顺手把它扔到了后座上。(第1章)

也是为下文(第8章、第26章等)再次讲到"鹅笛"故事做的铺垫。作者"轻描淡写"的写作张力考验着读者的阅读能力。

此外,《明信片》中还存在大量更加隐晦的伏笔,这也是普鲁写小说"以小见大"的重要手段,依译者的浅薄之见,汉语读者因文化背景等方面的原因,恐不易觉察,故在此稍加说明。

第7章中看似不经意提到的达布和梅尔特的恋爱关系,作为第16章达布早已是"从未见过自己的儿子的父亲"的伏笔。第8章末尾提到罗亚尔很离奇地"头皮被剥掉了一块"。之后,书中又几次提到"剥掉头皮",例如"牺牲的会是头皮吗?"(第15章)和"缩头"术(第35章),等等,旨在暗示印第安文化的重要组成部分"剥头皮"。

第9章"我的所见"中提到的阿纳孔达,在第14章中再次提到,从而凸显第9章存在的意义,并暗示玛丽马格"血汗工厂"

的本质,且与第51章"红色衬衫的郊狼"中描写的"血汗农场"有一定呼应关系。

第11章的明信片交代罗尼·尼泊尔在母亲死后就已不再经营农场,而改做房地产生意,并有了一定的经济实力,为下文他的善举做铺垫。

第14章中,十分迷信的"胡瓜"因为算命人对他说"你会死在水里",从而离开了原本从事的海员工作,但最后还是死在了水里。笔者认为,作者在这里显然有意借用胡瓜的"宿命"影射主人公罗亚尔的"宿命"。

第19章中朱厄尔"又一次好奇自己会如何走向死亡"是她后来在旅途中死亡的伏笔。

第19章中间的明信片内容,"我可以给你批发价"实际上是一部电影的名字。

第20章中提到的多人射杀蝙蝠的危险场面,与第40章所描写的在克洛维斯的农场"群猎"并伤人的故事互文,反讽美国危险的"枪文化"。

第24章"再说印第安人的本子"简单的三言两语中,似乎只有"在碧丽之前他就一切都好吗?他知道那肮脏的答案。"这一句是重点。显然意味深长,否则这一章便没有意义。令人联想到罗亚尔这个"杀生不眨眼"的捕猎高手,"杀生对他来说不在话下;一分钟就搞定了"。(第40章)

第40章提到的巴斯克人(Basque)是第46章的重要伏笔。在第46章中,作者似有意纠正人们对这一欧洲"最古老民族"的误解。这是作者"充满想象"的一章。

第50章的明信片中"我的双胞胎兄弟正在经历一些身份危机之类的事情"模糊交代了凯文出现了心理问题,为第57章他的自杀做铺垫。

这部小说的涉及面之广也令人惊叹,除上面提到的"宿命""性文化""枪文化""血汗工厂"和"血汗农场"外,作者还同样用"不经意"的笔触反讽"拜金弊害"和"毒品祸端"。读者在看到第33章中"厨子站在冰箱前。她把门开得大大的,展示里面的肉食"这句话时作何感想? 我们都知道,在美国家庭里雇佣厨师或用人是非常奢侈的事情,可见第30章中本·雷恩沃特所说的"拯救我的 —— 或者说毁掉我的 —— 是一份遗产"所言不虚。不言而喻,本·雷恩沃特是被金钱"毁掉"了。这和第57章中的"没有钱,就没有嗨药"也有一定的呼应关系。而此句本身也是绝妙的伏笔。读者在读第57章的时候可能会觉得这一章有些奇怪,但如果能想到其中的大部分描写不过是吸毒造成的幻觉,借此进行反讽,就比较容易理解了。

《明信片》虽然是一部讲述流浪汉"在路上"的小说,但书中也涉及不少女性,而其中最独特的当数第37章"印第安人的本子"。在这一章的开头作者做了一个非常重要的暗示:即那件事"在他提笔时瞬间化为乌有",但下文仍然呈现了这个有关妓女的故事。这确乎引起读者的许多联想,似乎作者在这里试图区分"女人"和"妓女"。

第一个"印第安人的本子"(第15章)中也有重要的伏笔。

其中提到了这位印第安人的儿子死亡的日期。这一日期在第56章的明信片中再次提到，作为对"印第安人"归宿的交代。三个"印第安人的本子"各藏玄机。

可见，《明信片》的确是一部"暗藏玄机"的小说。但这些"玄机"也并非"深不可测"，细心的读者肯定还能发现更多。

正如译者在前言中提到的，这部小说中的明信片无疑是安妮·普鲁的创新尝试。这样的设计虽好，却给翻译出了极大的难题，文学翻译中的"不可译"现象或应将其列入其中，不妨称之为"《明信片》现象"。它确实让译者很为难。由于书中手写的明信片数量众多，涉及不同的人物，而且和故事的主线若即若离，译文难以传达其中"见字如面"的"韵味"，而仅仅传递字面信息，则未免有索然无味之憾，难窥原貌。这是翻译这部小说的一大难点。好在书中附了明信片原图，供读者欣赏和品鉴。此译本中所有注释均为译者所加。由于译者能力所限，译文不当之处敬希读者指正。

黄宜思

POSTCARDS